Käthe Recheis/Der Weiße Wolf

KÄTHE RECHEIS

DER WEISSE WOLF

Illustriert von STUART MATTHEWS

HERDER

Für Inge und Fritz
und ihre Söhne
und alle Freunde in Hörsching

2. Auflage

Umschlaggestaltung: Stuart Matthews
Satz und Druck: Verlagsanstalt Tyrolia Innsbruck
Bestellnummer: ISBN 3-210-24.684-X

Inhalt

I.

Der geheimnisvolle Wald

Thomas ging über die Wiese. Von der Straßenböschung her, wo das Gras gemäht worden war und in der Sonne dorrte, kam würziger Heugeruch. Die Luft schmeckte nach Sommer und Hitze, nach Hahnenfuß und Schierlingskraut. Kein Halm regte sich in der mittäglichen Stille.

Auf der großen Wiese zwischen dem Haus seiner Eltern und dem Fichtenwäldchen hinter dem Dorf fühlte Thomas sich klein und verloren. Als er, Schritt für Schritt, durch das Gras stapfte, meinte er, es gäbe auf der ganzen Welt keinen zweiten Jungen, der so großen Kummer hatte und so allein war wie er.

Im Garten, auf dem Rasen vor dem Haus, spielten seine Schwestern Barbara und Christa. Sie vermißten ihn nicht, sie waren froh, daß er fort war. In der alten, verlassenen Scheune neben der Fabrik auf der gegenüberliegenden Seite des Dorfes trafen sich eben jetzt seine Freunde. Zu ihnen konnte Thomas erst recht nicht gehen, nach allem, was am Vormittag geschehen war:

Er hatte auf den Getreideboden unterm Dach der Scheune hinaufklettern wollen – die anderen waren schon oben gewesen, auch Barbara und sogar Christa, die jünger war als er. Auf halber Höhe war ihm aber schwindlig geworden. Rittlings auf einem Querbalken hockend, hatte er sich weder vor noch zurück gewagt. Barbara hatte ihm – unter dem Gelächter der anderen – herunterhelfen müssen. Als er zornig geworden war, hatten sie gesagt, er fange immer Streit an und es sei nicht auszukommen mit ihm.

Eben vorhin, im Garten, hatten Barbara und Christa dasselbe behauptet. Sie hatten nicht zu ihm gehalten, sie hatten seinen Freunden recht gegeben. Da war er ins Haus gegangen, um endlich Ruhe zu haben. Es war jedoch noch schlimmer gekommen. Seine Eltern waren im Wohnzimmer gewesen und hatten über ihn geredet. Sie hatten geglaubt, er sei noch draußen im Garten und könne es nicht hören. Aber er hatte jedes Wort gehört. Er war also ein schwieriger Junge. Er machte seinen Eltern Sorgen. Sie hatten es schwer mit ihm.

Am besten war es, wenn er nie wieder heimkam!

Ein Schmetterling schaukelte vorüber. Grashalme streiften an Thomas' Beine. Er wünschte, weit fort zu sein, sehr weit fort, irgendwo anders, wo es keine Schwestern, keine Eltern und keine Ungerechtigkeit gab. Und keine Freunde, die ihn auslachten.

Der Himmel über ihm war voller Sonnenlicht und Wolken. An einer Stelle verdichteten sich die Wolken, wurden zu einem Gebirge aus Klippen, Türmen und Gipfeln, unwirklich und doch so, als könnte man den Fuß darauf setzen, als sei da oben eine andere, ferne Welt. Thomas bekam Sehnsucht, er wußte nicht wonach. Die Sonne blendete ihn, das Wolkenland begann orangefarben zu glühen.

Thomas hörte jemanden rufen.

Es war nicht die Stimme der Mutter oder des Vaters, auch nicht die von Barbara und Christa. Es war eine unbekannte Stimme, sie rief in einer Sprache, die ihm fremd war.

Thomas schaute um sich.

Er war allein auf der Wiese.

Er schaute zum Wald hin.

Zwischen den Fichtenstämmen leuchtete es. Ein weißer Hund stand dort, reglos, und sah ihn an.

Es war kein Hund aus dem Dorf, er war anders als alle Hunde, die Thomas kannte. Er glich einem Schäferhund, aber der Kopf war breiter und die Schnauze spitzer. Wie bei einem Wolf, dachte Thomas.

Er hatte keine Angst und wunderte sich nicht einmal. Es war auf einmal ganz selbstverständlich, an einem Sonntagmittag auf der Wiese hinter dem Dorf eine fremde Stimme zu vernehmen und einem Weißen Wolf zu begegnen.

Thomas ging einen Schritt vorwärts.

Der Weiße Wolf wandte sich um und verschwand im Wald. Das Leuchten wurde zu einem sanften Glimmen und erlosch. Thomas fing zu laufen an, erreichte den Waldrand und trat unter die Bäume. Es war kein großer Wald, nur ein Wäldchen, Thomas hatte so oft darin gespielt, daß ihm jeder Winkel vertraut war. Zumindest hatte er das geglaubt, bis zu diesem Augenblick. Kaum aber hatte er jetzt den Fuß auf den federnden Nadelboden gesetzt, als ihn schon von allen Seiten dichter Wald einschloß. Von der Wiese war nichts mehr zu sehen. Statt Fichten wuchsen riesige Laubbäume mit Stämmen, die auch ein Erwachsener nicht hätte umfassen können.

Die Bäume mußten höher sein als der Kirchturm im Dorf. Als Thomas aufblickte, wurde ihm schwindlig, so hoch oben wölbte sich das Laubdach. Alles verfloß in einem grünen Dämmerschein. Tiefe Stille herrschte.

Ein Schauer lief Thomas durch den Körper. Er ging langsam unter den riesigen Bäumen dahin. Schwellendes Moos dämpfte das Geräusch seiner Schritte. Ein paarmal war ihm, als sähe er in der Ferne etwas Weißes schimmern – immer dann, wenn er überlegte, in welche Richtung er gehen sollte. Das Leuchten erlosch aber jedesmal, sobald er darauf zuging. Der Weiße Wolf – falls es ein Wolf war – ließ sich kein zweitesmal erblicken.

Das Laubdach wurde dichter. Ein Bach floß zwischen den Riesenbäumen, still und dunkelgrün und kaum von seiner Umgebung zu unterscheiden. Thomas war durstig geworden und schöpfte mit der hohlen Hand Wasser. Es schmeckte kühl und erfrischend. Er trank, bis sein Durst gestillt war. Dann blieb er am Bachrand sitzen. In dem klaren Wasser sah er sein Spiegelbild und freute sich daran – im trüben Wasser des Dorfbaches hätte er sich nie selber betrachten können. Er dachte flüchtig an Vater und Mutter, an die Schwestern und an seine Freunde, aber alles, was ihn so gekränkt hatte, machte ihm jetzt keinen Kummer mehr.

Sollte er hier sitzenbleiben oder weitergehen und nach dem Weißen Wolf suchen? Während er noch überlegte, hörte er plötzlich dieselbe Stimme, die ihn in den geheimnisvollen Wald gerufen hatte. Nur viel eindringlicher und näher.

Er sprang auf und begann zu laufen, in die Richtung, aus der die Stimme gekommen war. Ein gestürzter Baum versperrte ihm den Weg und zerfiel zu Zunder, als er darüberkletterte. Die Stämme rückten enger zusammen. Graues Zwielicht umgab Thomas.

Etwas streifte seine Wange. Von einem der Äste hing eine zerfranste Flechte herab, wie ein vergilbter, vom Alter brüchig gewordener Spitzenvorhang.

Schwarzer Moder bedeckte den Boden. Wohin Thomas auch schaute, er sah kein grünes Blatt mehr. Es war, als hätte man alle Bäume ringsum von den Kronen bis zu den untersten Zweigen mit staubgrauem Lumpengewebe behängt. Moos wuchs auf den Stämmen und Ästen.

Thomas ging zögernd weiter. Manchmal reichten die Flechten bis zum Boden und umschlossen ihn von allen Seiten, er kam sich wie in Spinnennetzen gefangen vor. Das leise Geräusch seiner eigenen Schritte jagte ihm Angst ein. Jetzt erst wurde ihm richtig bewußt, daß er ganz allein war. Die Stimme, die er gehört hatte, war ihm auf einmal unheimlich. Vielleicht hatte er sie aber gar nicht gehört und es sich nur eingebildet. Warum war er nicht am Bach geblieben?

Thomas beschloß zurückzugehen. In dem Augenblick jedoch, als er sich umwandte, überfiel ihn eine große Ungewißheit, und ihm war zumute wie jemandem, der sich verirrt hat und schon lange hoffnungslos im Kreis läuft. Die flechtenbehangenen Bäume glichen einander, jeder hatte die gleiche rissige, verwitterte Rinde, jeder hatte sonderbar gekrümmte und verkrüppelte Äste mit knollenförmig verdickten Gabelungen, und alle waren mit Moospolstern bewachsen. In dem grauen Licht sahen sie aus wie ungeheure Gnome.

Nein, da ging Thomas lieber geradeaus weiter! Irgendwann mußte er doch aus diesem Wald hinausfinden. Während er vorwärtsstapfte, hatte er den Eindruck, als sähe er wieder das Schimmern in der Ferne, er fühlte sich besser, wurde mutiger und hatte auch keine Angst mehr, sich verirrt zu haben. Die Bäume kamen ihm nur noch wunderlich und nicht mehr bedrohlich vor.

Wie lange es dauerte, bis er es hell durch das Flechtengespinst blitzen sah, hätte er nachher nicht sagen können. Er schob eine Flechte beiseite, trat unter den Bäumen hervor und erblickte vor sich eine Waldwiese in hellem Sonnenschein.

Das Gras war gesprenkelt mit Blumen. An dünnen, nickenden Stengeln hingen gelbe Glocken. Karmesinrote Dolden bildeten Polster, und aus tiefblauen Trichterblüten rollten sich spiralförmig goldene Staubgefäße. Am Waldrand, wo Thomas stand, wuchs vierblättriger Klee. Nicht jener, den er von daheim kannte, sondern ein Riesenklee mit handtellergroßen Blättern. Laub- und Nadelbäume schlossen die Wiese kreisförmig ein. Wie der Klee, so waren auch die Bäume mächtiger und größer als daheim und wirkten fremdartig, trotz mancher Ähnlichkeiten. Ein paar junge Bäumchen mitten in der Wiese glichen Birken, nur hatten sie eine viel glattere und ganz schneeweiße Rinde und rötliches Laub.

Nachdem Thomas sich sattgeschaut hatte, warf er noch einmal einen Blick zurück auf den Flechtenwald. Zu seinem Erstaunen sah er nichts mehr davon. Der vierblättrige Klee zog sich jetzt weit in einen lichten Mischwald hinein.

Es war aber schon zuviel Wunderbares geschehen, als daß Thomas sich lange den Kopf darüber zerbrochen hätte. Nach dem Stand der Sonne zu schließen, war es Nachmittag; er hatte gedacht, es müßte schon viel später sein. Die Wiese war freundlich und einladend, trotzdem kam er sich recht einsam vor. Einen Augenblick wünschte er sogar, Barbara und Christa sollten bei ihm sein, aber dann war er doch froh, daß sie nicht hier waren. Dieses Abenteuer gehörte ihm allein.

Er ging zu ein paar Büschen am Rand der Wiese, streckte sich im Schatten aus und verschränkte die Arme unter dem Kopf. Bevor er weiterwanderte, wollte er eine kurze Rast machen. Irgendwo flötete ein Vogel – immer die gleiche Melodie: ein paar Trillertöne, die in einem langgezogenen, lockenden Ruf endeten. Das Vogellied schläferte Thomas ein, seine Augen schlossen sich ganz von selber. Bald war er fest eingeschlafen. Er hatte einen Traum, und das Merkwürdige an diesem Traum war, daß er glaubte, wach zu sein.

Neben ihm saß der Weiße Wolf im Gras und schaute ihn aus gütigen Augen an. Das machte Thomas glücklich, er fühlte sich geborgen und beschützt, und er hätte für immer so daliegen mögen. Im Traum wußte er, daß er ruhig schlafen durfte, weil ihm nichts geschehen konnte, solange der Weiße Wolf bei ihm war.

Als er erwachte, stand die Sonne viel tiefer als zuvor. Er mußte stundenlang geschlafen haben. Der Traum war noch immer so lebendig, daß Thomas enttäuscht war, den Weißen Wolf nicht neben sich zu sehen. Er schaute schlaftrunken um sich. An der Stelle, wo der Weiße Wolf gesessen hatte, war kein Grashalm niedergebogen und keine Blume geknickt.

Das ist noch lange kein Beweis, daß er nicht da war, dachte Thomas. Hier ist alles anders. Ein ganzer Wald verschwindet, als hätte es ihn nie gegeben. Wo bin ich bloß hingeraten? Vielleicht träume ich die ganze Zeit und weiß es nur nicht.

Er kniff sich in den Arm. Er drückte die Augen zu und öffnete sie wieder. Er bewegte die Zehen. Er tat, was alle tun, die sich überzeugen wollen, daß sie wach sind. Er war hellwach, daran konnte es keinen Zweifel geben.

Im selben Augenblick, als er das festgestellt hatte, vernahm er von der anderen Waldseite her den gedämpften Klang von Schritten. Er richtete sich auf und lauschte. Die Schritte wurden deutlicher, es hörte sich an, als käme eine ganze Schar Leute durch den Wald dahermarschiert. Es klingelte und klirrte metallen. Unwillkürlich duckte sich Thomas hinter das Gebüsch. Obwohl er Sehnsucht nach Gesellschaft hatte, war ihm doch nicht ganz geheuer, wem er hier begegnen würde.

Zwischen den Stämmen blitzte und funkelte es. Sonnenstrahlen brachen sich auf Metall. Eine Schar junger Männer marschierte in Zweierreihen aus dem Wald. Sie trugen Kettenhemden aus blauglänzenden Stahlringen, die bis zu den Knien reichten. Darüber hatte jeder eine ärmellose, seitlich geschlitzte gelbe Tunika an, die genau in Brusthöhe mit einer roten Sonne bestickt und mit einem roten Lederband gegürtet war. Die Kopfbedeckungen bestanden aus Rundhelmen. Die Füße steckten in roten Lederstrümpfen, Stahlschienen schützten die Beine. Bewaffnet waren die jungen Männer mit wimpelgeschmückten Speeren und mit Schwertern, die von den Gürteln baumelten.

Dem Zug voran schritt ein Fahnenträger; auch die Fahne zeigte eine rote Sonne auf gelbem Grund. Neben dem Zug her ging ein untersetzter, stämmiger Mann. Vielleicht war er der Anführer; als einziger trug er einen roten Schultermantel, seine Tunika hatte Silberborten, und der Helmrand wurde von einem Silberring umschlossen.

Thomas wollte seinen Augen nicht trauen. Man hätte meinen können, die jungen Männer mit ihren Kettenhemden und Helmen und Schwertern seien aus einem alten Geschichtenbuch herausgestiegen und plötzlich lebendig geworden.

Ein leichter Windstoß bauschte die Fahne, die rote Sonne schien anzuschwellen und größer zu werden. Die jungen Männer hoben die Köpfe. Thomas konnte die Begeisterung spüren, mit der sie ihre Blicke auf die Fahne hefteten. Ihre Kettenhemden schimmerten. Ihre Gesichtsfarbe war ausnehmend hell und kaum von der Sonne gebräunt, die Augen waren blau, und blondes Haar fiel bis auf die Schultern nieder. Alle waren groß und schlank gewachsen, bis auf den Anführer, der neben ihnen plump wirkte und auch sonst nicht zu der Schar paßte. Sein von Narben verunstaltetes Gesicht hatte eine plattgedrückte Nase und erinnerte Thomas an eine griesgrämige Bulldogge.

Der Fahnenträger war nun auf gleicher Höhe mit dem Gebüsch, hinter dem Thomas kauerte. Keine fünf Meter entfernt, zogen die jungen Männer vorbei. Ihr Gleichschritt war ansteckend. Thomas wollte schon aufspringen und bitten, ob er mitkommen dürfe, als ihm am Ende des Zuges ein Junge auffiel, der starr vor sich hinschaute und nicht wie die anderen zur Fahne aufblickte. Der Junge war schmächtiger als seine Kameraden und höchstens vierzehn oder fünfzehn Jahre alt. Sein Gesicht war finster und trotzig. Thomas nahm ihm das übel. Er selber hätte viel darum gegeben, ein Kettenhemd, einen Helm und ein Schwert zu haben und dabeisein zu dürfen.

Plötzlich schaute der Junge auf – er war nun ganz nahe – und warf einen kurzen Blick auf die über den Köpfen flatternde Fahne. Der Blick war so verzweifelt und hoffnungslos, daß Thomas ganz betroffen war.

Der Fahnenträger hatte den Rand der Wiese erreicht und trat unter die Bäume. Zweierreihe um Zweierreihe verschwand im Wald. Der Junge war nicht mehr zu sehen. Der dumpfe Klang der Marschtritte verlor sich.

Thomas sprang auf. Sein erster Gedanke war, den jungen Männern nachzulaufen und sich ihnen anzuschließen, aber dann zögerte er. Der Junge am Ende des Zuges wollte ihm nicht aus dem Kopf. Es war ein so verzweifelter Blick gewesen!

Thomas beschloß, der Schar zu folgen, aber in sicherem Abstand, um erst einmal herauszufinden, was er von den jungen Männern halten sollte. Zu seinem Erstaunen bewegten sich jedoch seine Füße nicht in die Richtung, in die er gehen wollte, sondern in die entgegengesetzte, Schritt für Schritt, quer über die Wiese und hinein in den Wald. Es war unheimlich. Thomas wollte stehenbleiben, er setzte seinen ganzen Willen ein, aber das, was ihn weiterzog, war stärker als er.

„Ich will doch ganz woanders hin!" rief er halb verzagt, halb zornig.

Jemand antwortete ihm.

Zumindest schien es ihm so.

Er lauschte und war dann ganz sicher: Er hörte wieder die gleiche Stimme, die ihn in den Verzauberten Wald geführt hatte. Auch diesmal verstand er nicht, was die Stimme rief, aber sie klang noch eindringlicher, klang beschwörend. Thomas meinte, den Weißen Wolf vor sich durchs Unterholz gleiten zu sehen. Seit er so lebhaft von ihm geträumt hatte, war sein Vertrauen in das schöne Tier unbegrenzt.

Er ging weiter, jetzt freiwillig, der Stimme und dem Wolf nach. Der Wald wurde dichter. Es gab keine Laubbäume mehr, nur noch alte, hohe Nadelbäume. Auf dem Boden moderten umgestürzte Stämme, aus denen junge Sprößlinge hervorstachen. Thomas konnte sich kaum durch das abgestorbene, dürre Unterholz kämpfen, es war eine richtige Wildnis, die immer undurchdringlicher wurde.

Die Stimme war verstummt. Thomas schaute vergeblich nach dem Weißen Wolf aus. Graue Dämmerung umfing ihn, er wußte nicht, ob es davon kam, weil die Sonne schon untergegangen war, oder ob die Bäume nur zu dicht standen und kein Licht durchließen. Jetzt hätte er viel darum gegeben, daheim im Haus zu sein, wo abends die Lampen angezündet wurden und wo Vater und Mutter und die Schwestern waren. Merkwürdigerweise konnte er sich aber seine Familie nur noch undeutlich vorstellen, als läge eine Nebelwand zwischen ihm und ihnen.

Wenn doch der Weiße Wolf dagewesen wäre!

Thomas begann zu rufen: „Weißer Wolf . . . Weißer Wolf!"

Das Zweiggewirr verschluckte seine Stimme und machte sie fremd.

Es wurde dunkler.

Ich wollte von daheim fort, dachte Thomas. Mehr fort von daheim als jetzt könnte ich gar nicht sein. Ich hätte der Schar mit der Sonnenfahne nachgehen sollen. Dann wäre ich jetzt nicht so allein. Er überlegte, ob er umkehren und sie suchen sollte. Aber es hatte keinen Sinn. Er hatte keine Ahnung, wo er sich befand, und würde nicht einmal den Weg zurück zur Waldwiese finden.

Neben ihm raschelte es.

Alle Ängste, die ein nächtlicher Wald wecken kann, fielen über Thomas her. Die Stämme ragten schwarz auf. Jeder Zweig, jeder Busch narrte ihn, täuschte gespenstische Gestalten vor. Er glaubte sich von huschenden, schleichenden Wesen umgeben. Das Knacken jedes toten Astes, auf den er trat, ließ ihn zusammenfahren.

Er kam zu einem geknickten Baum, dessen Wipfel wie eine Art Torbogen herabhing. Als er durchgeschlüpft war, tauchte plötzlich vor ihm ein Schatten auf. Thomas spürte einen heftigen Schlag auf dem Kopf und sank in die Knie. Er sah den Schatten über sich, ob Tier oder Mensch, konnte er nicht erkennen. Sein letzter Eindruck war etwas Pelziges, das sich über ihn beugte, dann wußte er nichts mehr.

Als die Schattengestalt Thomas aufhob und lautlos mit ihm in der Finsternis verschwand, lagerte die Schar junger Männer auf einer Lichtung in einem weit entfernten Teil des Waldes. Die Sonnenfahne, die sie in ihrer Mitte in den Boden gerammt hatten, hing schlaff herunter. Ein niedriger Erdwall umschloß kreisförmig das Lager; man konnte sehen, daß er frisch aufgeschaufelt war. Der Graben, der dadurch entstanden war, bot dem, der sich darin niederkauerte, Schutz vor Angreifern. Rings um die Lichtung, verstreut unter den Bäumen, hatten Wachtposten Stellung bezogen.

Ein paar Fackeln brannten. Der Junge, der am Ende des Zuges gegangen war, saß abseits von den anderen. Während seine Gefährten leise miteinander plauderten, vermieden sie es, ihn anzublicken. Der Junge saß reglos, hatte die Lippen aufeinandergepreßt und starrte vor sich hin.

Der Anführer im roten Mantel schritt den Erdwall ab; bei jedem Schritt klirrten die Beinschienen und das Kettenhemd.

Die ersten Sterne begannen zu flimmern.

II.

In der Höhle der Dunklen Leute

Als Thomas zu sich kam, hörte er Stimmengemurmel, eintönig wie Wasserplätschern und wie aus weiter Ferne. In seinem Kopf pochte und dröhnte es. Er konnte keinen klaren Gedanken fassen, er erinnerte sich an nichts und dämmerte eine Weile in diesem Zustand des Halbbewußtseins dahin.

Die Stimmen wurden lauter. Einmal, als er krank und fiebernd im Bett gelegen war, hatten sich die Stimmen seiner Eltern genauso angehört. War er jetzt wieder krank? Standen Vater und Mutter neben seinem Bett? Er drehte den Kopf zur Seite. Im selben Augenblick fühlte er einen heftigen Schmerz, als hätte ihm jemand eine glühende Nadel in den Hinterkopf gestochen. Der Schmerz brachte ihn zu sich, brachte auch die Erinnerung zurück. Er lag nicht zu Hause im Bett, es waren nicht die Stimmen der Eltern, es waren fremde Stimmen, die in einer unbekannten Sprache redeten.

Es kostete ihn große Anstrengung, die Augen aufzumachen, die Lider wollten ihm nicht gehorchen. Endlich hatte er sie so weit offen, daß er sah, wo er sich befand. Er lag auf weichen Pelzen in einer düsteren, nur schwach erleuchteten Erdhöhle. Ein Feuer brannte und warf rote Lichter auf die Wände und auf dunkle, in Tierfelle gehüllte Gestalten.

Mit dem Rücken zu Thomas hockten zwei alte Leute. Graue Haarsträhnen hingen ihnen über die gebeugten Rücken. Seitlich vom Feuer saßen ein Mann und eine Frau; wie die beiden Alten hockten sie mit untergeschlagenen Beinen da. Der Mann trug ein loses, kittelähnliches Fellgewand, die kräftigen Arme waren nackt. Der dichte, schwarze Haarschopf war am Hinterkopf mit einem Lederband zusammengebunden. Eine Axt lag griffbereit auf dem Boden. Die Frau trug den gleichen Kittel, das Haar hatte sie in Zöpfe geflochten. Ein ebenso schwarzhaariges und ebenso dunkelhäutiges Mädchen saß auf der anderen Seite des Feuers.

Thomas senkte die Lider. Der Feuerschein tat seinen Augen weh. Wo war er? Einen größeren Gegensatz als zwischen diesen dunklen Menschen und den jungen Männern in den Kettenhemden hätte er sich nicht vorstellen können, es war wie der Unterschied von Nacht und Tag. Die Sprache, in der sie sich unterhielten, klang merkwürdig, die Selbstlaute waren langgezogen, der Tonfall war singend. Es hörte sich an, als wollte das Mädchen die anderen zu etwas überreden, womit sie nicht einverstanden waren. Besonders der Mann antwortete immer erregter und heftiger.

Wenn Thomas wenigstens verstanden hätte, was da gesprochen wurde! Ob es ihn betraf? Wie war er hierhergekommen? Irgend jemand – Mensch oder Tier – hatte ihn im Finstern niedergeschlagen. Alles war so schnell gegangen, er hatte nur einen Schatten über sich ausnehmen können. Hatten ihn die Dunklen Leute bewußtlos im Wald gefunden und in ihre Höhle gebracht? Oder war es einer von ihnen gewesen, der ihn überfallen hatte?

Der Mann im Fellkittel hätte es sein können!

Eben sprach das Mädchen wieder, es sagte ein paarmal hintereinander die gleichen Worte: „Asahai nanischkaá! Asahai nanischkaá!"

Die Stimme des Mädchens kam Thomas auf einmal bekannt vor.

War es nicht jene Stimme, die ihn gerufen hatte, daheim auf der Wiese hinter dem Haus, und dann wieder auf der Waldwiese? Ich habe mich in eine Falle locken lassen, dachte er bitter. Diese Dunklen Leute da haben es die ganze Zeit schon auf mich abgesehen gehabt. Plötzlich hätte er schwören können, daß es der Mann im Fellkittel gewesen war, der ihn niedergeschlagen hatte.

Er mußte fliehen, er mußte versuchen, sich zu der Schar der jungen Männer durchzuschlagen. Die Dunklen Leute achteten nicht auf ihn, sicher glaubten sie, er sei noch bewußtlos. Vielleicht gelang es ihm, aufzuspringen, an ihnen vorbeizustürzen und den Ausgang der Höhle zu erreichen, bevor sie ihn aufhalten konnten. War er einmal draußen, würde er sich bestimmt kein zweitesmal erwischen lassen.

Er beschloß, sich vorsichtig aufzurichten, um zu sehen, wie weit es bis zum Höhlenausgang war und ob es dort ein Hindernis gab. Als er sich auf den rechten Arm stützte und die Beine langsam anziehen wollte, bemerkte er, daß er an Hand- und Fußgelenken gefesselt war. Vor Schreck fuhr er hoch.

Der Mann neben dem Feuer sprang auf und packte seine Axt. Auch das Mädchen erhob sich. Sie legte die Hand auf den Arm des Mannes, sagte etwas und trat dann vor Thomas hin.

Thomas sank auf das Fellager zurück. Die jähe Bewegung hatte die glühenden Nadelstiche im Hinterkopf wieder geweckt; der Schmerz nahm ihm fast das Bewußtsein, und er mußte die Lippen fest aufeinanderpressen, um ein Stöhnen zu unterdrücken. Das Mädchen blieb an seinem Lager stehen und sah auf ihn nieder.

Als Thomas wieder ruhig lag, verging der Schmerz. Das Mädchen hatte große dunkle Augen und Haare so schwarz wie Rabenflügel. Im Gegensatz zu den Erwachsenen bestand ihr Kleid nicht aus Fellen, sondern aus weichgegerbtem Leder. Es reichte ihr bis über die Knie; die Säume an Hals und Ärmeln waren mit bunten Vogelfedern bestickt. Ineinander geknüpfte Schnüre aus roten, getrockneten Beeren dienten als Gürtel. Die Beine steckten in hohen Mokassins, die an den Waden kreuzweise mit Riemen festgebunden waren. Auch in die langen Zöpfe waren rote Beeren eingeflochten.

Lange Zeit musterte ihn das Mädchen schweigend. Thomas begann sich immer unbehaglicher zu fühlen. Seine Hilflosigkeit machte ihn zornig. Er wollte schon den Mund aufmachen und sagen, was er von Leuten hielt, die jemanden überfielen, der ihnen nichts getan hatte, als er sich erinnerte, daß ihn doch niemand verstehen würde. Da er noch nie von zu Hause fortgekommen war, hatte er bisher nicht gewußt, wie verloren man sich fühlen kann, wenn es keine Möglichkeit gibt, sich verständlich zu machen. Er schaute das Mädchen trotzig an.

„Kommst du aus der Stadt Gondarit im Land Aran?" fragte sie plötzlich.

Thomas hatte nicht erwartet, in seiner eigenen Sprache angeredet zu werden, und brachte im ersten Staunen kein Wort heraus. Das Mädchen wiederholte die Frage.

Die Betonung der Worte klang fremdartig, anders, als Thomas es gewöhnt war, irgendwie altertümlich, obwohl er nicht hätte sagen können, woran das lag. Er fühlte sich aber so erleichtert, daß er seinen Zorn vergaß und ausrief: „Was für eine Stadt meinst du? Wo bin ich denn überhaupt? Wer bist du?"

Er bekam keine Antwort. Der Mann neben dem Feuer umklammerte noch immer die Axt, aber diese Gebärde wirkte nicht mehr drohend; es war eher, als geschähe es unbewußt, wie man sich im Zustand großer Erregung an etwas festhält, ohne zu merken, daß man es tut. Die Frau hatte sich vorgeneigt und ihr Gesicht Thomas zugewandt. Das huschende Licht der Flammen spiegelte sich in ihren Augen, sie waren wie erloschen und sehr traurig. Auch die beiden Alten hatten sich umgedreht, es waren ein Mann und eine Frau.

„Wo bin ich?" fragte Thomas noch einmal. „Wer seid ihr?"

„Wir sind Dinadan, und du bist im Land Din", antwortete das Mädchen. „Weißt du das nicht?"

Thomas schüttelte den Kopf.

„Seltsam", sagte das Mädchen. „Auch das Land Aran und die Stadt Gondarit kennst du nicht?"

„Nein!"

Der Mann am Feuer regte sich, er hob die Axt ein wenig, als erinnerte er sich wieder daran, daß er sie in der Hand hielt, und stieß etwas Unverständliches hervor.

Das Mädchen wandte den Blick nicht von Thomas ab. „Wenn du nicht aus Aran bist", fragte sie, „wie bist du dann zu uns gekommen?"

„Ich kann es mir selber nicht erklären", gestand Thomas. „Ich bin in den Wald hinter unserem Dorf gegangen, und da war auf einmal alles ganz anders – es war nicht mehr derselbe Wald."

Er unterbrach sich. Jetzt, da das Mädchen mit ihm redete, konnte er keine Ähnlichkeit mit der geheimnisvollen Stimme feststellen – er mußte sich vorhin getäuscht haben. Sollte er von dem Weißen

Wolf und der Stimme erzählen? Lieber nicht. Das Mädchen schaute ihn so sonderbar an. Wahrscheinlich glaubte sie ihm nicht.

„Erzähl weiter!" drängte das Mädchen. „Wie hat der Wald ausgesehen?"

„Die Bäume waren sehr groß und sehr hoch, so riesige Bäume gibt es bei uns gar nicht. Ich bin in den Wald hineingegangen, und dann hat er sich wieder verändert, es war unheimlich. Überall hingen Flechten herab, und alles war grau."

Thomas überlegte kurz. Würde es ihm schaden oder nützen, wenn er von den jungen Männern in den Kettenhemden berichtete?

„Dann ist etwas sehr Sonderbares geschehen", fuhr er vorsichtig fort.

„Was ist geschehen?"

„Ich bin zu einer Waldwiese gekommen, und der Wald mit den Flechtenbäumen war plötzlich verschwunden. Als ich mich umschaute, war er nicht mehr da."

In der Höhle war es sehr still geworden. Nur das Feuer knisterte.

„Und als du drinnen im Wald warst – war es da, als schliefen die Bäume?" fragte das Mädchen. Sie fragte seltsam atemlos.

„Ja", antwortete Thomas nachdenklich. Er vermeinte, wieder in dem grauen Zwielicht dahinzugehen, er sah die grauen Stämme, das graue Flechtengespinst. Schlafende Bäume gab es nicht – aber es war ein guter Vergleich. „Ja, genau so war es! Als schliefen die Bäume!"

Die Blicke aller waren auf ihn gerichtet. Die Flammen tanzten. Licht und Schatten tanzten. Der alte Mann zog den Fellumhang enger um sich. „Der Wald der Schlafenden Bäume", murmelte er. „Es gibt ihn also doch. Die alten Geschichten sind wahr."

Thomas war erstaunt, als er den alten Mann reden hörte; er hatte geglaubt, nur das Mädchen verstünde seine Sprache.

Ein paar Funken stoben hoch. Die alte Frau streckte ihre mageren Greisenhände aus. „Kommt er aus der Welt Jenseits, Enkeltochter?" fragte sie.

„Ja, Großmutter!" rief das Mädchen. „Er kommt aus der Welt Jenseits! Wie hätte er sonst den Wald der Schlafenden Bäume gefunden? Nur der findet ihn, der die Grenze zwischen seiner und unserer Welt überschreitet. Er kommt aus der Welt Jenseits! Ich habe es gewußt, Vater, als du ihn gebracht hast. Er ist keiner aus Aran!"

Das Mädchen kniete neben Thomas nieder und knotete geschickt die Lederriemen auf, mit denen seine Arme und Beine gefesselt waren. Dann blieb sie neben ihm knien und schaute ihn wieder an.

Diesmal war es ihm nicht mehr unangenehm. Alles war zwar noch immer verwirrend, aber mit der Zeit würde er schon herausfinden, was es zu bedeuten hatte. Vorerst war er einmal froh, daß sich die Bewohner der Höhle ihm gegenüber nicht mehr feindlich verhielten und daß er sich mit ihnen verständigen konnte. Die beiden Alten hatten auf die gleiche fremdartige und irgendwie altertümliche Weise gesprochen wie das Mädchen.

„Du bist nicht aus Aran", sagte das Mädchen leise. „Du hast eine helle Haut, ja, aber nicht ganz so hell. Und deine Augen und dein Haar sind anders. Und solche Kleider wie du trägt niemand dort. Ich bin froh, daß du bei uns bist. Seit ich den Uralten Spruch kenne, habe ich nicht aufgehört, nach einem Kind aus der Welt Jenseits zu rufen, damit es den Wald der Schlafenden Bäume finde und zu uns komme. So habe ich gerufen: Asahai nanischkaá! Immer und immer wieder habe ich es gerufen!"

Es waren dieselben Worte, die sie gesagt hatte, als sie am Feuer saß; ihre Stimme klang sehnsüchtig und beschwörend. Thomas war jetzt wieder ganz sicher, daß er sich doch nicht getäuscht hatte. Diese Stimme war es, die er auf so seltsame Weise vernommen hatte, auf der Dorfwiese und im geheimnisvollen Wald, und dann später noch einmal, als er, statt den jungen Männern in den Kettenhemden nachzugehen, in die andere Richtung gelaufen war.

„Asahai nanischkaá!" wiederholte das Mädchen. „Hast du gehört, wie ich nach dir gerufen habe?"

Thomas nickte. „Ich habe es gehört, aber ich konnte es mir nicht erklären, und verstanden habe ich es auch nicht. Was heißt das?"

„Es heißt: Komm, Kind aus der Welt Jenseits!"

„Was ist das – die Welt Jenseits?"

„So nennen wir deine Welt. Hast du das nicht gewußt?"

„Nein", sagte Thomas.

„Sei uns nicht böse, daß wir dich so ungastlich empfangen haben", fuhr das Mädchen fort. „Wir Dinadan haben gelernt, sogar den Schatten zu fürchten, den wir selber werfen. Langsam vergessen wir, daß es nicht immer so war, und daß es einmal eine Zeit gegeben hat, da uns jeder Fremde willkommen war. Du sollst nun wissen, wer wir sind. Mein Name ist Onari, und das ist mein Vater Schatai." Sie zeigte auf den Mann neben dem Feuer. „Er entdeckte dich im Wald, nahe unserer Höhle, und er hatte Angst, daß du uns verraten würdest. Es ist sonst nicht seine Art, Wehrlose niederzuschlagen. Willst du nicht deine Axt weglegen, Vater?"

Der Mann gehorchte und legte die Axt neben sich auf den Boden. Dabei schaute er Thomas verlegen und zugleich mißtrauisch an. Onari lächelte. „Es fällt ihm schwer zu glauben, daß du nicht aus Aran bist, Nanischkaá – Kind aus der Welt Jenseits. Aber wenn er dir erst einmal vertraut – so wie ich es tue –, hast du keinen treueren Freund als ihn. Das ist meine Mutter Mahluta!" Sie wies zuerst auf die Frau und dann auf die beiden Alten. „Mein Großvater Tatoka! Meine Großmutter Taoya! Im ganzen Land Din gibt es niemanden, der mehr alte Geschichten weiß! Sie waren es, die mir von dem Uralten Spruch erzählten, der in Erfüllung gehen wird, wenn die Not am größten ist."

Die alte Frau stieß einen leisen, klagenden Laut aus. „Wir hätten dir nie davon erzählen dürfen! Weißt du denn, ob du den Spruch richtig deutest? Und was nützt dir der Junge aus der Welt Jenseits? Ich will ja glauben, daß du ihn herbeigerufen hast, wie hätte er sonst den Wald der Schlafenden Bäume finden können. Das ist ein Wunder, gewiß! Aber es müssen drei Kinder sein, drei Kinder aus drei Völkern. Wo willst du den dritten Gefährten suchen?"

„In Aran!" antwortete Onari. „Auch dort gibt es Kinder."

Es war, als hätte sie etwas ganz Unglaubliches gesagt, etwas, das streng verboten war. Die beiden Alten schauten sie entsetzt an. Mahluta begann zu weinen. Onari trat zu ihr, strich ihr über die Wange und flüsterte beruhigende Worte in der fremden Sprache. Dann sagte sie: „Sei nicht traurig, Mutter! Was soll unser Gast denken, wenn wir nur von uns reden und ihn vergessen? Er ist sicher hungrig, denn er hat einen weiten Weg hinter sich."

Mahluta fuhr sich mit dem Handrücken über das nasse Gesicht. „Du hast recht, Tochter", sagte sie, wandte sich an Thomas und bat: „Setz dich an unser Feuer, Nanischkaá!" Ihre Stimme war weich.

Thomas erhob sich. Sehr sicher stand er noch nicht auf den Beinen, aber er versuchte, es sich nicht anmerken zu lassen. Mahluta war zur Seite gerückt und hatte ihm Platz gemacht. Er setzte sich zwischen sie und Großmutter Taoya. Der Boden war mit geflochtenen Rindenmatten bedeckt. Das Feuer brannte in einer kleinen, mit Kieselsteinen ausgelegten Grube. Der Rauch stieg gerade auf; irgendwo in der Decke mußte sich ein Spalt befinden, durch den er abziehen konnte.

Onari lief in der Höhle hin und her und stellte eine volle Rindenschüssel nach der anderen vor Thomas hin. Der verlockende Geruch, der von den Speisen aufstieg, machte ihm bewußt, wie hungrig er war.

„Iß!“ forderte Onari ihn auf.

Sie brauchte ihn nicht zweimal zu bitten. Thomas nahm eines der Fladenbrote und biß hinein; es war aus grobgemahlenen Körnern gebacken und sehr knusprig. Das gebratene Fleisch schmeckte kräftiger, als er es von daheim gewohnt war. Er kostete einen Salat aus unbekannten würzigen Kräutern, die ihn an Pfefferminze und Zitronenmelisse erinnerten. Er aß länglichweiße, gekochte Knollen, die Kartoffeln glichen, aber einen Honiggeschmack hatten und in einem goldgelben Sirup schwammen, der süß und herb zugleich war.

Thomas aß alles durcheinander, weil er nicht wußte, wie die Gerichte zusammengehörten, und war so damit beschäftigt, daß er nicht auf die rund um das Feuer sitzende Familie achtete. Nachdem er aber den ersten Heißhunger gestillt hatte und langsamer und wählerischer zugriff, begann er sich wieder für die Bewohner der Höhle zu interessieren. Der Mann Schatai starrte düster in die Flammen. Die beiden Alten saßen stumm da und schienen mit ihren Gedanken weit weg zu sein. Mahluta blickte traurig bald auf ihn und bald auf Onari. Nur Onari wirkte unbekümmert und fröhlich.

Die letzte Honigknolle war aufgegessen, die Schüsseln waren leer. Onari räumte sie weg. Die Lider wurden Thomas schwer. Das Feuer strahlte Wärme aus und machte ihn noch schläfriger, als er schon war. Ohne daß er es merkte, sank ihm der Kopf auf die Brust. Gleich danach schreckte er auf. Onari hatte ihn leicht an der Schulter berührt. Sie hielt eine Schale in der Hand und sagte, er solle daraus trinken.

In der Schale, die aus schwarzem Stein geschnitten war, befand sich eine dunkelgrüne Flüssigkeit. Thomas kostete vorsichtig. Das Getränk schmeckte auf der Zunge und am Gaumen bitter, war aber erfrischend, und mit jedem Schluck, den er zu sich nahm, wurde er munterer. Als die Schale leergetrunken war, spürte er keine Müdigkeit mehr.

„Was ist das?“ erkundigte er sich.

„Wir nennen es Siebenwasser“, antwortete Onari. „Es ist der Saft von sieben Kräutern, die wir in der Nacht des ersten Vollmonds im Frühling pflücken. Seine volle Wirkung erhält es aber erst durch den Saft der Knospen von sieben Bäumen, die wir in der siebenten Nacht darauf sammeln. Bist du noch müde?“

„Überhaupt nicht mehr!“

„Das kommt, weil dir sieben Kräuter und sieben Bäume ihre Kraft leihen.“

„Ich bin so munter, ich könnte die ganze Nacht wachbleiben."

„Du sollst auch wach sein, denn ich möchte, daß du dir eine Geschichte anhörst. Willst du?"

„Ja. Was für eine Geschichte?"

„Die Geschichte unseres Volkes, die Geschichte der Dinadan. Die Bewohner von Aran nennen uns die Dunklen Leute aus dem Wilden Land. Für uns aber ist dieses Land nicht wild. Wenn wir davon sprechen, sagen wir, es ist das Land, wo alle Geschöpfe in Frieden leben, Zweibeiner und Vierbeiner und Geflügelte, Baum und Gras und Stein."

„Was sind das für Leute, die aus dem Land Aran?" fragte Thomas.

Bevor Onari antworten konnte, warf ihr Vater einen Strunk so heftig ins Feuer, daß ein Funkenregen aufstob und glühende Holzstückchen neben die Feuerstelle fielen. „Es sind die Hellhaarigen, die der Sonnenfahne gehorchen!" stieß er hervor, mühsam, als müßte er sich jedes einzelne Wort abringen.

Thomas starrte ihn betroffen an. Er dachte an die jungen Männer in den blitzenden Kettenhemden, an ihre helle Haut, an das blonde Haar und an die flatternde Fahne mit der roten Sonne auf gelbem Grund. Schatais Worte ließen keinen Zweifel aufkommen, daß es eine Schar aus Aran gewesen war, die Thomas auf der Waldwiese gesehen hatte. Er konnte nichts Böses von ihnen glauben – Onaris Vater schien sie jedoch zu hassen. Thomas fühlte sich nicht mehr ganz so behaglich wie zuvor.

Er sah Onari an. Sie erwiderte offen seinen Blick, und er beschloß, weiterzufragen, um mehr zu erfahren. „Ich habe eine Schar junger Männer gesehen", sagte er. „Sie hatten alle helles Haar, und einer von ihnen trug eine Fahne, auf der eine Sonne war. Waren das Leute aus Aran, Onari?"

„Ja. Wir wissen, daß sie in der Nähe sind, Nanischkaá. Als mein Vater dich im Wald entdeckte, hielt er dich für einen ihrer Späher."

„Sie seien verflucht!" murmelte Schatai. „Alles, was Leben hat, soll sich gegen sie wenden! Mögen die Wasser der Quellen versiegen, aus denen sie trinken!"

„Vater!" bat Onari. „Sprich nicht so! Unser Gast kennt dein Herz nicht, er kommt aus der anderen Welt und weiß nichts von unserer."

„Es ist schon einmal einer von dort gekommen, Tochter! Hast du das vergessen?"

„Ich habe es nicht vergessen", antwortete sie, „aber ich glaube an den Uralten Spruch. Großvater Tatoka, erzähle nun Nanischkaá die Geschichte, die ich ihm versprochen habe!"

Der alte Mann schob mit einem Zweigbüschel die glühenden Holzstückchen in die Feuergrube und fegte die Asche hinein. Dann saß er da, ganz versunken in das Bild der tanzenden Flammen. Thomas dachte schon, Tatoka habe nicht gehört, worum Onari ihn gebeten hatte, als der Alte plötzlich zu sprechen begann:

„Nanischkaá, du bist hier im Land Din, dem Land der Wälder, das an die große Ebene von Aran grenzt, wo die Hellhaarigen wohnen. Dies ist die Welt, die wir kennen – das Land Din und das Land Aran – an drei Seiten, im Norden, im Osten und im Westen von Bergen umschlossen, die so hoch sind, daß die Gipfel in die Wolken ragen und von ewigem Eis bedeckt sind. Noch niemand hat dieses Gebirge überschritten, wir nennen es die Berge am Ende der Welt. Im Süden aber ist die Grenze beider Länder der Verbotene Fluß, der Fluß ohne Wiederkehr, von dem man sagt, daß er nicht immer so hieß – doch das ist eine neue Geschichte, und du sollst sie ein andermal hören.

Einst waren wir Dinadan glücklich in unseren Wäldern, in unserem Land Din. Vierbeiner und Geflügelte jeder Art bevölkerten es, und Bäume und Pflanzen trugen reichlich Frucht. Wir waren den Vierbeinern und den Geflügelten dankbar, daß sie uns zur Nahrung dienten, und wir waren allem, was da wuchs, dankbar, daß es uns Früchte und Samen gab. Unsere Hütten bauten wir aus Laub und Zweigen, und für unsere Feuer sammelten wir dürres Holz, denn wir wollten nicht Hand an einen lebenden Baum legen. Und die Bäume dankten es uns und boten uns Schutz vor Wind und Regen und Schnee.

Aadoó-inda adaan, vor langer, langer Zeit, Nanischkaá, fand ein Mann aus deiner Welt den Wald der Schlafenden Bäume, er überschritt die geheimnisvolle Grenze und kam in das Land Aran und lehrte die Hellhaarigen die Künste seiner Welt. In deiner Welt, Nanischkaá, müssen die Menschen sehr viel wissen. Trotzdem beneiden wir sie nicht. An den Hellhaarigen können wir sehen, daß es nichts nützt, Wissen zu haben, wenn man nicht imstande ist, es weise zu gebrauchen. Ist es nicht so, Nanischkaá?"

Thomas nickte. Eigentlich verstand er nicht ganz, was der Alte meinte, aber ihn interessierte es, wie die Geschichte weiterging.

„Die Hellhaarigen nannten den Mann aus der Welt Jenseits

ihren Meister", fuhr Großvater Tatoka fort. „Er zeigte ihnen, wie man in den Bergen am Ende der Welt nach Erz gräbt, und wie man es schmiedet, er zeigte ihnen, wie man Häuser aus Stein baut, wie man Vierbeiner und Geflügelte zähmt und wie man Felder nicht mit Werkzeug aus Holz – wie sie es bisher getan hatten –, sondern mit Eisen umgräbt. Er lehrte sie seine Sprache, und sie vergaßen allmählich ihre eigene.

Es heißt, daß der Meister eines Tages wieder fortging, so geheimnisvoll, wie er gekommen war. Die Zeit verging, Bäume wuchsen aus Samen und starben ab und vermoderten, damit neuer Samen in ihnen Wurzel schlagen konnte. Zwischen unseren beiden Völkern, jedes anders in seiner Art, herrschte Friede. Manchmal trafen wir uns an den Grenzen, und manchmal kamen Hellhaarige in unsere Wälder. Wir nahmen sie gastfreundlich auf, schenkten ihnen Pelze und Früchte und unser Siebenwasser. Von den wunderbaren Dingen, die sie besaßen, wollten wir nichts. Uns genügte das, was die Wälder uns gaben."

Tatoka hielt inne. Onari sagte: „Die Mädchen in Aran schmükken sich mit silbernen Ketten und Ringen, und man sagt, es seien viele Tage der Mühe notwendig, bis diese schönen Dinge ihre Form gefunden haben. Da haben wir Mädchen aus Din es leichter. Die Büsche tragen bunte Beeren – wir brauchen sie bloß zu pflücken. Und ab und zu verliert einer der Gefiederten ein buntes Federchen, und es liegt im Moos und wartet darauf, daß wir es aufheben und an unser Kleid nähen."

„Als ich so alt war wie meine Enkeltochter Onari", begann Großvater Tatoka wieder, „kamen einmal Hellhaarige, zeigten uns Äxte aus Eisen und sagten, damit könnten wir die größten und stärksten Bäume in den Wäldern fällen, und sie fragten, was wir ihnen im Tausch dafür geben würden. Wir gaben den Hellhaarigen, was sie haben wollten, aber ihre Äxte nahmen wir nicht, denn keiner von uns hätte einen Baum töten wollen. Zum Spalten des Feuerholzes und für die Jagd haben wir unsere eigenen Äxte aus den Bergen am Ende der Welt, deren schwarzen Stein viele von uns kunstvoll bearbeiten können. Schau, Nanischkaá!" Der Alte hob die Axt auf, die neben Schatai lag, Thomas betrachtete sie neugierig. Die Klinge bestand aus demselben schwarzen Stein wie die Trinkschale, war feingeschliffen und glänzend poliert. Die Schneide war scharf wie bei einem Messer. Der Schaft aus rötlichem Holz war über und über mit geschnitzten Tierköpfen bedeckt.

„Kann man so etwas wirklich mit der Hand machen, ohne richtiges Werkzeug?“ fragte er erstaunt und beeindruckt.

„Es braucht Geduld und lange Übung, bis einer es gelernt hat“, antwortete Großvater Tatoka. „Stein wird gegen Stein geschlagen, und das Geheimnis liegt darin, die richtige Stelle zu wissen, auf die man schlagen muß. Das kann nur der, der die Seele des Steines kennt und sein Freund geworden ist.“ Tatoka legte die Axt zu Boden und fuhr fort:

„Wieder verging die Zeit, Nanischkaá, viele Sommer und Winter folgten einander, und langsam, zuerst kaum spürbar, veränderten sich die Menschen aus Aran. Sie waren stolz geworden. Sie meinten, in der bekannten Welt sei ihnen niemand gleich. Sie glaubten, besser zu sein als wir. Sie fingen an uns zu verachten, weil wir keine Felder bearbeiteten und keine Häuser aus Stein bauten, und sie nannten unser gutes Land Din das Wilde Land. Noch hatten wir Freunde in Aran, aber es waren nicht mehr viele, und sie wurden immer weniger. Endlich kamen nur noch zwei Hellhaarige zu uns.“

„Großvater Tatoka nannte sie seine Brüder“, fiel Onari ein.

„Ja, sie waren meine Brüder! Sie gingen nicht in die Wälder, um Pelze und Siebenwasser zu holen, sie kamen, um die alten Geschichten der Dinadan und ihre alten Weisheiten zu hören. Sie kamen, um von uns zu lernen. Wie oft saß ich mit ihnen an den Quellen unseres Landes oder im Schatten unserer Bäume, und sie hörten zu, wenn ich sprach, und gaben mir Antwort auf meine Fragen.“

Der Alte hielt inne. Seine Augen waren nicht mehr ganz so traurig, es war, als ließe die Erinnerung an etwas, woran er gern zurückdachte, sie kurz aufleuchten. Thomas verlagerte sein Gewicht von einer Ferse auf die andere – vom ungewohnten Hocken auf dem Boden kribbelten ihm die Beine.

„Sprechen die Leute in Aran wirklich die gleiche Sprache wie ich?“ fragte er.

„Ja“, antwortete Onari, „es ist die Sprache des Meisters, und er kam aus deiner Welt.“

„Aber wieso sprecht ihr sie? Eure ist doch anders!“

„Das ist leicht zu beantworten, Nanischkaá! Den Hellhaarigen ist es immer schwer gefallen, den Sinn unserer Worte zu begreifen, so klug sie auch sonst sein mögen. Für uns ist das anders. Wir lernen schon als Kinder darauf zu horchen, wie andere Wesen sich verständigen, denn alles hat seine Sprache, Nanischkaá, alles, was da wächst, die Vierbeiner und die Geflügelten, der Wind, der Donner, der Blitz und der Regen, das Wasser und das Feuer. Dieses Wissen besitzen die Hellhaarigen nicht."

„Meine zwei Brüder aus Aran besaßen es", sagte Großvater Tatoka.

„Ja", murmelte Großmutter Taoya, „sie redeten mit den Worten der Dinadan – aber auch sie vergaßen unser Land Din!"

Schatai stieß wieder einen Ast ins Feuer, daß die Funken aufstoben, sagte aber kein Wort.

„Es waren Narnar, der Lehrer der Kinder in Aran", erklärte Tatoka, „und Nor, der Diener der Sonne – denn die Hellhaarigen verehren die Sonne, weil sie Leben gibt. Als meine Enkeltochter eben ihre ersten Schritte versuchte, brachte Nor seine Tochter mit. Du hast mit ihr gespielt, Onari!"

„Ich erinnere mich nicht daran, Großvater."

„Ja, du warst noch zu klein. Und als du größer wurdest, kamen meine Brüder nicht mehr in das Land Din. Keiner der Hellhaarigen fand mehr den Weg zu uns. Ich war traurig und fragte mich, warum das so sei, aber niemand wußte eine Erklärung. Wir ahnten nicht, was im Land Aran vor sich ging. Wäre doch einer von uns Dinadan ausgezogen, um es zu erfahren! Aber wir dachten, es genüge, selber im Frieden zu leben und nichts Böses zu tun, wir glaubten, es ginge uns nichts an, was anderswo geschah. Viel zu spät erst lernten wir begreifen, daß wir damit Unrecht hatten. Denn nichts, was geschieht, ist ohne Wirkung. Was der eine tut, betrifft auch den anderen. Kein Volk lebt für sich allein."

Der Alte seufzte. „Eines Morgens sahen wir an den Grenzen unseres Landes einen roten Schein aufglühen wie von einem großen Feuer. Scharen der geflügelten Freunde kamen mit klagenden Rufen geflogen, und wir sahen Vierbeiner auf der Flucht. Es war, als hätte ein Unwetter die Grenzen des Landes Din verwüstet, aber die Nacht war klar gewesen, und kein Blitz war vom Himmel gefallen. Eine Schar junger Männer eilte fort, den Geflügelten und den Vierbeinern beizustehen und zu erkunden, was der rote Schein bedeute. Von diesen jungen Männern, Nanischkaá, kam nur einer zurück!"

Wieder hielt der alte Mann in seiner Erzählung inne. Die anderen saßen stumm da, den Blick ins Feuer gerichtet, aber so, als sähen sie es nicht, sondern etwas ganz anderes, etwas, das sich ihrer Erinnerung so unauslöschlich eingeprägt hatte, daß es, nach so vielen Jahren, noch immer gegenwärtig war.

Es muß schrecklich gewesen sein, was sich damals an den Grenzen des Landes Din zugetragen hat, dachte Thomas. Onari ist genauso stumm wie die anderen. Er hätte gern gewußt, was mit den jungen Männern geschehen war, aber er wartete geduldig, bis Großvater Tatoka wieder zu sprechen anfing.

„Nanischkaá", – Thomas hatte sich schon daran gewöhnt, so genannt zu werden – „du sollst nun hören, was Ma-ii uns berichtete, denn das ist der Name des jungen Mannes, der als einziger zurückkam. Als Ma-ii und seine Schar sich der Grenze des Landes Din näherten, sahen sie, daß ein großes und schreckliches Feuer ausgebrochen war. Rauch ließ ihre Augen tränen, das Bersten der Bäume im Feuer klang wie Donner. Die Hellhaarigen waren wieder in unser Land gekommen, aber nicht mehr als Gäste. Sie waren gekommen, es zu zerstören. Mit ihren Äxten aus Eisen hatten sie die Bäume gefällt und Feuer daran gelegt, damit alles zu Asche werde, das lebende Grün und das lebende Holz. Unsere jungen Männer hörten das Klagen der Bäume, der Büsche und all dessen, was da wuchs in den Wäldern. Ihre Herzen wurden von Entsetzen erfaßt, und sie dachten, ein böser Geist sei über die Hellhaarigen gekommen, sie gingen zu ihnen und baten sie, das Feuer zu löschen und in ihr eigenes Land zurückzukehren.

Die Männer aus Aran waren in Eisen gekleidet und trugen Schwerter und Lanzen. Sie nannten sich die Söhne Gonds und sagten, sie seien ausgezogen, die wilden Wälder fruchtbar zu machen und in einen blühenden Garten zu verwandeln. Denn in den Jahren, Nanischkaá, da unsere beiden Völker einander nicht mehr trafen, war das geschehen im Land Aran: Ein Mann lebte dort namens Gond, ihm erschien der Meister in einem Regen aus Licht und nannte ihn ‚Großer Gond' und die ‚Wahre Sonne Arans' und trug ihm auf, die Hellhaarigen zu führen.

Der Große Gond sprach zu seinem Volk, und alle glaubten ihm. Sie gaben ihrer Stadt den Namen Gondarit, bauten eine Burg für den Großen Gond und hohe Mauern rings um die Stadt und schmiedeten Schwerter und Lanzen. Der Große Gond nannte die jungen Männer seine Söhne, er rief sie zu sich und gab ihnen die Sonnenfahne. Er sagte, das Volk von Aran sei auserwählt, von einem Ende der bekannten Welt bis zum anderen zu herrschen, und es sei der Wunsch des Meisters, das Wilde Land zu erobern und die Dunklen Leute aus den Wäldern zu vertreiben.

Ma-ii und seine Gefährten verstanden nicht, was die Hellhaarigen redeten, der Sinn ihrer Worte blieb ihnen dunkel. Hatten nicht seit langer, langer Zeit und noch viel länger die Dinadan im Land Din gelebt und die Hellhaarigen im Land Aran, und es war gut so gewesen! Noch einmal baten Ma-ii und seine Gefährten die Hellhaarigen, das Feuer zu löschen und in ihr Land zurückzukehren. Die Söhne Gonds aber hörten nicht auf das, was sie sagten, sondern griffen zu ihren Schwertern und fielen über unsere jungen Männer her. In jener Stunde des Unheils begannen Dinadan und Hellhaarige einander zu töten.

Ma-ii und seine Gefährten wehrten sich, aber damals erfuhren wir, daß Eisen nicht nur dazu taugt, tief in das lebende Holz eines Baumes zu dringen – ebenso tief sind die Wunden, die es einem Erdgeborenen schlägt. Unsere jungen Männer starben, nur Ma-ii konnte fliehen, er kam zurück und brachte uns Kunde vom Tod seiner Gefährten.

Schmerz und Zorn waren groß im Volk der Dinadan, aber unsere Herzen konnten noch immer nicht fassen, daß von nun an Erdgeborene gegen Erdgeborene kämpfen sollten. Unsere ältesten und weisesten Männer gingen in das Land Aran, um mit dem Mann zu reden, der der Große Gond hieß, damit er sein Unrecht erkennen lerne. Sie leben nicht mehr, unsere Weisen, die Hellhaarigen töteten auch sie.

Da schickten wir Boten aus in das ganze Land Din und riefen alle zusammen, und wir nahmen unsere Äxte aus Stein und unsere Bogen und unsere Pfeile und zogen gegen die Hellhaarigen aus, die unsere Wälder verwüsteten. Als es dunkel war und die Nacht uns Schutz gewährte, griffen wir sie an. Sie dachten, wir Dinadan könnten nicht kämpfen, aber von den Vierbeinern und Geflügelten haben wir gelernt, uns zu verteidigen, wenn wir bedroht sind. Wer von den Söhnen Gonds am Leben blieb, flüchtete nach Aran. Aber der Große Gond schickte seine Söhne wieder. Und wieder. Und wieder. Und es sind ihrer so viele, und sie haben Schwerter aus Eisen und Lanzen aus Eisen, und wir haben nur unsere Äxte aus Stein und unsere Pfeile mit Spitzen aus scharfen Knochen.

Nanischkaá, ich will dir nicht von den Kämpfen und Leiden der Dinadan erzählen. Es ist eine zu lange Geschichte für eine Nacht. Jetzt sind wir nur noch wenige, und bald werden wir keine Kraft mehr haben, uns zu wehren. Dann werden die Hellhaarigen die letzten Bäume fällen, die letzten Vierbeiner und Geflügelten vertreiben und aus dem Land Din ihren blühenden Garten gemacht haben. Nur wird es kein blühender Garten für uns Dinadan sein, sondern ein Reich des Todes. Wir weinen nicht mehr um unsere Toten, wir nennen sie glücklich, denn wer tot ist, über den haben die Hellhaarigen ihre Macht verloren."

Das Feuer war zu roter Glut herabgebrannt und strahlte nur noch einen schwachen Schein aus. Die alte Frau begann leise vor sich hin zu klagen. Großvater Tatoka nahm ihre Hand. „Sei nicht traurig", murmelte er, „es ist bald alles zu Ende."

Onari sprang auf. „Nein, Großvater! Es ist noch nicht zu Ende! Noch leben wir! Noch können wir kämpfen!"

Ihr Vater Schatai starrte düster auf die Axt aus schwarzem Stein. Onari schüttelte den Kopf. „Nicht mehr damit, Vater! Es gibt einen anderen Weg!"

„Tochter", flüsterte Mahluta, „keiner ist zurückgekehrt, der den Verbotenen Fluß überschritten hat."

„Ich weiß es, Mutter! Aber noch nie waren es drei Kinder aus drei Völkern, die es taten!"

Onari schaute Thomas an, und gleichzeitig wandten ihm auch die anderen ihre Blicke zu. Er fühlte, daß sie etwas von ihm erwarteten und erhofften, wenn er auch noch nicht begriff, was das war.

„Willst du mit mir über den Verbotenen Fluß gehen, Nanischkaá?" fragte Onari.

„Ja", antwortete er. In diesem Augenblick wäre er zu allem bereit gewesen, worum ihn die Dunklen Leute gebeten hätten. In der Feuergrube zuckte ein letztes Flämmchen, flackerte auf und erlosch. Plötzlich war Thomas sehr müde, so müde, daß alles um ihn verschwamm und er kaum noch die Gestalten Onaris und ihrer Familie ausnehmen konnte.

„Was ist der Uralte Spruch? Was ist mit dem Verbotenen Fluß?" hörte er sich fragen, aber seine eigene Stimme klang unwirklich. Der Kopf sank ihm auf die Knie, und er schlief ein.

Über den Wäldern des Landes Din stand der volle runde Mond. Sein Licht floß an den Stämmen hinab und sickerte durch die Zweige, tauchte das Gewirr aus Reben und Ranken, die den Eingang der Höhle verbargen, in den gleichen geheimnisvollen Schein wie die Lichtung, auf der die Söhne Gonds lagerten. Alle schliefen, bis auf die Wachtposten. Oben, auf einer runden Hügelkuppe, nicht weit entfernt vom Lager, saß der Junge, der am Ende des Zuges gegangen war. Für einen Wachtposten war der Hügel gut gewählt, er bot einen weiten Überblick, und jede geringste Bewegung im Unterholz war leicht wahrzunehmen. Der Junge schien jedoch nicht an seine Pflichten als Wächter zu denken. Er saß mit gesenktem Kopf da, ohne sich zu rühren. Schließlich zog er, sehr langsam, das Schwert aus der Scheide und setzte sich die Spitze an die Brust. Seine Hände krampften sich um den Griff. In dem Augenblick aber, da er zustoßen wollte, hielt er inne.

Er hob den Kopf.

Unten, am Fuß des Hügels, stand ein Wolf. Das Mondlicht verlieh dem Pelz einen unwirklichen, silbrigen Schimmer. Den mächtigen Kopf erhoben, schaute das Tier zu dem Jungen hinauf.

Der Junge und der Wolf sahen einander an, sehr lange. Dann wandte der Wolf sich ab, schritt in den Wald und verschwand zwischen den Bäumen.

Der Junge schaute um sich. Er sah über die weit dahinrollenden stillen Wälder, er blickte hinauf zum mondüberglänzten Himmel.

Das Schwert fiel dem Jungen aus der Hand. Er schlug die Hände vors Gesicht und weinte.

III.

Im Garten der Dinadan

Zum zweitenmal erwachte Thomas auf dem Fellager, aber diesmal mit klarem Kopf, ohne Schmerzen und gut ausgeruht. Gedämpftes Licht erfüllte die Höhle. Sie war geräumiger, als er nachts angenommen hatte. Die Rückwand bildeten zwei nach vorne überhängende Felsblöcke, die sich einander zuneigten. An der Stelle, wo sie sich trafen, mußten Spalten und Ritzen in der Decke sein, durch die ein wenig Tageslicht sickerte. Quer über die Decke zog sich eine knorrige, verzweigte Wurzel, die Höhle konnte also nicht sehr tief unter der Erdoberfläche liegen.

An den Wänden hingen aus Zweigen und Bast geflochtene Körbe

und verschiedene Geräte aus schwarzem Stein, aus Knochen oder Horn. Die Feuerstelle befand sich im hinteren Teil, damit der Rauch durch die Spalten oben abziehen konnte.

Das Feuer gloste friedlich. In einem bauchigen Tontopf brodelte es leise. Mahluta, Großmutter Taoya und Onari hockten neben der Feuergrube und unterhielten sich flüsternd in ihrer Sprache. Großvater Tatoka und Schatai waren nicht in der Höhle.

Thomas blieb still liegen. Stück für Stück der Erzählung des Großvaters kam ihm wieder in Erinnerung. Er hatte hellwach zugehört, bis er plötzlich todmüde geworden war. Dann mußte er eingeschlafen sein, und die Dunklen Leute hatten ihn auf das Lager gebettet.

Er hatte Onari versprochen, mit ihr über den Verbotenen Fluß zu gehen. Wo war dieser Fluß? Warum wollte sie, daß er mit ihr ging? War er wirklich in einer anderen Welt? Einer, von der er bisher nichts gewußt hatte? Und Onari hatte ihn hergerufen . . . .

Er schaute zu ihr hin.

Im selben Augenblick hob sie den Kopf, lachte ihn an, stand auf und trat zu ihm.

In ihrem weich fallenden Lederkleid mit den bunten Federn am Halssaum und an den Ärmeln und dem roten Beerenschmuck sah sie sehr hübsch aus. Ihre Haut hatte die Farbe von reifen Haselnüssen. Die schwarzen Zöpfe hingen ihr bis zum Gürtel nieder.

„Jetzt bist du endlich aufgewacht, Nanischkaá", sagte sie.

„Habe ich denn so lange geschlafen?"

„Ja, sehr lange! Draußen steht die Sonne schon am höchsten Punkt. Setz dich zu uns! Sicher bist du hungrig."

Mahluta und Taoya nickten Thomas freundlich zu. Onari nahm eine Schüssel und schöpfte Suppe aus dem Tontopf. Der Löffel, den sie ihm reichte, war aus Horn geschnitten. Zu der Suppe aß er das würzige Fladenbrot aus grobgeschroteten Samenkörnern. Die beiden Frauen sahen ihm schweigend zu, mit dem gleichen zufriedenen Ausdruck, den er von seiner Mutter kannte, wenn es ihm und den Schwestern schmeckte.

Als er satt war, sagte Onari, er solle mit ihr kommen, sie wolle ihm etwas zeigen. Gegen den Ausgang zu verengte sich die Höhle, bis man schließlich nur noch gebückt weitergehen konnte. Thomas schaute rasch noch einmal zurück. Mahluta und Großmutter Taoya hatten ihre Augen auf ihn geheftet, er war nicht sicher, was er in ihren Blicken las: Angst oder Hoffnung. Er bückte sich und folgte Onari.

Schon nach wenigen Metern schloß ein Vorhang aus Waldreben den Gang ab. Onari schob die Ranken beiseite, schlüpfte hinaus und hielt sie fest, bis auch Thomas draußen stand. Er fand sich in einer Wildnis aus ineinander verstricktem Unterholz und wuchernden Schattenpflanzen. Nichts verriet, daß hier Menschen hausten, ja, es schien ganz unmöglich, sich einen Weg durch dieses Gestrüpp aus Dornen, dürrem Holz, Moder und Rankengewirr zu bahnen. Hoch über sich ahnte er die Kronen der mächtigen, uralten Bäume. Hie und da blitzte ein blasser Sonnenstrahl auf, der sich gleich wieder im Düstern verlor. Das bißchen Rauch, das durch den Höhlenspalt aufstieg, war kaum wahrzunehmen.

„Ja, wir verkriechen uns unter der Erde, dort, wo die Wälder am finstersten sind", sagte Onari, als lese sie seine Gedanken. „Aber wir lebten nicht immer so. Früher bauten wir Hütten auf freien, sonnigen Plätzen."

„Wo sind dein Vater und der Großvater?" erkundigte sich Thomas.

„Sie halten Wache! Einstweilen sind wir hier noch in Sicherheit. Die Söhne Gonds haben diese Pfade meines Volkes noch nicht entdeckt."

Onari glitt in das Dickicht hinein. Von einem Pfad sah Thomas nichts, aber sie mußte wohl irgendwelchen verschlungenen, geheimnisvollen Wegen folgen, die nur für sie und nicht für ihn erkennbar waren. Sie zögerte nie, und immer, wenn er glaubte, daß sie im Unterholz feststeckten, öffnete sich plötzlich ein winziger Durchlaß, den er vorher nicht gesehen hatte. Manchmal mußten sie freilich auf Händen und Knien weiterkriechen. Ein paarmal meinte er, schwachen Rauchgeruch wahrzunehmen; vielleicht gab es hier noch andere Höhlen, in denen sich Familien der Dinadan versteckt hielten.

Als er schon glaubte, es würde immer so weitergehen, immer tiefer hinein in die Wildnis, hörte das Unterholz plötzlich auf, und sie betraten einen parkähnlichen Hochwald. Bei jedem Schritt federte die dicke Nadelschicht wie eine Matratze. Die Äste der Bäume setzten hoch über ihren Köpfen an. Zwischen den Stämmen floß ein Bach. Das schattige Licht und die dunkle Modererde, durch die er sich das Bett gegraben hatte, ließen sein Wasser schwarz erscheinen. Onari wanderte ein Stück am Ufer entlang. Dann blieb sie plötzlich stehen. Vor ihr erhob sich eine hohe Dornenhecke, über und über mit blaßgelben Blüten besetzt. Der Bach verschwand darunter. Hinter der Hecke ragte eine glatte Felswand empor.

„Jetzt sind wir gleich im Garten der Dinadan", erklärte Onari.

Thomas wunderte sich. Er hätte nie gedacht, daß diese Dunklen Leute, die so ganz und gar Geschöpfe der Wildnis waren, sich einen Garten anlegen könnten.

„Hier geht es doch nicht weiter", stellte er fest. „Wo soll da ein Garten sein?"

„Ich zeig es dir", antwortete Onari.

Sie kauerte sich nieder und winkte ihn zu sich. Er bückte sich und sah, daß an dieser Stelle das Dorngestrüpp nicht ganz bis zum Boden reichte, es ließ einen kleinen, tunnelartigen Einschlupf frei, den man, solange man aufrecht stand, nicht bemerkte.

„Da hinein geht es?"

„Ja, da hinein!" Onari legte sich auf den Boden und war im nächsten Augenblick in das Heckenloch gekrochen. Thomas machte es ihr nach. Er wagte nicht, den Kopf zu heben, aus Angst, sich an den Dornen das Gesicht zu zerkratzen, schob sich auf Knien und Ellbogen vorwärts und richtete sich erleichtert auf, als sich der Tunnel nach ein paar Metern erweiterte. Die Hecke wich zu beiden Seiten zurück, schloß sich aber wieder über den Köpfen der Kinder. Wie ein Laubengang, den jemand ausgeschnitten hat, dachte Thomas. Die gelben Blüten strömten betäubenden Duft aus, die Luft war heiß und stickig. Ganz in der Nähe plätscherte es. Das mußte der Bach sein.

Thomas schätzte, daß sie der Felswand schon nahe waren. Er täuschte sich nicht. Das Plätschern wurde lauter. Senkrechte Felsen stiegen empor. Aus einem breiten Spalt kam der Bach geflossen; seine Wellen, die jetzt blau und durchsichtig waren, hüpften über blankgeschliffene Kiesel. Neben dem Bach war gerade noch Platz für einen schmalen Pfad.

Die Kinder gingen in den Spalt hinein. Vom Wasser stieg es kühl auf. Die Wände fingen das Geplätscher der Wellen ein, verstärkten und brachen es und ließen es zu einer Musik aus kristallklaren Tönen werden.

Dann öffnete sich der Spalt plötzlich. Thomas sah vor sich einen kleinen Talkessel, der von hohen Felsen umschlossen war. Am Fuß eines dieser Felsen entsprang der Bach. Bevor er weiterfloß, sammelte er sich in einem Tümpel, über den eine Birke ihre Zweige wie ein Dach breitete. Von Blumen gesprenkeltes Gras bedeckte den Boden.

„Gefällt es dir hier?" fragte Onari.

„Sehr!" antwortete Thomas. „Aber warum hast du gesagt, es sei der Garten der Dinadan? Das ist kein Garten."

„Für mich ist es einer! Ich habe mir diesen Namen ausgedacht. Die Hellhaarigen müssen erst den Wald zerstören, bevor sie einen Garten anlegen. Für uns Dinadan ist alles ein Garten, was wächst und gedeiht. Mein Vater hat diesen Platz entdeckt, als er einem der kleinen flinken Jäger der Wälder folgte. Ich komme oft her.“

Sie nahmen unter der Birke Platz. Im Laub über ihnen flimmerten Sonnenkringel. Das Gras war weich und nicht sehr hoch. Die Blumen waren Thomas alle unbekannt. Da gab es samtrote Kelche, gelbe Trichter, blaue Sterne und kleine rosa Lampions. Es war ein verwirrender Reichtum an Farben und Formen. Onari hatte recht. Ein Garten hätte nicht vielfältiger und schöner angelegt sein können.

„Ich habe dich noch nicht nach deinem Namen gefragt, Nanischkaá“, sagte Onari unvermittelt.

„Ich heiße Thomas.“

„To-mas“, widerholte sie. „Das klingt fremd für mich. Und Nanischkaá will ich dich auch nicht mehr nennen, jetzt, da wir uns so gut kennen. Ich werde Schilien zu dir sagen. Wenn du nichts dagegen hast.“

„Warum soll ich etwas dagegen haben?“

„Weil Schilien in der Sprache der Dinadan das Wort für ‚Bruder‘ ist! Willst du, daß ich dich so nenne?“

„Ja! Und was heißt Schwester, Onari?“

„Schilah.“

„Dann bist du meine Schilah!“

„Ich bin deine Schilah.“

Noch nie zuvor hatte er sich so sicher gefühlt wie in ihrer Gegenwart. Sie war so ganz anders als Barbara und Christa. Sie vertraute ihm, deshalb fand er Zutrauen zu sich selber. Sie hätte nicht über ihn gelacht, damals in der Scheune, als er, auf dem Querbalken hockend, sich nicht weitergewagt hatte. Wenn sie dabeigewesen wäre, dachte er, hätte ich aber auch keine Angst bekommen! Oder wenn ich Angst bekommen hätte, dann wäre ich trotzdem weitergeklettert!

Sein nächtliches Versprechen fiel ihm ein. „Wann gehen wir über den Verbotenen Fluß, Onari?“ fragte er eifrig.

Sie zögerte, bevor sie antwortete: „Ich habe dich darum gebeten, weil es sonst keine Rettung mehr gibt für mein Volk. Du weißt aber nicht, was ich von dir verlange. Du weißt nicht, was dich erwartet, wenn du mit mir gehst. Ich weiß es auch nicht, der Weg vor uns liegt im Dunkel, und niemand kann uns sagen, wie er endet. Darum überlege es dir gut! Prüfe dein Herz, ob du wirklich bereit bist!“

Sie schwieg. Die Sonne am Himmel war weitergewandert, an der Felswand gegenüber begannen Schatten zu wachsen. Aus den Wäldern kam ein langgezogener klagender Vogelruf.

„Ist es so gefährlich, was du vorhast, Onari?"

„Ja! Noch keiner, der über den Verbotenen Fluß gegangen ist, kam zurück."

„Warum heißt er der Verbotene Fluß?"

„Weil an seinem anderen Ufer das Verbotene Land beginnt."

„Was ist das – das Verbotene Land?"

„Es liegt in ewigem Nebel. Sogar in der Hitze des Sommers weicht er nicht, und in der sternklarsten Nacht verbirgt er es vor unseren Blicken. Als die Welt jung war, vor so langer Zeit, daß keiner weiß, wann es war, fuhren Männer der Dinadan in einem Boot über den Fluß und wollten erkunden, was drüben sei. Sie verschwanden im Nebel und kamen nie wieder. Noch einmal zogen Dinadan aus – auch sie blieben für immer fort. Seither glaubt mein Volk an die Uralte Geschichte und meidet den Fluß."

„Was für eine Uralte Geschichte?"

„Wir Dinadan haben viele Geschichten, aber diese Geschichte ist die älteste von allen. Soll ich sie dir erzählen, Schilien?"

„Ja!"

„Dann hör zu: Am Anfang der Zeit, als alles begann, lebten wir Dinadan im Verbotenen Land. Damals nannten wir uns nicht Dinadan, wir hatten uns noch keinen Namen gegeben. Wir wußten nicht, was gut und böse ist, wir erinnerten uns nicht, was gewesen war, und dachten nicht daran, was sein würde. Wir wurden geboren und wuchsen heran, wir wurden alt und starben, aber was Geburt und Leben und Tod sind, begriffen wir nicht. Da hatte Ma-Ischadaa, der Vater der Sterne, der auch der Vater der Sonne und des Mondes und aller Dinge ist, die es gibt, Mitleid mit uns und sagte: ‚Ich will den Erdgeborenen das Licht geben.' Er rief einen der Sterngeborenen zu sich, gab ihm das Licht und trug ihm auf, es den Erdgeborenen zu bringen.

Der Sterngeborene stieg vom Himmel, aber als er zu den Erdgeborenen kam, sagte er: ‚Was sind das für Geschöpfe im Vergleich zu mir? Das Licht ist zu kostbar, um es ihnen zu geben. Ich werde es für mich behalten.'

Der Vater der Sterne rief einen anderen Sterngeborenen zu sich – sein Name war No-Ischnaá, der Gute Stern. No-Ischnaá ging zu den Erdgeborenen und gab ihnen das Licht. Und da erkannten sie, wer sie waren, und sie nannten sich Dinadan, das heißt ‚Die, die sehend geworden sind'.

No-Ischnaá kehrte zum Vater der Sterne zurück. Dem ersten Stern aber blieb der Himmel verschlossen, er mußte bei den Erdgeborenen bleiben. Das Licht, das er trug, verlieh ihm große Schönheit. Die Dinadan nannten ihn den Weißen König, und sie verehrten ihn, denn keiner von ihnen besaß die Gabe der Erkenntnis in so hohem Maß wie er. Doch da er nicht teilen wollte, nicht geben, was ihm selber geschenkt worden war, verdüsterte sich allmählich sein Licht, bis es endlich ganz erlosch. Er wurde zum Schwarzen König. Wohin er den Fuß setzte, konnte nichts mehr leben, und wer ihm zu nahe kam, wurde wie er.

Die Dinadan flohen aus seinem Land. Ein Fluß begann zu fließen, der Fluß ohne Wiederkehr, der Verbotene Fluß, der das Land des Schwarzen Königs umschloß. Er blieb allein zurück mit jenen, die wie er geworden waren, und er befahl ihnen, ein Haus aus schwarzem Stein für ihn zu bauen. Dort, wo es steht, erzählt die Uralte Geschichte, senkt sich die Erde, langsam und kaum merklich, aber unaufhaltsam, so wie Wind und Regen einen Stein abtragen, was ja auch für das Auge nicht wahrnehmbar ist. Einmal, so heißt es, wird das Haus des Schwarzen Königs in sich zusammenstürzen, eine Quelle wird entspringen, und dann wird sein Land nicht mehr das Verbotene Land sein, aber wann das sein wird, wissen wir nicht."

Onari hielt einen kurzen Augenblick inne. „Jetzt kennst du die Uralte Geschichte, Schilien, und jetzt weißt du, warum du dein Herz prüfen sollst, bevor du dich entschließt, mit mir zu gehen."

Thomas konnte sich nicht recht vorstellen, daß es so etwas wie das Verbotene Land wirklich gab. Die Uralte Geschichte hörte sich wie ein Märchen an. Ein Sterngeborener? Sterne waren, das wußte er, ungeheure Bälle aus flüssigem Gas. Einen Augenblick kam er sich Onari sehr überlegen vor. Dann fiel ihm jedoch plötzlich ein, daß er eines Abends in den Garten gelaufen war, weil die Eltern und die Schwestern ihn gekränkt hatten. Am Himmel war der Abendstern gestanden. Thomas erinnerte sich genau, wie unglücklich er damals gewesen war und daß er auf einmal das Gefühl gehabt hatte, als tröste ihn der Stern. Wenn ich das jemandem erzählt hätte, dachte Thomas, dann hätten mich alle ausgelacht. Und Onari glaubt daran, daß ein Sterngeborener vom Himmel herabgestiegen ist. Hier ist alles anders. Vielleicht gibt es sogar den Schwarzen König? Falls es ihn gibt – ich habe keine Angst vor ihm!

„Onari", sagte Thomas, „ich gehe mit dir!"

Sie nahm seine Hand und drückte sie. „Ich habe gewußt, daß ich dich nicht umsonst aus deiner Welt zu uns gerufen habe!"

„Deine Großmutter sagte aber, wir müssen drei Kinder aus drei Völkern sein!"

„Den dritten Gefährten werde ich in Aran suchen."

„Du willst nach Aran?"

„Ja! Und wenn es sein muß, bis nach Gondarit!"

„Ist das nicht zu gefährlich, Onari?"

„No-Ischnaá wird mich beschützen", antwortete sie.

Eine solche Zuversicht ging von ihr aus, daß Thomas alle Zweifel vergaß. Er verschränkte die Arme im Nacken und lehnte sich an den Stamm. Die Rinde fühlte sich glatt und seidig an. Wo der Bach aus dem Tümpel floß, hatten sich kleine Wirbel gebildet; das Wasser drehte und drehte sich, als fände es nie aus dem Kreis heraus, den es selbst geformt hatte.

Wenn Onari nach Aran geht, begleite ich sie, dachte Thomas. Ob wir einen Jungen oder ein Mädchen finden?

Der Schatten an der Felswand gegenüber war nun etwa zwei Hände breit und genau abgezirkelt. Über den grauen Felszinnen leuchtete das blaue Oval des Himmels. Am Ende des Talkessels zogen sich Klüfte und Risse durch die steilaufsteigende Steinmauer. Ein paar Blöcke hatten sich irgendwann einmal gelöst und waren heruntergekollert.

„Dort können wir hinaufklettern", sagte Onari. „Von oben siehst du bis an die Grenzen des Landes Din. Komm!"

Sie standen auf und gingen quer durch den Talkessel. Hinter den Blöcken führte ein schmales Felsband schräg hinauf und endete in einer der Klüfte. Überall gab es Spalten und vorspringende Stellen, Thomas hatte keine Schwierigkeiten, Onari nachzuklettern; daß ihm schwindlig werden könnte, daran dachte er nicht einmal. Schließlich erreichten sie auf der Zinne eine Art Plattform, die wie ein natürlicher Balkon aussah und von einer niedrigen Steinbrüstung abgeschlossen wurde.

Thomas schaute auf einen Teppich aus dunklem Nadelgrün, der sich nach allen Seiten hin erstreckte, Wipfel an Wipfel, und durchwebt war von Laubbäumen in den verschiedensten Grüntönen. Unterhalb der Felsmauer blinkte ein kleiner See. Gegen Süden zu verschleierte grauer Dunst den Horizont.

„Ist dort der Fluß ohne Wiederkehr?" fragte Thomas.

„Ja“, antwortete Onari. „Der ewige Nebel des Verbotenen Landes liegt über ihm.“

Im Talkessel unten war es windstill gewesen, hier oben aber strich von den Wäldern frische Luft herauf und brachte den Geruch von Harz und Nadeln mit. Der Spiegel des Sees kräuselte sich.

Onari stützte die Hände leicht auf die Steinbrüstung. „Hier bin ich gestanden, Schilien, und habe gerufen: Asahai nanischkaá! Asahai nanischkaá! Komm, Kind aus der Welt Jenseits! Und immer habe ich mich gefragt, ob mein Herz stark genug sei, den Worten des Uralten Spruches zu folgen.“

Sie begann langsam und feierlich zu sprechen:

„Teltsogo nanischdi teltsogo hoogaa
Teltsogo niteli indida danaa
Ta inte la hada tsiago da ndi
Bin naa daji doori adatsi narii
Taai si nihima
Taai ma ischna
Atschini doo dine
Akoscha bikee
Nihis dahoyee.“

Der Wind spielte mit ein paar Strähnen, die sich aus Onaris Stirnband gelöst hatten. Die klingenden, rhythmischen Sätze hatten sich wie eine Beschwörung angehört. Thomas mußte erst eine gewisse Scheu überwinden, bevor er fragte: „Was heißt das in meiner Sprache, Onari?“

Sie antwortete nicht sofort, sprach dann aber ohne zu stocken:

„Drei Kinder aus drei Völkern
Drei in eins vereint
Wenn die Not am größten ist
Über den Fluß ohne Wiederkehr
Das Land der Strahlenden Felsen suchend
Das Land des Weißen Wolfes
Weine nicht, Volk Din
Schwarzer Nacht
Folgt heller Morgen.“

Thomas' Herz begann laut zu klopfen.

„Was hat das zu bedeuten – das Land der Strahlenden Felsen und der Weiße Wolf?" fragte er aufgeregt.

„Wir Dinadan wissen es nicht. Großvater Tatoka und Großmutter Taoya meinen, der Weiße Wolf könne nur No-Ischnaá sein, der Gute Stern. – Warum schaust du mich so an, Schilien? Glaubst du mir nicht?"

„Doch! Es ist nur so merkwürdig! Bevor ich in den Wald der Schlafenden Bäume kam, habe ich etwas gesehen, oder ich habe es zu sehen gemeint – wie es wirklich war, weiß ich nicht. Mir war, als sei oben am Himmel eine andere, ferne Welt, ein Gebirge aus leuchtenden Felsen und Klippen. Und dann stand unter den Bäumen ein weißer Wolf und sah mich an. Und das war wirklich sonderbar, denn dort, woher ich komme, gibt es keine Wölfe, zumindest keine, die frei herumlaufen. Als ich auf den Wolf zugehen wollte, war er nicht mehr da, aber ich hab ihn noch einmal gesehen, auf der Wiese in euren Wäldern, im Traum, als ich eingeschlafen war."

Die Kinder sahen einander an. Dann rief Onari: „No-Ischnaá hat dich zu mir geführt, Schilien! Er will, daß wir in das Verbotene Land gehen! Wir werden ihn suchen und finden!"

Sie faßte seine Hand.

Im selben Augenblick wurde die Stille des frühen Nachmittags von einem fernen Hornruf unterbrochen. Gleich danach folgte ein zweites und ein drittes Signal. Onari warf sich hinter der Brüstung zu Boden und zog Thomas zu sich hinunter. Er konnte spüren, wie ihr Körper sich anspannte.

Wieder Hornrufe. Näher als die ersten? Oder war es eine Täuschung.

„Was ist das?" flüsterte Thomas.

„Die Söhne Gonds", wisperte Onari zurück. „Es ist das Zeichen, daß sie auf Jagd sind. Auf Menschenjagd!"

Die Hornrufe schienen aus verschiedenen Richtungen zu kommen, ganz so, als dienten sie einer weitverstreuten Gruppe zur Verständigung. Sie folgten einander in kurzen Abständen und kamen immer näher. Onaris Angst übertrug sich auf Thomas.

Von unten, von dem kleinen See her, waren knatternde Flügelschläge zu hören. Onari hob den Kopf und spähte durch eine Lücke in der Steinbrüstung. Thomas machte es ihr nach.

Er sah gerade noch eine Schar Wildenten und Gänse über die Wipfel davonstreichen. Im Schilf und Riedgras des Seeufers bewegte sich etwas, die Halme schwankten. Ob es ein Mensch oder ein Tier war, konnte Thomas nicht ausnehmen. Er hörte es rascheln, hörte einen dumpfen Laut. Ein paar Schilfhalme schnellten hoch, zitterten kurz nach und standen dann wieder unbewegt.

„Dort am See ist der, den sie jagen", flüsterte Onari. „Er ist erschöpft oder verwundet. Ich muß zu ihm!"

Sie sprang auf, glitt gebückt zum Einschlupf und kletterte die Kluft hinunter. Thomas folgte ihr, seine Füße fanden wie selbstverständlich jeden Spalt und jeden Vorsprung. Atemlos kamen sie unten bei den Blöcken an.

„Warte hier auf mich!" befahl Onari.

„Ich komme mit!"

„Nein! Das ist nichts für dich!"

Sie wandte sich um und rannte quer über den Talkessel, bevor er antworten konnte. Er lief ihr nach, holte sie vor dem Felsspalt ein, durch den der Bach aus dem Garten der Dinadan floß, faßte sie am Ärmel und hielt sie fest.

„Wenn ich nichts tun darf, was gefährlich ist", stieß er hervor, „dann brauchst du mich gar nicht mitzunehmen in das Verbotene Land!"

Sie maß ihn mit einem raschen Blick. Ihre Augen blitzten auf. „Du hast recht! Komm!"

Als Thomas unter der Dornenhecke hervorkroch, schlug ihm das Herz bis zum Hals hinauf, aber er hätte nicht sagen können, ob es Angst war oder die Aufregung.

IV.

Der Flüchtling

Sie fanden ihn im Schilf, dicht am Wasser. Er lag mit dem Gesicht auf dem moorigen Boden, beide Arme an den Ellbogen leicht abgewinkelt und nach vorn ausgestreckt. Schweiß, Schmutz und Blut verklebten das helle Haar. Kettenhemd, Tunika und Lederstrümpfe waren mit Moorwasser bespritzt.

Als sie ihn aufhoben und auf den Rücken betteten, erkannte ihn Thomas. Es war der Junge, der am Ende des Zuges gegangen war. Seine Augen waren geschlossen, das Gesicht war erschreckend bleich. Unter dem Haaransatz hatte sich Blut verkrustet. An der linken Schulter klaffte ein blutverschmierter Riß im Kettenhemd.

Onari stand stumm da und schaute auf den Jungen nieder. Thomas dachte an all das, was die Söhne Gonds ihrem Volk angetan hatten. Was würde sie tun, jetzt, da einer der Söhne Gonds bewußtlos und hilflos vor ihr lag?

Drei Hornrufe folgten einander in kurzen Abständen, nun schon sehr nahe. Es konnte nur noch kurze Zeit dauern, bis die Verfolger den See erreicht hatten.

„Schilien", sagte Onari, „ich werde die Jäger von der Fährte abbringen und in die Irre führen. Bleib hier und warte auf mich!"

„Willst du ihm helfen, obwohl er aus Aran ist?" fragte Thomas erstaunt.

„Ja! Vergiß nicht, daß wir einen dritten Gefährten brauchen. Vielleicht ist er es!"

„Warum verstecken wir ihn dann nicht im Garten der Dinadan?"

„Das geht nicht! Wie willst du ihn durch die Hecke bringen?"

„Und wenn du weg bist und sie kommen doch her, was soll ich dann tun?"

„Hab keine Angst! Ich werde sie fortlocken."

Im nächsten Augenblick war sie im Schilf untergetaucht. Die Halme bewegten sich fast unmerklich, nicht anders, als schlüpfte ein Vogel im Ried umher. Es raschelte, als striche ein Windhauch durchs Schilf. Dann war es still. Nichts regte sich mehr.

Thomas starrte auf die Stelle, wo Onari verschwunden war. Was mußte man tun, um jemanden von einer Spur fortzulocken? Bestimmt war das gefährlich. Er versuchte es sich vorzustellen. Vielleicht ließ man die Verfolger ganz nahe kommen, zeigte sich ihnen – nein! Sehen lassen durfte Onari sich nicht! Er lauschte angestrengt. Täuschte er sich, oder klangen die Hornsignale tatsächlich weiter entfernt als zuvor?

Die Enten und Gänse hatten einen weiten Kreis gezogen und fielen schnatternd und flügelschlagend wieder auf dem See ein. Manche landeten so schwungvoll, daß sie die Schwimmzehen wie Bremsklötze vorstrecken mußten und doch noch ein Stück über das Wasser dahinschlitterten. Andere, die bereits gelandet waren, tauchten gründelnd unter. Das friedliche Verhalten der Vögel beruhigte Thomas. Bestimmt wären sie nicht an den See zurückgekommen, wenn sich noch Söhne Gonds in der Nähe befanden.

Thomas tauchte das Taschentuch ins Wasser, hockte sich neben den Jungen und reinigte ihm das Gesicht. Die Blutkruste auf der Stirn mußte von einer kleinen Platzwunde unter dem Haaransatz stammen. Thomas spürte mit den Fingern eine leichte Schwellung. Als er sie betastete, gab der Junge das erste Lebenszeichen von sich, er stöhnte, öffnete aber die Augen nicht.

Auch an der Schulterwunde war das Blut schon geronnen. Weil Thomas nicht wußte, wie der Junge sich verhalten würde, sobald er aus der Ohnmacht wieder zu sich kam, nahm er ihm auf alle Fälle das Schwert ab und versteckte es außer Reichweite im Riedgras.

Dann setzte er sich auf einen der Erdbuckel am Ufer. Die letzten Hornsignale hatten schon ziemlich weit entfernt geklungen. Er horchte angespannt, aber der leichte Wind trug ihm keine Botschaft zu; der Wald umschloß ihn in nachmittäglicher Ruhe und verriet nicht, was tiefer drinnen vorging.

Mücken sirrten. Ein kleiner schwarzer Vogel mit gelbem Brustfleck saß wippend auf einem Schilfstengel, äugte zu Thomas herüber, stieß sich plötzlich ab und schwirrte auf Mückenfang im Zickzackflug durchs Ried. Eine blaugrüngefiederte Ente ruhte so reglos auf dem Wasser, daß ihr Spiegelbild eine Zwillingsente hätte sein können. Thomas stützte das Kinn in die Hand und betrachtete den Bewußtlosen. Warum war der Junge vor seinen eigenen Leuten geflohen? Warum verfolgten sie ihn? Thomas konnte sich nicht recht vorstellen, warum ein Sohn Gonds ausgerechnet in den Wäldern des Landes Din die Sonnenfahne verließ. Worauf konnte er hoffen, auch wenn ihm die Flucht gelang? Mußte er nicht damit rechnen, von den Dunklen Leuten getötet zu werden? Was hatte den Jungen zur Flucht getrieben? Oder – was hatte er verbrochen, daß ihn die eigenen Kameraden jagten? Ob er mit ins Verbotene Land gehen würde, wie Onari es hoffte?

Die Vorstellung, daß er selber dann der Jüngste der drei Gefährten sein würde, behagte Thomas nicht.

Der Junge begann sich zu regen. Seine Lider zuckten, und er stöhnte wieder. Er rollte sich auf die Seite, stützte sich auf den gesunden Arm und versuchte sich aufzurichten. Dabei zog er die Luft mit einem pfeifenden Ton durch die Zähne. Sein Blick wanderte verloren umher, ohne zu bemerken, daß noch jemand hier war.

Wieder waren Hornsignale zu vernehmen, klar und deutlich, aber viel schwächer als zuvor. Der Junge schrak zusammen und wollte aufspringen, kam aber nur auf die Knie. Erst jetzt schien er zu sehen, daß er nicht allein war. Sein Gesicht verzerrte sich, seine Hand fuhr nach der Stelle, wo das Schwert am Gürtel gehangen hatte.

„Ich habe es weggelegt", sagte Thomas, „du brauchst es nicht. Die Söhne Gonds sind nicht da, sie suchen dich ganz woanders."

Der Junge starrte ihn mit weitaufgerissenen Augen an. „Wer bist du?" stammelte er.

„Das erzähle ich dir später. Ich möchte wissen, warum du vor den Söhnen Gonds geflohen bist. Du bist doch selbst einer!"

„Sie waren so nahe", flüsterte der Junge, ohne auf Thomas' Frage einzugehen. „Sie hatten mich fast eingeholt. Ich verstehe nicht . . ." Seine Stimme verlor sich.

„Wir haben die Hornsignale gehört", erklärte Thomas, „und dann haben wir dich hier am See gefunden. Onari hat die Söhne Gonds von deiner Spur weggelockt."

Er war nicht sicher, ob der Junge ihm überhaupt zuhörte. Vom See her kam das Quaken der Enten, selbst dieser friedliche Laut schien dem Jungen Angst einzujagen. Seine Lippen zitterten, und er schaute gehetzt um sich.

„Sie sind weit weg", beruhigte ihn Thomas. „Sie kommen bestimmt nicht mehr zurück. Ich habe es dir ja gesagt, daß Onari sie fortgelockt hat."

Der Junge grub die Zähne in die Lippen. Thomas konnte ihm ansehen, wie er sich bemühte, die Angst zu überwinden. Schließlich sagte er, sehr langsam, als kämpfte er mit jedem Wort: „Onari? Wer ist Onari?"

„Eine Dinadan", antwortete Thomas. „Eine von den Dunklen Leuten."

„Eine von den Dunklen Leuten?"

„Ja! Sie kennt die Wälder viel besser als ihr aus Aran. Sie hat die Söhne Gonds in die Irre geführt, damit sie dich nicht finden."

Der Junge starrte ihn wieder an wie im ersten Augenblick, als könnte er weder erfassen noch begreifen, was Thomas sagte. Plötzlich schlug er die Hände vors Gesicht, sank in sich zusammen und begann zu weinen. Stoßweises Schluchzen schüttelte seinen Körper.

Thomas hatte noch nie jemanden so verzweifelt weinen hören. Es machte ihn hilflos, er war voller Mitleid, wußte aber nicht, was er tun sollte. Schließlich berührte er mit der Hand leicht die Schulter des Jungen und sagte unwillkürlich im gleichen Tonfall und mit den gleichen Worten, wie ihn daheim seine Mutter zu trösten pflegte: „Jetzt ist ja alles gut!"

Der Junge hob das tränenverschmierte Gesicht. Er schluckte. „Ja!" stieß er hervor. „Du hast recht! Es ist alles gut! Die Dunklen

Leute werden mich töten. Und wenn ich tot bin, ist alles aus, und dann ist auch alles gut."

„Sie töten dich bestimmt nicht!"

„Warum nicht? Warum sollten sie jemanden leben lassen, der aus Aran kommt?"

„Aber Onari hat dir doch geholfen! Sie hat dein Leben gerettet!"

„Vielleicht will sie, daß ich durch die Hand ihrer Leute sterbe! Weißt du, wieviele Söhne Gonds die Dunklen Leute schon getötet haben? Sie hassen uns. Ich kann das sogar verstehen. Wenn ich einer von ihnen wäre, würde ich es auch tun." Der Junge versuchte, mühsam auf die Beine zu kommen. Diesmal gelang es ihm. Er war auf einmal ganz ruhig.

„Gib mir mein Schwert!" bat er Thomas. „Ich verspreche dir, daß ich es nicht gegen dich gebrauchen werde und nicht gegen die Dunklen Leute, zu denen du wohl gehörst, auch wenn du anders aussiehst als sie. Ich will nicht ohne Waffe sein, wenn meine eigenen Leute mich finden sollten. Ich weiß, daß ich sterben muß. Irgendwo wird es einen Platz geben, wo niemand hinkommt, weder Dunkle Leute noch Söhne Gonds. Man sagt, daß Tiere sich verkriechen, wenn sie fühlen, daß sie sterben müssen. Ich möchte das auch tun. Gib mir mein Schwert!"

Thomas schüttelte den Kopf. „Du mußt warten, bis Onari zurückkommt."

„Warum?"

„Sie will dich etwas fragen. Du bist es ihr schuldig, daß du nicht davonläufst, bevor sie wieder da ist. Sie hätte dich töten können, aber sie hat es nicht getan. Sie hat die Söhne Gonds weggelockt, und das war gefährlich genug, das kannst du mir glauben!"

Der Junge antwortete nicht.

„Es hat keinen Sinn, wenn du weggehst", erklärte Thomas. „Onari findet dich bestimmt, du kommst nicht weit!"

Er hatte kaum ausgesprochen, als die Hornsignale erneut einsetzten, nachdem sie eine Weile verstummt gewesen waren. Diesmal klangen sie nicht hell und schmetternd, es waren abgehackte Töne, die in ganz kurzen Abständen wiederholt wurden. Das Herz schlug Thomas bis in den Hals hinauf. Hatten die Söhne Gonds Onari gefangengenommen und verkündeten sie es mit diesem Signal?

„Was bedeutet das?" flüsterte er.

Der Junge hatte den Kopf gehoben und lauschte. „Es ist das

Zeichen zum Sammeln", antwortete er zögernd. „Es wird immer geblasen, wenn Gefahr droht."

Sie standen stumm und horchten. So plötzlich, wie die Hornsignale eingesetzt hatten, hörten sie auch wieder auf. Die Stille schien größer zu sein als zuvor, sogar von den Enten auf dem See kam kein Laut. Dann raschelte es im Schilf. Eine der Enten, die nahe am Ufer gegründelt hatte, flog auf und ließ sich ein Stück entfernt wieder aufs Wasser nieder. Das Riedgras teilte sich. Onari trat heraus. Ihr Gesicht war erhitzt, aus ihren Zöpfen hatten sich Strähnen gelöst. Thomas sprang von seinem Erdbuckel auf. Er hatte nicht gewußt, wie erleichtert und froh man sein kann, wenn jemand, um den man Angst gehabt hat, heil und unversehrt wieder da ist. Vor Freude hätte er am liebsten laut geschrien, aber er beherrschte sich.

Onari lächelte ihn an und wandte sich dann an den Jungen aus Aran. „Deine Freunde werden dich heute nicht mehr jagen", sagte sie.

„Es sind nicht meine Freunde!"

„Umso besser! Sie sind in den großen Sumpf gegen Sonnenaufgang zu geraten und werden Mühe haben, ihr eigenes Leben zu retten."

„Wie hast du das geschafft, Onari?" rief Thomas.

„Es war nicht schwer, Schilien. Weiter drinnen im Wald hielten ein paar unserer Männer Wache. Ich habe die Söhne Gonds dorthin gelockt, und unsere Männer führten sie in den Sumpf."

In der ersten Freude hatte Thomas nicht mehr auf den Jungen aus Aran geachtet. Der Junge schien jedoch nicht an Flucht zu denken. Wie einer, der über seine Rettung glücklich war, sah er aber auch nicht aus. Thomas begann sich zu ärgern. Hätte jemand für ihn getan, was Onari für diesen Araner getan hatte – er wäre zumindest dankbar gewesen!

Onari schaute den Jungen prüfend, aber nicht unfreundlich an – er hielt ihrem Blick stand, ohne irgendeine Gefühlsregung zu zeigen. Endlich, nachdem sie einander eine Weile stumm angesehen hatten, sagte er: „Du bist eine von den Dunklen Leuten. Warum hast du mir geholfen?"

„Weil ich möchte, daß du mir hilfst."

„Ich – dir helfen?"

„Ja."

„Ich kann niemandem helfen!"

„Woher weißt du das so genau? Mein Schilien und ich, wir

brauchen dich! Vielleicht bist du es, den No-Ischnaá auserwählt hat, das Volk der Dinadan zu retten und den Großen Gond zu besiegen."

Der Junge begann zu lachen; es war das freudloseste Lachen, das Thomas je gehört hatte. „Jetzt weiß ich, warum du mir geholfen hast – mir – einem Sohn Gonds!" stieß er hervor. „Du mußt verrückt sein! Den Großen Gond kann niemand besiegen!"

„Warum nicht?" rief Thomas. „Warum soll das nicht möglich sein?"

Der Junge schaute ihm voll ins Gesicht. „Wenn du das glaubst, bist auch du verrückt. Haben es nicht vor dir viele andere versucht? Die Dunklen Leute haben gegen ihn gekämpft, und was hat es ihnen genützt? Es wird nicht mehr lange dauern, und dann gibt es sie nicht mehr. Auch in Aran haben Menschen gelebt, die ihm nicht gehorchen wollten. Sie sind in den Dunklen Kammern des Todes verschwunden, aus denen keiner zurückkehrt. Niemand kann den Großen Gond besiegen, weil ihm seine Macht vom Meister gegeben ist. Der Meister verrät ihm alles, selbst die geheimsten Gedanken." Die letzten Worte hatte der Junge nur noch im Flüsterton gesprochen; anscheinend fürchtete er sogar hier mitten in den Wäldern und weit entfernt von der Stadt Gondarit die allmächtige Gegenwart des Meisters. „Vielleicht weiß der Große Gond schon von euch", fuhr der Junge leise fort. „Ihr kommt nicht einmal lebend nach Gondarit, das schwöre ich!"

„Nach Gondarit wollen wir auch nicht", antwortete Onari. „Mein Schilien und ich, wir gehen in das Verbotene Land, und du sollst mit uns gehen."

„Wollt ihr vor dem Großen Gond über den Fluß fliehen?"

„Nein, wir fliehen nicht vor ihm! Wir suchen das Land der Strahlenden Felsen."

„Davon habe ich noch nie etwas gehört. Wozu wollt ihr das tun? Das Verbotene Land . . ."

Der Junge unterbrach sich und schwieg.

„Was weißt du vom Verbotenen Land?" fragte Onari.

„Nicht viel", antwortete er zögernd. „Der Große Gond hat Kundschafter ausgesandt, aber sie sind nicht wiedergekommen. Unsere alten Leute behaupten, daß keiner zurückkehrt, der über den Fluß fährt. Daran glaubt der Große Gond nicht. Er sagt, es sei nur eine Wildnis, und sobald das Land Din uns gehört, wird er seine Söhne über den Fluß schicken und das Verbotene Land erobern."

„Das wird er nicht tun! Wir Dinadan wissen mehr über das Verbotene Land als ihr aus Aran. Ihr kennt unsere Uralte Geschichte nicht.“ Onari legte ihre Hand auf den Arm des Jungen. „Setz dich zu uns! Ich werde dir alles erklären. Du brauchst keine Angst vor den Söhnen Gonds zu haben. Die Männer meines Volkes halten Wache. Wenn jemand kommt, warnen sie uns rechtzeitig.“

Sie nahmen am Ufer Platz, Onari in der Mitte und der Junge und Thomas an ihrer Seite. Zum zweitenmal hörte Thomas die Uralte Geschichte. Im Garten der Dinadan war sie ihm wie ein Märchen, wie eine alte Legende vorgekommen, aber jetzt auf einmal begann er daran zu glauben, so fest wie Onari. Der Junge schaute über den See; wieder verriet sein Gesicht nicht, was er dachte.

Als Onari zu Ende erzählt hatte, machte sie eine kurze Pause. Der Junge rührte sich nicht. „Das ist die Uralte Geschichte der Dinadan“, sagte sie. „Im Uralten Spruch der Dinadan heißt es, daß unser Volk gerettet wird, wenn drei Kinder aus drei Völkern über den Fluß ohne Wiederkehr gehen und das Land der Strahlenden Felsen suchen, das Land des Weißen Wolfes.“

Der Junge wandte ihr plötzlich den Kopf zu und sah sie mit einem seltsamen Blick an. „Das Land des Weißen Wolfes?“ fragte er.

„Ja! Hast du davon in Gondarit gehört?“

„Nein“, murmelte der Junge. Er schaute wieder auf den See hinaus. Im glatten, unbewegten Wasser spiegelten sich die Bäume, getreulich nachgebildet bis zum kleinsten Zweig. Nur dort, wo eine Ente gründelte, löste sich das Spiegelbild in auseinanderlaufende Ringe auf. „Es gibt keine drei Völker“, sagte der Junge. „Es gibt nur das Volk von Aran und das Volk aus dem Land Din.“

„Mein Schilien ist kein Hellhaariger und er ist kein Dinadan“, antwortete Onari. „Er kommt aus der Welt Jenseits, und mit ihm sind wir drei Kinder aus drei Völkern.“

Sie hatte kaum ausgesprochen, als es den Jungen förmlich herumriß. Sein Gesicht, das ein wenig Farbe bekommen hatte, wurde totenblaß, die Augen weiteten sich und wurden starr. Er schaute Thomas mit einem entsetzten Blick an.

„Aus der Welt Jenseits!“ stammelte er. „Du kommst aus der Welt Jenseits. Bist du... bist du...“

„Was soll ich sein?“ fragte Thomas erstaunt.

„Bist du der Meister?“

„Nein! Warum soll ich der Meister sein? Ich hab gar nicht gewußt, daß es den einmal gegeben hat. Ich bin erst seit gestern in eurer Welt. Onari sagt, ich sei deshalb hergekommen, weil sie nach mir gerufen hat. Darum gehe ich auch mit ihr in das Verbotene Land. Wenn du mitgehst, sind wir drei! Kommst du mit?"

Der Junge wandte sich wieder ab. Er saß jetzt ganz in sich zusammengesunken da. „Nein", antwortete er.

„Warum nicht?"

„Wenn man so etwas tut, muß man daran glauben. Ich glaube nicht an die Uralte Geschichte und an den Uralten Spruch, und darum kann ich nicht mit euch gehen. Ihr habt mir das Leben gerettet", fuhr er stockend fort. „Ich bin nicht undankbar . . . Aber ihr habt nie in Gondarit gelebt! Ihr wißt nicht, wie es denen geht, die gegen den Großen Gond sind. Ich weiß es. Ich bin froh, wenn alles zu Ende ist. Der Große Gond wird zuerst die Wälder erobern und dann das Verbotene Land, und dann wird die ganze bekannte Welt ihm gehören, und man kann nirgendwohin mehr vor ihm fliehen. Wer gegen ihn ist, der kann nur wünschen, tot zu sein."

„Solange man lebt, muß man hoffen", erklärte Onari mit fester Stimme.

Der Junge zuckte nur die Achseln.

„Warum bist du dann geflohen?" fragte Onari eindringlich. „Einer, der keine Hoffnung mehr hat, flieht nicht, er läßt alles geschehen, ohne sich zu wehren. Ich kann dir nicht versprechen, daß wir das Land der Strahlenden Felsen finden werden. Vielleicht müssen wir sterben. Aber ist es nicht leichter zu sterben, wenn man zuvor alles getan hat, was möglich war?"

Der Junge preßte die Lippen aufeinander und schüttelte den Kopf. Thomas war so enttäuscht, daß er nicht wußte, wie er Onari trösten sollte. Onari begann mit der hohlen Hand Wasser zu schöpfen und ließ es dann durch die Finger rieseln. Die Tropfen fielen mit einem leisen Klatschen auf den Seespiegel.

„Was tun wir jetzt?" fragte Thomas.

„Nach Gondarit gehen, Schilien, und uns dort den dritten Gefährten suchen!"

Sie sagte es so selbstverständlich, als wäre Gondarit der Garten der Dinadan. Thomas hatte inzwischen genug von Aran erfahren, um zu wissen, wie gefährlich das war, was Onari vorhatte. Er verachtete den Jungen, der so wenig Mut hatte. „Was sollen wir mit dem da anfangen?" sagte er und wies auf ihn.

Der Junge schaute auf. „Wo ist mein Schwert?" fragte er.

Thomas zögerte.

„Gib es ihm!" befahl Onari.

„Es liegt dort im Gras!"

Der Junge erhob sich, er ging zu der Stelle, auf die Thomas deutete, zog das Schwert aus den Grasbüscheln hervor und hängte es sich an den Gürtel. Dann trat er zu Onari. „Geh nicht nach Gondarit", sagte er. „Du weißt nicht, was du tust."

„Ich muß es tun", antwortete sie sehr einfach.

„Nein, du mußt nicht! Ich gehe mit euch!"

Ein leichter Windstoß kräuselte den See, Funken tanzten auf dem Wasser. Im vollen Licht der Nachmittagssonne glänzte das Kettenhemd des Jungen.

„Wie heißt du?" fragte Onari.

„Eldar."

„Jetzt sind wir drei", sagte sie. „Thomas aus der Welt Jenseits, den ich Schilien nenne, das heißt ‚Bruder' in der Sprache der Dinadan, ich, Onari aus den Wäldern, und du, Eldar aus Aran. Drei Kinder aus drei Völkern, die über den Fluß ohne Wiederkehr gehen, um das Land der Strahlenden Felsen zu suchen. Mein Schilien und ich, wir haben soviel Hoffnung, Eldar – sie reicht für uns drei!"

Der Junge bewegte ganz leicht den Kopf, als wollte er ihn verneinend schütteln. „Ich komme mit, weil es gleichgültig ist, wo ich sterbe, hier oder im Verbotenen Land. Und ich komme mit, weil ich nicht will, daß du nach Gondarit gehst."

Bevor sie Eldar in den Garten der Dinadan führten, wo sie ihn verstecken wollten, versorgte Onari die Wunde an seiner Schulter. Sie stammte von einer Speerspitze, hatte stark geblutet, war aber nicht tief. Das Kettenhemd hatte die Wucht des Stoßes gemildert. Onari suchte ein paar heilkräftige Kräuter, legte sie auf die Wunde und verband sie mit geschmeidigen Baststreifen.

Dann brachten sie Eldar in den Garten der Dinadan und eilten in die Höhle zurück, um Schatai und Mahluta und den Großeltern alles zu berichten. Thomas war erleichtert, daß ihnen der Weg nach Gondarit erspart blieb, aber nicht überzeugt, daß sie mit Eldar eine gute Wahl getroffen hatten, doch Onari war glücklich, und so behielt er seine Zweifel für sich.

V.

Über den Fluß ohne Wiederkehr

Die Sonne war untergegangen. Dort, wo keine Bäume wuchsen, mochte es noch dämmrig hell sein; eine Lücke im Gezweig hoch oben zeigte ein Stück blassen Himmel, unter dem dichten Dach der mächtigen Kronen war es aber schon fast dunkel.

Onari, Thomas und Eldar, der Junge aus Aran, waren zum Aufbruch bereit. Schatai hatte beschlossen, sie auf geheimen Pfaden zum Verbotenen Fluß zu führen. Mahluta, die Großeltern und viele Dunkle Leute waren da, um von den drei Kindern Abschied zu nehmen und dabei zu sein, wenn sie ihre lange Wanderung in das Verbotene Land begannen. Als Abschiedsplatz hatte Schatai eine Stelle nicht weit vom Felsengarten der Dinadan gewählt, wo nur wenig Unterholz wucherte. Sich auf einer der Lichtungen zu versammeln, wie sie es früher getan hatten, wagten die Dinadan nicht. Sie waren lautlos herbeigekommen, einzeln oder in kleinen Gruppen, immer mehr, bis der Wald ringsum voll von ihnen war. Da gab es Frauen, die ihre Säuglinge in Felltüchern auf den Rücken gebunden hatten, kleine Jungen und kleine Mädchen an der Hand ihrer Eltern oder Großeltern, halbwüchsige Jungen, die ihr Haar noch offen trugen und nicht geknotet wie die Männer, aber doch schon wie diese mit Pfeil und Bogen und Steinäxten bewaffnet. Mädchen in langen Kleidern und mit langen Zöpfen sahen Onari ähnlich.

Thomas schaute verstohlen zu Eldar hin. Wie mochte er sich vorkommen – ein Sohn Gonds unter so vielen Dunklen Leuten? Aber wie immer zeigte Eldars Gesicht nicht, was in ihm vorging. Seitdem Thomas und Onari ihn aus dem Felsengarten geholt hatten, wirkte er völlig teilnahmslos. Onari hatte darauf bestanden, daß er Kettenhemd und Beinschienen zurückließ, weil ihm diese Ausrüstung auf dem langen Marsch nur hinderlich sein würde; er hatte sich, ohne zu widersprechen, sofort gefügt.

Die letzten Nachzügler schienen gekommen zu sein, im Wald tauchten keine neuen Gestalten mehr auf. Großmutter Taoya trat vor die Kinder hin. Sie hob die Hände mit der Innenfläche nach oben und sagte in einem eigentümlich singenden Tonfall: „No-Ischnaá dine ndoohda hi nihee adingo! – Der Gute Stern der Dinadan führe euch gesund wieder heim!"

Von den Bäumen her antwortete ihr ein Murmeln, das anschwoll und wieder verebbte. Die Dunklen Leute wiederholten ihren Segensspruch, sprachen ihn dreimal hintereinander und verschwanden dann im Dunkel; so unauffällig, wie sie gekommen waren, zogen sie sich auch wieder zurück. Ein paar tief herabhängende Zweige bewegten sich kaum merklich. Ein Huschen wie von vielen Füßen über glatten Nadelboden. Stille. Nur noch Mahluta, Schatai und die Großeltern waren bei den Kindern.

Mahluta umarmte Onari, legte ihr wortlos die Hand auf den Kopf, wandte sich Thomas zu und verabschiedete sich von ihm mit der gleichen Geste. Einen Augenblick zögerte sie, dann trat sie zu Eldar und legte auch ihm die Hand auf den Kopf. Thomas hätte gern gesehen, was für ein Gesicht Eldar dabei machte, aber der Junge aus Aran hatte es zur Seite gedreht, und es war auch schon zu düster.

Nun waren auch Mahluta und die Großeltern fort. Onari, Thomas und Eldar nahmen ihre Bündel auf – rucksackähnliche Ledertaschen, die statt zwei Gurten nur einen breiten Riemen hatten, der von der Schulter schräg über die Brust getragen wurde. Die Taschen waren mit Proviant vollgepackt, mit Brotfladen, Dörrfleisch und Siebenwasser und je einer ledernen Wasserflasche. Außerdem befanden sich andere notwendige Dinge darin wie Feuerstein, Feuerbohrer und Zunder, Steinmesser und eine kleine Steinaxt. Oben aufgeschnallt waren zusammengerollte Kaninchenfelldecken, die man bei Kälte als wärmenden Umhang und nachts zum Schlafen verwenden konnte.

Als alle bereit waren, brach Schatai auf. Er führte, hinter ihm gingen Onari und Thomas, und Eldar machte den Abschluß.

Sie waren noch nicht lange unterwegs, als der Mond aufging. Sehen konnten sie ihn nicht, da die ineinanderverschlungenen Zweige und Ranken keinen Blick nach oben freiließen, aber sein Licht verwandelte den nächtlichen Wald in ein geheimnisvolles Reich aus grauen Schatten. Thomas hatte jedes Gefühl für die Richtung verloren, wie auf dem Weg zum Garten der Dinadan glaubte er wieder, in einer pfadlosen Wildnis zu sein und wunderte sich, auf welche Weise Schatai und Onari sich zurechtfanden, noch dazu jetzt, im ungewissen Schein des Mondes. Die beiden glitten lautlos dahin, während Thomas und Eldar immer wieder über eine verborgene Wurzel stolperten, auf einen dürren Ast traten oder an Zweige streiften, die zurückschnellten. In der Stille der Nacht verstärkte sich jedes Geräusch. Hätte Onari Thomas nicht versichert, daß die Söhne Gonds aus Angst vor einem Überfall nachts nie ihre Lager verließen, er hätte befürchtet, sie von weitem herbeizulocken. Anfangs behinderte ihn noch dazu sein Bündel, aber er gewöhnte sich rasch daran, auch an den Tragriemen, der ihm zuerst unbequem vorgekommen war.

Manchmal huschte es im Unterholz, Augen glühten auf und verschwanden wieder. Nachtvögel riefen. Ein langgezogenes, auf- und abschwellendes Heulen kam aus der Ferne. Waren das Wölfe? Schatai und Onari gingen unbeirrt weiter. Eldar hielt sich dicht hinter Thomas.

Als sie ein Waldstück querten, wo die Stämme weit auseinanderstanden und der Boden frei von Ranken und Gebüsch war, hörte Thomas ein unheimliches Gelächter aus den Baumkronen, das in einem Glucksen endete. Er blickte ängstlich hoch und sah, wie sich eine dunkle, kleine Kugel aus dem Gezweig löste, über ihren Köpfen dahinstrich und dabei wie irr lachte.

Onari wandte sich um. „Das ist Naha-tschiyaá“, flüsterte sie Thomas zu, „der kleine lachende Nachtgeist. Er bringt Glück!“

Das Eulchen war nicht einmal so groß wie eine Taube; es begleitete sie eine ganze Weile, flog voraus, ließ sich auf einem Ast nieder, saß dort aufgeplustert und wartete, bis sie nachkamen. Manchmal verhielt es sich ganz still, manchmal konnte es nicht genug an seinem Gelächter haben.

Thomas vermißte das Eulchen, als es fortflog.

Die Sterne verblaßten, der Mond leuchtete nicht mehr. Thomas war so müde, daß er öfter als zuvor stolperte. Im Morgengrauen führte Schatai sie endlich in ein fast undurchdringliches Dickicht und wählte mitten darin einen Lagerplatz für den Tag. Onari teilte Fladenbrot und Dörrfleisch aus. Als Thomas den letzten Bissen gegessen hatte, fielen ihm auch schon die Augen zu. Er schlief den ganzen Tag tief und fest.

Am Ende der zweiten Nachtwanderung – der Sonnenaufgang kündigte sich eben mit einem hellen Streifen am östlichen Horizont an – erreichten sie den Verbotenen Fluß. Nebel verhüllte das jenseitige Ufer. Das Wasser strömte lautlos dahin, es hatte eine graumetallene Färbung, rauschte nicht und brach sich nicht mit munteren Wellen am Ufer. Kein Vogel regte sich in den Bäumen, kein Tier war zu erblicken, das ans Ufer gekommen wäre, um zu trinken.

Thomas hatte – nach dem ausgiebigen Schlaf während des Tages – den langen Marsch gut überstanden, er war nicht so erschöpft wie in der ersten Nacht. Als er aber jetzt am Ufer stand und über das graue Wasser auf die farblosen Nebelschwaden blickte, erfaßte ihn eine Müdigkeit, die lähmend von innen kam. Er kämpfte dagegen an und merkte, daß auch Eldar dieselben Schwierigkeiten hatte.

„Es ist der Fluß!“ erklärte Onari. „Er übt immer die gleiche Wirkung aus, wenn man ihm nicht den eigenen Willen entgegensetzt. Mir ist es beim erstenmal auch nicht anders gegangen.“

„Bist du schon oft hier gewesen?“ erkundigte sich Thomas.

„Nein! Nur zweimal – das erstemal, als ich klein war, und das zweitemal vor ein paar Wochen. Wir Dinadan meiden den Fluß.“

Thomas fragte sich, wie sie hinüberkommen sollten. Ob sie schwimmen mußten? Er badete gern, an jedem warmen Sommertag planschte er daheim stundenlang im Badeteich des Dorfes herum. Aber einen Fluß zu durchschwimmen, der so breit war? Und drüben alles im Nebel? Sein Mut sank.

Plötzlich fiel ihm auf, daß Schatai nicht mehr bei ihnen war.

Hatte er sie verlassen, ohne sich zu verabschieden?

„Ist dein Vater schon zurückgegangen, Onari?" fragte er.

„Nein. Er holt das Boot."

„Das Boot?"

„Ja! Wie kämen wir sonst über den Fluß? Als ich beschloß, in das Verbotene Land zu gehen, bauten mein Vater und mein Großvater ein Boot und versteckten es hier im Wald. Mein Vater wird gleich wieder da sein."

Sie legten die Bündel ab und warteten. Der helle Streifen am Himmel glänzte nun wie Silber, aber die Sonne zeigte sich noch immer nicht. Tauperlen hingen an den Büschen und im hohen Ufergras.

Schon nach kurzer Zeit tauchte Schatai zwischen den Stämmen auf. Sein Kopf steckte unter dem Boot, das er der Länge nach auf den Schultern trug und mit beiden Händen festhielt. Er ging gebückt, damit das Boot nicht an die Äste streifte, und stellte es am Ufer behutsam nieder.

Das Boot war aus Ruten geflochten, breit in der Mitte und gegen die Enden zu schmal auslaufend. Bug und Heck bogen sich etwas hoch. Jede Ritze war innen und außen mit bernsteingelbem Harz ausgestrichen und abgedichtet. Die zwei aus Holz geschnitzten Paddel hatten handähnliche Schaufeln.

Onari nahm eines der Paddel, und Eldar griff wie selbstverständlich nach dem zweiten. Thomas fand, Eldar hätte zuerst ihn fragen müssen, und war ein klein wenig verstimmt.

Sie verstauten die Bündel im Boot. Dann schoben sie es mit dem Bug ins Wasser. Obwohl der Fluß so lautlos dahinzog, war die Strömung unvermutet stark, sie drückte den Bug mit solcher Gewalt flußabwärts, daß Schatai, der das Boot festhielt, sich mit aller Kraft dagegenstemmen mußte. Eldar kniete vorn am Bug nieder, Thomas kauerte sich zwischen die Bündel, und Onari nahm hinten Platz.

Der Augenblick war gekommen, da sie Schatai zurücklassen mußten. Onari und Schatai schauten einander an. Das düstere Gesicht des Mannes hatte sich verwandelt und drückte nur noch Liebe und Kummer aus. Thomas verstand nicht mehr, daß er sich je vor ihm gefürchtet hatte.

„No-Ischnaá dine ndoohda hi nihee adingo!" murmelte Schatai und stieß das Boot ab. Der Bug drehte sich blitzschnell flußabwärts, es war, als packte eine gewaltige Faust das leichte Rutenfahrzeug. Onari stemmte ihr Paddel wie eine Steuerschaufel ins Wasser, während sie Eldar zurief, er solle mit aller Kraft rudern. Eldar schien nicht ohne Erfahrung zu sein, er gehorchte sofort, hielt das Paddel mit beiden Händen und tauchte es mit rhythmischen Schlägen ein. Der Bug richtete sich dem nebelverhüllten Ufer zu.

Thomas schaute zurück. Unter den Bäumen, ein ganzes Stück entfernt – so weit hatte die Strömung das Boot bereits abgetragen – stand Schatai, die Arme beschwörend erhoben, und blickte ihnen nach. Seine Gestalt wurde immer kleiner.

Onari und Eldar ruderten im Takt. Das Klatschen der Paddel war der einzige Laut in der morgendlichen Stille. Zwischen den Wäldern der Dinadan und dem Boot lag schon ein breiter Wasserstreifen. Thomas wandte das Gesicht dem Fluß zu. Im selben Augenblick glitten sie in den Nebel hinein, weder das eine noch das andere Ufer war zu sehen. Grauer Dunst umgab sie, der jedes Geräusch schluckte; selbst das Schlagen der Paddel war nicht mehr zu vernehmen. Thomas konnte Onari und Eldar nur noch schemenhaft sehen. Unter sich ahnte er das Wasser des Flusses, das dahinströmte und strömte. Sich hineinsinken lassen, darin untertauchen . . . Ohne daß er sich dessen bewußt wurde, neigte Thomas sich dem Bootsrand zu.

Wie aus weiter Ferne hörte er Onaris Stimme: „Schilien!"

Er schrak zusammen, merkte, daß er das Boot gefährlich aus dem Gleichgewicht gebracht hatte, und setzte sich wieder gerade. Ihn fröstelte. Von dem Dunst ging Kälte aus, das Atmen fiel ihm schwer. Er wußte nicht, wie lange sie so dahinglitten, er meinte, das Boot bliebe immer auf dem gleichen Fleck stehen, aber ganz plötzlich lag die Nebelwand hinter ihnen, und vor sich sahen sie das Verbotene Land.

Die Strömung war nicht mehr stark, das Ufer lief flach aus. Nach ein paar Ruderschlägen knirschte der Bug auf Kies. Eldar sprang ins seichte Wasser und zog das Boot so weit an Land, daß es nicht davontreiben konnte. Onari und Thomas stiegen aus.

Zu dritt standen sie dann am Ufer, überwältigt von dem Anblick, der sich ihnen bot. Das Verbotene Land war nicht mit Nebel bedeckt, wie sie geglaubt hatten. Die Sonne war inzwischen aufgegangen und beleuchtete eine Ebene, die sich endlos weit erstreckte. Wie in einer Parklandschaft standen unregelmäßig verstreut Schirmföhren, Laubbäume und Sträucher. Trotzdem war kein Flecken Grün zu sehen. Das Gras war verdorrt, in den grauen Baumstämmen stieg kein Saft mehr hoch. Blätter und Halme wirkten hauchdünn, gleich vergilbtem Seidenpapier. Die silbergrauen Nadeln der Föhren waren durchscheinend wie Glas. Onari, Thomas und Eldar hatten den Eindruck, das

Gras müßte zu Staub zerfallen, wenn sie nur den Fuß darauf setzten, und jedes Blatt, das sie berührten, müßte sich auflösen und vergehen. Gespenstische Stille umgab sie. Die Wälder der Dinadan lagen hinter der Nebelwand und waren nicht mehr zu sehen.

Onari und Thomas drängten sich aneinander.

„Es ist alles so tot hier", sagte Thomas endlich. „Hast du das gewußt, Onari?"

„Nein, Schilien."

Wieder schauten sie über die Ebene, und der Gedanke, daß sie auf gut Glück hineinwandern mußten, flößte ihnen Furcht ein.

„Ob es wirklich einen Schwarzen König gibt?" fragte Thomas.

„In der Uralten Geschichte heißt es, daß er der Herr des Verbotenen Landes ist", antwortete Onari.

Eldar hatte – wie fast immer – kein Wort gesprochen. Er zog das Boot ganz an Land.

„Sollen wir es hier liegenlassen?" fragte Thomas.

„Nein", antwortete Onari. „Irgendwo wird es schon einen Platz geben, wo wir es verstecken können."

Sie schauten suchend umher. Ein Stück entfernt zog sich ein Buschstreifen in die Ebene hinein. Eldar schulterte das Boot, Onari und Thomas trugen Bündel und Ruder. Die Büsche säumten einen ausgetrockneten Bach, der sich ziemlich tief in die Erde eingegraben hatte. Eine hinter Zweigen und Ranken verborgene Mulde unter der überhängenden Uferwand bot sich als Versteck an. Während Eldar und Onari das Boot hineinschoben, hielt Thomas Zweige und Ranken beiseite. Das Laub zerfiel nicht, wie er geglaubt hatte. Es griff sich tatsächlich an wie Seidenpapier. Auch das Gras hielt ihren Füßen stand.

Als das Boot verstaut war, begannen die drei Kinder ihre Wanderung in das Verbotene Land. Nur das Geräusch ihrer Schritte war zu hören, das Rascheln des toten Grases. Stille und Einsamkeit waren bedrückend. Kein Lebewesen zeigte sich, nicht ein Vogellaut war zu vernehmen. Die Ebene veränderte sich nicht. Selbst der Himmel, an dem die Sonne immer höher stieg, bot keine Abwechslung, er war eintönig blau, ohne ein einziges Wölkchen.

Die Bäume standen in lockeren Abständen, manchmal gruppenweise beisammen, manchmal weit verstreut. Sie warfen keine Schatten, die schirmartigen Kronen der Föhren ließen das Sonnenlicht ungehindert durch. Die Blumen im Gras waren vertrocknet und vergilbt und erinnerten Thomas an gepreßte Blüten, die er einmal daheim am Dachboden zwischen den Blättern eines alten Buches gefunden hatte.

Stunden um Stunden wanderten die Kinder dahin. Obwohl sie durstig waren, tranken sie nur wenig von ihren Wasservorräten; sie mußten sparsam sein, denn jeder Bach, an dem sie vorbeikamen, war versiegt. Sie sprachen kaum miteinander, und wenn sie es taten, senkten sie unwillkürlich die Stimmen, weil jedes laute Wort in der unheimlichen Stille sie erschreckte.

Mittags rasteten sie unter einer der Schirmföhren. Sie konnten sich kaum noch vorstellen, daß sie am frühen Morgen dieses Tages noch in den Wäldern der Dinadan gewesen waren. Die glasartigen Nadeln boten keinen Schutz vor der Sonne. Die Kinder brachen bald wieder auf.

In dieser ewig unveränderlichen Landschaft verloren sie das Gefühl für Zeit und Raum, selbst die Sonne am Himmel schien sich nicht weiterzubewegen. Als sie sich endlich senkte, kam der Abend überraschend. Bäume und Büsche verwandelten sich in Schattenbilder.

Mit Einbruch der Dämmerung kühlte es rasch ab. Die Kinder beschlossen, ein Lagerfeuer anzuzünden, brachten es aber kaum über sich, die toten Zweige abzuknicken. Das Holz, das keine Spur Feuchtigkeit mehr besaß, verbrannte ohne Rauch rasch zu Asche.

Es war noch nicht ganz dunkel, als Onari plötzlich einen leisen Schrei ausstieß und mit der Hand auf den Himmel wies. Dort, wo am Horizont noch ein heller Streifen lag, flogen große, schwarze Vögel. Zumindest glaubte Thomas, daß es Vögel waren, genau ausnehmen konnte er sie nicht, sie strichen zu rasch dahin und waren gleich danach verschwunden.

„Waren das Raben?“ fragte er.

Onari zögerte, bevor sie antwortete: „Im Land der Dinadan sind Raben nicht so groß.“

„Aber hier ist alles anders.“

„Ja“, sagte sie, „hier ist alles anders.“

Wieder fiel ihm auf, daß sie mit gedämpften Stimmen sprachen. Eldar schwieg meistens und sagte nur dann etwas, wenn Onari sich direkt an ihn wandte. Während des Gehens hielt er immer einen kleinen Abstand ein – als gehörte er nicht zu ihnen. Thomas empfand ihn auch nicht als richtigen Gefährten, sondern als jemand, den sie nur bei sich duldeten.

Sie aßen nur soviel, um den ärgsten Hunger zu stillen, und gaben sich mit ein paar Schluck Wasser zufrieden, weil sie nicht wußten, wie lange ihre Vorräte reichen mußten. Vom Siebenwasser tranken sie nichts, das wollten sie für Notfälle aufheben. Nach dem Essen wikkelten sich alle drei in die Felldecken, denn es war empfindlich kalt geworden, und legten sich neben das Feuer. Immer wieder ertappten sie sich, wie sie lauschten und im Dunkel umherblickten. Es war aber weder etwas zu hören noch zu sehen, und endlich schliefen sie ein.

Mitten in der Nacht wachte Thomas auf. Das Lagerfeuer war niedergebrannt und nur noch ein Häufchen Asche. Über sich sah er einen tiefschwarzen Himmel, dicht besät mit Sternen, die ihm größer erschienen, als er es von daheim gewöhnt war. Ob es davon kam, weil die Luft so trocken war? Er schaute zu seinen Gefährten hin. Onari schlief. Eldar lag mit offenen Augen da und starrte ins Dunkel. Warum konnte er nicht schlafen? Woran dachte er? Thomas wußte nichts von ihm, wußte nur, daß er vor seinen eigenen Leuten hatte fliehen müssen. Er verspürte etwas wie Neugierde oder vielleicht auch Mitgefühl. Bevor er sich aber klar werden konnte, was es war, glitt er wieder in den Schlaf hinüber.

Am nächsten Morgen wanderten sie weiter. Sie mußten nun schon sehr tief im Verbotenen Land sein. Da es keinen Hügel und nicht einmal die geringste Erhebung gab, die ihnen einen Überblick gewährt hätte, hatten sie keine Ahnung, wie weit sich die Ebene noch hinziehen mochte. Die Einförmigkeit der toten Bäume und des toten Grüns wurde immer bedrückender. Das Sterben der Pflanzen mußte langsam und nicht gleichzeitig erfolgt sein und einmal da und einmal dort begonnen haben. Die Kinder kamen an Büschen vorbei, die zur selben Art gehörten, aber zu verschiedenen Jahreszeiten dahingewelkt waren. Manche waren mit vergilbten Blüten bedeckt, andere hatten kaum die ersten Blättchen getrieben, bei den nächsten waren die Knospen noch gar nicht aufgesprungen, während wieder andere im vollen Laub des Sommers dastanden.

Die Schwarzen Vögel zeigten sich nicht mehr. Einmal glaubte Thomas, sie hoch über sich fliegen zu sehen, als er ihnen jedoch nachblickte, blendete ihn die Sonne, er mußte die Augen schließen und war nachher sicher, es sich nur eingebildet zu haben.

Am Nachmittag wurde er sehr müde, der Schulterriemen drückte. Er ließ sich aber nichts anmerken und trottete hinter Onari her, ohne zu klagen.

VI.

Die Schlucht

Knapp vor Sonnenuntergang – sie hatten schon nach einem Lagerplatz Ausschau gehalten – kamen sie ganz unvermittelt an eine riesige Schlucht. Eigentlich war es kaum noch eine Schlucht zu nennen, es war vielmehr ein gewaltiger Riß in der Erde. Tiefe und Breite waren atemberaubend, der jenseitige Rand verschwamm in der Ferne und war mit dem Auge fast nicht mehr auszunehmen. Vor den Füßen der Kinder senkte sich eine Felsmauer schwindelerregend steil hinab, dann führten Terrassen um Terrassen gleich Riesenstufen in die Tiefe. Der Grund verlor sich irgendwo unten und war von oben nur als dunkler Strich zu sehen.

Tausende von Jahren hatten die Gesteinsschichten verwittern lassen und ihnen absonderliche Formen gegeben. Da ragten Zacken und Türmchen empor, da gab es stumpfe und spitze Kegel und Knollen, Pyramiden, die sich stufenförmig aufbauten, und Klippen, die wie mahnende Riesenfinger zum Himmel wiesen. Alle diese phantastischen Steingebilde waren von der tiefstehenden Sonne erdbeerfarben angehaucht. Schichten weiter unten, die von den Lichtstrahlen nicht mehr erreicht wurden, zeigten ein sattes Ziegelrot.

Über der Schlucht kreisten die Schwarzen Vögel. Ob es Raben waren, konnte Thomas wieder nicht erkennen, manchmal schienen sie eher Schatten zu gleichen als Vögeln. Und wie bei der Fahrt über den Fluß vermeinte Thomas, eine Macht zu spüren, die ihn lockte, diesmal an den Rand der Schlucht hin und hinunter.

Die Schwarzen Vögel flogen schneller, zogen ihre Kreise enger und enger, bis sie zu einem wirbelnden, schwarzen Ball geworden waren, genau über dem Zentrum des gewaltigen Erdrisses.

Thomas machte einen Schritt vorwärts.

Im nächsten Augenblick hatte Onari ihn gepackt und zurückgezogen. Er schaute verwirrt um sich.

„Hast du es auch gespürt?“ fragte er.

„Ja“, antwortete sie. „Aber das ist immer so, wenn man in die Tiefe schaut. Auf einem hohen Baum oben geht es dir ebenso.“

Ihre Stimme klang beruhigend.

„Und die Schwarzen Vögel, Onari?“

Er schaute zur Schlucht hin, sah sie aber nicht mehr. „Sie sind weg!“ sagte er.

„Vielleicht sind sie in die Schlucht hinuntergeflogen“, erwiderte Onari.

Er dachte an den Schwarzen König, unter dessen Halle die Erde sich immer mehr senkte. War die Schlucht auf diese Weise entstanden, und war diese Halle vielleicht dort unten am Grund? Würden sie dem Schwarzen König begegnen, wenn sie versuchten, die Schlucht zu durchqueren?

Er sprach seine Gedanken aus. Onari antwortete nicht sofort und sagte erst nach einer Weile: „Es könnte so sein. Vielleicht ist es besser, wenn wir heute abend kein Feuer anzünden und nachts abwechselnd Wache halten.“

Ein paar Schritte vom Rand der Schlucht entfernt ragten zwei Steinblöcke aus der Erde, die eine sandige Mulde halb umschlossen. Die Kinder beschlossen, dort zu lagern. Von der Mulde aus hatten sie eine weite Sicht über die Schlucht, konnten aber von unten her nicht so leicht entdeckt werden. Sie legten ihre Bündel ab, breiteten die Decken aus und kauerten sich nieder.

Die Sonne hatte sich dem Horizont zugeneigt, und den Blicken der Kinder bot sich ein Schauspiel von so gewaltiger Schönheit, daß sie, solange es währte, alle Gefahren vergaßen. Mit jeder Minute änderte sich das Farbenspiel der Schlucht. Das Erdbeerrot glühte auf, ein goldener Schimmer lag über den Felsstufen, alle Türme, Kegel und Pyramiden bekamen leuchtende Umrisse. Strahlenbündel fielen in die Schlucht und erloschen wieder. Die Sonne versank hinter dem Horizont. Das Licht verblaßte, das Erdbeerrot wurde malvenfarbig. Lila ging in Violettöne über und dann, fast unmerklich, in Grau. Der Grund der Schlucht füllte sich mit Dunkelheit.

Erst nach einer ganzen Weile wurde Onari und Thomas bewußt, daß Eldar nicht mehr neben ihnen saß. Er kauerte etwas abseits unter einem der Schirmbäume, hatte die Knie angezogen und den Kopf darauf gelegt. Er mußte lautlos aufgestanden sein und sich fortgeschlichen haben, ohne daß sie es bemerkt hatten.

Onari stand auf und trat zu ihm. Er hob den Kopf, sah sie aber nicht an.

„Warum bist du nicht bei uns geblieben?" fragte sie.

Er schaute an ihr vorbei. „Ich gehöre nicht zu euch", antwortete er leise.

„Du gehörst zu uns! Du bist mit uns über den Fluß gefahren, du gehst mit uns durch das Verbotene Land, du teilst mit uns alle Gefahren. Warum sagst du, daß du nicht zu uns gehörst?"

„Weil ich aus Aran bin! Weil ich ein Sohn Gonds bin. Du mußt mich hassen!"

Onari stand mit dem Rücken zu Thomas. Er konnte ihr Gesicht nicht sehen. „Ja, ich habe die Menschen aus Aran gehaßt", antwortete sie. „Aber dann hörte ich von dem Uralten Spruch, und ich wußte, daß es zumindest einen in Aran geben mußte, den ich nicht hassen durfte. – Willst du dich nicht zu uns setzen, Eldar?"

Er erhob sich zögernd, folgte ihr und nahm wieder in der Mulde Platz. Seine Wangen waren naß. Hatte er geweint, weil er sich ausgeschlossen fühlte? Thomas konnte verstehen, wie einem dabei zumute war. Er rückte näher an ihn heran.

Eldar wischte sich mit dem Handrücken über das Gesicht. „Ich habe an meinen Vater und an meine Mutter gedacht", sagte er wie entschuldigend.

„Du wirst sie wiedersehen!" tröstete ihn Onari.

„Nein! Ich werde sie nicht wiedersehen. Der Große Gond hat sie in die Dunklen Kammern des Todes bringen lassen."

„Bist du deshalb geflohen?"

Eldar nickte.

„Erzähl uns alles", bat Onari.

Er sprach zuerst langsam und stockend, dann immer gelöster. „Mein Vater glaubte an den Großen Gond. Er glaubte, der Große Gond würde Aran glücklich machen. Aber es ist alles anders gekommen! Ihr wißt nicht, wie das ist, wenn man immer Angst hat. Wenn man niemandem mehr vertrauen darf. Wenn man niemandem sagen darf, was man denkt. Man meint, das Herz stehe einem still, wenn man nachts wach wird und von draußen Schritte hört . . ., denn sie kommen immer nachts, Schachtars Schatten, wenn sie jemanden holen . . . Eines Nachts haben sie meinen Vater geholt. Am nächsten Tag mußte ich vor allen Bewohnern Gondarits meinen Vater einen Verräter nennen und mich von ihm lossagen. Ich habe es getan. Aber es hat nichts genützt. Auch meine Mutter hat in die Dunklen Kammern gehen müssen. Ich hatte nicht den Mut, so zu sterben wie meine Eltern. Ich habe mich auch von meiner Mutter losgesagt."

Er starrte vor sich hin ins Dunkel. Onari und Thomas spürten, daß sie jetzt nichts sagen durften, daß sie nichts anderes tun konnten, als da zu sein und ihn anzuhören.

„Alle in Gondarit haben mich dann gemieden. Sie wollten nichts mehr mit mir zu tun haben. Sie hatten Angst, es könnte ihnen schaden. Unser Nachbar hat nicht mehr mit mir geredet. Dann ist einer der Männer aus der Burg zu mir gekommen. Er sagte, daß ich die Wahl hätte, entweder ein Sohn Gonds zu werden und gegen die Dinadan zu kämpfen oder in Ketten gefesselt und mit geschorenem Kopf auf dem Großen Platz von Gondarit zu stehen, damit alle sähen, was mit denen geschieht, die gegen unseren Herrn sind. Ich wurde ein Sohn Gonds. Sie schickten mich in die Wälder. Ich kam in die Schar von Hauptmann Momm. Der ist nach Schachtar der Schlimmste in Aran. In der Nacht, bevor ich floh, mußte ich Wache halten. Ich wollte mich töten. Aber dann habe ich einen weißen Wolf gesehen . . ."

„Der Weiße Wolf!" flüsterte Onari. „Er hat dich zu uns geführt!"

„Es war nicht dein Weißer Wolf, Onari. Es war irgendein Wolf aus den Wäldern. Er war auch nicht wirklich weiß. Sein Pelz hat nur im Mondlicht so ausgesehen. Aber er war so schön. Ich wollte mich nicht mehr töten. Ich weiß nicht warum, aber ich konnte es nicht mehr tun. Am nächsten Morgen hat Momm verlangt, ich sollte meinen Vater und meine Mutter Feinde des Volkes von Aran nennen und sagen, es sei gerecht, daß sie sterben mußten. Fast jeden Tag hat er mir das befohlen. An jenem Morgen sagte ich es nicht. Ich schlug ihm ins Gesicht. Und dann floh ich. Einer warf mir seinen Speer nach und traf mich an der Schulter. Ich lief und lief. Und dann konnte ich nicht mehr weiter. Das war, als ich zum See kam."

Die ersten Sterne flimmerten. Der jenseitige Rand der Schlucht war nur noch zu ahnen, sie schien noch gewaltiger und riesiger geworden zu sein, eine geheimnisvolle, bodenlose Schwärze, aus der die Türme und Spitzen schattenhaft emporragten.

„Jetzt weiß ich, daß auch in Aran Menschen leben, deren Leid nicht kleiner ist als das der Dinadan", sagte Onari. „Wir werden das Land der Strahlenden Felsen finden, Eldar, und No-Ischnaá wird dein und mein Volk retten."

Eldar schaute wieder ins Dunkel, über die Schlucht hin.

„Wir in Aran glauben nicht an No-Ischnaá, Onari."

„Aber ihr glaubt an das Licht!"

„Wir haben daran geglaubt – früher. Wir nannten es Lissien-Aroi, die Sonne Arans. Aber der Große Gond sagt, er sei die Sonne Arans."

„Er ist nicht das Licht!" antwortete Onari bestimmt.

Eldar schwieg.

Thomas fand keine Worte, um ihn zu trösten. Er dachte an den Weg durch die Wälder und durch das Verbotene Land, er dachte daran – und es bedrückte ihn –, wie Eldar immer stumm hinter ihnen gegangen war; er nahm sich vor, morgen neben ihm zu gehen und ihm auch sonst zu zeigen, daß nun alles anders war.

Er rückte noch ein wenig näher an Eldar heran. „Einer wie der Große Gond ist bestimmt nicht das Licht", sagte er.

„Nein, das ist er nicht", antwortete Eldar, aber so, als sei er sich dessen nicht sicher. Wie um es sich selber zu bestätigen, setzte er hinzu: „Nor, der Diener Lissien-Arois, hat es auch gesagt. Aber wir haben nicht auf ihn gehört. Wir meinten, Nor sei alt und töricht geworden."

Onari blickte auf. „Nor?" fragte sie.

„Hast du ihn gekannt? Er soll oft in den Wäldern gewesen sein."

Sie schüttelte den Kopf. „Ich erinnere mich nicht an ihn. Aber Großvater Tatoka kannte ihn – ihn und Narnar. Er nannte sie seine Brüder und war traurig, als sie nicht mehr zu uns kamen."

„Nor und Narnar sind tot, Onari. Wißt ihr das nicht?"

„Nein."

„Als Narnar krank wurde und starb, war ich noch klein. Bald danach ist der Meister dem Großen Gond zum ersten Mal erschienen."

„Und Nor?"

„Ihn hat der Meister getötet."

„Der Meister?"

„Ja."

„Warum?"

„Weil Nor ihm nicht gehorchen wollte! Der Meister war im Lichterregen zum Großen Gond gekommen und hatte ihm befohlen, die Dunklen Leute aus den Wäldern zu vertreiben. Er hatte ihm befohlen, aus dem Wilden Land einen blühenden Garten zu machen. Als der Große Gond es in ganz Aran verkünden ließ, ging Nor zu ihm und sagte, Lissien-Aroi habe den Menschen in Aran die große Ebene gegeben und den Dunklen Leuten die Wälder. So sei es immer gewesen, und so solle es immer sein. Viele in Aran bekamen Angst und wußten nicht mehr, auf wen sie hören sollten. Da kam der Meister und tötete Nor."

Der Himmel war schwarz geworden. Immer mehr Sterne leuchteten.

„Deshalb sind sie nicht mehr zu uns gekommen, Narnar und Nor", sagte Onari leise. „Und Nalika, Nors Tochter? Ist sie auch tot?"

„Nein! Bevor Nor starb, rief er Lissien-Aroi an, seine Tochter zu beschützen, und er verfluchte den, der ihr ein Leid antut. Das sagt man, aber ich weiß nicht, ob es wahr ist. Es heißt, der Große Gond fürchte den Fluch Nors. Deshalb lasse er Nalika nicht in die Dunklen Kammern des Todes bringen. Aber sie ist eine Ausgestoßene. Sie darf die Stadt nicht betreten. Sie muß allein in einer Hütte vor den Mauern leben. Es ist verboten, zu ihr zu gehen. Viele behaupten, sie sei wie ihr Vater, der Geheimnisse kannte, die anderen Menschen verborgen sind. Alle haben Angst vor ihr – sogar die Schatten Schachtars!"

„Die Schatten Schachtars?" fragte Thomas. „Wer ist denn dieser Schachtar?"

„Der mächtigste Mann in Aran – nach dem Großen Gond! Er

ist der Herr der Schatten. Wer seine Schatten sind, wissen wir nicht. Jeder kann es sein, der Nachbar, der beste Freund. Wir haben ihre Gesichter noch nie gesehen. Wenn Schachtar sie ausschickt, sind sie vom Kopf bis zu den Füßen in eine schwarze Kutte gehüllt. Sie reden nicht – damit niemand ihre Stimme erkennt. Keine Tür darf versperrt sein – damit sie überall eintreten können. Sie sehen alles, sie hören alles."

Eldar warf einen Blick um sich und zog die Schultern ein. „Manchmal", fuhr er fort, „glaube ich sogar hier, daß einer der Schatten hinter mir steht."

„Ins Verbotene Land kommen sie nicht", beruhigte ihn Onari.

Sie saßen schweigend nebeneinander. Alle drei fühlten sich plötzlich sehr müde. Es war auch kalt geworden, und diesmal hatten sie kein wärmendes Feuer. Sie wickelten sich in die Kaninchenfelldecken. Onari erbot sich, die erste Wache zu halten. Eldar und Thomas streckten sich nebeneinander in der Mulde aus.

Thomas schaute ins Dunkel; er vermißte das leise Knistern der Flammen. Ihm fiel ein, was Großvater Tatoka gesagt hatte: daß es nichts nütze, Wissen zu haben, wenn man es nicht weise gebrauche. Jetzt verstand er erst, was Großvater Tatoka gemeint hatte. Die Menschen in Aran gebrauchten das Wissen nicht weise, das sie vom Meister erhalten hatten. Thomas wünschte, der Meister – der Mann aus seiner Welt – wäre nie in diese Welt gekommen!

VII.

Die Grauen Reiter

Am Morgen, als die Kinder aufbrachen, war die Sonne gerade aufgegangen. Blaue Schatten erfüllten die Schlucht. Onari schlug vor, am Rand entlang zu gehen, bis sie einen Abstieg fanden.

Sie wanderten schweigend. Manchmal gingen sie nebeneinander, manchmal einer hinter dem anderen, aber niemals mehr blieb Eldar zurück, wie er es in den Tagen zuvor getan hatte; es war jetzt ganz selbstverständlich, daß sie zusammengehörten.

Die schirmartigen Föhren standen dichter als in der Ebene. Früher einmal, bevor alles Leben erstorben war, mußte es hier eine reiche Vegetation gegeben haben. Dornenhecken waren über und über mit vertrockneten gelben Blütchen bedeckt. Eingeschrumpelte, kugelige Kakteengewächse glichen stacheligen Igeln.

Als die Sonne höher stieg, färbte sich die Schlucht rötlich. Die Felsterrassen waren zerklüftet, manchmal an den Rändern abgebröckelt. Immer wieder tauchten neue Kegel, Pyramiden, Klippen und Türme auf, ihre Konturen überschnitten einander und leuchteten in den verschiedensten Rottönungen. Thomas kam es vor, als sei in der Schlucht ein wunderliches Gebirge, das aus dem Innern der Erde herauswuchs.

Es wurde sehr heiß. Die Sonne schien nun tief in die Schlucht, aber von keiner Stelle aus konnte man in den Grund hineinblicken, er war nur eine dunkle Linie, und was da unten war, blieb ein Geheimnis.

Ein Abstieg war nicht zu entdecken, entweder fiel der Rand der Schlucht steil ab oder war mit bröckligem Gestein bedeckt, das unter den Füßen wegrutschte und keinen Halt bot. Hie und da hing dürres Krüppelgesträuch in einer Felsspalte so dicht über den Abgrund, daß man glaubte, es müßte jeden Augenblick hinunterstürzen. Die Schwarzen Vögel zeigten sich nicht mehr. Thomas war froh darüber.

Als die Kinder schon müde waren und fast die Hoffnung aufgegeben hatten, einen Weg in die Schlucht zu finden, öffnete sich vor ihnen eine Seitenschlucht, die zur ersten Felsterrasse hinabführte. Die Hänge waren nicht sehr steil, der Grund war überwuchert von Ranken mit grausilbernem Blattwerk; es sah aus, als hätte man endlose Meter von bauschigem Tüll ausgebreitet.

Onari führte. Thomas wunderte sich, wie sicher sie Schritt für Schritt setzte, wie sie in diesem Gewirr aus Steintrümmern immer die gangbarste Stelle auswählte. Etwa auf halbem Weg rasteten sie im Schutz eines großen Felsblocks. Kein Lebewesen war zu erblicken, die Schlucht schien ebenso einsam zu sein wie die Ebene, durch die sie gewandert waren. Die Kinder tranken ein paar Schluck Wasser und aßen dazu Fladenbrot, dann brachen sie wieder auf. Die Seitenschlucht senkte sich nun rasch hinab, und es dauerte nicht lange, bis sie die Einmündung erreicht hatten. Vor ihnen lag die erste Felsstufe, eben, ohne jeden Pflanzenwuchs und sehr öde.

Als Onari, Eldar und Thomas hinaustraten, tauchten die Schwarzen Vögel wie aus dem Nichts auf, strichen über sie hinweg und verschwanden pfeilschnell in der Tiefe.

Thomas war so erschrocken, daß er aufschrie.

„Es sind nur – Vögel!“ sagte Eldar beruhigend.

Aber auch er war erschrocken, das konnte ihm Thomas ansehen. Sogar Onari war blaß geworden.

Die Felsstufe lag im prallen Sonnenlicht. Nichts bot Deckung. Eine dünne Schicht verwitterter Erde überzog den Boden, manchmal kam nackter Stein durch, manchmal knirschte unter den Füßen der Kinder grobkörniger Sand. In dem riesigen Kessel der Schlucht schien die Luft unbeweglich zu stehen, die Hitze schmerzte in den Augen und dörrte Mund und Kehle aus. Die Felstürme und Pyramiden waren stumpfrot geworden und wirkten mächtiger als von oben. Der Himmel war hoch und gläsern.

Der Weg über die Terrasse wollte kein Ende nehmen, aber schließlich erreichten die Kinder doch den Rand. Unter ihnen lag wieder eine Felsstufe, die der ersten glich. Sie begannen den Abstieg, der ziemlich mühsam war, weil sie von Stein zu Stein klettern mußten. Als sie den Hang hinter sich hatten, waren sie erschöpft. Sie schauten um sich, ob es irgendwo einen Platz gab, der ein wenig Schatten bot. Ein Stück entfernt war ein Streifen toter Sträucher unter einer überhängenden Felswand. Der Boden davor war mit rötlich schimmerndem Sand bedeckt.

Sie wollten schon darauf zugehen, als sie die Grauen Reiter erblickten. Die Reiter kamen um den Fuß eines spitzaufragenden Felskegels, der die untere Terrasse seitlich abschloß. Gekleidet waren sie in graue Kapuzenmäntel, die sie zur Gänze einhüllten und noch über die Kruppen der Pferde hinabfielen. Wenn es Pferde waren! Denn wie die Vögel glichen auch sie eher Schatten als lebenden Wesen. In der flirrenden Luft schienen sich die Umrisse von Pferden und Reitern zu verwischen. Sie kamen unheimlich schnell vorwärts, es war, als berührten die Hufe kaum den Boden. Kein Hufschlag war zu vernehmen, obwohl die Stille jeden Laut weithin trug.

Ein paar Herzschläge lang standen Onari, Eldar und Thomas wie gelähmt, dann rannten sie auf das schützende Versteck zu. Ihre Füße sanken in dem rötlichen Sand ein, aber in ihrer Angst achteten sie nicht darauf. Sie erreichten die Sträucher, zwängten sich hindurch. Zweige splitterten und ritzten ihnen Arme und Beine blutig.

Aber sie waren in Sicherheit. Zwischen der überhängenden Felswand und dem Gebüsch war genug Platz zum Niederkauern. Die Kinder hockten sich hin und versuchten, erst wieder einmal zu Atem zu kommen. Das Herz hämmerte Thomas in der Brust.

„Ich glaube nicht, daß sie uns gesehen haben", flüsterte Onari.

Die Kinder drückten sich an die Felswand und lauschten.

Nichts als Stille.

„Vielleicht reiten sie nicht zu uns herauf!" wisperte Thomas.

Wieder lauschten sie. Thomas horchte so angestrengt, daß er das Pulsieren seines eigenen Blutes zu hören vermeinte. Die durch keinen Laut gebrochene Stille wurde immer schwerer zu ertragen und endlich unerträglich. Sie hielten das Warten nicht mehr aus, legten sich auf den Boden, krochen vor und spähten durch das Gespinst des toten Blattwerks.

Die Felsstufe lag einsam da. Kein Grauer Reiter war zu sehen. Aber etwas anderes erschreckte die Kinder. In dem roten Sand führte, tief eingedrückt, ihre eigene verräterische Spur zu der Felswand her. Sie konnten nicht verstehen, warum sie nicht darauf geachtet hatten. Der Sandstreifen war nicht breit, daneben war steiniger Boden. Darüber hätten sie laufen können, ohne daß ein Fußstapfen sichtbar gewesen wäre.

Onari streifte ihr Bündel ab und knickte ein paar Zweige.

„Was willst du tun?" flüsterte Thomas.

Sie antwortete: „Die Spur auslöschen!"

„Laß mich das tun!" bat Eldar.

„Nein! Auf so etwas verstehen wir Dinadan uns besser."

Onari bog die Äste zurück und war im nächsten Augenblick aus dem Versteck hinausgeglitten. Gebückt schritt sie die Spur entlang und verwischte mit dem Zweigbüschel wie mit einem Besen die Stapfen.

Die beiden Jungen sahen ihr zu. Thomas fühlte sich fast krank vor Angst und Spannung. Onari arbeitete geschickt und schnell, der Sand wurde so glatt, als hätte ihn nie ein Fuß berührt. Aber der Streifen erstreckte sich endlos weit. Wurde sie denn nie fertig? Jetzt hatte sie das Ende erreicht! Sie warf das Zweigbüschel fort und richtete sich auf. Warum lief sie nicht zurück? Sie brauchte doch nur auf dem steinigen Boden zurückzulaufen, um gleich wieder in Sicherheit zu sein.

Sie stand reglos.

Onari! wollte Thomas rufen, aber der Schrei erstickte ihm in der Kehle.

Völlig lautlos, wie über dem Boden schwebend, kamen die Grauen Reiter herangaloppiert, hielten vor Onari an und umringten sie.

Thomas konnte sich nicht rühren, nicht einen Finger bewegen. Die Reiter hatten keine Gesichter! Was da von den grauen Kapuzen eingerahmt war, hatte weder Augen noch Nase und Mund. Und die

Pferde waren nur Schemen, die einmal deutliche Umrisse annahmen, um gleich darauf wieder zu körperlosen Formen zu zerfließen.

Kälte wehte von den Reitern her. Einer von ihnen warf Onari einen grauen Mantel um, sie nahmen sie in ihre Mitte, wendeten die Pferde und ritten quer über die Felsstufe.

Die Starre wich von Thomas. Er mußte den Reitern nach, er mußte Onari helfen, er mußte . . .

Als er aufspringen wollte, warf sich Eldar auf ihn und hielt ihn zurück.

„Laß mich los!“ zischte Thomas.

Eldar sagte kein Wort, umklammerte ihn nur fester und drückte ihn nieder.

Die Grauen Reiter mit Onari in ihrer Mitte verschwanden über den Rand der Felsstufe.

Thomas wollte sich freischütteln, wand sich hilflos und stieß mit den Beinen nach Eldar.

„Ich hab's gewußt“, keuchte er. „Wir hätten dich nie mitnehmen sollen!“

Eldar drückte ihn nur fester nieder.

„Laß mich los! Oder ich schreie! Ich schreie so laut, daß sie uns hören!“

Als Antwort preßte ihm Eldar die Hand auf den Mund. Thomas bäumte sich auf. Seine rechte Hand bekam etwas zu fassen – es war der Griff von Eldars Schwert. Er riß es aus der Scheide und stieß zu.

VIII.

In der Halle des Schwarzen Königs

Die Falten des Mantels hüllten Onari ein, spinnwebengleich und doch dicht, und machten sie wie blind und taub. Aber das Leben in den Wäldern hatte ihre anderen Sinne geschärft. Sie fühlte mit den Sohlen den Boden, über den sie schritt, fühlte die Richtung und wußte, daß die Reiter sie quer über die Felsstufe zum Rand hinführten.

Der lähmende Schrecken, der sie erfaßt hatte, als sie die Reiter plötzlich auf sich zugaloppieren sah, war noch immer nicht ganz von ihr gewichen. Sie hatte nicht fliehen können, dadurch hätte sie nur ihre Gefährten verraten. Aber sie hatte ihren ganzen Mut zusammennehmen müssen, nicht blindlings fortzustürzen. Was waren das für

Wesen, die keine Gesichter hatten? Waren es die Diener des Schwarzen Königs? Stand die Halle des Schwarzen Königs dort unten im dunklen Grund der Schlucht? War jetzt alles zu Ende?

Durch die weichen Lederschuhe spürte sie loses Geröll. Sie hatten das Ende der Felsstufe erreicht. Im nächsten Augenblick ging es abwärts. Sehr steil. Ein Gefühl des Schwindels packte Onari. Ihr war, als träte ihr Fuß ins Leere, als würde sie gleich hinabstürzen in die Tiefe. Sie versuchte, den Mantel vom Kopf zu zerren. Sie wollte sehen, wohin sie trat! Die Falten erstickten sie. Dann spürte sie, wie jemand durch das Gewebe des Mantels ihre Hand faßte und sie leitete. Das Schwindelgefühl verließ sie.

Als ihre Füße auf ebenen Boden traten, atmete sie auf. Das war jetzt die dritte Felsstufe. Der nächste Steilhang folgte, die nächste Felsstufe. Wieder ein Hang. Und noch einer. Ein ebenes Stück Weg, kürzer als die anderen. Onari zählte schon die siebente Felsstufe. Dann ging es erneut hinab in die Tiefe. Endlos, wie ihr schien. Sie tappte blind vorwärts, von der eisigen Hand geleitet, die sie nicht sehen konnte.

Gleich darauf merkte sie, daß der Boden wieder eben geworden war. Sie stolperte. Waren das niedrige Steinstufen gewesen? Sie hatte den Eindruck, durch ein großes Tor zu treten. Unter ihren Sohlen fühlte sie jetzt glattgeschliffenen Stein.

Es war bitterkalt. Nicht die reine Kälte eines Wintertages, sondern eine tödliche Kälte, die sie bis in ihr Innerstes zu spüren vermeinte.

Ihr Führer blieb stehen. Der Mantel wurde ihr abgenommen.

Sie befand sich in einer hohen Halle aus schwarzem Stein. Nirgendwo brannte eine Fackel, und doch war die Halle von einem gespenstischen Schein erfüllt, der von den Mauerquadern auszugehen schien.

Die gesichtslosen Wesen waren zurückgetreten. Onari wurde gewahr, daß am Ende der Halle ein Thron aus schwarzem Stein stand, zu dem Stufen hinaufführten. Oben auf dem Thron saß eine Gestalt, so reglos, als wäre auch sie aus Stein.

Onari konnte den Blick nicht davon abwenden. Langsam, wie willenlos, ging sie auf den Thron zu, Schritt für Schritt.

Ein schwarzer Mantel fiel von den Schultern bis zu den Füßen nieder. Auf den steinernen Lehnen ruhten weiße Hände. Im Gegensatz zu seinen Dienern – oder was immer sie sein mochten – hatte der Mann auf dem Thron ein Gesicht. Es war totenblaß und von großer

Schönheit. Zuerst glaubte Onari, es sei das Gesicht eines sehr jungen Mannes, dann schien es ihr eher alterslos, wie eines, an dem die Zeit vorübergeht, ohne eine Spur zu hinterlassen.

Mit jedem Schritt, den sie sich dem Thron näherte, wurde es kälter. Sie blieb stehen.

Eine der weißen Hände hob sich, winkte sie näher.

Onari ging weiter, bis an die Stufen des Throns. Sie schaute empor. Das schöne Gesicht über ihr war ausdruckslos.

„Bist du der Schwarze König?“ fragte sie.

Der Mann auf dem Thron regte sich nicht. Erst nach einer langen Pause kam die Antwort.

„Ja, ich bin der Schwarze König!“

Es waren fremde Worte – weder aus der Sprache der Dinadan noch aus der Sprache der Menschen aus Aran –, und doch hatte Onari ihren Sinn begriffen.

„Wieso kann ich dich verstehen?“ stammelte sie.

„In meinem Reich“, antwortete der Schwarze König, „gibt es keine Völker, keine Sprachen. Hier wird einer dem anderen gleich.“

Etwas Verführerisches lag in diesen Worten. Onari war es, als habe sie sich immer danach gesehnt, hier zu sein, als müßte sie sich nur selber aufgeben, und alles würde gut werden. Sie kämpfte dagegen an.

„Ich bin eine Dinadan“, sagte sie.

„Du wirst es vergessen.“

„Ich will es nicht vergessen! Mein Volk braucht mich. Deshalb bin ich in das Verbotene Land gegangen. Ich suche das Land der Strahlenden Felsen. Laß mich gehen, Herr!“

„Niemand, der mein Reich betritt, verläßt es wieder. Wer zu mir kommt, stirbt oder wird mein Diener.“

Unwillkürlich schaute Onari zu den gesichtslosen Wesen hin und wurde gewahr, daß es viel mehr waren als nur jene, die sie hergebracht hatten. Hinter dem Thron und die schwarzen Steinwände entlang standen sie dichtgedrängt.

„Willst du nicht wie sie werden?“ fragte der Schwarze König. „Sie haben das vollkommene Glück gefunden. Sie haben vergessen, wer sie waren, sie haben keine Wünsche, keine Sehnsucht mehr. Ich kann auch dir Frieden geben.“

„Ich will nicht so werden wie deine Diener!“

„Warum? Es war dein eigener, freier Wille, der dich den Fluß ohne Wiederkehr überschreiten ließ.“

„Ich tat es, weil ich es tun mußte. Weil ich mein Volk nur retten kann, wenn ich das Land der Strahlenden Felsen finde. Und der Weg dorthin führt durch dein Reich. Laß mich gehen! Wir Dinadan werden dir für immer dankbar sein!"

Die weißen Hände lagen still auf den steinernen Lehnen. Nicht eine Falte des Mantels bewegte sich.

„Hast du nicht Mitleid mit mir und meinem Volk?" rief Onari.

„Mitleid?" fragte der Schwarze König. „Wozu? In meinem Reich gibt es kein Leid und keinen Schmerz mehr."

„Dann ist es wahr", flüsterte Onari. „Die Uralte Geschichte ist wahr. Du und deine Diener, ihr könnt nicht mehr fühlen, nichts mehr empfinden."

Sie starrte in das schöne Gesicht. Sie schaute zu den Schattenwesen, von denen kein Laut kam und die mit den schwarzen Wänden zu verschmelzen schienen. Sie dachte an die Wälder, dachte an ihre Eltern, an die Großeltern und an alle die anderen Dinadan in den dunklen Höhlen. Sie dachte an den Jungen aus der Welt Jenseits und an den Jungen aus Aran. Sie dachte an die Blumen im Garten der Dinadan. Ja, selbst die Stunden der Verzweiflung schienen ihr in diesem Augenblick kostbar, weil es besser war zu leiden, als nichts zu fühlen.

Tränen sprangen ihr in die Augen, und sie war froh, daß sie weinen konnte.

„Du weinst?" fragte der Schwarze König. „Ich kann dich von deinen Tränen erlösen."

„Ich will nicht, daß du mich davon erlöst! Jetzt weiß ich, warum in deinem Land die Bäume und die Sträucher, das Gras und die Blumen gestorben und alle Quellen versiegt sind. Jetzt weiß ich, warum einem das Herz fast stillsteht, wenn man dein Land betritt. Ich habe immer gedacht, nichts könnte schrecklicher sein, als in die Hände der Menschen von Aran zu fallen, aber selbst das wäre besser, als dein Diener zu sein, denn dann gibt es keine Hoffnung mehr."

Etwas regte sich in der Halle – wie das Seufzen des Windes im Gras. Es schien von den gesichtslosen Wesen herzukommen, aber es war ein so leichter, kaum wahrnehmbarer Laut, daß Onari nicht sicher war, ob sie ihn wirklich gehört hatte oder ob es nur Einbildung gewesen war.

Sie dachte an ihren Schilien und an Eldar, und daß die beiden, während der Schwarze König und seine Diener hier in der Halle waren, vielleicht die Schlucht durchqueren konnten. Und vielleicht genügte es, wenn zwei von den dreien das Land der Strahlenden Felsen fanden. Dieser Gedanke gab ihr Mut.

„Hast du nicht meine dunklen Vögel gesehen?" fragte der Schwarze König. „Sie begleiten jeden, der den Fluß überschreitet. Deine zwei Gefährten werden zu mir kommen, wie du zu mir gekommen bist."

Das bleiche Gesicht blieb ausdruckslos, es zeigte keine Genugtuung, daß mit diesem einen Satz Onari alles genommen wurde und daß nun auch ihr keine Hoffnung mehr blieb.

„Ich schenke dir Vergessen", hörte sie die Stimme des Schwarzen Königs. Diese Stimme war auf einmal tröstlich. Warum sollte sie sich wehren? Ein weiches, verdämmerndes Licht hüllte sie ein.

Sie hob ihr Gesicht zu dem Mann auf dem Thron empor. Sie verspürte eine große Leere, der sie sich hingeben mußte, dann würde alles vorüber sein und nichts mehr konnte ihr Schmerz zufügen. Sie mußte nur der Stimme folgen.

IX.

Die Entscheidung

Die Schwertspitze traf Eldars Arm. Thomas spürte, wie die Klinge hineinglitt. Der Schreck darüber brachte ihn wieder zu sich.

Eldar hatte von ihm abgelassen. Aus dem aufgeschlitzten Ärmel quoll Blut.

„Das . . . das wollte ich nicht!" stammelte Thomas.

„Es ist nur ein Ritzer!" Eldar riß mit der gesunden Hand den Ärmel herunter. „Hilf mir, die Wunde verbinden", bat er.

„Aber Onari!" stieß Thomas hervor.

„Ich lernte eines bei den Söhnen Gonds", antwortete Eldar ruhig, „ich lernte, daß man nie angreifen soll, wenn man zu schwach ist. Ich habe zwanzig Reiter gezählt! Was meinst du, was geschehen wäre, wenn wir unser Versteck verlassen hätten?"

„Ich weiß es nicht!"

„Aber ich weiß es! Wir wären jetzt auch Gefangene. Was hätte das Onari genützt? Reiß den Ärmel in Streifen. Etwas anderes haben wir nicht, und wenn man zuviel Blut verliert, kann selbst eine kleine Wunde gefährlich werden. Auch das habe ich bei den Söhnen Gonds gelernt."

Thomas nahm gehorsam den Ärmel, riß ihn in Streifen und verband Eldars Arm. „Es tut mir leid", sagte er. „Ich dachte, du wolltest Onari im Stich lassen."

„Warum?"

„Weil du aus Aran bist!"

„Auch wenn ich aus Aran bin, heißt das nicht, daß ich meine Freunde im Stich lasse."

„Aber du glaubst nicht an das, woran Onari glaubt! Du glaubst nicht an das Land der Strahlenden Felsen."

„Nein, daran glaube ich nicht."

„Warum bist du dann mit uns gegangen?"

„Weil es sonst nirgendwo mehr einen Platz für mich gibt. Ich wollte, ich könnte wie du und Onari glauben, daß wir hier Hilfe finden. Dann wäre mir leichter. Aber kann ich nicht, auch wenn ich keine Hoffnung mehr habe – zumindest treu sein? Ihr habt mir das Leben gerettet, du und Onari, und ich werde mit euch das Land der Strahlenden Felsen suchen, obwohl ich nicht glaube, daß es dieses Land gibt."

Eine Weile saßen beide schweigend da. Das silbrige Laub glänzte. Die Schatten an der Felswand waren dunkel.

„Vertraust du mir, Thomas?" fragte Eldar.

Thomas nickte.

„Dann werden wir jetzt den Reitern folgen, damit wir wissen, wohin sie Onari gebracht haben."

Sie standen auf. Thomas schulterte auch Onaris Bündel. Dann schlüpften sie durch das Gesträuch ins Freie hinaus. Die Felsterrasse lag verlassen da. Sie schauten um sich, suchten die Schlucht nach allen Seiten mit den Augen ab. Die Kegel, Pyramiden und Türme ruhten unter dem blendend blanken Himmel in schweigender Einsamkeit.

Die Jungen querten die Felsterrasse. Sie gingen gebückt, als wären sie dadurch weniger leicht auszunehmen, aber sie wußten nur zu gut, daß jeder Graue Reiter, der vielleicht irgendwo in einem der vielen Einschnitte auftauchte, sie schon von weitem sehen konnte.

Am Rand der Felsstufe legten sie sich flach auf den Boden und spähten hinunter. Die Grauen Reiter hatten keine Spuren hinterlassen, aber darauf hatten Thomas und Eldar auch nicht gehofft. Die Schattenpferde waren viel zu schwerelos dahingaloppiert!

„Was tun wir jetzt?“ flüsterte Thomas.

„Wir steigen in die Schlucht hinab.“

„Bist du sicher, daß sie nach unten geritten sind?“

„Ja!“

„Glaubst du, daß es den Schwarzen König wirklich gibt und daß seine Halle dort unten steht?“

„Ich glaube, was ich gesehen habe, Thomas. Und das waren gesichtslose Wesen, sie haben Onari mitgenommen, und sie ritten geradewegs in die Schlucht hinab.“

Die Jungen begannen den Abstieg, kletterten von Felsblock zu Felsblock, und obwohl der Hang steil war, brachten sie ihn bald hinter sich. Die Terrasse, auf der sie sich nun befanden, war noch öder als die beiden ersten Terrassen. Es gab nur nackten Fels oder grobkörnigen Sand und keinen Flecken Erdreich mehr. Die Schlucht schien näher zusammengerückt zu sein, der Ausschnitt des Himmels war kleiner geworden.

Wieder ging es abwärts. Jeder Hang war höher als der vorhergehende, dafür wurden die Felsstufen schmäler. Den Jungen kam es vor, als seien sie in einem tiefen Schlund. Der obere Rand der Schlucht war längst ihren Blicken entzogen.

Als sie die siebente Felsterrasse erreichten, waren sie sicher, daß unter ihnen der Grund der Schlucht lag. Die Felsen ragten dunkel auf. Die Sonne mußte weitergewandert sein, sie leuchtete nicht mehr bis hier herunter. Die Jungen querten vorsichtig die Terrasse, legten sich flach auf den Boden, bevor sie an den Rand kamen, und schoben sich dann so weit vor, daß sie hinabsehen konnten.

Sie hatten sich nicht geirrt. Sie blickten in einen öden, von wirr durcheinandergewürfelten Steintrümmern bedeckten Graben. In der Mitte erhob sich ein mächtiger Bau aus schwarzen Steinquadern. Er erinnerte Thomas an Bilder von alten Tempeln, nur war er ganz schmucklos, ohne Fries oder sonst eine Verzierung. Obwohl es düster war, als käme schon die Nacht, lag ein fahler Schimmer über den Quadern, ein kränkliches Licht wie von faulem Holz. An der Vorderseite befand sich ein Tor, zu dem schwarze Stufen hinaufführten.

Eine unheimliche, drohende Atmosphäre ging vom Grund der Schlucht aus. Gleichzeitig verspürten Thomas und Eldar eine große Schwermut und Traurigkeit.

Dann hatten beide das Gefühl, als würden sie beobachtet. Sie drückten sich auf den Boden. Das Gefühl verstärkte sich, sie blickten auf und sahen über sich die Schwarzen Vögel. Lautlos, ohne Schwingenschlag schwebten sie im Kreis und glichen mehr denn je geisterhaften Schatten.

In der nächsten Sekunde konnte Thomas nur mit Mühe einen Schrei unterdrücken. Etwas hatte seine Wange berührt, leicht wie Spinnwebe und doch eigenartig schwer. Ein eisiger Atem streifte ihn.

Wie aus dem Nichts waren die gesichtslosen Wesen aufgetaucht und hatten ihn und Eldar umringt. Thomas sah noch, wie Eldar nach dem Schwert greifen wollte, wie ein grauer Mantel über ihn geworfen wurde, dann hüllten auch ihn die erstickenden Falten ein. Er schlug mit Armen und Beinen um sich, konnte sich aber nicht befreien. Er spürte, wie er hochgehoben und schwindelerregend schnell in die Tiefe getragen wurde. Wie lange das dauerte, hätte er später nicht sagen können, er war halb betäubt und kam erst wieder zu sich, als ihn die gesichtslosen Wesen auf die Füße stellten und ihm den Mantel abnahmen.

Er befand sich in der Halle des unheimlichen Bauwerkes. Neben ihm stand Eldar. Die Halle war von dem gleichen fahlen Licht erfüllt, das außen von den schwarzen Steinquadern ausgegangen war. Es war bitterkalt.

Am Ende der Halle erblickten die Jungen den Schwarzen König auf seinem steinernen Thron. Auf den Stufen, die hinaufführten, stand Onari. Sie hatte den Kopf zu dem Schwarzen König erhoben. Das fahle Licht schien sich um sie verdichtet zu haben, ihre Gestalt war grau, selbst das dunkle Haar wirkte wie entfärbt. Sehr langsam, einer Schlafenden gleich, setzte sie ihre Füße auf die nächste Stufe – es war die vorletzte – und verharrte dort, den Blick auf den Schwarzen König gerichtet.

„Onari!" schrie Thomas mit halb erstickter Stimme. „Onari!"

Wieder sehr langsam, fast widerstrebend, wandte sie sich um. Es war, als lausche sie auf etwas, das aus weiter Ferne und kaum vernehmbar an ihr Ohr drang. Ihr Gesicht war seltsam verschwommen. Die Umrisse waren kaum noch auszunehmen.

Thomas und Eldar stürzten durch die Halle auf den Thron zu, stürzten die Stufen hinauf und zerrten Onari herunter. Sie spürten, daß sie ihnen Widerstand entgegensetzte, obwohl sie nicht die geringste Bewegung machte und keinen Laut von sich gab. Ihre Hände und Arme fühlten sich kalt und leblos an. Sie hob das Gesicht wieder zu dem Schwarzen König empor.

Thomas fing laut zu schluchzen an. Seit dem Abstieg in die Schlucht war ein Schrecken dem anderen gefolgt. Nun hatten sie Onari gefunden, aber sie glich mehr den Schattenwesen als sich selber, sie erkannte weder ihn noch Eldar und erfaßte nicht, daß sie bei ihr waren.

Onari hörte ihn weinen. Warum weinte ihr Schilien? Das Weinen beunruhigte sie. Ihr Schilien durfte nicht traurig sein, wenn sie so glücklich war. Sie mußte zu ihm gehen und ihn trösten.

Sie wandte ihre Augen von dem schönen Gesicht ab und versuchte, in der großen Leere, die sie umgab, ihren Schilien zu finden. Das Dunkel, das sie einhüllte und in dem es nur sie und den Schwarzen König gab, wurde zu einem Dämmerlicht, in dem sie, schemenhaft zuerst und allmählich deutlicher, die Mauern der Halle erblickte und die gesichtslosen Schattengestalten. Sie spürte, daß jemand ihre Hände hielt – es waren ihr Schilien und der Junge aus Aran. Die Erinnerung kam zurück, sie wußte, wo sie sich befand und was geschehen war.

Die Jungen sahen, wie die graue Farbe von ihr wich. Ihr Gesicht nahm wieder feste Umrisse an.

In der Halle war es sehr still. Von den gesichtslosen Wesen kam keine Bewegung. Auch der Schwarze König oben auf seinem Thron regte sich nicht.

„Was hat er dir getan, Onari?“ fragte Eldar.

„Ohne dich und meinen Schilien wäre ich jetzt wie diese da – seine Diener“, antwortete sie. „Ihr dürft nicht auf ihn hören, wenn er zu euch spricht!“ Sie zog die Jungen schutzsuchend näher an sich. Alle drei standen nun dicht beisammen.

Der Schwarze König hob die Hand.

Durch die Halle ging es wie ein klägliches Wispern. Die grauen Wesen begannen mit flatternden Mänteln erregt umherzuhuschen, ein paar warfen sich vor dem Thron nieder, andere bargen die gesichtslosen Kapuzen in den Falten ihrer Mäntel. Dann beruhigten sie sich plötzlich, liefen zum Ende der Halle und brachten die drei Bündel und sogar Eldars Schwert herbei. Sie umringten die Kinder und drängten sie zur Wand, wo sich eine dunkle Pforte geöffnet hatte.

Bevor sie durch die Pforte traten, blickte Onari noch einmal zu dem Schwarzen König zurück. Er hatte sich erhoben und stand aufrecht auf seinem Thron. Der schwarze Mantel fiel in strengen Falten bis zu seinen Füßen nieder.

Onari wandte sich ab und folgte Eldar und Thomas durch die Pforte. Finsternis umgab sie. Stufen führten in die Tiefe hinab. Während sie sich den engen Gang hinabtastete, sah sie noch immer das bleiche Gesicht vor sich, sie hatte das Gefühl, etwas versäumt zu haben, aber was das war, das sie hätte tun sollen, wußte sie nicht.

X.

Die Schrecken der Unterwelt

Die Stufen führten steil in die Tiefe. Die gesichtslosen Wesen bewegten sich in der Finsternis unter der Erde so sicher, als sei sie ihnen vertraut wie das Tageslicht. Die Kinder aber hatten große Mühe, nicht dauernd zu stolpern; selbst als ihre Augen sich an das Dunkel gewöhnt hatten, konnten sie nur tastend von Stufe zu Stufe steigen. Der Gang war eng, rechts und links fühlten sie mit den Händen nackten Stein.

Immer tiefer ging es hinab. Als sie schon glaubten, die Stufen würden nie ein Ende nehmen, hörten diese plötzlich auf. Der Boden wurde eben, die Wände wichen zurück. Die Kinder spürten, daß sie in ein großes Gewölbe eingetreten waren, denn ihre Schritte hallten laut.

Die Diener des Schwarzen Königs blieben stehen, sie legten etwas – wohl die Bündel – vor den Füßen der Kinder nieder und huschten fort.

Ein Knirschen folgte, als hätte sich eine steinerne Pforte geschlossen, dann war es still.

Die Kinder standen dicht beisammen und hielten einander fest. Die völlige Dunkelheit, die sie umgab, war unheimlich. Thomas wünschte fast, die Gesichtslosen, vor denen er sich so gefürchtet hatte, wären noch hier. Er hatte Angst vor jedem Schritt weiter ins Dunkel hinein. Hilfesuchend klammerte er sich an Onari.

„Du hättest im Garten der Dinadan nicht auf mich hören dürfen, Schilien", sagte sie. „Er hat gesagt, daß jeder sterben muß, der in sein Reich kommt und nicht so wird wie seine Diener. Ich könnte alles ertragen, wenn es nur um mich ginge. Aber ich habe auch euch hierhergeführt!"

„Weißt du, wie mir zumute war, als ihr mich am See gefunden habt?" antwortete Eldar. „Da wollte ich nicht mehr leben. Es war alles so sinnlos. Wenn ich jetzt sterben muß, dann weiß ich wenigstens wofür. Aber noch ist es nicht so weit. Sie haben uns die Bündel zurückgegeben. Das hätten sie bestimmt nicht getan, wenn wir hier verhungern und verdursten sollten. Schlagen wir mit den Feuersteinen Licht! Dann können wir wenigstens etwas sehen!"

Er kauerte sich nieder, um sein Bündel zu öffnen, und stieß im nächsten Augenblick einen erstaunten Ruf aus.

„Was ist?" fragte Thomas.

„Fackeln! Drei Fackeln! Da, neben meinem Schwert!"

Sie starrten einander im Dunkeln an. Warum hatten ihnen die Schattenwesen Fackeln gegeben? Wollte der Schwarze König sie doch nicht hier im Finstern umkommen lassen?

Mit neuerwachter Hoffnung öffneten sie die Bündel und tasteten nach Zunder und Feuerstein. Onari hatte im Nu Feuer geschlagen. Es dauerte nicht lange, und eine der Fackeln brannte.

Sie sprangen auf die Füße. Eldar hielt die Fackel hoch. Die Lichtzunge leckte in die Dunkelheit, konnte aber den Raum nicht ausleuchten. Sie riefen laut und lauschten dann auf das Echo. Es brach sich an den Wänden und an der Decke und kam nur ganz schwach zurück. Das unterirdische Gewölbe, in dem sie sich befanden, mußte riesengroß sein.

Das Fackellicht gab ihnen aber Mut. Nach der pechschwarzen Finsternis zuvor war der kleine Lichtkreis tröstlich, sie konnten einander sehen und zumindest die nächsten Schritte ausnehmen. Sie schulterten die Bündel. Eldar hängte sich das Schwert an den Gürtel. Die Wand des Gewölbes hinter ihnen bestand aus glattem Felsen. Eine Tür oder eine Pforte war nicht zu sehen, und obwohl sie den Stein mit den Händen abtasteten, fanden sie nicht einmal eine Fuge oder einen Spalt. Sie suchten aber auch nicht lange, die Stufen hätten doch nur in die Halle hinaufgeführt. Einer hinter dem anderen schritten sie die Felswand entlang.

Das flackernde Fackellicht warf verzerrte Schatten und täuschte manchmal einen Spalt oder eine Kluft vor. Wenn die Kinder aber stehen blieben, sahen sie nichts als die nackte, glatte Wand. Vor und hinter ihnen war die Dunkelheit so dicht, daß sie das Gefühl für jede Entfernung verloren und nicht mehr abschätzen konnten, wie weit sie sich schon von ihrem Ausgangspunkt entfernt hatten.

Der Raum schien sich ins Endlose zu dehnen, bis ihnen plötzlich klar wurde, daß sie nicht an die jenseitige Wand kommen konnten, weil es keine gab. Sie schritten einen riesengroßen Kreis aus, der so weitläufig war, daß sie seine Rundung zuerst nicht wahrgenommen hatten.

Die Kinder blieben stehen. Waren sie, ohne es zu wissen, schon längst wieder an der Stelle vorbei, wo sich die geheimnisvolle Pforte befand, durch die sie eingetreten waren? Wenn es so war, dann gab es keinen Ausweg aus ihrem unterirdischen Gefängnis. Dann konnten sie sich nur hinsetzen und darauf warten, ob die gesichtslosen Wesen zurückkamen. Und wenn nicht? Wenn der letzte Brotfladen gegessen war – wenn sich in den Lederflaschen kein Tropfen Wasser mehr befand . . . Wie klein der Lichtkreis war, den die Fackel ausstrahlte! Und ringsum nichts als Finsternis!

„Gehen wir noch ein Stück weiter!“ schlug Eldar vor. „Ich glaube nicht, daß wir das Gewölbe schon ausgeschritten haben. Wir hätten die Stelle bemerken müssen, an der wir hereingekommen sind.“

„Wir haben vorher auch nichts gesehen“, sagte Thomas. „Keine Tür! Nichts!“

„Weil wir nicht richtig danach gesucht haben!“

Es hat keinen Sinn, dachte Thomas verzagt. Wir kommen hier nie hinaus!

Nach wenigen Schritten blieb jedoch Eldar plötzlich wieder stehen. Er hielt die Fackel ganz ruhig in der Hand. Die Flamme zischelte leise. Sie leckte nicht mehr gerade hoch, sondern bog sich seitwärts. Die Kinder spürten einen leichten Luftzug. In der Wand klaffte ein schwarzer Spalt, gerade so breit, daß sie hineingehen konnten.

Was sie in dem Spalt erwartete, wohin er führte und ob sie nicht bald eine neue Enttäuschung erleben würden, daran dachten sie in der ersten Freude und Erleichterung nicht. Sie schlüpften hinein, Eldar mit der Fackel voran, dann Thomas und hinter ihm Onari. An einer Stelle war der Spalt so schmal, daß sie sich seitlich durchzwängen mußten, aber bald danach erweiterte er sich. Er glich nun eher einer Kluft, deren Höhe sie im Finstern nicht abschätzen konnten. Wieder nach einiger Zeit wurde er zu einem Gang, der einmal hoch und einmal niedrig, einmal breit und einmal eng war. Ein paarmal mußten sie über Steinhaufen klettern, die von der Decke heruntergebröckelt waren. An manchen Stellen waren die Wände glatt, wie von Menschenhand behauen, und erinnerten Thomas an Stollen in einem Bergwerk.

Sie kamen an einem kleinen Seitengang vorbei und gingen ein Stück hinein. Er war jedoch so zerklüftet und verzweigt, daß sie bald wieder umkehrten.

Wie lange sie dahingingen, wußten sie in dieser ewigen Nacht nicht. Schließlich wurden sie so müde, daß sie beschlossen, Rast zu machen. Sie fanden eine Nische in der Stollenwand, legten die Bündel ab, breiteten die Decken aus und setzten sich. Onari holte aus ihrem Bündel die Lederflasche mit dem Siebenwasser. Jeder trank einen Schluck, und danach fühlten sie sich viel frischer.

Während sie aßen, erzählten sie einander, was geschehen war, seitdem die Diener des Schwarzen Königs Onari entführt hatten. Der Schein der Fackel fiel in den Gang hinaus, der sich zu beiden Seiten im Dunkel verlor. Sie wußten, daß sie die Fackel löschen sollten, konnten sich aber von ihrem Licht noch nicht trennen.

„Es gibt ihn also, den Schwarzen König“, sagte Eldar.

„Ja“, antwortete Onari, „Die Uralte Geschichte hat die Wahrheit erzählt. Glaubst du nun an das Land der Strahlenden Felsen?“

„Ich fange an, daran zu glauben, und ich hoffe, daß wir es finden. Zuerst müssen wir aber hier hinauskommen. Vielleicht mündet der Gang irgendwo in die Schlucht? Dort, wo wir herkamen? Oder auf der anderen Seite? Ich habe keine Ahnung, in welche Richtung wir gehen.“

„Ich auch nicht“, gestand Thomas. „Ich merke nur, wenn es

hinauf oder hinunter geht. Kennst du dich aus, Onari?"

Sie zögerte. „Ganz sicher bin ich mir nicht, aber ich habe das Gefühl, daß wir gegen die Mittagssonne zu gehen."

„Dann liegt die Schlucht hinter uns, wenn wir nach oben kommen", erklärte Eldar. „Ich möchte sie auch nicht noch einmal durchqueren! Die Schattenwesen würden uns bestimmt wieder entdecken. Jenseits der Schlucht sind wir vielleicht in Sicherheit."

Eine Weile saßen sie schweigend. Vom Steinboden stieg Kälte auf. Sie wickelten sich in die Decken, löschten die Fackel und legten sich eng nebeneinander hin. Sie vermißten das Licht. Nichts regte sich, aber gerade weil es so still war, glaubten sie unbestimmte Geräusche zu vernehmen. Ein paarmal schreckten Thomas und Eldar auf und horchten angespannt. Allmählich aber überkam sie die Müdigkeit, und obwohl sie versuchten wachzubleiben, schliefen sie ein.

Onari lag ganz ruhig. Sie schaute ins Dunkel und glaubte das schöne, bleiche Gesicht vor sich zu sehen. Sie spürte noch immer die Macht, die davon ausging, aber sie empfand keine Furcht. Er kann nichts fühlen, dachte sie, keine Freude, kein Leid, nichts! Aber als er oben auf dem Thron stand und seine Diener uns fortführten, war sein Gesicht traurig. Wie kann das sein? Ich habe Mitleid mit ihm gehabt. Mit ihm? Er ist ein Sterngeborener, er hätte den Erdgeborenen das Licht bringen sollen und hat es nicht getan. Er hat Gras und Blumen verdorren lassen. Er nimmt den Erdgeborenen die Gesichter, macht sie zu Schatten. Mit seinen Dienern muß ich Mitleid haben – nicht mit ihm!

Die Augen wurden ihr schwer. Sie lag zwischen Schlaf und Wachsein, und halb schon im Traum meinte sie zu sehen, wie sich aus der Dunkelheit Gestalten lösten und auf sie zukamen. Es waren der Schwarze König und seine Diener. Der Schwarze König schaute sie an, als erwarte er etwas von ihr, als könnte sie etwas für ihn tun, wenn sie nur wollte.

Sie öffnete die Augen – es war niemand da. Sie glaubte, ein Huschen wahrzunehmen, das Flattern eines Mantels, als sie aber lauschte, hörte sie nur die friedlichen Atemzüge ihrer beiden Gefährten, und ohne es zu merken, glitt auch sie in den Schlaf hinüber.

Wie viele Stunden sie schliefen und ob es Nacht oder Tag war, als sie erwachten, wußten die Kinder nicht. Sie aßen und tranken ein wenig – nur so viel, um den ärgsten Hunger zu stillen –, nahmen auch wieder einen Schluck Siebenwasser, zündeten die Fackel an und brachen auf.

Der Gang zog sich endlos dahin und nahm kein Ende. Hie und da zweigten kleine Nebenstollen ab, oder Klüfte und Spalten öffneten sich, die im Fackellicht grundlos schienen. Manchmal hatten die Kinder das Gefühl, kaum atmen zu können, als drücke sie die Schwere der ungeheuren Felsmassen über ihnen nieder.

Nachdem sie schon glaubten, es würde ewig so weitergehen, teilte sich plötzlich der Gang in zwei gleichgroße Stollen, die sich nicht voneinander unterschieden.

„Jetzt können wir nur auf gut Glück wählen", sagte Eldar.

„Gib mir die Fackel", bat Onari. „Ich gehe ein Stück voraus und sehe nach."

„Nein! Bleib bei Thomas! Wartet hier auf mich!"

Bevor Onari antworten konnte, war Eldar in den linken Stollen hineingegangen. Der Schein der Fackel wanderte mit ihm. Das Hallen seiner Schritte wurde leiser, der Lichtschein immer schwächer. Schließlich sahen Onari und Thomas nur noch ein Glimmen, das gleich darauf verschwand.

Sie standen in pechschwarzer Finsternis. Eldars Schritte waren verklungen. Die Dunkelheit narrte sie. In den Gängen schien es zu huschen und zu flattern. War Eldar etwas zugestoßen?

Als Onari schon entschlossen war, eine der anderen Fackeln anzuzünden und ihm nachzugehen, tauchte sehr weit weg ein Lichtpunkt auf, der rasch größer wurde. Sie atmeten auf. Eldar kam zurück.

„Zuerst geht es eben weiter", erklärte er, als er wieder bei ihnen stand, „nachher führt der Gang abwärts. Ziemlich steil sogar."

„Dann nehmen wir den anderen", entschied Onari. „Wir sind schon tief genug unter der Erde."

Sie wanderten im rechten Stollen weiter. Eldars Fackel war nur noch ein kleiner Stumpen. Unwillkürlich schritten sie rascher aus. Dieser Gang mußte doch irgendwohin führen! Hätten sie doch den anderen Stollen wählen sollen? Vielleicht ging er nur kurze Zeit abwärts und dann wieder hinauf?

Sie begannen zu laufen. Die Fackel war fast bis zum Griff heruntergebrannt. Hüpfende rote Lichtflecken begleiteten sie.

Der Gang erweiterte sich, die Wände rückten auseinander. Die Kinder sahen ein riesiges Felstor, gingen hindurch und hielten jäh an. Vor ihren Füßen brach der Boden ab. Sie standen am Ufer eines unterirdischen Flusses.

Wie breit er war, konnten sie nur ahnen. Onari entzündete die zweite Fackel, aber auch zwei Lichtquellen reichten nicht aus, die Größe der Flußgrotte erkennen zu lassen. Die Strömung mußte sehr schwach sein. Das Wasser war von einer tintigen Schwärze, und wo die Lichtreflexe der Flammen darauf fielen, glich es geschmolzenem Glas.

„Das ist seltsam", sagte Onari, „im Verbotenen Land gibt es keine einzige Quelle, und hier ist ein großer Fluß!"

„Vielleicht hat sich alles Wasser unter der Erde gesammelt", erklärte Eldar. „Auf jeden Fall müssen wir umkehren, da geht's nicht weiter."

„Vielleicht ist am Ufer so etwas wie ein Weg", sagte Thomas.

Onari hob die Fackel und leuchtete den Felsvorsprung ab, auf dem sie standen. Im nächsten Augenblick schlugen Thomas die Zähne aufeinander. Der Vorsprung endete an einer glatten, senkrecht aufsteigenden Felswand. Am Boden davor lag ein Skelett, die Knochenarme ausgestreckt, als wollte es kriechend das Wasser erreichen.

Reste eingeschrumpelter Lederbekleidung bedeckten die Gebeine. Onari trat hinzu, bückte sich und hob etwas auf. Es war ein Messer aus schwarzem Stein, wie es die Dinadan anfertigten.

„Wir sind nicht die ersten, die nicht so werden wollten wie die gesichtslosen Wesen", flüsterte sie.

„Und das ist es, was einen erwartet, wenn man es nicht wird", sagte Eldar. „Jetzt weiß ich, warum der Schwarze König uns das Schwert und die Bündel und die Fackeln mitgab. Und warum uns niemand verfolgt! Weil es nicht notwendig ist!"

Sie sahen einander in die bleichen Gesichter. Vom Wasser her kam eisige Kälte. Thomas war nahe daran, sein Bündel fortzuwerfen und davonzustürzen.

Mit einer fast ehrfürchtigen Gebärde legte Onari das Steinmesser neben dem Gerippe nieder. „Er war allein", sagte sie. „Und vielleicht hatte er keine Fackel, kein Licht. Wer weiß, wie lange er schon umherirrte, bis er hierher kam. Allein in dieser Finsternis – das muß schrecklich sein. Aber wir sind drei! Schilien, die Wasserflaschen sind fast leer. Willst du sie nicht anfüllen?"

Thomas kniete am Rand der Felsplatte nieder. Es war gut, etwas zu tun, es lenkte die Gedanken vom Schicksal ihres Vorgängers ab. Während Eldar die Lederflaschen aus den Bündeln holte, streckte Thomas die Hand ins Wasser. Es war eiskalt wie ein Gebirgsbach nach der Schneeschmelze. Er schöpfte ein wenig mit der hohlen Hand und kostete.

„Kann man es trinken?“ erkundigte sich Eldar.

„Ja! Aber es hat überhaupt keinen Geschmack.“

Thomas hielt die Lederflaschen eine nach der anderen ins Wasser und füllte sie.

Bevor sie den Rückweg antraten, blieben sie noch einmal vor dem Gerippe stehen. Sie wußten nicht, wie lange es schon hier lag, wußten nicht, wer hier einsam gestorben war. Ob sie noch andere Tote finden würden, die lieber elend umgekommen waren, als dem Schwarzen König zu dienen? Oder waren sie und dieser da die einzigen, die die Kraft besessen hatten, ihm zu widerstehen?

„Du mußt ein guter Mensch gewesen sein“, sagte Onari. „Wo immer jetzt dein Geist ist, steh uns bei!“

Sie gingen stumm in den Gang zurück. Der Weg bis zu der Stelle, wo er sich teilte, wollte kein Ende nehmen. Irgendwann erlosch Eldars Fackel. Die Flamme zuckte und sank in sich zusammen. Nun leuchtete ihnen die zweite Fackel.

Sie erreichten den linken Stollen. Zuerst führte er eben weiter, dann begann er sich unmerklich zu senken, und plötzlich ging es steil hinab.

„Bis hierher bin ich gekommen“, erklärte Eldar.

Der Fels zu beiden Seiten war zerklüftet. Bröckliges Gestein bedeckte den Boden und gab unter den Füßen nach. Die Kinder kamen nur langsam vorwärts, weil sie ihre Schritte vorsichtig setzen mußten, wollten sie nicht ausrutschen und den Halt verlieren. Der Fels mußte sehr brüchig sein. Als Thomas sich auf einen vorspringenden Zacken stützen wollte, zerbrach er ihm unter den Händen. Hätten sie nicht gewußt, daß der andere Gang bei dem unterirdischen Fluß endete und daß ihnen keine Wahl blieb, so wären sie umgekehrt.

Sie glaubten schon, es würde immer weiter hinuntergehen, als sie auf einmal merkten, daß das Gestein nicht mehr so bröcklig war. Der Boden wurde fest und eben. Obwohl sie sehr müde waren, hielten sie keine Rast; sie wollten die Zeit nützen, solange sie noch Licht hatten.

Bald danach stießen sie jedoch auf ein Hindernis, das unüberwindlich schien. Felstrümmer waren von der Decke herabgestürzt, füllten den Gang bis oben und versperrten ihnen den Weg. Die Kinder standen stumm vor Entsetzen da. Thomas begann leise zu weinen.

Eldar drückte Onari wortlos die Fackel in die Hand und kletterte auf den Steinhaufen. „Leuchte mir, Onari!“ bat er.

Sie stieg auf einen der untersten Blöcke und hielt die Fackel hoch. In ihrem Schein sahen die Kinder unter der Decke einen schmalen Spalt. Die aufeinandergetürmten Felsen füllten den Gang doch nicht ganz aus.

„Ich glaube, hier können wir durchkriechen", stellte Eldar fest. Er beugte sich hinunter und nahm Onari die Fackel ab. Sobald Thomas und Onari oben waren, legte er sich nieder und kroch, die Hand mit der Fackel vorsichtig ausgestreckt, in den Spalt hinein. Thomas und Onari folgten. Sehen konnten sie fast nichts, sie tasteten sich hinter Eldar her und schoben sich über das Gestein. Manchmal konnten sie sich ein wenig aufrichten, manchmal war der Spalt so eng, daß sie beinahe steckenblieben. In Thomas' Ohren sauste es. Bei der Vorstellung, welch ungeheure Felsmassen auf ihm lasteten, brach ihm am ganzen Körper der Schweiß aus. Er hatte das Gefühl, die Felsdecke erdrücke ihn. Er hielt es nicht mehr aus. Er erstickte fast. Er wollte mit Armen und Beinen um sich schlagen und sich freikämpfen, als er Eldars Stimme hörte: „Nur noch ein kleines Stück . . . wir haben es bald geschafft!" Und Thomas beruhigte sich und kroch weiter.

In dieser bisher schwersten Stunde ihres Irrweges unter der Erde erwies sich der Junge aus Aran, den sie anfangs nur des Uralten Spruches wegen mitgenommen hatten, als treuer Freund, der sie davor bewahrte, zu verzweifeln. Denn auch Onari war am Ende ihrer Kräfte und nahe daran aufzugeben. Sie hatte ihre beiden Gefährten umsonst in einen sinnlosen Tod geführt. Sie würden das Land der Strahlenden Felsen nie finden. Aber auch Onari hörte – wie Thomas – Eldars Stimme: „Nur noch ein kleines Stück . . . wir haben es bald geschafft . . . nur noch ein kleines Stück . . ."

Plötzlich konnten sie wieder freier atmen. Der Spalt erweiterte sich; sie hatten das Ende des verschütteten Ganges erreicht. Loses Geröll gab nach, sie rutschten alle drei ein Stück hinunter und landeten auf festem Steinboden.

Sie befanden sich in einer Höhlengrotte, die riesig sein mußte. So weit das Fackellicht reichte, sahen sie eine wunderbare Welt von so traumhafter Schönheit, daß sie die Schrecken des zurückgelegten Weges vergaßen und staunend umherblickten. Aus dem Boden wuchsen Säulen und Säulchen, manche zart und zerbrechlich dünn, andere hoch wie Bäume und so dick, daß ein Mensch sie nicht umfassen konnte. Von der Decke herab hing es wie kostbares Spitzengewebe, und all diese unterirdische Pracht leuchtete schneeweiß oder war übergossen von einem grünlichen Schimmer.

Die Kinder standen überwältigt da. Endlich sagte Onari: „Sind wir tot? Hat uns No-Ischnaá in sein Reich geholt?"

Eldar legte die Hand auf eines der bizarren Gebilde; es fühlte sich wie Stein an, aber doch nicht ganz so. „Nein, Onari", sagte er, „wir sind nicht tot. Aber was das hier ist, kann ich mir auch nicht erklären. Es muß ein Wunder der Unterwelt sein. Vielleicht hat der Schwarze König es geschaffen."

„Ich weiß, was es ist", platzte Thomas heraus. „In meiner Welt gibt es viele solcher Höhlen. Es ist Tropfstein und Kalksinter!"

Zum erstenmal, seit sie über den Fluß gefahren waren, fühlte er sich seinen Freunden überlegen. „Das ist etwas ganz Natürliches", erklärte er. „Wenn Nässe durch den Stein dringt, dann löst sich Kalk. Das Wasser verdunstet, und der Kalk bleibt zurück. Aber bis so etwas wächst, von oben oder von unten, dazu braucht es Tausende und Tausende von Jahren."

„Woher weißt du das?" fragte Eldar erstaunt.

„Das weiß bei uns jeder!"

„Ihr Menschen aus der Welt Jenseits müßt sehr klug sein", antwortete Onari nachdenklich. „Aber auch wenn du es mir erklären kannst, bleibt es ein Wunder."

Sie schritten in den Wald aus weißen Säulen hinein, nicht mehr zielstrebig wie bisher; immer wieder lockte sie ein besonders prächtiges Gebilde vom Weg ab, immer wieder blieben sie staunend stehen. Einmal floß es von der Wand wie ein erstarrter, grünfunkelnder Wasserfall, dann glitzerte es wie Rauhreif. Knollenförmige Pilze standen neben zerbrechlichen Blumenranken. Bernsteinfarbene Girlanden umkränzten einen Pfeiler. Von der Höhlendecke herab hing es wie schneeweiße Eiszapfen.

Die Kinder bewunderten eben einen Tropfstein, der einem alten Mann mit wehendem Bart glich – sogar ein sonderbares Gnomengesicht konnten sie erkennen –, als Onari die beiden Jungen plötzlich an den Händen packte. „Horcht!" wisperte sie.

Sie hielten den Atem an und lauschten. Alles kam wieder zurück, was sie in ihrem Staunen vergessen hatten: daß sie Flüchtlinge waren im Innern der Erde, und daß jeder ungewohnte Laut eine neue Gefahr bedeuten konnte. Stille umgab sie, nur die Fackel knisterte.

„Es war nichts", flüsterte Eldar. Er wollte hinzufügen: Du hast dich getäuscht, Onari, aber die Worte erstarben ihm auf den Lippen. Jetzt war es ganz deutlich zu hören – ein leises, schabendes Geräusch wie das einer Schlange, die über felsigen Grund gleitet.

„Schilien, gib mir die andere Fackel!" flüsterte Onari.

Thomas Hände zitterten. Er konnte sein Bündel nur mit Mühe

öffnen, ihm kam vor, daß er ewig lange brauchte, bis er die Fackel endlich herausgeholt hatte. Onari entzündete sie an Eldars Flamme. Der Lichtkreis, in dem sie standen, vergrößerte sich, neue Säulen und Säulchen tauchten aus dem Dunkel auf, aber was das schabende Geräusch verursachte, konnten sie nicht sehen. Gewiß war nur, daß es näherkam und aus der Richtung, in die sie hatten gehen wollen.

Sie flohen seitwärts, hasteten so schnell dahin, wie es in diesem Labyrinth aus Tropfsteingebilden ging. Der Höhlenboden stieg etwas an. Unter Thomas Füßen löste sich ein Stein und kollerte hinab. Gleich darauf folgte ein bösartiges Zischen.

Dieser Teil der Höhle übertraf an Schönheit alles, was sie bisher gesehen hatten. Tropfstein wucherte in den wunderlichsten Formen. Die Kinder hatten jedoch keine Augen dafür. Das schabende Geräusch schien nun aus der ganzen Höhle zu kommen, von allen Seiten her, und es kam unaufhaltsam näher. Daß die unbekannten Wesen, die sie verfolgten, bis auf das eine Zischen lautlos und stumm waren, erhöhte noch den Schrecken.

Im Fackellicht tauchte die Höhlenwand auf. Ein schwarzer Spalt klaffte, der von tropfenförmigem Kalksinter umkränzt war. Dicht daneben stand unter einem Baldachin eine Art Diwan. Die Kinder rannten darauf zu, kletterten über eine Balustrade aus Tropfstein und wollten schon auf den Spalt zustürzen und sich dorthinein retten, als sie wie erstarrt stehenblieben und vor Schreck unfähig waren, sich zu bewegen.

Auf dem steinernen Diwan regte sich etwas. Wären Eldar, Onari und Thomas am Meer aufgewachsen, hätte das, was dort hockte, sie an eine Riesenqualle erinnert. Es war eine weiche, gallertartige Masse, aus der eine Unzahl von Fangarmen wuchs, die sich zitternd in der Luft bewegten oder schlängelnd über das Gestein tasteten. Der leichenfahle Körper phosphoreszierte schwach. Einen Kopf besaß das Geschöpf nicht, aber in der Mitte war ein Loch, das sich leise schmatzend öffnete und wieder schloß. Über dem Loch befanden sich zwei mit Häutchen überzogene Höcker. In der ewigen Nacht hatten sich die Augen zu Höckern rückgebildet. Das schreckliche Geschöpf schob sich langsam vom Diwan herunter. Die Fangarme schwankten.

Plötzlich schoß einer der schleimigen Arme vor und schlang sich um Onaris Bein. Sie schrie auf und schlug mit der brennenden Fackel danach. Der Arm zog sich sofort zurück, blieb in der Luft schweben und zuckte und wand sich.

Das schwache Phosphoreszieren erfüllte nun die ganze Höhle.

Dutzende von Fangarmen tasteten sich über die Balustrade. Gallertartige, unförmige Körper folgten. Onari schwang ihre Fackel. Eldar hatte die Fackel in die linke Hand genommen und mit der rechten das Schwert gezogen.

„Lauft voraus!" rief er. „Ich decke euch den Weg!"

Das Riesentier hatte sich etwas zurückgezogen. Der Fluchtweg war frei. Nur ein Schritt und Thomas wäre – zumindest vorerst – in Sicherheit gewesen. Kein Laut drang aus dem Spalt, nichts phosphoreszierte dort im Dunkel.

„Flieh, Schilien!" schrie Onari und stieß mit der Fackel nach den züngelnden Armen.

Eldars Schwert zischte durch die Luft.

Weder er noch Onari sahen, daß eines der unheimlichen Geschöpfe – das größte von allen, riesiger noch als jenes vom Diwan – das Ende der Balustrade erklommen hatte und sie von hinten angriff. Ein ganzes Bündel sich windender Fangarme streckte sich nach Eldar aus und schlang sich ihm um Arme und Beine. Das Schwert klirrte zu Boden.

Thomas sprang vor. Er wußte kaum, was er tat, und wie es ihm gelang, das Schwert zu fassen, hätte er nachher nicht sagen können. Auf einmal hatte er es in der Hand und stieß zu. Aus dem weichen, zuckenden Körper kam ein grauenhaftes Röcheln, ein betäubender Gestank verbreitete sich. Die Fangarme erschlafften und ließen von Eldar ab.

Der Tod ihres Artgenossen schien die schrecklichen Geschöpfe zu verwirren, sie verharrten reglos. Die Fangarme schwebten zitternd in der Luft, streckten sich aber nicht mehr nach ihrer Beute aus. Die Kinder nützten diesen kurzen Augenblick, flohen in den Spalt und fanden sich in einem Gang mit ganz glatten Wänden, der wie eine von Menschen geschaffene Wendeltreppe aufwärts führte. Auch der Boden war glatt und bot kaum Halt, die tödliche Angst trieb sie jedoch weiter, und es gelang ihnen, ohne auszugleiten, den sich wie ein Schneckenhaus windenden Gang hinaufzuhasten.

Als sie schon ziemlich hoch oben waren, mündete der Gang in einen Balkon unter der Höhlendecke. Auch hier wucherte Tropfstein. Das Fackellicht holte märchenhafte Girlanden, Schleier, Blumen und bizarre Pflanzen aus der Dunkelheit. Der Höhlenboden lag tief unten, modrig leuchtende Flecken bewegten sich hin und her. Die Geschöpfe der Unterwelt schienen sich nicht beruhigen zu können. Der widerliche Gestank war selbst hier oben noch wahrzunehmen.

„Es muß scheußlich gewesen sein, als das Ding dich anfiel, Eldar!“ sagte Thomas.

Eldar nickte. „Du hast mir das Leben gerettet! Wenn ich eine Ahnung davon gehabt hätte, was uns hier in der Höhle erwartet, wäre ich bestimmt nicht durch den verschütteten Gang gekrochen.“

„Wieso hast du eigentlich gewußt, daß wir dort durchkommen und nicht steckenbleiben?“

„Ich habe es nicht gewußt. Ich hatte das Gefühl, die Felsen erdrückten mich und ich würde gleich verrückt werden, und ich dachte, es müßte euch auch so gehen. Da habe ich mir und euch Mut zugeredet.“

Onari war ein paar Schritte weitergegangen und leuchtete mit ihrer Fackel den Balkon ab. Die Jungen sahen, daß unter der Höhlendecke ein Weg weiterführte. Thomas warf noch einmal einen Blick hinab. Was für ein Glück, daß wir den Spalt gefunden haben, dachte er. Der Weg unter der Höhlendecke war mit Tropfstein umkränzt wie ein Laubengang. An seinem Ende begann ein Felsstollen. Onari löschte ihre Fackel.

Der Stollen war breit, sie konnten nebeneinander gehen. Eldar leuchtete. Da sie nicht wußten, ob die schrecklichen Höhlengeschöpfe ihnen nicht nachgekrochen kamen, schritten sie anfangs sehr schnell aus. Nach einiger Zeit begannen sie sich jedoch sicher zu fühlen und hielten eine kurze Rast. Jeder nahm einen Schluck Siebenwasser. Hier unter der Erde hatten sie den wunderbaren Trank der Dunklen Leute erst so richtig schätzen gelernt; sie waren nachher immer wie neubelebt, und ohne ihn hätten sie vielleicht die Strapazen nicht durchgehalten.

Der Gang führte stetig aufwärts. Sie überquerten Stellen, wo er sich weitete und riesige Klüfte sich über ihnen auftaten, sie kamen durch kleine und größere Höhlen und kletterten über Steintrümmer, die wie die Stufen einer Treppe aufgeschichtet lagen. Einmal weckte das Licht der Fackel ein regenbogenfarbenes Glitzern an den Wänden; der Fels war mit Bergkristallen übersät, manche davon so groß wie eine Kinderfaust. Zu jeder anderen Zeit wären sie bewundernd stehengeblieben, aber sie waren erschöpft und hatten nur den einen Wunsch, aus diesem unterirdischen Gefängnis zu entkommen.

Bevor die zweite Fackel erlosch, zündeten sie die dritte an. Ihre Beine trugen sie kaum noch. Wie viele Stunden waren sie unterwegs? Hier gab es weder Tag noch Nacht und kein Maß der Zeit. Wenn sie stehenblieben, kroch ihnen die Kälte in die Glieder, wenn sie weitergingen, erwärmten sie sich. Schließlich schleppten sie sich nur deshalb weiter, weil sie wußten, daß sie nicht mehr aufstehen würden, wenn sie sich jetzt niedersetzten.

Als ihnen frische Luft entgegenstrich, wurde ihnen zuerst gar nicht bewußt, was das bedeutete. Sie empfanden es nur als wohltuend. Und dann – ganz plötzlich und unerwartet – erblickten sie in der Ferne ein kleines helles Viereck.

Sie liefen stolpernd darauf zu. Das Viereck wurde größer und größer. Rötlich schimmerndes Licht fiel durch eine natürliche Pforte aus Stein.

Onari, Thomas und Eldar hatten den Ausgang erreicht, der aus dem unterirdischen Labyrinth ins Freie führte.

XI.

Die Wüste der Roten Felsen

Sie hatten gedacht, sie würden einander in die Arme fallen und vor Freude schreien, statt dessen standen sie stumm da. Thomas ahnte zum erstenmal, was es bedeutete – zu leben!

Unter einem roten Himmel lag ein Land aus Sand und Fels. Von der Großen Schlucht war nichts zu sehen. Weite Dünen, vom Wind geriffelt und in Wellenform gepreßt, rollten bar jeden Pflanzenwuchses hin zum fernen Horizont. Der Sand leuchtete gelb, an manchen Stellen rötlich oder ockerfarben. Aus diesem Dünenmeer ragten rote Felsklippen, im Widerschein der sinkenden Sonne wie mit Feuer übergossen.

Tausende von Jahren hatten auch hier das Gestein zu phantastischen Gebilden geformt. Felsbogen spannten sich wie steinerne Brücken. Zinne an Zinne erhob sich, täuschend ähnlich einer mittelalterlichen Burg. Rund geschliffene Felsen glichen hockenden Riesen. In der Ferne vermeinte Thomas so etwas wie eine gotische Kathedrale zu erblicken.

Nur ein paar Schritte vom Höhlenausgang entfernt standen drei Klippen. Die mittlere hing etwas über und bildete eine Nische. Den Boden bedeckte Sand, der noch Wärme ausstrahlte. Die Kinder streckten sich darauf aus. Sie waren zu erschöpft, um Hunger zu verspüren, aber jeder trank ein paar Schluck Wasser.

Halb schon im Schlaf sah Thomas, wie die blutrote Sonnenscheibe hinter dem Horizont versank. Das scheidende Licht verlieh dem Sand einen goldgelben Schimmer. Dann verblaßten Farben und Licht in der Dämmerung. Thomas fielen die Augen zu.

„Wir dürfen nicht alle schlafen", wisperte Onari Eldar zu. „Ich halte die erste Wache."

„Soll nicht ich es tun? Bist du nicht zu müde?"

Sie schüttelte den Kopf.

„Weck mich, wenn du zu schläfrig wirst", murmelte Eldar.

„Das tu ich bestimmt!"

Er wickelte sich in die Decke und war gleich danach ebenfalls eingeschlafen.

Die ersten Sterne glitzerten am Himmel. Die Felsen ragten aus dem Sand wie stumme Wächter. Nur die leise Musik des Windes, der durch die Steingebilde strich, unterbrach die Stille. Der Mond ging auf und teilte das Land in bleiches Licht und graue Schatten. Seltsamerweise war er noch immer voll, obwohl er längst im Abnehmen hätte sein müssen.

Onari lehnte sich an die Klippe, zog die Decke um sich – denn ihr war kalt geworden – und dachte an daheim, an Vater, Mutter und an die Großeltern. Aber ihre Gedanken wanderten. Die Schrecken der Unterwelt ließen sie nicht los . . . Der Schwarze König in seiner Halle aus Stein . . .

Onari erschauerte. Ihr war, als sei sie nicht mehr allein mit ihren Gefährten, als sei da noch jemand anderer. War es dunkler geworden?

Onari ließ die Decke vorsichtig zu Boden gleiten und stand auf. Sie trat ein paar Schritte vor, schaute um sich, konnte aber nichts erblicken.

Der Mond leuchtete genauso hell wie zuvor.

Sie mußte sich getäuscht haben.

Sie ging zu der Nische zurück und setzte sich wieder. Auf einmal war sie sehr müde.

Ich muß Eldar wecken, dachte sie. Bevor sie aber die Hand nach ihm ausstrecken konnte, war sie tief und fest eingeschlafen.

Der Mond verblaßte. Die Sterne erloschen. Der Morgen graute. Die Sonne ging auf und stieg höher und höher. Als ihre Strahlen steil einfielen, begannen Sand und Gestein Hitze auszustrahlen. Die drei Schläfer wälzten sich unruhig hin und her, blinzelten und rieben sich die Augen.

Onari setzte sich auf. „Ich bin eingeschlafen", gestand sie ein wenig schuldbewußt.

„Das wundert mich überhaupt nicht", antwortete Eldar. „So todmüde wie gestern war ich noch nie! Ich glaube nicht, daß wir verfolgt werden. Ob der Schwarze König weiß, daß wir noch am Leben sind? Wahrscheinlich glaubt er, wir sind unter der Erde umgekommen."

„Sprich seinen Namen nicht aus!" bat Onari. „Wir sind noch immer in seinem Land!"

Alle drei schauten um sich. Aber da waren nur die weiten Sanddünen und die roten Felsen.

„Heute wird es heiß werden!" stellte Thomas fest. „Ein Glück, daß wir Wasser nachfüllen konnten. Aber viel zu essen haben wir nicht mehr."

„Vielleicht ist es nicht mehr weit zum Land der Strahlenden Felsen", sagte Eldar. „Gestern abend dachte ich, es könnte vielleicht schon hier sein. Weißt du, wie es dort aussieht, Onari?"

„Nein, das weiß niemand. Meine Großmutter sagt, wer es findet, hat keinen Hunger und keinen Durst mehr, weil er das Haàta-Ninha – das vollkommene Glück – gefunden hat."

„Davon merke ich nichts", fiel Thomas ein. „Ich bin so hungrig, daß ich alles auf einmal aufessen könnte, was wir noch haben."

„Ich bin auch hungrig", sagte Eldar.

Onari öffnete ihr Bündel, holte Trockenfleisch und Fladen heraus und teilte aus. Eldar fiel auf, daß sie sich selber nur wenig nahm und nur ein paar Bissen aß; er wollte ihr den Rest seines Anteils geben, aber sie sagte, sie sei schon satt.

Nachdem die Decken eingerollt und auf den Bündeln festgebunden waren, brachen die Kinder auf. Manchmal sanken sie bis zu den Knöcheln in den Dünen ein, dann wieder war der Sand windgepreßt und hart, und ihre Füße hinterließen keine Spuren. Als sie zu einer Klippe kamen, die schräg abfiel und genügend Halt bot, kletterten sie hinauf und hielten Ausschau. Die Wüste der Roten Felsen erstreckte sich nach allen Seiten. Himmel und Dünen flossen am Horizont in pastellfarbenen Tönen ineinander. Nur gegen Norden zu grenzte, sehr weit weg, eine dunkle Linie den Horizont ab, das mußte die Große Schlucht sein.

Die Kinder stiegen von der Klippe hinunter und wanderten weiter. Die Sonne brannte erbarmungslos, der Sand strahlte die Hitze wie ein Backofen zurück. Die heiße Luft trocknete ihre Kehlen aus, so daß sie immer wieder einen Schluck Wasser zu sich nehmen mußten. Für Onari wurde bald jeder Schritt zur Qual. Die Sohlen ihrer geschmeidigen Lederschuhe, die so gut dazu taugten, damit über federnden Moosboden zu laufen, schützten nicht vor dem glutheißen Sand.

In der Nacht des Erdinnern hatten sich die Kinder nach der Sonne gesehnt, jetzt schmerzte ihr gleißendes Licht. Die Luft flimmerte und floß in Wellen wie geschmolzenes Glas über die Dünen.

Nichts als Sand. Rote Felsen in immer wechselnden Formen. Steinbrücken, die sich in anmutigem Bogen von Pfeiler zu Pfeiler schwangen. Zerfallene Tempel, die in majestätischer Ruhe dastanden. Je länger aber der Marsch dauerte, desto weniger nahmen die Kinder die Schönheit der Wüste wahr.

Luftspiegelungen narrten sie. Sie glaubten, blaues Wasser blinken zu sehen. Dunkle Flecken sahen wie Gesträuch am Ufer eines fernen Sees aus. Wenn sie aber hinkamen, waren es wieder nur Sanddünen.

Am Spätnachmittag ließ die Hitze etwas nach. Die Felsen warfen lange, scharf abgegrenzte Schatten. Ein leichter Wind kam auf. Die Kinder fühlten sich besser und legten bis Sonnenuntergang noch ein großes Stück Weges zurück.

Für ihr abendliches Lager wählten sie ein kleines Tal, das ringsum von übereinandergewürfelten Felsblöcken eingeschlossen war. Den ganzen Tag über hatten sich weder die gesichtslosen Wesen noch die Schwarzen Vögel blicken lassen – offensichtlich verfolgte sie niemand. Schon im Halbschlummer sah Thomas, wie Eldar sich auf eine kleine Erhebung setzte, das Schwert auf den Knien. Er würde Wache halten. Thomas schlief friedlich ein.

Der abendliche Wind legte sich. Wieder stand ein voller Mond am Himmel. Über die Wüste hatte sich eine tiefe Ruhe gebreitet.

Gegen Mitternacht hörte Eldar Schritte. Onari trat zu ihm. „Ich werde jetzt wachen, Schilien-Li", sagte sie.

„Warum nennst du mich so, Onari?"

„Weil wir Dinadan einen älteren Bruder so nennen".

Er fand es auf einmal selbstverständlich, daß sie ihn Bruder nannte. Es spielte keine Rolle mehr, ob einer aus dem Land Aran, aus den Wäldern von Din oder aus der Welt Jenseits kam; es war gleichgültig, ob man blondes oder schwarzes Haar hatte, eine helle Haut oder eine dunkle. Sie setzte sich zu ihm. Eine Weile saßen sie schweigend nebeneinander.

Schließlich stand er auf und ging zu seinem Schlafplatz. Onari schaute in das schwarze Becken des Himmels. Sie suchte die vertrauten Sterne, die auch über den Wäldern des Landes Din standen – die Sieben Brüdersterne, die Kleinen Füchse –, aber noch bevor sie eines der Sternbilder gefunden hatte, meinte sie, wie in der Nacht zuvor, plötzlich nicht mehr allein zu sein. Sie erhob sich und schritt aus dem Tal in die offenen Dünen hinaus.

Das Mondlicht erlosch. In einem geheimnisvollen Schein, der weder Licht noch Dunkelheit war, sah sie in den Sanddünen den Schwarzen König und seine Diener. Der Schwarze König hatte den Blick auf sie gerichtet. Auch die Diener sahen sie an, sie spürte es, trotz der Kapuzen ohne Gesichter.

„Ihr wollt etwas von mir", rief sie. „Ich will es ja tun, aber ich weiß nicht, was es ist."

Der Klang ihrer Stimme brachte sie zu sich. Vor ihr erstreckten sich die Dünen im Mondlicht. Über ihr wölbte sich der sternfunkelnde Himmel. Sie fühlte sich erschöpft, todmüde. Aber es war eine andere Müdigkeit als jene nach einem langen, anstrengenden Tag, sie kam von innen, als hätte sie die Lebenskraft, die sie besaß, hergegeben.

Sie ging langsam in das Tal zurück, setzte sich auf die kleine Kuppe und blieb dort, bis der Morgen graute. Dann stand sie auf und weckte ihre Gefährten.

Die Sonne war noch nicht aufgegangen, als die Kinder nach einem kargen Frühstück ihre Wanderung fortsetzten. In der kühlen Luft fiel ihnen das Gehen leicht, zumindest den beiden Jungen. Nach einiger Zeit merkte Eldar, daß Onari kaum mit ihnen Schritt halten konnte.

Ihr Gesicht war schmal geworden, um die Augen lagen dunkle Ringe. Er mäßigte das Tempo, warf ihr immer wieder besorgte Blicke zu und nahm sich vor, in der nächsten Nacht mit Thomas abwechselnd zu wachen, damit sie schlafen konnte. Und mehr essen sollte sie auch!

Die Sonne ging auf und stieg höher. Wieder flirrte die hitzegesättigte Luft. Die Kinder mußten von Zeit zu Zeit stehenbleiben und einen Schluck Wasser trinken, aber auch das brachte ihnen kaum Erleichterung. Gegen Mittag erblickten sie am Horizont ein Gebirge, das sich wie ein Schattenbild vom Himmel abzeichnete. Sie waren aber zu oft schon durch Luftspiegelungen genarrt worden und achteten nicht darauf.

Nach einiger Zeit fiel ihnen auf, daß der Sand sich verändert hatte. Er war ziegelrot und grobkörnig geworden. Hie und da standen kümmerliche, verdorrte Kakteengewächse.

Das Gebirgsmassiv hatte feste Formen angenommen.

„Das ist keine Luftspiegelung", sagte Eldar. „Das ist ein richtiges Gebirge! Vielleicht gibt es dort Wasser?"

„Hoffentlich!" antwortete Thomas. „Ich könnte einen ganzen Bach austrinken."

„Ich glaube nicht, daß wir Wasser finden, solange wir in seinem Reich sind", sagte Onari.

„Aber irgendwo muß es zu Ende sein!" sagte Eldar.

Sie gingen weiter. Nach ein oder zwei Stunden hatten sie das Gebirgsmassiv erreicht. Vor ihnen öffnete sich ein Tal, das zu beiden Seiten von hohen Gipfeln gesäumt war. Keines der Kinder hatte jemals solche Berge gesehen. Auf massigen, schräggeäderten roten Sockeln erhoben sich kreideweiße Kegel, einer neben dem anderen, klar abgezeichnet von dem blauen Himmel.

Früher einmal mußte ein Bach durch das Tal geronnen sein; das mit rundgeschliffenen Kieseln bedeckte Bett war deutlich zu erkennen. Weidenartige Bäume mit verdorrten lanzenförmigen Blättern standen an den Ufern. Die Kinder wanderten das ausgetrocknete Bachbett entlang, und die Vorstellung, daß hier einst Wasser über die weißgebleichten Kiesel gesprudelt war, wurde übermächtig. Nur einmal Gesicht und Hände ins Wasser tauchen dürfen! Nur einmal in langen Zügen trinken dürfen!

Das Tal wurde enger, die Berge rückten näher heran, bis sie zu beiden Seiten hoch und steil wie eine Schlucht oder Kluft anstiegen.

Thomas und Eldar schauten suchend um sich, sahen aber an den Wänden keinen Aufstieg.

„Sollen wir da hineingehen?" fragte Thomas.

„Wir müssen wohl", antwortete Eldar zögernd, „sonst kommen wir nicht weiter. Was meinst du, Onari?"

Sie gab keine Antwort. Ihr Gesicht war erschreckend blaß. Langsam, Schritt für Schritt, ging sie auf die Kluft zu.

Thomas faßte Eldar am Ärmel. „Ich habe Angst", wisperte er.

„Um Onari?" fragte Eldar leise zurück.

„Ja! Sie ist so ganz anders!"

„Ist es dir auch aufgefallen?"

Thomas nickte. „Glaubst du, daß es davon kommt, weil sie schon ganz oben auf den Stufen des Throns gestanden ist? Weil wir sie zurückrufen mußten?"

„Ich kann es mir nicht anders erklären. Er hat eine größere Macht auf sie ausgeübt als auf uns."

Die Jungen sahen einander betroffen an. Wenn Onari die Macht des Schwarzen Königs noch immer spürte, konnte das nur eines bedeuten: Er folgte ihnen, und sie waren ihm noch nicht entkommen, wie sie geglaubt hatten.

Ein Streifen Schwemmsand führte wie ein Weg in die Kluft hinein. Die schrägeinfallende Sonne verlieh den steilen Wänden eine ziegelrote Farbe. Onari war schon ein ganzes Stück voraus, und die Jungen beeilten sich, ihr nachzukommen. Sie hatten sie noch nicht eingeholt, als sie plötzlich etwas wahrnahmen, das sie zuerst kaum glauben konnten. Süßer Duft wehte ihnen aus der Kluft entgegen. So duftet Geißblatt in der Sonne, ein Jasminstrauch in voller Blüte, eine Narzissenwiese im Frühjahr – alles in einem.

Blumen im Reich des Schwarzen Königs?

„Eldar", wisperte Thomas verwirrt, „merkst du es auch?"

„Ja!"

„Aber das würde doch heißen, daß . . ."

„. . . daß wir nicht mehr im Verbotenen Land sind!"

Onaris Entrücktheit erhielt auf einmal eine ganz andere Erklärung.

Alle Beklemmung fiel von Thomas und Eldar ab, und sie gingen zuversichtlich hinter Onari in die Kluft hinein.

Es waren Hunderte von Blüten, die den Duft verströmten. Die senkrecht aufsteigenden Felswände waren zu beiden Seiten mit Blumen bedeckt. Aus jeder Ritze, aus jedem Spalt hingen Blütenbüschel. Weiße Sterne webten Muster auf den Stein. Blaue Riesenglockenblumen schwankten auf dünnen Stengeln. Aus roten Kelchen rollten sich goldene Stempel. Orangegelbe Blüten glichen denen der Akelei. Wikken in allen Farben des Regenbogens wanden sich in Girlanden die Wände entlang.

Thomas und Eldar schauten in stummer Verzauberung. Waren sie an das Ende ihrer langen Wanderung gekommen? Es konnte nicht anders sein! Blumen, die aus Fels wuchsen, wo kein Stäubchen Erde war!

„Das muß der Eingang zum Land der Strahlenden Felsen sein!" rief Eldar. „Dahinter muß es liegen!"

„Ja!" jauchzte Thomas. „Wir sind da! Onari, wir sind da!"

Er packte sie vor Freude am Arm. Sie sah ihn an, wie in der Halle – so, als wüßte sie nicht, daß er neben ihr stand. Ein wenig Farbe kehrte in ihr Gesicht zurück, sie schaute um sich wie jemand, der aus dem Schlaf erwacht.

„Wo sind wir?" fragte sie.

„Aber, Onari – du bist doch vorausgegangen! Wir sind in der Kluft! Weißt du das nicht?"

Sie zitterte am ganzen Körper. „Fort!" stammelte sie. „Wir müssen fort von hier!"

„Warum? Es sind Blumen, Onari! Siehst du es nicht? Blumen gibt es nicht im Verbotenen Land. Also haben wir es schon hinter uns!"

Sie schüttelte heftig den Kopf.

Die Jungen konnten sich nicht erklären, was ihr Angst machte. Unwillkürlich blickte Eldar jedoch forschend umher, richtete den Blick in die Höhe und stieß einen lauten Schrei aus. Dieser Schrei rettete ihnen das Leben, denn fast instinktiv drückten sie sich an die Felswand.

Der Rand der Kluft hoch oben schwankte. Felsblöcke lösten sich, donnerten herab. Eine Steinlawine prasselte nieder. Sand spritzte hoch. Das Poltern und Krachen brach sich an den Wänden und grollte noch nach, als der Fels wieder zur Ruhe gekommen war.

Die Kluft hinter den Kindern war eingestürzt. Dort, wo sie eben vorher noch gegangen waren, lagen wirr aufeinandergetürmte Blöcke und versperrten den Weg. Die Blumen waren verschwunden. Statt eines bunten Blütenteppichs gab es nur noch nackten Fels.

Die Kinder fingen in Todesangst zu laufen an, nur von dem einen Wunsch besessen, so schnell wie möglich aus dieser Kluft mit ihren verführerischen Trugbildern und stürzenden Felsen zu fliehen. Die Wände rückten näher zusammen. Kein Sonnenstrahl fiel mehr herein.

Zu beiden Seiten reckte sich dunkler Stein in schwindelerregende Höhe empor.

Die Kluft wurde immer enger. Onari, Thomas und Eldar hasteten stumm vorwärts, einer hinter dem anderen, denn nebeneinander konnten sie nicht mehr gehen. Die Luft war dumpf geworden. Thomas hatte das Gefühl, ständig an die Wände zu stoßen, so schmal war die Kluft nun. Er stolperte und wäre beinahe hingefallen, konnte sich aber mit der Hand noch an einer vorspringenden Kante festhalten. Dabei spürte er, wie durch den Stein ein leichtes, kaum wahrnehmbares Zittern ging.

„Der Felsen!" schrie er. „Onari! Eldar! Der Felsen bewegt sich!"

Im selben Augenblick hörten die Kinder hinter sich ein lautes Knirschen, sie blickten zurück und sahen, daß die Wände der Kluft sich schlossen. Noch war ein winziger Spalt vorhanden, dann knirschte es wieder, Stein traf auf Stein und fügte sich zusammen.

Die Felsen waren lebendig geworden. Langsam, aber unerbittlich rückten die Wände von beiden Seiten heran. Das war das Ende. Thomas wollte schreien, aber kein Ton kam ihm über die Lippen. Hoch über sich sah er, wie die Ränder der Schlucht schon fast aneinandertrafen.

Onari streckte die Arme hoch. Den Kopf zurückgeworfen, schaute sie zum Rand der Schlucht empor, als stünde da jemand – aber oben war nichts, da war niemand, der dort stand.

„Töte uns nicht!" rief Onari. „Befiehl deinen Bergen, daß sie stillstehen! Wie soll ich das tun, was du willst, wenn du uns das Leben nimmst! Du kannst nicht wollen, daß wir hier umkommen!"

Ihre Stimme verklang in der Kluft. Das Echo antwortete. Oder war es kein Echo? Aber wenn es keines war, was antwortete dann? Die Felswände begannen, ebenso langsam, wie sie zusammengerückt waren, wieder auseinanderzuweichen. Hinter den Kindern öffnete sich die Kluft.

Onari ließ die Hände sinken „Kommt!" sagte sie.

Die Jungen wagten nicht, eine Frage zu stellen und folgten ihr schweigend. Eine große Stille erfüllte die Kluft. Wenn ein Stein sich unter ihren Füßen löste, klang es unnatürlich laut.

Wie lange sie zwischen den hohen Felswänden dahingingen, wußten sie nicht. Schatten wuchsen. Es wurde dunkel. Die Kluft verlor sich oben in Schwärze. Die Nacht war angebrochen.

Die Kinder erreichten das Ende der Kluft und traten hinaus. Vor ihnen lag ein ödes Land, auf dem kein Busch, kein Baum stand.

Sie stolperten ein paar Schritte weiter und ließen sich dann zu Boden fallen.

„Onari", flüsterte Thomas, „was war . . . was war in der Kluft?"

„War Er es?" fragte Eldar.

Onari faßte die Hände der Jungen und nickte nur. Die Jungen sahen, daß sie ganz erschöpft war.

„Heute nacht werde ich Wache halten", sagte Eldar. „Du mußt schlafen!"

„Wir können alle schlafen", murmelte sie. „Wir brauchen keine Angst mehr vor Ihm zu haben."

Sie streckten sich nebeneinander auf den Boden hin, waren zu müde, die Decken aufzuschnüren und auszubreiten, und schliefen wie tot, kaum daß sie die Augen schlossen.

XII.

Das irrlichternde Geschöpf

Thomas und Eldar erwachten mit steifen Gliedern, aber gut ausgeruht. Es war heller Tag. Die Sonne hing am blanken, wolkenlosen Himmel. Die Jungen schauten schlaftrunken um sich. Hinter ihnen ragte der Gebirgszug auf, die Kluft war ein schwarzer Spalt. Weiter draußen im Ödland ging Onari umher. Als sie merkte, daß ihre Gefährten wach waren, kam sie herbeigelaufen.

Ihre langen Zöpfe wippten. Thomas konnte es fast nicht mehr glauben, daß sie am Tag zuvor, in der Kluft, so ganz anders gewesen war, fremd und entrückt. Nur ihr Gesicht war noch immer blaß.

„Ich wollte Holz für ein Feuer suchen", rief sie, „aber hier gibt es nichts."

Sie nestelte ihr Bündel auf und verteilte Fladenbrot und Trokkenfleisch. Eldar stellte erleichtert fest, daß sie sich einen gleich großen Anteil nahm. Die Portionen waren klein. Thomas kaute lange an jedem Bissen, um zumindest das Gefühl zu haben, sich satt zu essen. Zwischendurch warf er immer wieder einen Blick auf das Gebirge.

„Hast du den Schwarzen König gestern wirklich gesehen, Onari?" fragte er unvermittelt.

Sie hatte schon fertig gegessen und saß mit den Händen im Schoß da. „Ja! Er stand oben am Rand der Kluft."

„Aber ich habe hinaufgeschaut, und da war niemand."

„Ich habe ihn gesehen", erwiderte sie.

„Was hat er dir geantwortet?" fragte Eldar.

„Nichts."

„Nichts?"

„Es war nur das Echo, Eldar."

„Es war anders als ein Echo."

Sie schwieg.

„Willst du es uns nicht sagen? Darf ich dich nicht danach fragen?"

„Du darfst mich alles fragen, Schilien-Li, nur kann ich es dir nicht erklären, weil ich es selber nicht verstehe. Er hat zu mir gesprochen, aber nicht mit Worten. Plötzlich wußte ich, daß wir keine Angst mehr vor ihm zu haben brauchen. Er möchte, daß ich etwas für ihn und seine Diener tue."

Das war es also! Der Schwarze König besaß noch immer Macht über Onari. Thomas schnürte es die Brust zusammen. „Er will dir dein Gesicht nehmen, Onari!" rief er.

„Nein, das ist es nicht. Da bin ich mir ganz sicher."

„Was ist es dann?" fragte Eldar.

Ihr Blick ging an den Jungen vorbei. „Habt ihr nie darüber nachgedacht, wie schrecklich es ist, so zu sein wie er?" fragte sie. „Habt ihr nicht Mitleid mit ihm?"

Die Jungen wußten darauf keine Antwort. Eine Weile saßen alle drei schweigend da, dann packten sie ihre Bündel und wanderten weiter. Vor ihnen dehnte sich eine weite, steinübersäte Ebene bis zum Horizont hin. Kein Hügel, nicht einmal die kleinste Erhebung war zu sehen. Das Knirschen des körnigen Schotters unter ihren Füßen war der einzige Laut, den sie vernahmen. Thomas war bedrückt. Er versuchte, Onari zu verstehen, aber es gelang ihm nicht. Beim besten Willen, und wenn er sich noch so bemühte, konnte ihm der Schwarze König nicht leid tun. Er hatte nur den einen Wunsch, endlich sein Reich hinter sich zu haben und es nie wieder betreten zu müssen.

Dieser Wunsch schien aber nicht so schnell in Erfüllung zu gehen. In strenger Gleichförmigkeit zog sich die Steinwüste dahin. Der Gebirgszug hinter ihnen wurde kleiner und war schließlich nur noch eine schwache Silhouette.

Gegen Mittag, als die Kinder schon sehr müde waren, erblickten sie am Horizont eine weiße Linie. Die blaue Glocke des Himmels hatte darüber eine trübe Farbe.

„Sollen wir weitergehen und erst dort Rast halten?" fragte Onari. „Oder sollen wir hier lagern?"

„Ich bin fürs Weitergehen", antwortete Thomas.

„Ich auch!" sagte Eldar. „Vielleicht finden wir Schatten!"

Sie hielten genau auf den weißen Strich am Horizont zu und rätselten, was es sein könnte, fanden aber keine Erklärung. Sie meinten nur, es müsse Rauch oder Dunst sein, der den Himmel trübte. Die Neugierde ließ sie die Müdigkeit vergessen. Aus dem weißen Strich wurde ein breiter Streifen, der im Sonnenlicht blinkte. Die öde Steinwüste hatte aber die Entfernung kürzer scheinen lassen, als sie in Wirklichkeit war.

Nach dem Stand der Sonne mußte es schon an die zwei Stunden nach Mittag sein, als die Kinder endlich so nahe waren, daß sie erkennen konnten, was vor ihnen lag.

Sie gingen auf einen toten, gespenstischen Wald zu. Vor den weißgebleichten Baumgerippen glitzerte der Boden, als wäre Salz darüber gestreut. Hie und da quoll eine dünne Rauchfahne empor. Oder war es Dampf? Über dem Wald hing eine dunstige Wolke.

Onari, Eldar und Thomas blieben stehen. In ihr Staunen mischte sich Furcht. Sie hatten im Reich des Schwarzen Königs so viel Wunderbares gesehen, aber stets war damit irgendeine Gefahr verbunden gewesen. Der weiße, kahle Wald, der glitzernde Boden, die aufsteigenden Dampf- oder Rauchfahnen wirkten gleichermaßen großartig wie bedrohlich.

Eldar brach als erster das Schweigen.

„Wenn wir weiter nach Süden wollen, müssen wir da hindurch", sagte er. „Oder sollen wir einen anderen Weg suchen?"

„Welchen?" fragte Onari.

„Wir könnten den Wald umgehen!"

„Dazu würden wir Tage brauchen! Und wir haben nicht mehr viel Wasser und Vorräte."

„Gut! Versuchen wir es also! Umkehren können wir noch immer."

Das letzte Stück – es war so eben wie eine Straße und nicht mehr von Steintrümmern bedeckt – legten sie schnell zurück. Die Hitze hatte die Erde ausgedörrt, sie war festgebacken und von feinen Rissen durchzogen. Einen Steinwurf von den Baumgerippen entfernt begann der weißleuchtende Boden. Es war Kalksinter. Dazwischen blinkten Kristalle. Manche davon hatten die Größe einer Faust, andere waren winzig; hie und da lagen sie in Nestern beisammen, die strahlenförmig auseinandergingen, dann wieder waren sie lose hingestreut. Eine der Rauch- oder Dampffahnen in der Nähe wurde schwächer und löste sich auf. Dafür quoll dicht vor den Kindern aus einem Spalt ein Fähnchen hoch. Onari hielt die Hand hin, zog sie aber gleich wieder zurück.

„Es ist Dampf! Heißer Dampf!" rief sie.

Woher kam dieser Dampf? War es möglich, daß tief drinnen in der Erde Wasser kochte?

„Onari", fragte Eldar, „spürst du es immer, wenn Er da ist?"

„Ja, Schilien-Li."

„Und jetzt?"

„Jetzt spüre ich nichts."

Trotzdem zögerten sie, den gespenstischen Wald zu betreten. Bevor sie sich in ein neues Abenteuer einließen, wollten sie zumindest rasten. Sie setzten sich ein paar Schritte von der Dampffahne entfernt nieder und aßen und tranken. Dabei schauten sie immer wieder unsicher umher. Plötzlich schreckte sie ein Laut auf, den sie sich nicht deuten konnten; es hatte ganz so geklungen, als ob bei den Baumgerippen jemand leise lachte.

Die Kinder fuhren hoch.

„Habt ihr es auch gehört?" wisperte Thomas.

„Ja", flüsterte Eldar.

Sie lauschten mit angehaltenem Atem, aber es blieb still.

„Vielleicht war es nur ein Zweig, der abgebrochen ist", sagte Eldar schließlich.

Thomas starrte zum Wald hin. Es war kein Zweig, dachte er. Die Bäume streckten ihre weißen Äste und Zweige aus, ineinanderverschlungen wie ein Netz. Dampffahnen versiegten, neue stiegen dafür an anderen Stellen hoch. Thomas ließ seine Blicke den Waldrand entlanggleiten. Sein Herz begann wild zu schlagen. Zwischen den toten Strünken bewegte sich etwas. Er sah ein eigenartiges Flirren und Funkeln, beinahe wie ein Wasserrädchen, das sich drehte und dabei Tropfen versprühte.

Thomas sprang auf. „Dort! Dort!“ schrie er.

Die beiden anderen waren im Nu auf den Beinen.

„Dort ist etwas! Ich habe es ganz deutlich gesehen!“ rief Thomas.

„Bist du sicher?“ fragte Eldar.

„Ganz sicher!“

„Dann sehen wir nach, was es ist!“

Sie packten in aller Eile die Bündel und gingen vorsichtig auf den Wald zu. Manchmal war der Sinterboden wie glattgescheuert, dann wieder körnig aufgerauht oder mit Rissen durchzogen. Die Luft war dunstig. Thomas kam es vor, als sähe er alles durch ein Fensterglas, das sich mit Feuchtigkeit beschlagen hatte. Sie waren schon dicht bei den Bäumen, als er zufällig zur Seite blickte. Neben einer der Dampffahnen drehte sich etwas tropfenfunkelnd, er hörte ein Kichern, das wie ein Glöckchen klingelte, und rief: „Da ist es wieder!“

Er stürzte auf das Funkeln und Flimmern zu. Es verschwand, und im selben Augenblick knirschte es, wie eine Eisdecke knirscht, die zu dünn ist, um einen Menschen zu tragen. Der Boden brach unter Thomas' Füßen ein. Er warf sich entsetzt zurück, fand mit einer Hand an einer Sinterkante Halt, aber sein Gewicht zog ihn in die Tiefe. Gleich mußte er loslassen. Dann spürte er, daß jemand seinen Arm gepackt hatte. Es war Onari, sie lag flach auf dem Boden und hielt ihn fest.

„Bleib ganz ruhig, Schilien!“ befahl sie. „Leg dich auch hin, Eldar! Wenn du stehst, trägt uns der Boden nicht. – Näher! – Noch näher! – Da, nimm seine Hand! Und jetzt zieh! – Langsam! – Ganz langsam!“

Zentimeter um Zentimeter zogen sie Thomas aus dem Loch. Ein Stück Sinter brach splitternd. Er rutschte wieder zurück, hatte das Gefühl, die Arme würden ihm ausgerissen. Unter sich spürte er eine bodenlose Tiefe, aus der es heiß emporstieg. Die Angst lähmte ihn. Er hörte, daß Onari beruhigend auf ihn einsprach, aber er nahm nicht auf, was sie sagte. Weiter und weiter wurde er emporgezogen. Der brüchige Sinter schürfte ihm Arme und Beine auf. Nach einer Ewigkeit – so schien es ihm – merkte er, daß seine Beine nicht mehr in den Abgrund hinunterhingen.

Er lag auf festem Boden. Neben ihm standen Onari und Eldar. Sie stützten ihn und halfen ihm in die Höhe.

„Es . . . es war schrecklich“, stammelte er. „Wenn ihr mich nicht herausgezogen hättet!“

„Ohne dich hätte ich das Höhlenabenteuer nicht lebend überstanden“, sagte Eldar, „und ohne Onari wären wir in der Kluft umgekommen. Der Uralte Spruch hat recht. Wären wir nicht drei, wir kämen nie durch!“

Die Spannung löste sich, sie konnten wieder freier atmen und blickten zu dem schwarzen Loch hin, das nur ein paar Schritte von ihnen entfernt gähnte. In der Tiefe brodelte es. Dampf wallte empor.

„Es hat mich absichtlich hingelockt! Es hat gewußt, daß der Boden dort nicht fest ist!“ rief Thomas.

„Was hat dich hingelockt?“

„Das, was ich gesehen habe!“

„Was ist es! Wie sieht es aus?“

„Wie ein Wasserrädchen, das sich fortwährend dreht“, antwortete Thomas. „Ich kann's nicht recht beschreiben. Es sieht auch immer wieder anders aus, manchmal sind es bloß sprühende Lichtfunken.“

„Ich wundere mich über nichts mehr“, sagte Eldar. „Hätte mir jemand in Aran erzählt, daß es einen Schwarzen König gibt, der gesichtslose Diener hat, daß blinde Geschöpfe im Innern der Erde leben oder daß Berge lebendig werden – ich hätte ihn einen Lügner genannt. Warum sollen nicht in diesem Wald Wesen leben, die es sonst nirgendwo gibt? Wir können aber nicht erwarten, daß sie uns freundlich gesinnt sind. Halten wir uns dicht aneinander! Ich gehe voraus und prüfe den Boden, ob er uns trägt.“

„Laß mich das tun, Schilien-Li!“ bat Onari.

„Es ist aber gefährlich!“

„Für mich weniger als für dich!“

Er wollte widersprechen, aber er wußte, daß sie recht hatte. In Gondarit hatte man ihn gelehrt, die Dunklen Leute zu verachten, weil sie keine Felder bepflanzten und keine Häuser bauten, weil sie nicht wußten, wie man Eisen aus den Bergen grub und wie man es schmiedete. In Gondarit hatte er die Überlegenheit seines Volkes als selbstverständlich hingenommen. Jetzt war er dessen nicht mehr so sicher. Auf der langen Wanderung hatte er bemerkt, daß Onari Sinne besaß, die seinem Volk verlorengegangen waren oder die es nie besessen hatte. Er fügte sich wortlos und überließ ihr die Führung.

Onari ging langsam voran. Um eine Stelle, die Eldar ungefährlich vorkam, machte sie einen großen Bogen. Es dauerte nicht lange, und sie hatten den toten Wald erreicht. Aus der Ferne hatte der tote Wald fast undurchdringlich ausgesehen, die Stämme standen aber in Wirklichkeit nicht sehr dicht nebeneinander. Der Himmel über den Wipfeln war fahlgrau, die Dunstwolke ließ keinen Sonnenstrahl durch. Immer wieder gab es Plätze, wo die mit Sinter überzogene Erde dampfte. Manchmal glich der Weg, den Onari wählte, einem Zickzackpfad, so oft mußten sie gefährliche Stellen umgehen. Einmal kamen sie an einen riesigen, kreisrunden Schlund. Sie traten vorsichtig näher. Der Schlund führte in die Tiefe, bestand aus gewundenem grauem Gestein und erinnerte Thomas an das Foto eines Gehörganges in einem seiner Schulbücher. Er warf einen Sinterbrocken hinein, und sie sahen atemlos zu, wie der Brocken weit unten in dem schon ganz engen Schlund verschwand.

„Er muß bodenlos tief sein", sagte Eldar.

Mit einem leichten Gruseln starrten sie hinunter und setzten dann ihren Weg fort, ohne das Geheimnis des Schlundes enträtselt zu haben. Von dem flimmernden Wesen war nichts mehr zu sehen und zu hören, so sehr Thomas auch lauschte und suchend umherblickte.

Als die Dämmerung hereinbrach, erreichten sie eine große Lichtung, durch die sich ein ausgetrocknetes Bachbett zog. Über die ganze Lichtung verstreut, standen weiße oder graue Steingebilde, manche waren klein, manche mehr als mannshoch. Einige sahen aus wie gefrorene Wasserfälle, andere wie schneckenhausähnlich gewundene Kegel, wieder andere trugen knollenförmige Auswüchse und waren mit Nischen, Rundbögen und Spiralen verziert.

„Sollen wir hier lagern?" fragte Onari.

Die Jungen nickten. In der Dämmerung war der Wald unheimlich geworden, hier aber gab es nach allen Seiten freie Sicht. Thomas legte erleichtert sein Bündel ab. Gemeinsam sammelten sie Holz und zündeten ein Feuer an. Die knochendürren Zweige brannten ruhig und ohne Rauch. Das Feuer strahlte Wärme und Behaglichkeit aus und weckte in Thomas ein Gefühl der Sicherheit. Er stand auf, ging zum Waldrand und sammelte noch einen Armvoll Holz für die Nacht. Dann schlenderte er zu einem der Steingebilde.

„Geh nicht zu weit fort!" warnte Onari.

„Ich schau mich nur ein bißchen um!" rief er zurück.

Das Gebilde erhob sich auf einem niedrigen Sockel, wuchs fächerförmig in die Höhe, einem Springbrunnen ähnlich, dessen niederfallendes Wassergeriesel zu Stein erstarrt war. Im schwachen Abendlicht hätte man meinen können, die Tropfen blinken zu sehen. Thomas trat näher und entdeckte die Ursache: Der Stein war mit Kristallen bedeckt. Er versuchte, einen von ihnen abzubrechen, aber sie saßen so fest, daß es ihm nicht gelang.

Während er sich abmühte, hörte er ein Kichern und glaubte, hinter dem nächsten Kegel eine Bewegung wahrzunehmen. Sollte er Onari und Eldar herbeirufen? Aber dann verscheuchte er vielleicht das Wesen. Er war sicher, daß es jenes war, das ihn schon einmal genarrt hatte. Diesmal war er jedoch gewarnt, er würde kein zweitesmal in eine Falle tappen. Auf den Zehenspitzen und so leise wie möglich schlich er zu dem Kegel hin. Als er dort war, sah er ein flirrendes Etwas fortfliegen; es drehte sich rasend schnell um sich selber, hielt auf den Waldrand zu und verschwand hinter einem anderen Kegel.

Der Jagdeifer hatte Thomas gepackt. Er mußte herausfinden, was für ein seltsames Wesen es war, das sich da herumtrieb und das ihm allem Anschein nach den ganzen Weg bis hierher gefolgt war. Vielleicht konnte er es sogar einfangen? Er hatte das Gefühl, er müsse allein mit diesem sprühenden Gefunkel fertig werden – ohne die Hilfe seiner Freunde. Und außerdem waren Onari und Eldar ganz in der Nähe. Er würde sehr vorsichtig sein!

Mit klopfendem Herzen schlich er weiter. Hinter dem Kegel klingelte es wie ein Glöckchen. Als er jedoch den Kegel ereicht hatte, kam das Klingeln vom Wald her. Zwischen den Stämmen flirrte und funkelte ein kleiner, tanzender Stern. Thomas lief darauf zu, tauchte in den Wald ein und glaubte, bloß die Hand ausstrecken zu müssen, um das Wesen zu erhaschen, aber es wirbelte fort und lachte, nur wenige Meter entfernt. Er ließ sich weiterlocken, die Lichtung war ja so nahe, ein paar Schritte genügten, ihn in Sicherheit zu bringen.

Er schlüpfte unter einem Astgeflecht durch. Perlendes Lachen dicht hinter ihm. Er drehte sich um. Nichts! Er mußte sich getäuscht haben. Erst jetzt merkte er, wie dunkel es unter den Bäumen schon war. Er beschloß, auf die Lichtung hinauszutreten und sich nicht mehr um das flirrende Geschöpf zu kümmern. Das tat ihm zwar leid, er hätte gar zu gern herausgefunden, was es war, aber auf keinen Fall durfte er sich weiter in den Wald hineinwagen. Unbestimmte Furcht erfüllte ihn plötzlich, er machte sich Vorwürfe, daß er es überhaupt getan hatte. Jetzt wollte er so schnell wie möglich zu seinen Freunden zurück. Er schritt geradewegs auf den Waldrand zu. Zumindest glaubte er, das zu tun.

Aber die Bäume lichteten sich nicht. Das Herz schlug ihm bis zum Hals hinauf. Er *mußte* doch ganz nahe der Lichtung sein! Er brauchte nur zu rufen, dann würden Onari und Eldar antworten. „Onari! Eldar! Ich bin hier! Hier!“

Seine Stimme klang gedämpft, als verhalle sie im Dickicht.

Er begann zu schreien. Immer lauter. „Onari! Eldar! Onari!“

Hinter ihm kicherte es.

Er drehte sich nicht um. Er würde in die andere Richtung gehen, weg von dem Kichern, dann fand er bestimmt zur Lichtung zurück.

Wieder schrie er: „Onari! Eldar!“

Die Bäume standen nicht mehr so dicht. Er rannte vorwärts, stieß im Dunkel an einen Stamm, taumelte zurück und tastete sich von Baum zu Baum, bis ihm ein undurchdringliches Astgewirr den Weg versperrte.

Ein Schluchzen stieg ihm in der Kehle hoch. Er hatte sich in dem toten Wald verlaufen. Von allem Anfang an mußte er in die falsche Richtung gegangen sein. Und es war seine eigene Schuld! Er konnte nicht mehr verstehen, warum er dem irrlichternden Geschöpf nachgegangen war, er hätte doch wirklich wissen müssen, daß es nichts Gutes im Sinn hatte.

Wenn er nun nicht mehr zu seinen Freunden fand? Wenn er die ganze Nacht allein in diesem verhexten Wald verbringen mußte?

Er kämpfte gegen die Tränen an, schaute um sich und wurde gewahr, daß seitlich von ihm das Dunkel nicht so schwarz schien. Zwischen den Stämmen schimmerte es grau. Dort war die Lichtung! Er konnte sein Glück fast nicht glauben, eilte darauf zu und trat zwischen den Stämmen hervor.

Vor ihm lag wirklich eine Lichtung, es war aber nicht jene, auf der seine Freunde lagerten, hier gab es weder Steingebilde noch ein trockenes Bachbett. Den Boden bedeckten unzählige runde Erderhebungen, die Maulwurfshügeln glichen, nur waren sie viel größer. Mitten in der Lichtung erhob sich ein großer Felsblock, der höher war als die Bäume ringsum.

Thomas stapfte mit neuem Mut darauf zu. Wenn er hinaufkletterte – und der Fels schien genügend Halt zu bieten –, konnte er den Wald überblicken und sehen, wo er sich befand. Unter den Bäumen hatte er geglaubt, die Nacht sei schon angebrochen, aber im Freien war es noch immer dämmrig. Er ging vorsichtig um jeden kleinen Hügel herum – sie sahen tatsächlich wie Maulwurfshügel aus, bei jedem war die Erde krümelig aufgeworfen.

Thomas hatte ungefähr den halben Weg zum Felsen zurückgelegt, als sich plötzlich einer der Erdhügel zu bewegen begann und von der Mitte her in sich zusammensank. Ein Loch tat sich auf, gurgelnd und schmatzend wallte eine schwarze Masse hoch und warf schillernde Blasen. Es stank abscheulich. Mit einem lauten Knall, als explodierte etwas tief unten in der Erde, zischte eine schwarze Schlammfontäne hoch.

Thomas wich entsetzt zurück und hörte es im selben Augenblick hinter sich brodeln. Gleich darauf gurgelte, zischte und schmatzte es von allen Seiten. Die Erdhügel öffneten sich, verströmten schwefeligen Dampf und warfen meterhoch Schlamm in die Höhe. Der Boden bebte. Fast blind vor Angst wollte Thomas zum Wald zurücklaufen. Aber wo immer er hintrat, schien sich sofort ein neues Schlammloch aufzutun. Die Dämpfe machten ihm das Atmen schwer.

Er entdeckte eine Lücke zwischen den Schlammfontänen und wankte vorwärts. Im Nacken fühlte er einen dumpfen Druck, die Füße wollten ihm nicht mehr gehorchen. Er fiel nieder und schob sich kriechend weiter. Er konnte die Bäume nicht mehr sehen. Vor seinen Augen lag ein trüber Film. Der Druck im Nacken verstärkte sich.

Im Geäst am Waldrand tauchte ein pelziger Kopf auf, zwei pelzige Hände teilten die Zweige. Thomas sah es nicht. Mit ausgestreckten Armen, als wollte er sich noch immer weiterschieben, lag er bewußtlos da, während rund um ihn Schlamm brodelte, hochstieg und wieder zu Boden klatschte und giftige Dämpfe ihn umwallten.

XIII.

Die Narni

Onari schob einen angeglühten Ast in die Flammen.

„Wo ist Thomas?“ fragte Eldar.

Sie schaute jäh auf. Beiden wurde plötzlich bewußt, daß es schon eine ganze Weile her war, seitdem Thomas fortgeschlendert war. Sie sprangen auf und riefen gleichzeitig: „Thomas! Schilien!“

Als keine Antwort kam, rannten sie zu dem Steingebilde hin.

Die Kristalle auf dem steinernen Springbrunnen blinkten schwach. Das scheidende Tageslicht verlieh ihm einen grauen Schimmer. Auf der ganzen Lichtung rührte sich nichts.

Onari und Eldar liefen von einem der wunderlichen Gebilde

zum anderen, immer wieder nach Thomas rufend. Ihnen war, als hörten sie – irgendwo aus den Tiefen des toten Waldes – schwach einen Gegenruf. Sie standen still und horchten angespannt. Noch einmal riefen sie, erhielten aber keine Antwort.

„Aus welcher Richtung kam es?“ fragte Eldar.

„Ich weiß es nicht! Es war kaum zu hören. Vielleicht haben wir uns getäuscht. Wir müssen nach Spuren suchen!“

Ohne ein weiteres Wort zu verlieren, rannten sie zum Feuer zurück und zogen einen starken Ast heraus, der knisternd wie eine Fackel brannte. Gemeinsam suchten sie dann rund um den steinernen Springbrunnen den Boden ab. Für Eldars Augen war auf der harten Erde nichts zu entdecken, Onari hingegen konnte für ihn unsichtbare Zeichen ablesen, die zum nächsten Kegel führten und dann zum Waldrand. Dort war deutlich die Stelle zu sehen, wo Thomas zwischen den Stämmen hindurchgeschlüpft war. Ein Zweig hing geknickt herab, daneben lag ein anderer abgebrochen auf dem Boden.

„Warum ist er in den Wald gegangen, ohne vorher nach uns zu rufen?“ stieß Eldar hervor. „Das hätte er nicht tun dürfen!“

„Vielleicht hat er etwas gesehen und gemeint, es sei nicht gefährlich.“

„Aber er muß doch wissen . . .“ Eldar unterbrach sich. Es hatte jetzt keinen Sinn, Thomas Vorwürfe zu machen.

Onari hielt den flackernden Ast hoch. Sie traten unter die Bäume. Die Flammen leckten rot in die Dunkelheit. Am Anfang glaubte Eldar, es sei nicht schwierig, der Spur ihres Freundes nachzugehen – nur waren es zu viele Spuren, die sie fanden. Wohin auch Onari mit der Fackel leuchtete, überall gab es geknickte Ästchen, vor ihnen, hinter ihnen, seitwärts. Sie gingen bald in diese Richtung, bald in jene, kehrten wieder zurück und versuchten es von neuem. Es sah ganz so aus, als wären zehn Jungen und nicht einer durch den nächtlichen Wald gestreift.

„Was hat das zu bedeuten?“ fragte Eldar verwirrt. „Das kann doch nicht Thomas allein gewesen sein!“

„Es war nicht unser Schilien“, antwortete Onari.

„Wenn er es nicht war – wer dann?“

„Jemand, der nicht will, daß wir seine Spur finden.“

Eldar wollte antworten, aber sie legte den Finger an den Mund und lauschte. Nur die Flammen knisterten.

„Mir war so, als hörte ich jemand lachen“, sagte Onari schließlich enttäuscht.

„Glaubst du, daß es das seltsame Wesen von heute mittag war, das Thomas fortgelockt hat?"

„Vielleicht!"

„Was tun wir jetzt?"

„Ans Feuer zurückgehen!"

„Nein!"

„Die Nacht kommt, Schilien-Li! Dieser Wald ist endlos. Sollen auch wir uns darin verirren? So können wir unserem Schilien nicht helfen. Sobald es hell ist, kann ich vielleicht die richtige Spur entdekken. Jetzt im Finstern nicht."

„Aber Thomas . . .?"

„No-Ischnaá wird ihn beschützen!"

Sie wandte sich um und ging voraus. Eldar folgte ihr zögernd, bis ihm plötzlich klar wurde, daß er keine Ahnung hatte, aus welcher Richtung sie gekommen waren. Allein hätte er sich nicht mehr zurecht gefunden. Er hatte nicht verstehen wollen, warum Onari die Suche aufgab, jetzt wußte er, daß sie recht hatte.

Als sie wieder auf der Lichtung waren, riefen sie noch einmal nach Thomas, doch alles blieb still. Schweigend und bedrückt kehrten sie ans Feuer zurück. Onari öffnete ihr Bündel, holte ein Stück Fladenbrot heraus, brach es und reichte Eldar die Hälfte.

„Ich habe keinen Hunger", sagte er.

„Mein Volk hat eines in den Jahren der Not gelernt", antwortete sie ruhig, „auch wenn wir glaubten, es nicht mehr ertragen zu können und uns wünschten zu sterben – wir suchten trotzdem nach Nahrung. Unserem Schilien hilft es nichts, wenn wir hungern."

Flämmchen liefen am Reisig hoch, züngelten und brannten dann kerzengerade.

„Onari", fragte Eldar, „können die Dinadan jemals uns Leuten aus Aran verzeihen?"

„Wenn im Frühling der Schnee schmilzt, vergißt man den Winter. Wenn der Weiße Wolf mein Volk gerettet hat, werden die Dinadan nur noch daran denken, daß ein Junge aus Aran mir geholfen hat, ihn zu suchen. Iß jetzt, Schilien-Li!"

Zuerst glaubte er, keinen Bissen hinunterzubringen, aber dann merkte er, wie hungrig er war. Nach dem Essen gingen sie noch einmal die ganze Lichtung ab und riefen dabei nach Thomas. Als das letzte Abendlicht erloschen war, gaben sie die Hoffnung auf, ihn noch vor dem Morgen zu finden. Das Feuer war inzwischen niedergebrannt, die Glut zu grauflockiger Asche zerfallen, und nur im Kern glimmte es noch. Onari legte Zweige auf und blies die Flammen an. Es war ganz finster geworden. Am Himmel mochten jetzt die Sterne leuchten, aber die Dunstdecke verbarg sie. Eldar hatte die Hände um die Knie geschlungen und starrte niedergeschlagen vor sich hin. Dann hatte er auf einmal das Gefühl, jemand beobachte ihn, er schaute auf und sah, daß Onari ebenfalls den Kopf gehoben hatte. Knapp außerhalb des Lichtkreises hockten zwei pelzige Gestalten.

Eldar glaubte zu träumen. Die zwei Wesen glichen Eichhörnchen, nur waren sie etwa so groß wie sechsjährige Kinder. Sie saßen auf den Hinterbeinen und hielten sich an den Vorderpfoten gefaßt. Aus den kleinen runden Ohren wuchsen Haarpinsel. Die buschigen Schwänze waren auf den Rücken gerollt, ganz so, wie es Eichhörnchen taten. Die schwarzen Schnäuzchen bewegten sich schnuppernd, die schwarzen, perlrunden Augen waren starr auf das Feuer gerichtet.

„Narni!" flüsterte Onari. „Es sind Narni!"

„Weißt du denn, wer sie sind?" wisperte Eldar.

„Tiermenschen! Mein Volk erzählt, daß wir vor langer, langer Zeit, als die Erde noch jung war, mit ihnen zusammenlebten. Aber niemand hat gewußt, ob diese Geschichten wahr sind."

Die pelzigen Geschöpfe steckten die Köpfe zusammen und schienen sich mit einem eigenartigen Zirpen und Zwitschern zu unterhalten. Dann ließen sie sich auf die Vorderpfoten nieder, huschten heran und hockten sich vor Eldar und Onari nieder. Wieder faßten sie sich an den Vorderpfoten und zwitscherten und zirpten. Die Schwanzenden zuckten.

Zu Eldars Erstaunen antwortete Onari mit ähnlichen Lauten. Er lauschte dem seltsamen Zwiegespräch und wurde nicht klug daraus.

„Kannst du sie verstehen, Onari?" fragte er leise, als eine Pause eintrat.

„Ein wenig! Nicht alles!"

„Wie ist das möglich? Das ist doch keine Sprache!"

„Jedes Geschöpf hat seine Sprache, Eldar. Wir Dinadan haben gelernt, uns mit Vierbeinern und Geflügelten zu verständigen – es ist nicht schwer, die Sprache der Narni zu deuten."

„Was haben sie gesagt?"

„Sie heißen Pai und Tli. Und sie wollen wissen, ob wir Zweibeiner sind."

„Vielleicht kommen sie vom Schwarzen König? Vielleicht waren sie es, die Thomas fortgelockt haben. Frag sie!"

Onari schaute in die sanften, arglosen Augen der nächtlichen

Besucher; sie konnte sich nicht vorstellen, daß es Geschöpfe des Schwarzen Königs waren, auch wenn es keine Erklärung dafür gab, wieso sie im Verbotenen Land lebten, ohne seiner Macht zu verfallen. Sie wartete schweigend, sie spürte, daß sie den Narni Zeit lassen mußte und erst dann eine Frage stellen durfte, wenn die beiden mit ihr vertraut geworden waren.

Eldar stieß sie an. „Frag sie!“ flüsterte er ungeduldig.

Sie schüttelte fast unmerklich den Kopf.

Pai – oder war es Tli? – legte den Kopf schief und zog die pelzige Stirn in Falten. Dann entrollte er den Schwanz, ließ sich auf die Vorderpfoten nieder und kam vorsichtig noch ein wenig näher. Auf dem Rücken hatte er haselnußfarbene und gelbe Längsstreifen. Er starrte gebannt und zugleich ängstlich ins Feuer. „Woher kommt es?“ zirpte er. „Hat der Blitz es gemacht?“

Onari verstand nicht sofort, was er meinte, und er wiederholte die Frage.

„Nein“, antwortete sie und bemühte sich, die zirpenden Laute nachzuahmen. „Das war nicht der Blitz! Das ist unser Feuer. Wir haben es angezündet.“

„Verbrennt es dich nicht?“

Sie schüttelte lächelnd den Kopf und schob einen der angeglühten Äste in die Glut. Ein paar Funken stoben auf. Pai sprang zurück. Tli stieß ein erschrockenes Zwitschern aus. Die Rückenhaare sträubten sich.

„Fürchten sie das Feuer?“ wollte Eldar wissen.

„Ja!“

Die Narni hatten sich beruhigt. Mit scheuen Seitenblicken auf die Flammen kamen sie wieder näher, hockten sich vor Onari nieder, und einer schien den anderen aufzufordern, etwas zu sagen. Tli war ein wenig kleiner und zarter und offenbar schüchterner.

Schließlich faßte Pai mit der Vorderpfote Onari am Rock. Es war eine zierliche Pfote, fast wie eine Menschenhand, nur hatten die Finger statt Nägel kleine Krallen. „Pai und Tli haben ein Zweibein gefunden“, zirpte er. „Ein Zweibein wie du mit nackter Haut.“

„Ein Zweibein?“ fragte Onari – vor Aufregung klopfte ihr Herz ganz laut. „Wo ist es?“

„Es schläft“, antwortete Pai.

Tli zirpte leise und schnell, und Pai fuhr fort: „Pai und Tli wollen dich zu ihm führen. Kommst du mit?“

„Ja! Ja! Wir kommen beide mit!“ Onari sprang auf. „Schilien-

Li", rief sie, „die Narni wissen, wo Thomas ist. Sie sagen, daß er schläft. Sie führen uns zu ihm."

Eldar war im Nu auf den Beinen. „Ich habe es kaum noch ausgehalten", gestand er. „Sollen wir brennende Äste mitnehmen?"

„Ja!"

Als Eldar sich jedoch bückte und einen gut angeglühten Ast aus dem Feuer ziehen wollte, wichen Pai und Tli mit allen Zeichen der Angst zurück. Ihr Fell hatte sich wieder gesträubt, sie zirpten erregt.

„Laß es, Schilien-Li!" befahl Onari. „Wenn wir Feuer mitnehmen, laufen sie vielleicht davon."

Pai und Tli huschten voraus. Die Dunkelheit schien ihnen nichts auszumachen, sie bewegten sich so sicher, als sei es heller Tag. Sogar Onari fiel es schwer, nicht hinter ihnen zurückzubleiben. Außerhalb des Feuerscheins war keine Bodenunebenheit mehr zu erkennen; Eldar hatte die größte Mühe, nicht zu stolpern. Solange es über die Lichtung ging, war mindestens noch alles schemenhaft auszunehmen, im Dickicht des Waldes aber wurde die Finsternis undurchdringlich. Onari faßte Eldar an der Hand. Sie mußte sich auf ihr Gehör verlassen, um die voranhuschenden kleinen Gestalten nicht zu verlieren.

„Wir hätten trotzdem Licht mitnehmen sollen", flüsterte Eldar.

„Dann wären sie sicher nicht mit uns gegangen."

„Und wenn sie uns in eine Falle führen? Woher wissen wir, daß sie nicht vom Schwarzen König geschickt wurden?"

„Ich würde es spüren, wenn es so ist", erwiderte Onari.

Eldar antwortete nicht. Gewiß, die Narni sahen harmlos aus. Aber waren nicht auch die Blumen in der Kluft verführerisch schön gewesen? Ein Zweig, den er nicht bemerkt hatte, schlug ihm ins Gesicht. Er stieß einen unterdrückten Schrei aus.

„Halte dich ganz nahe an mich!" flüsterte Onari.

Sie fanden es immer schwieriger, ihren beiden Führern zu folgen. Die kleinen Narni konnten durch verstrüpptes Gezweig schlüpfen, in dem Eldar und Onari fast steckenblieben. Ein paarmal, als sie zu weit zurückblieben, warteten Pai und Tli und riefen mit zirpenden Stimmen nach ihnen.

Die Finsternis schien noch dichter zu werden. Onari hatte jede Orientierung verloren, war beunruhigt, obwohl sie es Eldar nicht zeigte, und versuchte vergeblich, das Gefühl für die Richtung wiederzufinden. Dazu kam, daß sie immer wieder glaubte – vielleicht war es aber auch nur Einbildung –, im Dunkel ein Flirren und Funkeln zu sehen und ein leises Lachen zu hören.

Eldar war noch hilfloser als sie. Er fühlte sich ausgeliefert an die Narni, denen er mißtraute, begann innerlich Onari Vorwürfe zu machen, weil sie diesen pelzigen Wesen folgte, und war endlich sicher, daß sie in eine Falle gelockt werden sollten – zuerst Thomas und nun sie beide. Er wollte sich eben weigern, noch einen Schritt weiterzugehen, als die Stämme plötzlich nicht mehr so eng nebeneinanderstanden. Ein Gluckern und Brodeln war zu vernehmen. Pai und Tli huschten auf eine Lichtung hinaus, in deren Mitte ein großer Felsblock aufragte.

Nach der pechschwarzen Finsternis im Wald war es im Freien beinahe hell. Schwarze Schwaden trieben über die Lichtung, aber oben am Himmel hatte der Dunst ein paar Sterne freigegeben. In ihrem Schein erblickten Onari und Eldar kreisförmige Erdringe, in denen Schlamm wallte und schmatzte. Trüber Dampf stieg hoch.

Nur wenige Meter von einem der dampfenden Ringe entfernt, lag Thomas, der Länge nach ausgestreckt, auf dem Boden. Onari und Eldar stürzten hin und knieten neben ihm nieder. Einen schrecklichen Augenblick lang glaubten sie, er sei tot; als Onari sich jedoch über ihn beugte, spürte sie seinen Atem, wenn auch nur schwach.

Die Narni kamen herangehüpft. Im Erdring brodelte es, der Schlamm wallte hoch und verschwand mit einem schmatzenden Gurgeln in der Tiefe. Erde bröckelte nach, das gähnende Loch schloß sich langsam, und ein kleiner runder Hügel blieb zurück. Pai und Tli stießen ein klagendes Zirpen aus.

„Was war das?“ fragte Onari.

„Ein Dschinni!“ antwortete Pai traurig. „Hier wohnen Dschinni. Ihr Atem hat das Zweibein einschlafen lassen. Jetzt gehen sie selber zur Ruhe. Schau!“

Er wies mit der Pfote auf die Lichtung. Überall schlossen sich die Erdringe. Ein wenig Dampf stieg noch hoch, dann verstummte das Schmatzen und Gurgeln.

Eldar und Onari hoben Thomas auf und trugen ihn an den Waldrand. Sie rieben seine kalten Hände und massierten ihm die Brust. Sein Gesicht bekam Farbe, das Herz begann kräftiger zu schlagen. Die Lider flatterten. Er öffnete die Augen.

Im Geäst über ihnen flirrte es. Ein Laut war zu vernehmen, als fiele Regen auf einen Teich. Etwas Schimmerndes kam herabgewirbelt, ein Sprühen und Tropfentanzen, und ließ sich neben Thomas nieder.

Thomas fuhr hoch.

„Das ist es!“ schrie er. „Das hat mich hergelockt!“ Er klammerte sich an Onari.

Sie zog ihn an sich. „Es ist alles vorbei“, tröstete sie ihn. „Jetzt sind wir bei dir, Schilien, und du brauchst keine Angst mehr zu haben.“

Das durchscheinende Geschöpfchen rückte näher. Thomas schlug mit der Hand danach, es rollte weg, drehte sich um sich selber, kam wieder heran und plätscherte wie Wasser.

Pai zupfte Onari am Ärmel und zirpte.

Thomas, der sich noch nicht ganz zurecht fand, bemerkte erst jetzt die zwei pelzigen Gestalten.

„Es sind Narni“, erklärte Eldar. „Onari sagt, das seien Tiermenschen. Sie haben uns zu dir geführt. Ohne sie hätten wir dich nicht gefunden.“

Wieder zirpten die Pelzigen. Und zu Thomas' Erstaunen antwortete Onari mit ähnlichen Lauten.

„Kann sie denn mit ihnen reden?“ fragte er.

Eldar nickte. Sie hörten beide gespannt zu, bemühten sich aber vergeblich, etwas zu verstehen.

Das war das Zwiegespräch, das Onari mit den Narni führte:

„Warum ist das kleine Zweibein böse auf Wirligig?“ wollte Pai wissen.

„Wirligig? Wer ist das?“

„Ein Dschinni.“

„Und was sind Dschinni?“

„Wassergeister. Hast du das nicht gewußt?“

„Nein! Wo wir herkommen, gibt es keine Wassergeister. Mein Schilien ist böse, weil Wirligig ihn hierhergelockt hat.“

Das Geschöpfchen drehte sich wie ein Kreisel und gab ein zartes Klingeln von sich.

„Wirligig hat nur mit dem Zweibein spielen wollen“, erklärte Pai.

„Das war sehr unvernünftig. Mein Schilien hätte sterben können.“

„Wirligig versteht das nicht. Dschinni wissen nicht, was gut und was böse ist.“

„Sind die anderen Dschinni dort in den Hügeln auch so wie Wirligig?“

Pai und Tli zogen die pelzigen Stirnen in Falten und wirkten auf einmal sehr bekümmert. „Sie waren so wie er“, antwortete Pai.

„Die Uralten sagen, sie sind sehr schön gewesen, das haben ihnen die Uralten erzählt, die vor ihnen lebten. Aber dann kam Er!" Pai zitterte und fuhr fast unhörbar weiter: „Dann kam Er, und sie wurden so, wie sie jetzt sind."

„Er? Meinst du den Schwarzen König?"

Pai nickte. Sein Schwanz stellte sich steil auf.

„Warum ist Wirligig nicht so geworden?"

„Immer, wenn Er kam, haben die Narni ihn versteckt."

„Warum kann Er euch Narni nichts antun?"

„Weil Narni unter der Erde leben. Wenn Er kommt, flüchten Pai und Tli. Pai und Tli nehmen Wirligig mit. Wirligig hat Ihn noch nie gesehen."

Onari wollte weiterfragen, aber Pai schien das Interesse verloren zu haben. Tli wisperte etwas in sein Ohr.

„Tli fragt", erklärte Pai, „warum du keinen Pelz hast. Tli möchte die Haut des Zweibeines berühren."

Onari streckte die Hand aus. Tli setzte sich auf die Hinterpfoten, richtete sich auf, faßte die Hand und strich mit den Pfotenfingern darüber. Dabei tschirpte er wie ein Vogel. Die Ohrpinsel zuckten. Allem Anschein nach war er tief beeindruckt von der Tatsache, daß die Haut des Zweibeines nicht von warmem Pelz bedeckt war.

Thomas meinte zu träumen. Dicht neben ihm schwebte das schimmernde Geschöpf. Es schien keinen Augenblick stillhalten zu können, immer war irgend etwas an ihm in Bewegung. Als es merkte, daß er es ansah, begann es sich schwirrend zu drehen. Es kreiste um seinen Kopf, wehte hinauf ins Gezweig, lachte perlend, flog wieder herab und ließ sich schwerelos auf seinen Knien nieder. Vor ein paar Minuten noch hätte er es erschrocken und zornig verjagt, jetzt war er eher neugierig. In dem Geflimmer und Geflirr glaubte er ein winziges, koboldhaftes Gesichtchen auszunehmen. Im nächsten Augenblick war wieder alles nur Sprühen und Funkeln, das Wesen flog hoch und setzte sich auf seine Schulter. Er spürte eine leichte Berührung an der Wange, etwa so, als streife ihn ein Schmetterlingsflügel. Unwillkürlich schreckte er zurück. Das Geschöpf kreiselte davon, versprühte Lichtfunken und begann Purzelbäume zu schlagen.

Tatsächlich – es schlug Purzelbäume!

Thomas lachte.

Die Narni zirpten.

„Schilien", erklärte Onari, „Pai und Tli sagen, daß sie froh sind, weil du nicht mehr böse auf Wirligig bist."

„Wirligig? Heißt es so? Was ist es?“

„Ein Dschinni! Ein Wassergeist!“

„Wer sind Pai und Tli? Sie sehen aus wie Eichhörnchen, nur viel größer. Wieso kannst du mit ihnen reden?“

Onari lächelte. „Es ist Zeit, daß Eldar und ich dir alles erzählen, was geschehen ist, seit du Wirligig nachgegangen bist.“

Sie setzten sich im Kreis nieder. Pai und Tli hockten sich zutraulich zu ihnen. Thomas blieb liegen, den Kopf auf den rechten Arm gestützt. Er fühlte sich noch etwas matt von den giftigen Dämpfen, die er eingeatmet hatte.

Onari und Eldar berichteten, wie sie ihn gesucht hatten und wie die Narni gekommen waren, dann erzählte Thomas sein Abenteuer. Danach beschlossen sie, den Rest der Nacht auf dieser Lichtung zu verbringen. Thomas war zu schwach für den Rückweg, und Onari und Eldar hatten keine Lust, im Finstern noch einmal durch den toten Wald zu gehen.

Nichts störte ihre Nachtruhe. Als sie erwachten, war die Sonne aufgegangen und schien bleich durch die Dunstdecke. Im Morgenlicht wirkte die Lichtung mit ihren nackten Erdhügeln öde; die Kinder brachen sehr bald mit ihren neuen Gefährten auf. Bei Tag war der Weg durch den toten Wald nicht mehr beschwerlich. Pai und Tli führten. Wirligig tanzte durchs Gezweig oder nahm ganz selbstverständlich auf Thomas' Schulter Platz.

Als sie zur Lichtung kamen, auf der die Steinkegel standen, erklärten die Narni, dies seien Wohnungen der Dschinni gewesen, bevor Er gekommen sei. Die Kinder konnten sich kaum vorstellen, daß jene Wesen, die nun in den schlammbrodelnden, stinkenden Kratern hausten, Gebilde von solcher Schönheit geschaffen hatten.

Das Feuer war erloschen und das Reisig nur noch ein Haufen erkalteter, grauer Asche. Sonst war alles so, wie sie es am Abend verlassen hatten. Die Kinder setzten sich zum Frühstück nieder und luden auch Pai und Tli dazu ein. Von dem Trockenfleisch wollten die beiden nichts nehmen, sie nibbelten aber mit offensichtlichem Appetit an Brotstückchen. Sonst, erklärten sie, nährten sie sich von Wurzeln und Knollen, die in den Höhlen der Narni unter der Erde wuchsen.

Irgendwo über dem toten Wald stiegen dunkle Schwaden auf.

„Pai", fragte Onari, „wir suchen das Land der Strahlenden Felsen. Wißt ihr, wo es ist?"

„Pai und Tli wissen es nicht. Sie haben noch nie davon gehört."

„Wie groß ist der tote Wald?"

Pai breitete die Pfoten in einer weiten Geste aus, die zeigen sollte, daß der Wald unendlich groß war. Tli schaute Onari mit schiefgeneigtem Kopf an, zirpte Pai etwas ins Ohr und hielt dann verlegen die Vorderpfoten vors Gesicht.

„Tli möchte mit den Zweibeinern gehen", erklärte Pai. „Pai will auch mit den Zweibeinern gehen. Pai und Tli zeigen den Zweibeinern, wo der Weg gut ist."

„Wollt ihr das wirklich tun?"

Pai wippte heftig mit dem Schwanzende auf und ab. Tli lugte zwischen den Pfotenfingern auf Onari.

„Aber Er? Habt ihr keine Angst vor Ihm? Wenn Er kommt, können wir euch nicht beschützen."

Statt einer Antwort begann Pai in rasender Geschwindigkeit die Erde mit den Vorderpfoten aufzuscharren. Im Nu hatte er ein tiefes Loch gegraben und zirpte: „Wenn Er kommt, verstecken sich Pai und Tli."

„Was hat er denn, Onari?" wollte Eldar wissen.

„Er zeigt uns, wie sich die Narni vor dem Schwarzen König schützen. Sie wollen mit uns gehen und uns den Weg durch den Wald zeigen."

Pai und Tli erwiesen sich als gute Führer. Sie mieden die Plätze, wo der Boden unsicher war oder wo das Gestrüpp zu dicht wucherte. Ein paarmal hörten die Kinder ein dumpfes, stampfendes Getöse, als fiele ein Riesenhammer rhythmisch auf einen Riesenamboß; dann wieder zischte es irgendwo, als entweiche Luft aus einem Riesendampfventil. Einmal mußten sie einen brodelnden Sumpf umgehen, der schillernde Blasen warf, und gleich danach kamen sie an einem steinernen Krater vorbei, in dessen Tiefe schwarzer Schlamm kochte.

Wirligig begleitete sie getreulich. Hie und da verschwand er, tauchte aber immer bald wieder auf. Wenn er da war, hielt er sich stets an Thomas. Und Thomas ertappte sich dabei, wie er nach dem kleinen Wassergeist Ausschau hielt, als dieser einmal länger als sonst fortblieb.

Abends schlugen sie ihr Lager auf einem freien Platz auf, der von weißgebleichten Stämmen umsäumt war. Pai und Tli waren zuerst nicht zu bewegen, ans Feuer zu kommen, aber schließlich überwanden sie ihre Angst, und dann genossen sie die Wärme und kuschelten sich neben Onari aneinander. So gut es ging und so weit die beiden es verstanden, erzählte Onari, warum sie und die zwei Jungen in das Verbotene Land gekommen waren.

Wirligig hatte auf Thomas' Knien Platz genommen.

Es war ein friedlicher Abend.

XIV.

Am See der Erlösung

Onari erwachte. Es war in der Stunde zwischen Nacht und Morgendämmerung. Tiefe Stille herrschte. In dem eigentümlich grauen Schein – weder Licht noch Dunkelheit – verharrte die Welt reglos in Erwartung des neuen Tages.

Eldar schlief neben dem Feuer, die Hände unter dem Kopf verschränkt. Thomas atmete friedlich. Pai und Tli hatten sich ein Nest in die Erde gewühlt und lagen dicht aneinandergeschmiegt. Oben in einem der Bäume schimmerte es schwach durchs Geäst, dort ruhte Wirligig. Das Feuer war zu einem kleinen Gluthaufen herabgebrannt.

Onari richtete sich auf. Etwas hatte sie geweckt, aber was es gewesen war, wußte sie nicht. Eine Weile saß sie da, ohne sich zu rühren, dann hob sie den Kopf. Ihr war, als riefe sie jemand mit ihrem Namen. Sie horchte, aber es war nichts als Stille rings um sie. Die Stimme, die sie rief, schien aus ihr selbst zu kommen, so unbegreiflich das auch war.

Sie erhob sich, schritt auf die Bäume zu und trat in den Wald. Einen Herzschlag lang glaubte sie, zwischen den Stämmen ein Leuchten und die Gestalt eines großen weißen Wolfes zu erblicken, aber als sie genauer hinschaute, war nichts zu sehen. Sie ging weiter. Die Bäume gaben einen Pfad frei, dem sie folgte. Morgennebel zogen dahin, es war, als schritte sie auf dem Grund eines tiefen stillen Wassers. Ihre Füße in den weichen Lederschuhen verursachten keinen Laut. Sie hatte keine Angst, nur war alles unwirklich, als wäre es nicht sie selber, die durch den Wald ging, sondern jemand anderer.

Der Pfad wurde breiter. Onari hätte später nicht sagen können, wann sie erkannte, daß der Schwarze König sie am Ende des Pfades erwartete und daß sie seine Nähe von dem Augenblick an gespürt hatte, als sie erwachte. Die Stimme, die sie gerufen hatte, führte sie zu Ihm, aber es geschah nicht gegen ihren Willen, sie hätte umdrehen und zurückgehen können, wenn sie gewollt hätte.

Sie erreichte den Rand des Waldes. Vor ihr lag eine Ebene, in der sich ein ausgetrockneter See erstreckte. Dort, wo einmal das Ufer gewesen war, stand der Schwarze König.

Er sah sie an, wie Er sie von dem steinernen Thron aus angesehen hatte, bevor sie seinen Dienern in die Unterwelt gefolgt war.

Onari trat aus dem Wald heraus und ging auf Ihn zu.

Wirligig war es, der die Jungen weckte. Er tanzte wie toll um Thomas herum, bis er ihn aus dem Schlaf geschreckt hatte. Als Thomas hochfuhr, stieß der kleine Wassergeist kurze Laute aus, es klang nicht wie Lachen oder Kichern, sondern halb abgewürgt und verängstigt.

Pai und Tli und Eldar erwachten.

„Wo ist Onari?“ rief Eldar.

Ihre Decke lag am Boden, sie selber war nicht da. Thomas und Eldar schauten einander erschrocken an. Wirligig hatte sich zu den beiden Narni geflüchtet und stieß unentwegt seine klagenden Laute aus. Pai und Tli begannen am ganzen Körper zu zittern, ihr Pelz sträubte sich, ihre runden Augen wurden glasig und starr.

„Schau sie dir an, Thomas!“ rief Eldar. „Es sieht aus, als hätten sie tödliche Angst. Wo kann Onari nur sein? Wenn sie fortgegangen ist – warum hat sie uns nicht geweckt?“

Fast gleichzeitig begannen die Jungen zu schreien: „Onari! Onari!“

Ihre Stimmen verhallten in der dämmrigen Stille. Sie erhielten keine Antwort.

Eldar kniete neben den Narni nieder. Pai zirpte laut. Jedes einzelne Haar seines Pelzes hatte sich aufgerichtet, er sah aus wie eine Bürste.

„Wenn ich nur wüßte, was du mir erklären willst“, sagte Eldar. „Ist Onari in den Wald gegangen? Weißt du, wo sie ist?“ Er wies auf Onaris Schlafplatz und fragte eindringlich: „Wo ist Onari? Wo?“

Pai schien begriffen zu haben, was er wollte, er rannte schnuppernd auf allen Vieren um das Lager, kam zurück, faßte Eldar mit der einen Pfote an der Hand und wies mit der anderen in den Wald.

„Er hat Onaris Spur gefunden!“ rief Thomas.

Sie rissen Bündel und Decken hoch und folgten ihren pelzigen Führern. Pai und Tli rannten auf allen Vieren voran; mit allen Zeichen der Aufregung und Furcht schnüffelten sie den Boden ab und mußten dabei Spuren von Onaris Füßen finden, die für Thomas und Eldar unsichtbar blieben. Wirligig saß auf Thomas' Schulter, er spürte das angstvolle Beben des kleinen Geschöpfes. Die Nebel hatten sich etwas gehoben und zogen nur noch oben in den Baumwipfeln. Graues Licht erfüllte den toten Wald. Die beiden Jungen und die Narni hasteten vorwärts.

Als sie zu der Stelle kamen, wo der Pfad begann, verstärkte sich die Angst der Narni, es war offensichtlich, daß sie sich kaum noch überwinden konnten, Onaris Spur zu folgen. Sie krochen fast am Boden dahin. Einmal schien Pai sich zu weigern, weiterzugehen, und es war der sonst so schüchterne Tli, der ihn an der Pfote faßte und vorwärtszog.

Wirligig hatte sich an die Brust des Jungen geflüchtet. Thomas hielt die Hände schützend über den kleinen Wassergeist.

Die Angst Wirligigs und der Narni übertrug sich auf Thomas und Eldar, dazu kam die Sorge um Onaris rätselhaftes Verschwinden. Obwohl sie es nicht aussprachen, waren beide gewiß, daß es nur der Schwarze König sein konnte, der solches Entsetzen verbreitete. Ihre Beine wurden immer schwerer.

Der Pfad führte aus dem Wald. Vor den letzten Bäumen warfen

Pai und Tli sich nieder, drückten die Gesichter an den Boden und wimmerten. Wirligig stieß einen hohen, jammernden Laut aus, entwich aus Thomas' Händen und flüchtete in die Zweige hinauf. Thomas sah, wie das Flimmern und Flirren schwächer wurde, bis es fast erlosch und nur ein kaum sichtbares, grünglimmendes Fünkchen oben im Geäst schwebte.

Eldar und Thomas faßten einander an der Hand. Nur so fanden sie den Mut weiterzugehen. Als sie unter den Bäumen hervortraten, sahen sie Onari und den Schwarzen König am Ufer eines großen ausgetrockneten Sees stehen. Über den See zogen Nebelfahnen. Am gegenüberliegenden Ufer, verschwommen im ziehenden Dunst, war eine große Schar der gesichtslosen Diener auszunehmen.

Onaris Gesicht war totenbleich wie in der steinernen Halle, aber hatten sich damals ihre Züge aufzulösen begonnen, so besaßen sie nun eine überdeutliche Klarheit. Die Jungen verharrten schweigend am Ende des Pfades. Was hier vorging, entzog sich ihrem Verständnis, aber sie spürten, daß sie nicht stören durften.

Onari schaute in das alterslose Gesicht des Schwarzen Königs. Mehr denn je schien es wie aus durchscheinendem Stein gemeißelt zu sein. Sie erkannte, was es bedeutete, so zu sein wie Er. Alles, was sie an Furchtbarem gesehen hatte – die Öde des toten Landes, in dem kein Grashalm sproß, die Diener ohne Gesichter, die in Schlamm verwandelten Wassergeister –, das alles war nur sein Spiegelbild. Sie begriff, wie schrecklich es sein mußte, wenn überall, wohin man kam, das Leben starb oder in ein häßliches Zerrbild verwandelt wurde. Sie fühlte das Leid, das er nicht empfinden konnte, und litt für ihn und seine Geschöpfe.

Einen flüchtigen Augenblick meinte sie, als regte sich etwas in dem bleichen Gesicht. Sie mußte an einen vor Kälte erstarrten Vogel denken, den sie einmal im Schnee gefunden hatte und der sich in ihren Händen und unter dem Hauch ihres Atems wieder zu regen begonnen hatte. Der Wunsch, Ihm und seinen Geschöpfen zu helfen, wurde übermächtig. Sie wußte auf einmal, daß sie es nur dann tun konnte, wenn sie Ihm gab, was sie selber besaß und was Er verloren hatte.

Mit aller Kraft ihres Herzens rief sie in sich die Liebe wach, die Liebe zu ihren Eltern, den Großeltern, den Dinadan in ihren dunklen Höhlen. Sie dachte an ihren Schilien aus der Welt Jenseits, den sie herbeigerufen hatte, sie dachte an ihren Schilien-Li aus Aran, der mit ihr in das Verbotene Land gegangen war. Sie rief die Zuneigung wach, die sie für jedes lebende Wesen empfand, für die Geflügelten, die Vierbeiner, für Stein und Erde, Gras und Blume und Baum. Sie fühlte die Trauer um die Toten, die im Kampf gegen die Söhne Gonds gestorben waren, sie weckte den Zorn, der sie erfüllt hatte, als die Hellhaarigen die Wälder vernichteten.

Sie rief die Geborgenheit wach, die sie am abendlichen Feuer im Kreis ihrer Familie empfunden hatte, sie rief die Freude wach, die Heiterkeit. Sie dachte an die kleinen Dinge, die sie glücklich gemacht hatten – ein Schluck Wasser, wenn sie durstig gewesen war, der Ruf eines Vogels, ein buntes Blatt, das in der Sonne leuchtete. Sie weckte die Sehnsucht, die sie in einer Mondnacht oder unter einem weiten Sternenhimmel empfand.

Von neuem durchlebte sie die Ängste der langen Wanderung, aber sie fühlte auch die Zuversicht, die sie erfüllt hatte, weil sie nicht allein gewesen war. Sie dachte an die Nacht bei den roten Steinen, als sie seine Gegenwart geahnt hatte, und an die Kluft, als Er sie hätte töten können und es nicht getan hatte.

Der Schwarze König wandte den Kopf zur Seite. Über sein Gesicht liefen Tränen. „Was ist das?“ fragte er mit einer Stimme, die von weither zu kommen schien.

„Du weinst, Herr“, antwortete Onari.

„Ich weine?“

„Du weinst über Dich, Herr!“

„Über mich?“

„Und über Dein armes Land!“

Er blickte um sich, als sähe Er zum erstenmal den toten Wald, die unfruchtbare Erde, den See, dessen Wasser versiegt war.

Er schaute über den See. Die Schattenwesen waren in große Aufregung geraten, sie irrten am Ufer umher und streckten die Arme flehend aus.

„Was habe ich ihnen angetan!“ sagte der Schwarze König.

Ein Ausdruck großen Leides trat in sein altersloses Gesicht. Der schwarze Mantel glitt von den Schultern und sank zu Boden. Die Dunstdecke am Himmel teilte sich, das Licht der aufgehenden Sonne brach hervor und blendete Onari. Sie mußte die Augen schließen.

Als sie wieder sehen konnte, war der Schwarze König verschwunden. Sie stand allein am Ufer. Der Bann löste sich von Thomas und Eldar, und sie liefen herbei. Auch am jenseitigen Ufer zerflossen die Nebel. Statt der gesichtslosen Wesen drängte sich dort eine große Schar Menschen. Da waren solche mit dunkler Haut und den Fellkleidern der Dinadan, andere mußten aus Aran stammen, denn ihr Haar war blond und ihre Haut hell. Ein paar trugen Helme und Rüstungen der Söhne Gonds. Auch pelzige Geschöpfe, die Pai und Tli glichen, gab es, und Menschen in seltsamen Kleidern, die Völkern längst vergangener Zeiten angehören mußten. Alle hatten sie Gesichter, und diese Gesichter waren alt und sehr friedlich.

Über den See flog ein großer, schwarzer Schwan mit weißem Hals und weißem Kopf. Er näherte sich den Kindern, umkreiste dreimal Onari und stieß einen hellen Trompetenruf aus. Die Menschen am anderen Ufer hoben die Köpfe, ihre Gestalten wurden undeutlich, waren kaum noch auszunehmen, und dann sah man nichts mehr. Das andere Ufer war leer.

In der Luft aber war es wie das Rauschen von vielen hundert Flügeln. Mit mächtigen Schwingenschlägen flog der schöne Schwan auf die Sonne zu. Als die Kinder ihre Augen beschatteten, glaubten sie, eine große Schar Vögel zu erblicken, die dem Schwan nach in den Strahlenkreis der Sonne hineinflogen.

In dem ausgetrockneten, rissigen Seeboden begannen Quellen zu sprudeln, es rieselte und rann. Der See füllte sich mit klarem Wasser.

Am Waldrand, am Ende des Pfades, tauchten die zwei Narni auf, Pai wie immer voran und dicht hinter ihm Tli. Sie hielten an und blickten staunend um sich, wie Kinder, die sich plötzlich in einer neuen, unbekannten Welt finden, die sie entzückt, die ihnen aber auch Furcht einjagt, weil sie fremd ist. Sie hoppelten zögernd ein paar Schritte näher, richteten sich auf, preßten die Vorderpfoten an die Brust und zirpten. Etwas kam lichtsprühend aus den Bäumen, drehte sich, tanzte und zog schimmernde Schleifen.

Onari lief zu den Narni hin.

„Er war da?“ zirpte Pai.

„Ja, Er war da“, antwortete Onari. Sie faßte die haarigen Pfotenhände. „Jetzt ist Er fort. Er ist zum Vater der Sterne heimgegangen. Er wird nie mehr wiederkommen.“

„Nie wieder?“

„Nie wieder!“

„Dann müssen die Narni nicht mehr unter der Erde leben?“

„Nein, Pai! Die Narni müssen nicht mehr unter der Erde leben."

„Pai und Tli brauchen nie mehr Angst zu haben?"

„Nein! Pai und Tli brauchen nie mehr Angst zu haben!"

Pai stieß helle, zwitschernde Töne aus. Tli rieb seinen pelzigen Kopf an Onaris Hand und gab dabei Laute von sich, nicht unähnlich dem behaglichen Schnurren einer mit sich und der Welt zufriedenen Katze.

Vor Onari entfaltete sich ein kleiner, weißer Blütenstern. Es war die erste Blume, die sie auf ihrer langen Wanderung durch das Verbotene Land erblickten. Die Kinder und die Narni kauerten sich im Kreis um sie herum.

Pai schnupperte. „Was ist das?" fragte er.

„Es ist eine Blume", antwortete Onari.

Thomas konnte sich vor Freude kaum fassen. Er konnte nicht mehr stillhalten. Sollte er Wirligig nachlaufen und ihn fangen? Thomas sprang auf.

„Onari! Eldar!" rief er im nächsten Augenblick laut. „Schaut doch!"

Er streckte die Hand nach Süden aus. Die Sonne war höhergestiegen, und in ihrem Licht hob sich eine ferne Kette leuchtender Felsen vom blauen Himmel ab.

„Das Land der Strahlenden Felsen!" sagte Onari. „Ich wußte, daß wir es finden werden!"

XV.

Das Land der Strahlenden Felsen

Die Kinder wanderten am Ufer entlang. In der klaren Luft schien die Felsenkette fast zum Greifen nahe. Der See hatte sich gefüllt, die glatte, von keinem Windhauch getrübte Wasserfläche spiegelte und glänzte. Pai hüpfte voran, schlug Purzelbäume, lief mit wehendem Schwanz bald dahin, bald dorthin, ließ sich ins junge Gras kollern und sauste erneut los. Tli dagegen wich nicht von Onaris Seite und gab nur von Zeit zu Zeit tschirpende Laute des Staunens von sich. Thomas und Wirligig spielten Fangen, aber Thomas konnte Wirligig nie erhaschen, der kleine Wassergeist war immer schneller als er.

Als sie das Ende des Sees erreicht hatten, sirrte und rieselte es plötzlich. Über dem Wald, wo früher die Dampffahnen emporgestiegen waren, sprühten Funken in allen Regenbogenfarben, ein Kreiseln und Drehen begann, ein Flimmern und Flirren von Wasser- und Lichttropfen, und es klingelte, als sei die Luft erfüllt von läutenden Silberglöckchen.

„Die Dschinni!" rief Pai.

Wirligig flog auf Thomas' Schulter und verharrte dort ganz still. Dann spürte Thomas ein leichtes Vibrieren, das stärker und stärker wurde. Er wollte beruhigend die Hand heben, aber Wirligig war schon davongeschwebt und flog zielstrebig auf die anderen Wassergeister zu. Das Sirren und Rieseln nahm zu, der regenbogenfarbene Schwarm wehte zum See und tanzte im Reigen über dem Wasserspiegel.

„Wirligig!" schrie Thomas.

Er suchte vergeblich, in dem Geflimmer die leuchtende Spur seines Freundes auszunehmen. Einen Augenblick war ihm, als löste sich das vertraute Lichträdchen aus dem Schwarm, und er trat erwartungsvoll einen Schritt vor. Aber er hatte sich getäuscht, Wirligig kam nicht auf ihn zugeflogen.

„Sei nicht traurig!" tröstete ihn Onari. „Denk daran, wie glücklich er jetzt sein muß!"

Als sie weiterwanderten und den See verließen, blieben auch Pai und Tli zurück, ganz unmerklich, ohne daß die Kinder es inne wurden. Aus dem Wald waren andere pelzige Geschöpfe herausgehoppelt, sie hüpften am Ufer umher und nibbelten das junge Gras. Pai und Tli gesellten sich zu ihnen.

Die Kinder waren schon ein ganzes Stück vom See entfernt, als ihnen auffiel, daß die beiden Narni nicht mehr da waren; sie blieben stehen, blickten zurück und wollten ihre Freunde rufen. Zu ihrem Erstaunen waren See und Wald verschwunden. Sie standen inmitten einer großen, blühenden Wiese. Ein leichter Wind wellte das Gras. Die Wiese erstreckte sich bis zum Fuß der leuchtenden Felsenkette. Onari, Eldar und Thomas hatten den Eindruck, als seien diese Felsen nah und fern zugleich.

Der Wind fächelte ihre Gesichter. Sie schritten über den Grasteppich, den noch kein Fuß berührt hatte, spürten weder Hunger noch Durst noch Müdigkeit, und die Stunden waren nicht länger als Minuten.

Sie erreichten den Fuß der Felsen. Die Sonne neigte sich. Orangefarben und alabasterweiß, überglänzt vom schrägeinfallenden

Licht, erhob sich Pfeiler an Pfeiler. Vor den Kindern öffnete sich ein Pfad. Dort, wo der Pfad begann, stand der Weiße Wolf und erwartete sie. Als sie bei ihm waren, wandte er sich um und ging ihnen voraus. Sie folgten ihm. Sie vergaßen, was hinter ihnen lag, sie erinnerten sich nicht einmal mehr, warum sie hergekommen waren, sie fühlten nur den einen Wunsch, für immer hier in seinem Land bleiben zu dürfen und niemals mehr fortgehen zu müssen.

Eine kristallklare Quelle rann aus einem der Felsen. Der Weiße Wolf blieb stehen. Die Kinder schöpften das Wasser mit der hohlen Hand und tranken und wuschen sich den Staub der langen Wanderung von den Gesichtern. Angenehme Müdigkeit überkam sie, sie legten sich neben der Quelle nieder und schliefen ein. Und jedes der Kinder hatte einen Traum.

Thomas träumte, er säße zwischen den Pfoten des Weißen Wolfes. Er fühlte sich losgelöst von allen Ängsten; plötzlich konnte er nicht mehr begreifen, warum er von daheim fortgelaufen war, er verstand nicht mehr, warum er sich in der alten Scheune so gekränkt hatte, als er, oben auf dem Querbalken, sich weder vor- noch zurückgewagt hatte. Das Lachen seiner Freunde klang ihm in den Ohren – auf einmal hatte er Lust mitzulachen. Und war Barbara nicht sofort zu ihm heruntergeklettert, um ihm zu helfen? Das hatte ihn nur noch zorniger gemacht. Kein Wunder, daß die Eltern glaubten, er sei ein schwieriger Junge. Schade, daß er so weit fort war von daheim und ihnen nicht zeigen konnte, daß er sich geändert hatte . . .

Er sah sich auf der Wiese hinter dem Haus seiner Eltern. Das war seltsam, denn er wußte ja, daß er im Land der Strahlenden Felsen war und zwischen den Pfoten des Weißen Wolfes saß. Gleichzeitig war er aber auch dort auf der Wiese. Jenseits der Wiese, vor dem Garten, standen Vater und Mutter, Barbara und Christa. Sie hatten ihn vermißt. Sie hatten ihn gesucht. Sie riefen nach ihm.

Er fing zu laufen an. Sie kamen ihm entgegen. Der Vater nahm ihn in die Arme. Thomas schaute zu ihm auf – und blickte in die weisen Augen des Wolfes.

Die Erinnerung an die Eltern verschwand. Thomas war glücklich. Er war nicht so stark wie Eldar und nicht so mutig wie Onari, aber er hatte auf seine Weise dazu beigetragen, daß sie das Land der Strahlenden Felsen gefunden hatten.

Er kuschelte sich an den Weißen Wolf.

Bisher wollte ich immer klüger und geschickter und stärker sein als meine Freunde, dachte er, jetzt will ich so sein, wie ich bin. Jetzt wird alles besser.

Der Weiße Wolf lächelte und schüttelte den Kopf. Thomas war erstaunt, daß er sofort begriff, warum der Weiße Wolf den Kopf schüttelte. Es war, als sagte der Weiße Wolf: Du weißt jetzt viel mehr als zuvor – aber sich ändern, das geht nicht so schnell. Das ist so mühevoll wie der lange Weg zu mir.

Thomas nickte. Er würde also manchmal wieder eifersüchtig sein, wieder glauben, niemand verstünde ihn. Er würde wieder an sich selber zweifeln, mutlos sein, sich und andere kränken.

Es wird manchmal so sein wie früher, dachte er. Aber nicht ganz so! Ich werde mich erinnern, wie ich jetzt bin und dann . . . und dann . . .

Weiter kam er nicht in seinen Gedanken, denn er schlief zwischen den Pfoten des Weißen Wolfes ein.

Auch Eldar träumte. Im Traum stand er an der Quelle, die aus dem Felsen floß. Die Sonne versank, und als ihr Licht erlosch, flammte ein anderes auf, heller als die Sonne, und doch konnte er hineinschauen, ohne geblendet zu werden. Er brauchte nicht erst zu fragen, er wußte, daß es Lissien-Aroi, das Licht Arans war, das er sah.

Langsam verdichtete sich das Licht, es schien sich im Mittelpunkt zusammenzuziehen, nahm Gestalt an und wurde zu dem Wolf mit schimmerndem Pelz.

„Ich dachte, du bist Lissien-Aroi", sagte Eldar verwundert, „und jetzt bist du der Weiße Wolf der Dinadan? Bist du ein und derselbe oder ein anderer?"

„Ich habe viele Gesichter und viele Namen", antwortete der Weiße Wolf. „Jeder sieht mich so, wie er mich in sich erfaßt."

Eldar setzte sich zu Füßen des Weißen Wolfes. „Ich bin froh, daß ich dich in den Wäldern der Dinadan gesehen habe", sagte er. „Ich wollte mich töten, aber dann konnte ich es nicht tun. Ich wußte nicht, warum das so war, erst als der tote Wald zu leben anfing, habe ich es verstanden. Aber in Aran gibt es viele, denen es so geht wie mir damals! Wirst du auch ihnen helfen? Wirst du dem Großen Gond seine Macht nehmen?"

„Nicht ich habe sie ihm gegeben", antwortete der Weiße Wolf. „Ich weiß es – es war der Meister."

„War es der Meister? Hast du ihn gesehen? Hat er es dir gesagt?"

„Nein", antwortete Eldar nachdenklich. „Ich habe ihn nicht gesehen. Keiner in Aran hat ihn gesehen. Aber wir haben den Lichterregen gesehen, in dem er dem Großen Gond erscheint. Darum haben wir an den Großen Gond geglaubt."

„Ihr habt an ihn geglaubt?"

„Ja! Darum haben wir getan, was er uns befohlen hat."

„Dann weißt du auch, wer ihm seine Macht gegeben hat. Und wer ihm die Macht gegeben hat, muß sie ihm auch wieder nehmen."

„Wir selber haben sie ihm gegeben?"

„Ja."

„Und wir selber müssen sie ihm wieder nehmen?"

Der Weiße Wolf nickte.

„Aber das werden die Menschen in Aran nie tun!" rief Eldar. Ihm war zumute wie einem, der Hilfe gesucht hat und sie nicht erhält.

Von dem Weißen Wolf ging ein Leuchten aus. „Warum hast du das Land der Strahlenden Felsen gesucht, Eldar?" fragte er.

„Ich bin in das Verbotene Land gegangen, weil ich keine Hoffnung mehr hatte."

„Und dann?"

„Dann habe ich zu hoffen angefangen."

„Und trotzdem fürchtest du, daß deine lange Suche vergeblich war? Obwohl du wieder zu hoffen gelernt hast?"

„Ist die Hoffnung so wichtig?"

„Ja! Wer hofft, glaubt daran, daß sich etwas ändern kann."

„Du meinst also", sagte Eldar, „die Menschen in Aran müßten wieder hoffen lernen, daß es anders sein könnte, als es jetzt ist?"

„Ja, Eldar! Geh nach Aran und gib deinem Volk die verlorene Hoffnung wieder."

„Wie kann ich das tun? Ich bin nur ein Junge!"

„Bist du nicht in das Verbotene Land gegangen, trotz seiner Schrecken? Bist du nicht in die Große Schlucht hinabgestiegen, trotz deiner Angst? Bist du nicht durch die Unterwelt gewandert? Hast du nicht mitgeholfen, das Verbotene Land zu erlösen – obwohl du nur ein Junge bist?"

„Das habe ich getan, weil meine Freunde mich brauchten."

„Und dein Volk? Braucht es dich nicht?"

Eldar dachte an den Großen Gond in seiner Burg, an Schachtar und an seine Schatten, er dachte an die Dunklen Kammern des Todes; er hatte mehr Angst als je zuvor, aber er sagte:

„Ich gehe nach Aran!"

Er schaute in die Augen des Weißen Wolfes, und die Angst verging, und wie Thomas schlief er friedlich ein.

Onari träumte, ein Lichtstrahl fiele auf ihr Gesicht und wecke sie. Als sie sich aufrichtete, sah sie den Weißen Wolf zwischen den Felsen davonschreiten. Sie versuchte, ihre Gefährten zu wecken, aber die Jungen schliefen fest, und sie konnte sie nicht wachrütteln. Da ließ sie von ihnen ab und lief dem Weißen Wolf nach. Sie holte ihn nicht ein; je schneller sie lief, desto ferner schien er zu sein, obwohl er immer gleichmäßig und ohne Eile dahinschritt. Der Weg, dem er folgte, mündete in einem Irrgarten goldgelber Felsen und verschlungener Pfade. Hier war es, wo Onari den Weißen Wolf aus den Augen verlor. Sie lief weiter und weiter, immerfort nach ihm rufend.

Endlich sah sie oben auf einem hohen Felsen sein Licht. Den Felsen hinauf führte ein Steig, der so schmal war, daß er kaum Platz für ihre Füße bot. Bald verlor er sich ganz, der Blick ging nach oben und unten ins Leere.

Der Felsen schien immer höher zu wachsen; Onari glaubte, niemals an ein Ende zu kommen, aber plötzlich hatte sie ihn erklommen und fand sich auf einer riesigen Felsenebene, die sich nach allen Seiten erstreckte. Es war weder Tag noch Nacht. Das Licht des wunderbaren Landes lag über der Felsenebene, aber darüber spannte sich der Sternenhimmel, gewaltiger, als ihn Onari jemals erblickt hatte. Sie schaute suchend um sich, doch der Weiße Wolf war nicht da. Sie rief nach ihm. Ihre Stimme verhallte unter dem großen Himmel. Da schlug sie die Hände vors Gesicht und weinte. Plötzlich hörte sie eine Stimme:

„Onari! Onari! Hast du so wenig Vertrauen zu mir?"

Sie ließ die Hände sinken. Vor ihr stand der Weiße Wolf.

„Ich glaubte, du hättest mich verlassen!" stammelte sie. „Und es war ein so weiter Weg zu dir!"

Diesen weiten Weg, dachte sie, sind meine Freunde und ich gegangen, damit mein Volk gerettet wird. Und der vor ihr stand, wußte alles, sie brauchte ihm nicht von der Not der Dinadan erzählen, denn er war der Retter, in ihm begann die Uralte Geschichte und in ihm endete sie. Er würde den Uralten Spruch der Dinadan erfüllen und den Großen Gond vernichten.

„Nein, Onari", sagte der Weiße Wolf, „das werde ich nicht tun!"

„Aber du mußt mein Volk retten, No-Ischnaá! Du hast es ihm versprochen! Du hast es ihm seit Uralten Zeiten versprochen!"

Der Weiße Wolf schien zu wachsen. Oder wurde sie kleiner? Sie stand, winzig, zu seinen Füßen und mußte den Blick zu ihm hochheben, während er riesig wurde, eine schreckenerregende und zugleich ehrfurchtsgebietende Gestalt. Das schimmernde Leuchten wurde zu glühenden Lichtströmen.

„Wer bist du, daß du mir befehlen willst?" rief der Weiße Wolf.

Das Licht machte Onari fast blind, aber sie antwortete: „Ich bitte nicht für mich! Ich bitte für mein Volk! Du hast ihm verheißen, daß du es retten wirst, wenn drei Kinder aus drei Völkern das Land der Strahlenden Felsen suchen. Wir sind drei, einer aus Aran, einer aus der Welt Jenseits und ich aus dem Lande Din. Wir sind in das Verbotene Land gegangen, und du hast uns zu dir geführt."

Das Licht verstärkte sich, sie konnte ihm kaum noch standhalten, aber sie wandte den Blick nicht ab. Das Licht wurde wieder zu dem milden Schein. Der Weiße Wolf nahm wieder die Gestalt an, in der er sich ihr zuvor gezeigt hatte.

„Onari", sagte er, „setz dich auf meinen Rücken!"

Sie tat es und setzte sich auf seinen Rücken. Der Weiße Wolf erhob sich vom Boden. Sie hielt sich mit den Händen an seinem Pelz fest. Der Himmel wurde weiter, je höher sie flogen, und Onari sah Sterne, die sie nie zuvor erblickt hatte, darunter einen, der heller leuchtete als alle anderen – der Schwarze König war mit seinen Dienern zum Vater der Sterne heimgekehrt. Noch höher flog der Weiße Wolf, und er zeigte Onari die wunderbaren Welten jenseits der Sterne. Als sie lange geflogen waren, zeigte er ihr das Land Din, und in der Unendlichkeit des Alls war das Land ihres Volkes nur ein Sandkorn – nein, nicht einmal ein Sandkorn.

„Willst du dorthin zurückkehren, Onari?" fragte der Weiße Wolf.

„Ja", antwortete sie.

„An allem, was ich dir gezeigt habe, würdest du Anteil haben, und trotzdem willst du mich verlassen?"

„Ich will zu meinem Volk heimkehren", sagte sie.

Onari fürchtete, der Weiße Wolf würde zornig werden, weil er ihr soviel angeboten hatte und sie es abschlug, und sie wäre nicht erstaunt gewesen, hätte er sie von seinem Rücken abgeschüttelt. Aber er wandte ihr den Kopf zu, und sie sah, daß er mit ihr zufrieden war.

Und wieder flog der Weiße Wolf weiter, und nun umgab sie samtiges schwarzes Dunkel. Sie schlang die Arme um den Hals des Weißen Wolfes und drückte ihr Gesicht an sein Fell. So schwebten sie durch den Raum ohne Grenzen, eine Ewigkeit lang, wie ihr vorkam. Dann merkte sie, daß es nicht mehr so dunkel war. Unter sich erblickte sie ein fruchtbares Land. Es war das Reich des Schwarzen Königs mit seinen vielfältig wechselnden Formen. Sie erblickte Narni und Wassergeister und Vierbeiner und Geflügelte und die Menschen ihres Volkes, und alle lebten in Frieden miteinander.

„No-Ischnaá", fragte sie, „zeigst du mir das, was in den Uralten Zeiten war?"

„Nein", antwortete der Weiße Wolf, „du siehst, was noch nicht ist, aber sein wird."

„Dann wird mein Volk gerettet werden und in das Verbotene Land heimkehren?"

„Ja, Onari."

Im selben Augenblick verschwand das Land des Schwarzen Königs vor ihren Blicken. Der Weiße Wolf ließ sich auf der Felsenebene nieder, und Onari stieg von seinem Rücken.

„Was muß ich tun?" fragte sie.

„Geh nach Gondarit und hilf mit, dem Großen Gond die Macht zu nehmen, die er mißbraucht."

Sie fragte nicht weiter, denn es gab keine Fragen mehr. Sie war ganz getrost und sehr müde, und sie legte sich zu Füßen des Weißen Wolfes nieder.

XVI.

Im Garten der Wassergeister

Als Onari, Thomas und Eldar erwachten, öffneten sie nicht sofort die Augen, sie wollten diesen guten Schlaf bis zuletzt auskosten. Thomas seufzte glücklich. Endlich schlugen sie die Augen auf. Die Sonne schien auf ihre Gesichter, der Himmel spannte sich blau. Die Kinder blickten um sich und sahen, daß sie nicht weit entfernt vom Ufer des Sees lagen. Das Land der Strahlenden Felsen war verschwunden.

See, Ufer und Wald wirkten in der Morgenfrische wie neugeschaffen. Das junge Gras war schon fingerhoch gewachsen. Ein grüner Schleier hatte die Bäume überzogen. Irgendwo weiter drinnen im Wald tanzten Wassergeister über den Baumkronen.

Pai und Tli hoppelten im Gras umher. Tli richtete sich eben auf und wollte an den Blättern eines Busches nibbeln, als er die Kinder entdeckte. Er zirpte. Pai hüpfte heran, und dann kamen sie tschirpend zu den Kindern gelaufen. Tli rieb den Kopf an Onaris Hand. Thomas küßte vor Freude einen nach dem anderen auf die pelzige Schnauze und dachte dabei an Wirligig.

Onari erwartete, daß die beiden Narni danach fragen würden, wohin sie mit Eldar und Thomas gegangen war. Sie wußte nicht recht, wie sie ihnen erklären sollte, was geschehen war, aber zu ihrem Erstaunen stellten Pai und Tli keine Fragen, sie schienen nicht einmal verwundert zu sein, daß die Kinder jetzt wieder da waren. Sie hatten sie begrüßt, wie man jemand am Morgen begrüßt, ohne sonderliche Aufregung, genau so, als hätten Onari, Eldar und Thomas die Nacht schlafend am Ufer verbracht und wären nur etwas später aufgewacht als die Narni.

Im ovalen Spiegel der Wasserfläche brachen sich die Strahlen der Sonne. Die Kinder erzählten einander, was sie im Traum erlebt hatten. Dann hoben sie ihre Bündel und Decken auf, die im Gras neben dem Lagerplatz gelegen waren, als hätten sie sie gestern dort abgelegt.

„Wir gehen also nach Gondarit!" stellte Eldar fest.

„Ja", antwortete Onari. „Wir gehen nach Gondarit!"

Als die Kinder um den See wanderten und auf den Wald zugingen, hüpften Pai und Tli neben ihnen her.

Der Wald hatte sich verändert. Da gab es keinen Zweig, der nicht Blättchen oder Knospen trug. Wie kleine grüne Finger stachen überall Farne empor. Ein Flaum aus Kräutern und Moos bedeckte den Boden.

„Pai! Tli!" rief Onari. „Seid ihr nicht glücklich, daß der Schwarze König zum Vater der Sterne heimgegangen ist?"

Die Narni schauten sie mit schiefgeneigten Köpfen an.

„Der Schwarze König!" sagte sie eindringlich. „Erinnert ihr euch nicht? Ihr habt doch solche Angst vor Ihm gehabt?"

Pai nickte, schien aber nicht weiter beeindruckt. Er kämmte sich mit der Vorderpfote die Ohrbüschel und hopste dann ein Stück voraus. Tli nibbelte im Vorübergehen ein gekraustes Kräuterblatt.

„Was hast du mit ihnen geredet?" wollte Thomas wissen.

„Ich fragte sie, ob sie nicht glücklich seien", antwortete Onari. „Aber sie scheinen kaum noch an den Schwarzen König zu denken."

„Sie haben alles schon vergessen?"

„Nein, das glaube ich nicht, Schilien. Sie erinnern sich daran –

aber wie an etwas, das vor langer Zeit geschehen ist."

Nicht nur Pai und Tli, auch alle anderen Narni dachten offenbar nicht mehr an die lange Zeit des Schreckens zurück. Immer wieder tauchten aus dem Unterholz pelzige Gestalten auf. Sie hüpften heran, begrüßten zirpend Pai und Tli und bestaunten kurz die Zweibeiner, bevor sie weiter an Gräsern und Blättern nibbelten.

Die Kinder kamen zu der Lichtung, die im Dunkel der Nacht mit ihren brodelnden Schlammlöchern so unheimlich gewesen war. Die Lichtung war nicht wiederzuerkennen. Thomas konnte es kaum glauben, daß es hier gewesen war, wo er solche Angst ausgestanden hatte. Verschwunden waren Schlamm und nackte Erdhaufen. Statt dessen sprudelten Quellen in weißen Steinbecken. Den Boden bedeckte Glimmer, der in allen Edelsteinfarben leuchtete.

Onari, Eldar und Thomas traten an den Rand eines der Becken. In zierlichen Windungen führte es wie ein Schneckengehäuse hinab in die Tiefe. Das Wasser ruhte darin ohne die geringste Bewegung, es war von einem makellosen Blau, das sich weiter unten verdichtete und an Farbe und Leuchtkraft zunahm.

Eine traumhafte Ruhe ging von diesem schönen Wasserauge aus. Dann, ganz plötzlich, wallte das Wasser auf, ein glitzernder Strahl schoß in die Höhe. Gleichzeitig sprudelten alle Quellen lauter, jedes Becken wurde zu einem Springbrunnen. Die Wasserstrahlen neigten sich einander zu und kreuzten sich zu einem kristallenen, sich stets verändernden Muster. In der Luft war ein Geklingel und Geläute.

„Die Dschinni tanzen in ihrem Garten", erklärte Pai.

„Onari", bat Thomas, „frag ihn, ob Wirligig dabei ist."

Er war enttäuscht, als sie ihm übersetzte, Wirligig sei nicht hier und Pai und Tli wüßten nicht, wo er wäre.

Die Wassergeister tanzten noch immer, als die Kinder und die zwei Narni weiterwanderten. Auf ihrem Weg durch das Verbotene Land hatten sich Eldar, Thomas und Onari bisher immer dicht beieinandergehalten, jetzt genossen sie es, ohne Furcht dahinzuschlendern. Thomas blieb oft ein ganzes Stück hinter den anderen, immer dann, wenn er meinte, im Dickicht etwas flirren zu sehen.

Am Nachmittag erreichten sie die Lichtung, auf der sie in der ersten Nacht gelagert hatten. Auch hier hatte sich alles verändert. Pai und Tli nahmen es als selbstverständlich hin. Das Bachbett hatte sich mit Wasser gefüllt, und über die ganze Lichtung zogen sich unzählige Rinnsale. Der in kräftigem Ocker gefärbte Boden verlieh dem Wasser einen goldenen Schimmer. Am Grund des Baches wuchsen Beete aus feinverästelten, pastellfarbenen Gewächsen, die Algen ähnlich waren. Die leichte Strömung fächelte sie in einem ständig wechselnden Farbenspiel.

Die Kinder schlenderten über die Lichtung, blieben einmal da und einmal dort stehen, bewunderten die Wassergärten und die Wohnungen der Dschinni. Pai erklärte, die Dschinni schliefen, und er wisse nicht, wann sie erwachen würden. Thomas stand lange neben dem Springbrunnen aus Stein, zu dem ihn Wirligig gelockt hatte.

Sie beschlossen, die letzte Nacht im Land der Wassergeister und der Narni hier auf der Lichtung zu verbringen, und lagerten sich am Rand des Waldes. Thomas wartete hoffnungsvoll darauf, daß die Wassergeister zu spielen begännen. Er wollte es nicht glauben, daß Wirligig ihn vergessen hatte. Vielleicht schlief Wirligig in einem der Steingebilde und wußte nicht, daß Thomas hier saß und auf ihn wartete?

Über den Steinnischen flirrte es plötzlich, über den Kegeln blitzte es in Regenbogenlichtern. Wasser rieselte. Springbrunnen sprangen hoch. Tropfen fielen nieder.

„Wirligig!" rief Thomas.

Er starrte in das Geflimmer, aber kein sprühendes Rädchen löste sich daraus, er wußte nicht einmal, ob Wirligig mit den anderen tanzte. Es war ein flirrender Reigen, in dem alle, die daran teilnahmen, einander glichen.

Thomas senkte den Kopf. Wirligig hatte ihn also vergessen. Jetzt, da die anderen Geschöpfe seiner Art zum Leben erwacht waren, brauchte er die Zweibeiner nicht mehr. Thomas hätte sich freuen sollen, daß Wirligig nicht mehr allein war, trotzdem war er betrübt. Als er aus dem Klingeln ein leises Gekicher herauszuhören vermeinte, blickte er nicht auf, er fürchtete, enttäuscht zu werden. Dann aber umwehte es ihn, etwas streifte feucht seine Wange. Auf den Händen spürte er ein leichtes Beben wie von Schmetterlingsflügeln – Wirligig hatte darauf Platz genommen!

Thomas mußte zweimal schlucken, bevor er ausrufen konnte: „Onari! Eldar! Wirligig ist da!"

Als Onari, Eldar und die beiden Narni herbeikamen, wirbelte Wirligig zur Begrüßung ein paar Saltos und ließ sich dann wieder auf Thomas' Schulter nieder. Und dort blieb er, auch als die anderen Wassergeister ihren Tanz beendet hatten und in ihre Wohnungen zurückgekehrt waren.

Es wurde Abend. Die Kinder zündeten ein Feuer an. Pai und Tli hatten ihre Scheu vor den Flammen überwunden und hockten aneinandergekuschelt davor. Wirligig tanzte im Gezweig umher, entfernte sich aber nie weit und kam zwischendurch immer wieder zu Thomas.

Als es ganz dunkel geworden war, raschelte es im Unterholz. Der Feuerschein lockte die Narni an. Immer mehr pelzige Gestalten tauchten auf, bis sie dichtgedrängt in einem weiten Kreis um die Kinder hockten. Zuerst wagten sie sich nicht heran, es dauerte lange, bis Onari, Pai und Tli sie überzeugt hatten, daß man sich dem Feuer ohne Gefahr nähern durfte. Endlich trippelte ein Narni nach dem anderen heran; die Vorderpfoten an die Brust gepreßt, beäugten sie ehrfürchtig die flackernden Flammen. Es mußten Hunderte von Narni sein, die aus dem Wald auftauchten. Thomas zählte bis fünfzig, dann hörte er auf, und danach dauerte es noch Stunden – wie ihm schien –, bis der letzte Narni gekommen und wieder fortgehüpft war.

Nach dem Besuch der Narni waren die Kinder so müde, daß ihnen sofort die Augen zufielen, und sie erwachten erst, als die Sonne sie weckte. Sie teilten zum Frühstück ein Fladenbrot, jeder erhielt nur ein kleines Stück. Mehr wagten sie nicht zu essen, weil ihre kargen Vorräte ja noch für den langen Rückweg reichen mußten.

Als sie eben dabei waren, die Decken zu schnüren und die Glut zu löschen, kamen aus dem Wald Narni gehoppelt. In den Vorderpfoten trugen sie dicke, fast farblose Knollenfrüchte, die sie vor den Kindern niederlegten.

Pai und Tli zirpten auffordernd und sahen Thomas, Eldar und Onari erwartungsvoll an.

„Kann man das essen?“ fragte Thomas, der auf einmal spürte, wie hungrig er noch war.

„Ja“, antwortete Onari. „Pai und Tli sagen, die Narni haben die Früchte für uns gebracht.“

Sie nahm eine der Knollen und biß hinein. Thomas und Eldar folgten ihrem Beispiel. Die Knollen erinnerten Thomas an Bananen, nur waren sie geschmackloser, dafür aber sehr sättigend. Pai und Tli erzählten, daß die Narni in ihren unterirdischen Höhlen – wo sich Grundwasser gesammelt hatte, während oben alle Quellen versiegt waren – Felder angelegt hatten, auf denen diese Knollen auch ohne Tageslicht gediehen. Wahrscheinlich waren sie deshalb so farblos, dachte Thomas, weil sie im Dunkel wuchsen.

Nachdem die Kinder sich sattgegessen hatten, packten sie so viele Knollen wie möglich in die Bündel. Dann war es Zeit zum Aufbruch, aber sie zögerten den Augenblick des Abschieds hinaus. Die

Dschinni schliefen noch in ihren Steinwohnungen. Endlich nahmen die Kinder aber doch ihre Bündel auf und verließen die Lichtung. Viele der Narni begleiteten sie; der Wald war erfüllt von ihrem Gezirpe.

Sie kamen zum Waldrand. Dort, wo bei ihrer Ankunft Dampffahnen emporgestiegen waren und der trügerische Boden sie in Schrecken versetzt hatte, waren überall in kleinen Teichen farbenfrohe Wohnungen der Dschinni aufgeblüht. Den Kindern wurde plötzlich das Herz schwer. Sie blieben stehen. Tli rieb seinen Kopf an Onaris Hand. Pai begann zu zirpen, und Onari antwortete mit ähnlichen Lauten. Thomas und Eldar verstanden nichts von dem Zwiegespräch und hörten schweigend zu.

Pai richtete sich auf den Hinterbeinen auf und wies mit der Pfote in die Richtung, wo der Fluß ohne Wiederkehr lag und dahinter das Land Aran und das Land Din. Onaris Augen begannen zu glänzen. Sie beugte sich zu den Narni hinab und küßte sie auf die pelzigen Stirnen. Dann wandte sie sich an die Jungen.

„Pai und Tli und Wirligig gehen mit uns", erklärte sie.

„Nach Aran?" fragte Eldar ungläubig.

„Ja, nach Aran! Wir glaubten, sie könnten sich kaum noch an den Schwarzen König erinnern. Für die Narni ist das, was heute ist, eben wichtiger als das, was gestern war – darum denken sie nicht mehr an die böse Zeit. Trotzdem haben sie nicht vergessen, was wir für sie getan haben. Deshalb gehen sie mit uns."

„Wirligig auch?" fragte Thomas.

„Ja, auch er!"

Wirligig klingelte leise. Wassergeister hatten keine Worte, sich zu verständigen, aber Thomas fing an, langsam zu begreifen, auf welche Weise der kleine Dschinni ausdrückte, was in ihm vorging. Er schimmerte regenbogenfarben, ganz so, als wollte er sagen: Ich bin glücklich, daß wir beisammen bleiben!

„Aber vielleicht kommen sie nie wieder heim aus Aran!" rief Eldar. „Hast du ihnen das gesagt, Onari?"

„Ich habe es ihnen gesagt, Schilien-Li."

Pai zirpte.

„Ich soll dich fragen", übersetzte Onari, „ob dort, woher du kommst, einer den anderen in der Gefahr verläßt. Bei den Narni sei das nicht so."

Eldar schaute in die arglosen Augen, die ihn anblickten, und schwor sich, eher zu sterben, als zuzulassen, daß Pai und Tli und Wirligig in Aran ein Leid zugefügt wurde. Er drückte die Pfoten der Narni. „Wir waren drei gegen den Großen Gond, jetzt sind wir schon sechs!"

Wirligig zog sprühende Schleifen um ihre Köpfe. Die anderen Narni kamen herbeigehüpft, sie rieben die Nasen an Tlis und Pais Schnäuzchen, das war ihre Art, voneinander Abschied zu nehmen. In den Tümpeln fing es zu sprudeln an. Springbrunnen stiegen in die Höhe, und die herabrieselnden Tropfen bauten im Widerglanz der Sonne Regenbogenbrücken.

Als die Kinder schon tief drinnen im Steinland waren und der Wald nur noch eine dunkle Linie am Horizont war, sahen sie noch immer perlmuttfarbene Lichter darüber flimmern.

XVII.

Glückliche Tage

Das war freilich eine andere Wanderung als jene, die sie hergeführt hatte. Selbst hier, im kargen Steinland, grünte es in Ritzen und Spalten, und da und dort waren Quellen entsprungen, deren Wasser sich Wege durchs Gestein suchten. Wirligig verkürzte den Kindern die Zeit mit seinen Späßen, und bevor sie es sich versahen, war es Abend geworden.

Am Morgen wanderten sie gut ausgeruht weiter. Sie kamen zu dem Felsentor und gingen in die Kluft hinein. Hier hatten sie Todesangst gelitten, aber alles Drohende war verschwunden. Pai und Tli schritten – Pfote in Pfote – staunend dahin. Manchmal wisperten sie einander etwas zu. Keiner der Narni hatte je von dieser Kluft gehört. Wirligig tanzte die Wände entlang. Einmal stieg er hoch bis zum Rand hinauf und drehte seine schimmernden Kreise gerade an jener Stelle, wo Onari den Schwarzen König erblickt hatte.

Onari war sehr schweigsam, als sie weitergingen.

„Denkst du an Ihn?“ fragte Eldar.

„Ja!“ antwortete sie.

Die gewaltigen Blöcke, die herabgestürzt waren, lagen noch da. Die Trugbilder der hängenden Gärten waren verschwunden, aber vielleicht hatten sie etwas widergespiegelt, was es vor langer Zeit wirklich gegeben hatte. An den Felswänden sprossen Blumennester. Alles wuchs da, was auf dem Herweg vorgetäuscht worden war, nur bescheidener und noch nicht so üppig.

Pai und Tli schnüffelten den Blütenduft ein. Wirligig schaukelte in den Wickengirlanden.

Am Ende der Kluft entsprang aus einem Felsenloch ein Bach und rann plätschernd über weiße Kiesel durch das Tal, das rings von den rotgeäderten Bergen mit den weißen Kegelspitzen gesäumt war. Die Kinder und ihre Freunde schlenderten das Ufer entlang. An einer Stelle, wo der Bach einen Bogen machte und das flache Ufer einen halbmondförmigen Kreis bildete, zogen Onari, Eldar und Thomas Kleider und Schuhe aus und wateten ins Wasser. Manchmal reichte es ihnen bis zu den Hüften, meist war es knöcheltief.

Die Kiesel unter den Füßen waren rundgeschliffen, das Wasser war erfrischend kühl. Die Narni folgten den Kindern zuerst nur zögernd, bald aber hatten sie alle Scheu überwunden, sie tollten im Wasser umher, tauchten unter und bespritzten sich gegenseitig. Wirligig umwirbelte sie radschlagend.

Schließlich kletterten die Kinder und die Narni auf einen flachen Stein, der mitten im Bach emporragte. Mit triefendem Haar die einen, mit klatschnassem Pelz die anderen, streckten sie sich aus und ließen sich von der Sonne trocknen. Thomas' Füße baumelten ins Wasser. Ein Bach, Gras, grünende Bäume – alles war früher für ihn so selbstverständlich gewesen. Jetzt war das anders!

Sie kamen in das Land der Roten Felsen. Auch diese Wüste hatte zu leben begonnen. Das Wachstum war hier jedoch spärlicher als im Garten der Wassergeister oder im Bergtal. Die meisten Pflanzen hatten ledrige Blätter und Stengel und waren den Kindern unbekannt. Gelegentlich fanden sie kleine, stachlige Kakteen. Am Abend überzogen Wolken den Himmel, es wurde rasch dunkel. Die Kinder und die Narni und Wirligig suchten Zuflucht unter einer der roten Felsbrükken. Die ganze Nacht fiel lauwarmer Regen. Das gleichmäßige Rieseln und Rauschen wiegte die Kinder und die Narni in den Schlaf, Wirligig aber hielt es munter.

Am Morgen war der Himmel wieder wolkenfrei, und die Sonne schien. Lachen glitzerten, und zwischen den Dünen flossen winzige Bäche, die rasch vom Sand aufgesaugt wurden. Alle Kakteen hatten über Nacht zu blühen begonnen.

Gegen Mittag sahen die Kinder den ersten Vogel im Verbotenen Land. Er saß oben auf einer Felsnadel und sang. Woher kam er? Aus den Wäldern der Dinadan? Aus dem Land Aran?

Der Vogel – er war klein und unscheinbar grau – unterbrach sein Lied. Er äugte herunter auf die Geschöpfe, die plötzlich aufgetaucht waren. Angst schien er nicht zu haben. Er wirkte eher neugierig.

Pai zirpte.

Der Vogel antwortete mit ein paar hellen Pfeiftönen, breitete die Flügel aus und flog trillernd davon, weiter gegen Süden.

„Das hat sich angehört, als redeten sie miteinander", sagte Thomas. „Hast du sie verstanden, Onari?"

„Ja. Der Vogel meinte, hier sei ein gutes Land, sein Nest zu bauen."

Eldar schwieg. Er dachte daran, daß in Aran Gift auf die Felder gestreut wurde, um die Vögel zu töten, die Körner pickten.

Pai und Tli nützten die kurze Rast und kosteten von den Kräutern.

Bald danach erblickten die Kinder einen ganzen Vogelschwarm, der zielstrebig und mit schnellen Flügelschlägen nach Süden zuhielt. Wenig später sahen sie bei einer der Felsburgen einen Fuchs umherstreunen. Er hatte ihre Witterung längst aufgenommen, ließ sie nicht aus den Augen und suchte hinter den Steinen Deckung, als sie näherkamen.

Abends schlugen sie ihr Lager am Fuß einer roten Felszinne auf. Als sie gegessen hatten – die Knollen der Narni schmeckten immer besser, je mehr sie sich daran gewöhnten –, saßen sie am Feuer beisammen. Pai, Tli und Wirligig schliefen ein. Die Kinder fühlten sich noch ganz munter, vielleicht deshalb, weil sie einen Schluck Siebenwasser getrunken hatten.

„Eldar“, sagte Onari, „erzähl uns von Aran.“

„Von Aran?“

„Ja! Ich weiß manches, aber nicht viel. Und unser Schilien weiß nur wenig.“

Eldar schaute stumm ins Feuer.

„Onari hat recht, Eldar“, sagte Thomas. „Wenn ich mit euch nach Aran gehe, kenne ich mich nicht aus – und das müßte ich doch! Ich würde auch gern mehr vom Meister wissen.“

Eldar schaute noch immer ins Feuer. Kleine Flämmchen liefen einen Zweig entlang. Die Flämmchen waren hellgelb und hatten in der Mitte rote Zungen.

„Als der Meister kam“, begann Eldar, „hieß Gondarit Dono-On-Nar, die Drei-Hügel-Stadt. Sie hieß deshalb so, weil sie sich auf drei Hügeln inmitten der weiten Ebene von Aran erhebt. Auf dem mittleren Hügel stand die Alte Burg, auf dem zweiten Hügel der Tempel Lissien-Arois und auf dem dritten der Turm der Geheimnisse. Wer Tempel und Turm und Burg erbaut hat, das wissen wir nicht. Aber auch wir haben unsere alten Geschichten, Onari, und diese alten Geschichten berichten, daß unser Volk nicht immer in Aran lebte, daß es vor langer Zeit – so lange zurück, daß niemand weiß, wann es war – in die Ebene von Aran kam und dort siedelte.“

„Schilien-Li“, unterbrach ihn Onari, „vielleicht hat auch dein Volk einmal im Verbotenen Land gelebt, vielleicht mußte es auch vor dem Schwarzen König fliehen.“

„Ich weiß es nicht, Onari. Davon erzählen unsere alten Geschichten nichts. Es heißt nur, daß mein Volk in die Ebene von Aran kam, und daß dort auf den drei Hügeln Burg und Tempel und Turm standen, mächtige Bauten aus Steinquadern, aber wer sie errichtet hatte, welches längst vergessene Volk, das hat bis heute niemand erforscht. Das Volk von Aran baute Hütten auf dem mittleren Hügel, Hütten aus Erde und Holz, denn wie man Stein mauert, hatten sie noch nicht gelernt. Sie kannten auch den Pflug nicht, sie hielten Ziegen und Kühe, sie ritten auf ihren zotteligen Pferden, aber sie wußten nicht, was ein Wagen war. Ihre Sprache bestand nur aus einfachen Worten.“

„Dono-On-Nar – war das aus der alten Sprache?“ wollte Thomas wissen.

„Ja. Erst der Große Gond nannte die Stadt Gondarit. Der Meister sagte, Dono-On-Nar sei ein schöner Name für eine Stadt. Er wollte nicht, daß die Araner sie anders nannten.“

„Wann ist der Meister zu euch gekommen?“

„Das ist wieder lange her. Mehr als zehnmal zehn Jahre und noch viel länger. Es heißt, daß es eines Nachts Licht vom Himmel regnete, und dann kam ein Mann auf Dono-On-Nar zu und betrat die Stadt. Er sagte, er käme aus einer fernen Welt, er nannte sie die Welt Jenseits. Die Menschen in Aran glaubten, das Licht, Lissien-Aroi, habe ihn gesandt. Er zeigte ihnen, wie man Stollen in die Berge gräbt, die am Ende unserer Welt stehen, wie man Erz und Gold und Silber gewinnt. Die Araner lernten, wie man Eisen schmiedet. Er gab ihnen den Pflug, das Rad und den Wagen. Er lehrte sie, Häuser aus Stein zu bauen. Die Menschen in Aran liebten ihn.“

Pai regte sich im Schlaf, seine Schwanzspitze zuckte, als träume er, er rollte sich enger an Tli und schnaufte leise.

„Und was ist dann geschehen?“ fragte Thomas.

„Eines Nachts wanderte der Meister aus der Stadt. Wieder fielen Lichter auf die Ebene von Aran. Die Menschen in Dono-On-Nar warteten, daß er zurückkäme. Sie warteten lange. Aber der Meister kam nicht wieder. Da sagten sie, Lissien-Aroi habe ihn zu sich geholt.“

„Vielleicht ist er in die Welt Jenseits zurückgekehrt?“

Eldar schüttelte den Kopf. „Wenn er in die Welt Jenseits gegangen wäre, dann könnte er doch nicht dem Großen Gond im Lichterregen erscheinen.“

„Weißt du, das ist es, was ich nicht glaube“, erklärte Thomas. „Der Meister ist vor ewiglanger Zeit zu euch gekommen – das bin ich jetzt auch. Da braucht man nur den Wald der Schlafenden Bäume zu finden. Und dann hat er euch viel beigebracht, Dinge, die bei uns ganz selbstverständlich sind. Aber Licht vom Himmel fallen lassen, das kann bei uns niemand. Da muß etwas anderes dahinterstecken – ich möchte wissen, was!“

„Auch in Aran wollte einer das Geheimnis ergründen, Thomas.“

„Wer?“

„Narnar, der Lehrer!“

„Hat er es nicht herausgefunden?“

„Nein. Solange er lebte, forschte er danach. Er war der einzige, der es wagte, den Turm zu betreten.“

„Den Turm?“

„Den Turm auf dem dritten Hügel. Den das vergessene Volk erbaut hat. Wir nennen ihn den Turm der Geheimnisse. Er ist sehr hoch, hat nur eine Tür und oben ein winziges Fenster. Wenn der Meister allein mit seinen Gedanken sein wollte, ging er in den Turm. Er verbrachte viele Tage und Nächte dort. Es heißt, nachts hätten die Menschen in Dono-On-Nar zum Turm aufgeschaut, und wenn sie das kleine Fenster oben erleuchtet sahen, dann sagten sie, es sei das Auge des Meisters, das über Aran wache."

„Und als der Meister fort war, ist da niemand mehr in den Turm gegangen?"

„Nein."

„Die ganze lange Zeit nicht?"

Eldar nickte.

„Erst wieder Narnar?"

„Ja. Er ist oft oben im Turm gewesen – meistens allein. Aber manchmal hat er seinen Lieblingsschüler mitgenommen."

„Wer war das?"

„Der Große Gond! Er war Narnars bester Schüler. Die Menschen in Dono-On-Nar – so hieß Gondarit damals noch – achteten ihn und glaubten, er würde einmal ein großer Weiser werden. Wie Narnar dachte auch er über den Meister nach. Er behauptete, die Menschen von Aran seien ein auserwähltes Volk. Als Zeichen dafür sei uns der Meister gesandt worden. Er rief alle auf, ihm zu folgen, damit Aran zum Herrn der bekannten Welt werde."

„Was hat Narnar dazu gesagt?"

Eldar machte eine unwillkürliche Bewegung, genau so, als sähe er sich rasch um, ob da jemand sei, der zuhören könnte. Er rückte näher an Thomas und Onari heran.

„Darüber redet niemand in Gondarit! Keiner wagt es!"

„Narnar hat also nicht an den Großen Gond geglaubt?" fragte Onari. Es war die erste Frage, die sie stellte, seit Eldar zu erzählen angefangen hatte.

„Nein."

„Ich bin froh", sagte sie. „Großvater Tatokas wegen!"

„Damals war ich noch klein", fuhr Eldar fort. „Ich erinnere mich nicht, wie es war. Meine Eltern haben mir aber später gesagt, Narnar sei über die Reden Gonds unglücklich gewesen."

„Hat er ihn nicht abhalten können?"

„Nein. Er war schon sehr alt. Als er starb, trauerten alle um ihn. Bald darauf erschien der Meister eines Nachts dem Großen Gond. Die Menschen in Gondarit wurden wach, weil lautes Trommeln sie weckte, sie liefen auf die Straßen und sahen, wie Licht vom Himmel herab auf den Turm der Geheimnisse fiel, und sie fürchteten sich. Als die Lichter erloschen, kam der Große Gond aus dem Turm und verkündete, daß der Meister ihm erschienen sei und ihm aufgetragen habe, sein Werk zu vollenden und über Aran zu herrschen. So hat es angefangen. Zuerst wurde auch wirklich alles besser und schöner. Der Große Gond ließ die Alte Burg niederreißen und eine größere bauen. Frauen und Männer arbeiteten gemeinsam auf den Feldern, und sie arbeiteten mehr als früher. Die Ebene von Aran wurde zu dem blühenden Garten, den der Große Gond uns versprochen hatte."

„Und der Meister kommt immer wieder zu ihm?"

„Ja. Der Große Gond verbringt viele Nächte im Turm der Geheimnisse – wie der Meister vor langer Zeit. Deshalb darf niemand den Turm betreten."

„Ist es wirklich der Meister gewesen, der dem Großen Gond befohlen hat, die Wälder der Dinadan zu erobern?"

„Ja. Er hat ihm aufgetragen, auch aus dem Land Din einen blühenden Garten zu machen."

Eldar schwieg. Thomas fühlte sich bedrückt, weil es ein Mann aus seiner Welt war, der an allem schuld sein sollte. In der Stille waren die leisen Geräusche der Nacht deutlich zu hören. Die Glut knackste. Wirligig war ein kleiner bleicher Lichtfleck.

Die Kinder wickelten sich in die Decken und streckten sich neben dem Feuer aus.

Mitten in der Nacht erwachte Onari. Das Feuer gloste nur noch. Einen Steinwurf von der Felszinne entfernt, äste ein junger Hirsch. Er hob den Kopf, lauschte, nahm die Witterung auf und äste weiter.

Onari rührte sich nicht. Immer mehr Tiere kamen über den Verbotenen Fluß.

War der Verbotene Fluß keine Grenze mehr?

Konnte ihn jetzt jeder überschreiten?

Auch die Menschen aus Aran?

Auch die Söhne Gonds?

Nein! dachte Onari. Die Söhne Gonds dürfen nicht über den Fluß!

Irgendwo raschelte es. Huschte eine Maus im Dunkel umher? Oder ein anderes kleines Tier?

Du brauchst keine Angst zu haben, kleines Wesen in der Nacht, dachte Onari. Wir werden euch beschützen, meine Brüder und die Dinadan und alle jene in Aran, die so sind wie mein Schilien-Li.

Den Eingang in die unterirdische Höhlenwelt fanden die Kinder nicht mehr, obwohl sie danach suchten. Ein paarmal kamen sie zu Klippen, die jenen ähnlich sahen, bei denen sie damals nachts gelagert hatten, aber die Felsenpforte war neben keiner dieser Klippen zu entdecken. Vielleicht hatte sich die Pforte in die Unterwelt geschlossen, als der Schwarze König mit seinen Dienern zu den Sternen heimgekehrt war.

Je näher die Kinder und ihre Gefährten der Großen Schlucht kamen, desto mehr Tiere erblickten sie. Es war nun ein schon gewohnter Anblick, eine Schar Vögel über den Himmel fliegen zu sehen, oder einem Marder, einem Fuchs, einem Kaninchen, einem Hirsch zu begegnen. Einmal stand ein Wolfspärchen auf einem der Hügel und sicherte zu den einsamen Wanderern herüber.

Am Abend dieses Tages erreichten die Kinder die Große Schlucht. Blaue Schatten lagen noch auf den Terrassen, als die Kinder und ihre Gefährten am nächsten Morgen den Abstieg begannen. In der Schlucht hatte sich nichts verändert, hier war das Leben noch nicht erwacht. Die Büsche trugen keine Knospen, Moose und Flechten waren vertrocknet und verdorrt. Vogelscharen überflogen hoch oben die Schlucht. Ein paar Hirsche rannten wie auf der Flucht die Terrassen hinauf, ohne sich um die Kinder und die Narni zu kümmern.

Terrasse um Terrasse stiegen die Kinder hinunter. Pai und Tli hielten sich dicht aneinander. Wirligig saß auf Thomas' Schulter und regte sich nicht.

Sie kamen auf den Grund der Schlucht. Die Luft in dem tiefen Erdspalt war dumpf. Inmitten der öden Steinblöcke erhob sich die Halle des Schwarzen Königs. Durch die mächtigen Mauern zogen sich tiefe Risse, die Stufen vor dem Eingang waren geborsten, das Tor lag in Trümmern.

Pai und Tli drängten sich zitternd an Onari. Bleicher, grünlicher Schein ging wellenförmig von Wirligig aus.

Hier, auf dem Grund der Schlucht, schien der lange böse Traum noch nicht vorüber zu sein, die Kinder empfanden die gleiche trostlose Schwermut, die sie gefühlt hatten, als der Schwarze König noch in seiner Halle auf dem steinernen Thron saß.

Die Narni wimmerten.

„Gehen wir!" sagte Onari.

Sie hasteten stumm den Hang hinauf und stiegen von Terrasse zu Terrasse immer höher, ohne zu rasten. Als sie endlich den Rand der Schlucht erklettert hatten, atmeten sie auf. Wirligig glitzerte und funkelte wieder und schlug allerlei Kapriolen. Das gesträubte Fell der Narni glättete sich.

Als die Kinder unter den Schirmföhren weiterwanderten, blieb Onari plötzlich stehen. Vor ihr, im steinigen Boden, blühte eine Blume – ein blauer Stern in einem Kranz grüner Blätter.

Onari kauerte sich nieder und berührte mit den Fingerspitzen den Blütenstern. „Wie lang hast du in der Erde geschlafen?“ fragte sie. „Aber jetzt bist du aufgewacht, kleine Schwester Blume! Die Sonne soll dir Wärme geben, der Regen soll dich tränken, und der Wind soll neuen Samen bringen, damit du nicht einsam bist!“

Wie als Antwort kam ein Krächzen von oben. Die Kinder blickten auf. Über ihnen flogen Raben. Eldar, Onari und Thomas dachten an die Schwarzen Vögel, die ihnen solche Angst eingejagt hatten. Aber diese schwarzen Vögel waren keine dunklen Schattengeschöpfe – es waren wirkliche Raben!

Die Kinder wanderten mit neuem Mut weiter. Das vergilbte Laub lag am Boden; wenn ihre Füße es berührten, zerfiel es zu Staub. Quellen waren entsprungen, Bäche murmelten, und die Schirmföhren trugen frische Nadeln.

XVIII.

In den Händen der Söhne Gonds

Es war ganz früh am Morgen, in der Stunde nach Sonnenaufgang. Durch das Gebüsch zogen dünne Nebelschleier. Thomas hockte neben dem zur Glut herabgebrannten Feuer. Seit die Schlucht hinter ihnen lag, hatten sie wieder angefangen, sich die Nachtwachen zu teilen.

Die anderen schliefen noch fest. Thomas stützte das Kinn in die Hand. Sie mußten nun nahe dem Fluß sein; vielleicht würden sie ihn schon an diesem Tag erreichen. Ob Schatai sie drüben am Ufer erwartete? Oder andere von den Dunklen Leuten?

Onari würde berichten, was geschehen war, dann würden sie zu dritt mit den Narni und mit Wirligig nach Gondarit gehen. Zuerst ein Stück das Ufer entlang, wo die Wälder noch nicht geschlägert waren. Dann kam ein Gebiet, das schon gerodet war. Dahinter begannen die Felder in der Ebene von Aran. Durch die Ebene führte eine Straße nach Gondarit.

Seit dem Nachtlager im Roten Felsenland hatte Eldar immer wieder von Aran erzählt und alles genau geschildert. Thomas konnte sich die Stadt und das Land so gut vorstellen, als wäre er selbst schon dort gewesen. Sie hatten vor, sich tagsüber in den Feldern zu verstecken und nur nachts zu wandern. Es würde nicht schwierig sein, hatte Eldar behauptet, die Bewohner der Dörfer zu meiden, denn alle mußten gemeinsam zur Arbeit ausziehen und gemeinsam wieder heimgehen. Keiner durfte herumschlendern, wenn es nicht ausdrücklich erlaubt worden war. In Aran war alles geregelt und geplant, der ganze Tag, vom Aufstehen bis zum Schlafengehen.

In Aran zu leben, dachte Thomas, das muß genau so sein, als säße man von morgens bis abends in der Schule und immer wäre ein Lehrer da, der sagte, was man tun mußte und was man nicht tun durfte.

Er hatte wenig Lust, nach Gondarit zu gehen. Viel lieber wäre er im Verbotenen Land geblieben. So frei wie hier hatte er sich noch nie zuvor im Leben gefühlt. Er schaute auf seine Gefährten. Die beiden Narni lagen ineinandergerollt da und glichen einer runden weichen Fellkugel. Eldar hatte das Gesicht in der Armbeuge geborgen. Onaris Haar hatte sich gelöst, eine Strähne hing ihr übers Gesicht. Wo war Wirligig? Thomas schaute suchend umher, sah ihn aber nirgends.

Er beschloß, Wirligig zu suchen. Vielleicht konnte er dabei feststellen, wie weit sie noch vom Fluß entfernt waren. Das ebene Land hatte sich verändert, seitdem es zu grünen angefangen hatte, und selbst Onari war nicht sicher, wo sie sich derzeit befanden.

Thomas erhob sich und schlenderte das Bachufer entlang. Das Gebüsch stand nicht sehr dicht und behinderte ihn kaum. Ein paarmal rief er nach Wirligig – immer vergeblich –, machte sich aber keine Sorgen. Vielleicht war Wirligig ganz woanders oder schon wieder zum Lagerplatz zurückgekehrt. Die Nebel lösten sich unmerklich auf, und als der Dunst verschwunden war, merkte Thomas, daß die Sonne bereits ziemlich hoch stand. Plötzlich hatte er das Gefühl, er sei schon sehr weit gegangen, viel weiter, als er vorgehabt hatte.

Ein Stück vom Bach entfernt sah er eine Gruppe Schirmföhren stehen. Etwas blitzte oben in den Kronen. Wirligig? Oder nur Tautropfen, in denen sich Sonnenstrahlen brachen? Bis dorthin gehe ich, beschloß Thomas. Ich sehe nach, ob es Wirligig ist, dann kehre ich um.

Er stapfte durchs feuchte Gras zu den Bäumen und spähte in die Kronen hinauf. Das Blitzen war verschwunden, es war bestimmt nicht Wirligig gewesen. Thomas wollte eben umkehren, als die Morgenstille ihm einen Laut zutrug, der ihn regungslos stehenbleiben ließ. Es klang wie das Klirren von Metall. Das Herz schlug ihm bis zum Hals hinauf. War es nicht, als rassle ein Schwert, dort, weiter oben am Bach? Thomas lauschte. Wieder klirrte es. Er glaubte sich an jenen ersten Tag in den Wäldern von Din zurückversetzt, als er auf der Lichtung ein ebensolches Klirren gehört hatte, bevor die Söhne Gonds unter den Bäumen hervormarschiert waren.

Im ersten Schreck hatte er nur den einen Gedanken, zu seinen Freunden zurückzulaufen. Trotzdem rührte er sich nicht. Im taufeuchten Gras sah er deutlich die Stapfen seiner Füße. Auch die Söhne Gonds würden sie sehen. Sie würden der Spur folgen – und die Spur führte zum Lagerplatz. In der Großen Schlucht hatte Onari sich lieber von den Dienern des Schwarzen Königs gefangennehmen lassen, als ihre Gefährten zu verraten.

Das Klirren kam näher. Zwischen den Sträuchern am Bach blinkten Rüstungen auf. Es war keine Truppe in geschlossener Marschordnung wie damals im Wald, sondern eine aufgelockerte, kleine Schar, bei der jeder vom anderen Abstand einhielt. Der Hauptmann, leicht zu erkennen am roten Schultermantel, hatte ein von Narben verunstaltetes Gesicht – es war Momm, aus dessen Truppe Eldar geflohen war.

Unwillkürlich drückte Thomas sich hinter einen der Stämme. Wenn er sich ganz still verhielt, würde Momm vielleicht vorüberziehen, ohne ihn zu bemerken. Vielleicht übersah Momm die Spur im Gras, die zu den Bäumen herführte. Aber die Spur am Bachufer, die konnte er nicht übersehen! Von allen seinen Gefährten hatte Thomas am wenigsten von den Söhnen Gonds zu fürchten. Was aber würde mit Eldar geschehen, wenn er in die Hände Momms fiel?

Thomas trat hinter dem Baum hervor und ging der Schar entgegen. Er kam sich nicht tapfer vor, im Gegenteil. Aber er wußte, daß Onari damals in der Schlucht gewiß ebensoviel Angst vor den Grauen Reitern gehabt haben mußte wie jetzt er vor den Söhnen Gonds.

Thomas hatte kaum die Deckung verlassen, als Momm ihn erblickte, kurz stutzte und dann einen Befehl rief. In der nächsten

Sekunde schwärmten die Söhne Gonds im Laufschritt aus, kamen auf Thomas zu und umringten ihn. Wider Willen war er von der Präzision beeindruckt, mit der sie handelten, so, als leite sie nur ein einziger Wille. Alle waren jung, groß gewachsen und kräftig gebaut. Die roten Sonnen auf den gelben Tuniken leuchteten. In seiner von der langen Wanderung staubigen Kleidung kam sich Thomas dagegen wie ein Landstreicher vor.

Die Söhne Gonds hatten ihre Schwerter aus den Scheiden gezogen und hielten sie mit der Spitze auf ihn gerichtet. Seltsamerweise vertrieb aber gerade diese drohende Gebärde seine Angst. Ganz plötzlich kamen ihm die jungen Männer nicht mehr so eindrucksvoll vor. Es waren mehr als zehn, und er war nur ein unbewaffneter Junge. Was waren das für Menschen, die sofort ihr Schwert zogen, bloß weil sie einem Jungen begegneten, den sie nicht kannten!

Er begann zu reden, selbstverständlich und ohne nachdenken zu müssen. Am Anfang zitterte zwar seine Stimme, aber schon nach ein paar Worten hatte er sie in der Gewalt. „Ich komme aus der Welt Jenseits“, sagte er, „und ich habe nicht gewußt, daß es in Aran Brauch ist, jemanden, der von dorther kommt, zu behandeln, als wäre er ein Feind.“

Er fand, er habe das großartig gesagt – wie aus einem Buch – und wurde dafür auch belohnt. Die Schwertspitzen senkten sich, als hätte ein Blitz neben den jungen Männern eingeschlagen. Einem der Söhne Gonds fiel das Schwert aus der Hand. Sogar Momm war bleich geworden. Thomas atmete auf.

Von dem Augenblick an, als Momm und seine Männer den Fluß überschritten hatten, waren sie von Ängsten geplagt worden. Der Fluß und die Wand aus Nebel hatten bisher eine unüberwindbare Grenze bedeutet, und niemand hatte gewußt, ob nicht dahinter das Ende der bekannten Welt lag, das Nichts. Wer jemals versucht hatte, das Geheimnis zu ergründen, war im Nebel verschwunden und nie wiedergekehrt. Und jetzt, auf einmal, hatte der Nebel sich aufgelöst und am jenseitigen Ufer war ein blühendes Land sichtbar geworden. Tiere aus den Wäldern schwammen ans andere Ufer. Vogelschwärme flogen über den Fluß.

Nach ein paar Tagen des Abwartens hatte der Große Gond einen Spähtrupp unter Momms Führung ausgesandt. Aber alle diese jungen

Männer, die tapfer gekämpft hätten, wären sie in einen Hinterhalt der Dunklen Leute geraten, empfanden Furcht vor dem Unbekannten, das sie jenseits des Flusses erwartete. Jedes Blatt, das sich bewegte, ließ sie zusammenschrecken. Momm wußte um die Angst seiner Männer, und – was schlimmer war – er verspürte sie selber. Er verstand nicht, woher sie kam, denn seine Kaltblütigkeit in Gefahr erfüllte ihn sonst stets mit Befriedigung. Jeder Feind wäre ihm jetzt recht gewesen, hätte er nur drauflosschlagen können!

Und nun war jemand aufgetaucht – ein Junge, der sagte, er käme aus der Welt Jenseits. Ein Junge in fremdartigen Kleidern und staubigen Schuhen, ganz so, als hätte er einen weiten Weg hinter sich. Hatte sich deshalb die Nebelwand vor dem geheimnisvollen Land gelichtet, weil wieder einmal einer die Grenze zwischen dieser Welt und der Welt Jenseits überschritten hatte?

„Kommst du vom Meister?" stammelte Momm. Er konnte nicht anders, er mußte diese Frage stellen, voller Furcht, ob nicht als Antwort Licht vom Himmel herabfiele. Gleichzeitig fühlte er sich vor seinen eigenen Leuten gedemütigt.

Thomas antwortete nicht sofort. Sollte er sagen, daß er vom Meister kam? Würde der Große Gond nicht den Schwindel durchschauen? Aber war es nicht der beste Schutz, das zu behaupten? Zumindest jetzt? Nach Gondarit war es noch weit!

„Ja, ich komme vom Meister", sagte er.

Aber er hatte zu lange gezögert, und er war kein guter Lügner. Er spürte, wie er rot wurde, und hatte das unangenehme Gefühl, daß Momm ihn durchschaute.

Jedenfalls änderte sich Momms Benehmen. Ein lauernder Zug trat in sein Gesicht. Er wandte sich von Thomas ab, und sein Blick glitt über die Söhne Gonds, die wie erstarrt dastanden.

„Heb dein Schwert auf, Lodo!" befahl er.

Der mit Lodo Angeredete bückte sich sofort und hob es auf.

„So ist es besser!" sagte Momm mit einer bösen Grimasse. „Wer sein Schwert fallen läßt, nur weil jemand etwas behauptet, das nicht bewiesen ist, taugt nicht dazu, die rote Sonne zu tragen."

„Ich komme aus der Welt Jenseits", erklärte Thomas, diesmal mit fester Stimme, weil er nichts als die Wahrheit sagte.

„Das wirst du dem Großen Gond beweisen müssen! Nehmt ihn in die Mitte! Wir marschieren zurück!"

Der Trupp kehrte um. Je zwei Söhne Gonds marschierten rechts und links von Thomas, drei gingen voran und die übrigen hinter ihm, den Abschluß bildete Momm. Thomas versuchte, gelassen und ruhig zu wirken, aber ganz gelang es ihm nicht. Er merkte, daß die jungen Männer immer wieder scheue Blicke auf ihn warfen, trotzdem zweifelte er nicht daran, daß sie ihn töten würden, wenn er zu fliehen wagte, und wenn Momm es ihnen befahl. Jeder Schritt brachte ihn weiter von Onari und Eldar fort. Einander widerstreitende Empfindungen suchten ihn heim. Er war glücklich, daß er seine Freunde davor bewahrt hatte, in die Hände Momms zu fallen, war aber nun selber ein Gefangener. Einen Augenblick lang vertraute er dem Zauberwort „Welt Jenseits", gleich darauf war er niedergeschlagen und mutlos, weil er nicht wußte, was ihn erwartete und wie er jemals wieder zu seinen Freunden kommen sollte.

Nach etwa einer Stunde schweigenden Marsches schwenkte die Schar vom Bachbett ab. Die Schirmföhren standen hier nur noch ganz vereinzelt. Thomas sah den Fluß vor sich. So nahe waren er und seine Freunde schon gewesen, ohne es zu wissen! Wie das Verbotene Land, so hatte auch der Fluß sich verändert. Wo einst das Wasser grau und düster dahingeströmt war, blinkten tanzende Wellen im Sonnenlicht. Die Nebelwand war verschwunden. Und das Wasser rauschte – wie bei jedem anderen Fluß.

Am Ufer, halb an Land gezogen, lag ein Floß aus frischbehauenen Stämmen. Thomas blickte verstohlen zum Bachufer hin, wo Onari das Boot im Gebüsch versteckt hatte, und stellte erleichtert fest, daß Momms Männer es allem Anschein nach nicht entdeckt hatten.

Thomas mußte als erster das Floß besteigen. Als alle sich darauf befanden, wurde es vom Ufer abgestoßen. Zwei Söhne Gonds hielten das Steuer, die anderen hatten lange Stangen mit schaufelartigen Ruderblättern ergriffen und trieben das Floß mit rhythmischen Schlägen vorwärts. Ein Zug Wildgänse flog keilförmig hoch in der Luft über den Fluß. Thomas blickte ihnen sehnsüchtig nach, weil sie fliegen konnten, wohin sie wollten – und unterdrückte nur mit Mühe einen Aufschrei. In einer der schirmartigen Kronen am anderen Ufer flirrte und flimmerte es, blitzende Funken sprühten weg wie von einer brennenden Wunderkerze auf dem Christbaum.

Wirligig! Woher kam er so plötzlich? War er die ganze Zeit in der Nähe gewesen? War er ihm und den fremden Männern nachgefolgt? Würde er über den Fluß zu ihm her fliegen? Nein! Nein! Tu es nicht, Wirligig! dachte Thomas. Flieg zurück zu Onari und Eldar!

„Hauptmann Momm! Hauptmann Momm!" rief Lodo in diesem Augenblick. Er zeigte mit ausgestrecktem Arm auf das Ufer, das sie eben verlassen hatten, auf den Schirmbaum, in dem Wirligig tanzte. „Dort! Ein Licht! Dort!"

Aber in derselben Sekunde war Wirligig in der dichten Krone verschwunden.

„Es ist weg!" stammelte Lodo. „Es war ein Licht! Ein strahlendes Licht!"

Die Söhne Gonds erschraken. Die Ruderschläge, eben noch so rhythmisch, setzten aus oder erfolgten unregelmäßig, das Floß wurde von der starken Strömung erfaßt und drehte sich flußabwärts. Erst ein zorniges Kommando Momms brachte die jungen Männer wieder zu sich und das Floß auf den rechten Kurs. „Laßt ihr euch von einem Schwächling zum Narren halten?" rief er. „Ein Blatt hat in der Sonne gefunkelt. Das war alles!"

Der unglückselige Lodo war weiß im Gesicht geworden. Die anderen Söhne Gonds ruderten doppelt so eifrig. Thomas aber sah es ganz kurz in der Baumkrone aufblitzen, wie ein Zeichen: Siehst du mich? Dann zog den Bach entlang eine Leuchtspur in Richtung des Lagers, aber weder Momm noch seine Männer bemerkten es, denn sie hatten den Blick auf das andere Ufer gerichtet.

Als Eldar und Onari munter wurden und Thomas vermißten, waren sie zuerst nicht beunruhigt. Sie dachten, er wäre fortgegangen, um Reisig zu sammeln.

Die Luft war klar. Tautropfen funkelten. Pai und Tli schleppten dürre Zweige herbei, legten sie über die Asche und bliesen mit vollen Backen den Glutkern an. Sie hatten ihre Scheu vor dem Feuer ganz überwunden und sahen jedesmal mit neuem Vergnügen zu, wenn die Flämmchen knisternd am Reisig hochliefen. Onari und Eldar wuschen sich am Bach und kämmten sich das Haar. Ein kleiner grauer Vogel mit blauer Brust sang in einem der Büsche.

Onari trat ans Feuer zurück und packte ein paar Knollen aus dem Land der Narni aus. Eldar schlenderte ein paar Schritte weiter. Er lauschte dem Plätschern der Wellen, auf denen sich die Sonne in Lichtreflexen brach. Plötzlich fielen ihm Fußspuren neben dem Bach auf. Das Gras hatte sich schon wieder aufgerichtet, aber an dieser Stelle war der Boden feucht und die Stapfen zeichneten sich deutlich ab.

Hier war Thomas gegangen. Wo blieb er nur so lange?

Eldar begann zu rufen: „Thomas! Thomas!"

Der graue Vogel verstummte und flatterte fort. Onari kam herbeigelaufen.

Noch einmal rief Eldar: „Thomas!"

Beide lauschten. Es blieb still.

„Thomas! Schilien! Schilien!"

Keine Antwort.

Onari und Eldar sahen einander an. „Vielleicht sind wir schon ganz nahe am Fluß", sagte Onari stockend. „Wir waren zu sorglos, wir . . ."

Sie unterbrach sich und packte Eldar am Arm. Hoch über den Büschen, geradewegs auf sie zu und ohne einen Augenblick innezuhalten, kam Wirligig dahergeschossen. Er hinterließ eine Spur fahlgrünen Lichts, flog an ihnen vorüber und sank neben Pai und Tli ins Gras. Das grüne Licht erlosch, zuckte wieder auf, floß wellenförmig von ihm weg. Die beiden Narni drängten sich aneinander.

„Pai! Tli! Was ist geschehen?" rief Onari.

Die Lichtströme setzten aus. Ein bleicher Schein ging von dem kleinen Geschöpf aus, ähnlich dem Phosphoreszieren modrigen Holzes. Die Nachricht, die Wirligig auf diese Weise den Narni zukommen ließ, schien für sie so verständlich, als hätte er mit Worten gesprochen. Tli begann leise zu wimmern.

„Es ist etwas Böses!" zirpte Pai. „Das Zweibein ist in Gefahr."

Onari machte eine Bewegung, als wollte sie blindlings der Spur am Bach nachlaufen. Eldar hielt sie zurück; sie versuchte, seine Hand abzuschütteln, aber er ließ nicht los. „Onari", sagte er, „wir wissen nicht, was mit Thomas geschehen ist. Vielleicht hat er Söhne Gonds entdeckt, die den Fluß überschritten haben, und er schickt uns Wirligig, um uns zu warnen. Wenn er aber jemandem aus Aran begegnet ist und sich nicht verstecken oder fliehen konnte, dann vergiß nicht, daß er aus der Welt Jenseits kommt. Niemand wird ihm ein Leid antun. Man wird ihn höchstens nach Gondarit bringen, und dahin wollen wir auch. Wenn wir beide aber entdeckt werden, können wir ihm nicht helfen, sondern nur schaden." Er wies auf das Feuer, auf das niedergedrückte Gras am Lagerplatz. „Soll das den Söhnen Gonds verraten, daß noch jemand hier ist, Onari?"

Sie antwortete nach einem kurzen Zögern: „Du hast recht, Schilien-Li."

Ohne ein weiteres Wort zu verlieren, packten sie die Bündel, löschten das Feuer und tilgten die Spuren. Pai und Tli halfen und erwiesen sich dabei als ebenso geschickt wie Onari.

Schon nach wenigen Minuten brachen sie auf und schlichen den Bach entlang, immer darauf bedacht, so gut wie möglich in Deckung zu bleiben. Onari führte. Sie nützte jeden Busch, jeden Baum und mied die Stellen, wo das Gras hoch wuchs und deutliche Fußstapfen zurückgeblieben wären. Sie glaubte nicht, daß Thomas irgendwo versteckt lag und einen Trupp der Söhne Gonds beobachtete. Ihrem Schilien war etwas zugestoßen, sonst wäre Wirligig nicht so verstört gewesen. Onari fühlte sich schuldig; sie hätte wachsamer sein müssen, hätte daran denken müssen, daß nun jeder den Fluß überschreiten konnte – auch Leute aus Aran!

Während sie sich mit Selbstvorwürfen quälte, war sie doch ganz gespannte Aufmerksamkeit, ihr Ohr nahm jeden noch so leisen Laut auf, jedes Rascheln im Laub. Wenn ein Zweig sich bewegte, verharrte sie regungslos und deutete den anderen mit einer Handbewegung an, es ihr nachzumachen, und huschte erst dann weiter, sobald sie sich überzeugt hatte, daß keine Gefahr bestand. Pai und Tli folgten dicht hinter ihr. Jetzt, da Thomas nicht hier war, hielt sich Wirligig – der sich etwas beruhigt hatte – an die Narni.

Sie kamen zu der Stelle, wo Momm und seine Männer Thomas umringt hatten. Die Spuren im Gras verrieten, was geschehen war.

„Er hätte sich hinter den Bäumen versteckt halten können", sagte Onari. „Warum ist er zu den Söhnen Gonds gegangen?"

„Er hat das gleiche getan wie du in der Schlucht", antwortete Eldar.

Sie folgten der Spur, ebenso vorsichtig wie zuvor, und erreichten, viel früher, als sie es angenommen hatten, den Fluß. Die Abdrücke des Floßes im Kies waren noch deutlich zu erkennen, das jenseitige Ufer lag jedoch verlassen da. Trotzdem wagten sie nicht, hinter den Büschen hervorzutreten, da sie nicht wußten, ob nicht drüben irgendwo ein Wachtposten stand. Die Mulde, in der sie das Boot verborgen hatten, befand sich nicht weit von der Landestelle des Floßes entfernt; sie schlichen geduckt hin und waren erleichtert, als sie das Boot unbeschädigt vorfanden.

„Was tun wir jetzt?" fragte Eldar besorgt. „Sollen wir hinüberfahren oder warten, bis es dunkel wird? Aber dann verlieren wir einen ganzen Tag!"

Er hatte kaum ausgesprochen, als Onari den Finger an den Mund legte. Am jenseitigen Ufer, im Dickicht der Wälder, begann ein Wolf zu heulen; es hörte sich an wie ein fragender Ruf, der sich dreimal wiederholte.

Onari antwortete. So täuschend ahmte sie den Ruf nach, daß Eldar unwillkürlich zusammenzuckte. Wäre er nicht neben ihr gestanden, er hätte geschworen, es wäre wirklich ein Wolf, der heulte.

Über den Fluß klang jetzt der Schrei eines Falken. Gleich darauf das Bellen eines Fuchses, mehrmals hintereinander in gleichen Abständen.

Eldar starrte ans andere Ufer. Er konnte nichts wahrnehmen, nichts regte sich, aber irgendwo im Unterholz mußten Dinadan versteckt sein. Welche Nachricht ließen sie Onari zukommen?

„Das waren deine Leute, nicht wahr, Onari?" fragte er, als das Fuchsbellen verstummte.

„Ja, Schilien-Li! Wir können über den Fluß rudern. Die Söhne Gonds sind mit unserem Schilien weitergezogen."

Gemeinsam holten sie das Boot aus dem Laubversteck, trugen es zum Fluß und schoben es ins Wasser. Die beiden Narni trippelten aufgeregt hinterdrein. Eldar hob Pai und Tli ins Boot. Er selber nahm am Bug Platz und Onari hinten am Heck. Sie stieß das Boot ab. Die Narni hielten einander an den Pfoten, man konnte ihnen ansehen, daß all das Neue und Unbekannte sie verwirrte: das rauschende, schnell dahinströmende Wasser, das schwankende Boot, die Paddelschläge, mit denen Onari und Eldar es vorwärtstrieben. Wirligig aber hatte seine Angst vergessen. Er tanzte dem Boot in leuchtenden Kreisen voraus, manchmal so dicht über dem Wasserspiegel, daß er damit zu verschmelzen schien.

Auf der Herfahrt waren sie in grauem Nebel wie Schemen dahingeglitten, jetzt spiegelte sich das Blau des Himmels im klaren Wasser. Onari und Eldar nahmen all das wahr, aber nur flüchtig, und paddelten mit aller Kraft.

Als der Bug knirschend im Ufersand auffuhr und Onari und Eldar an Land sprangen, teilte sich das Buschwerk unter den Bäumen. Zwei junge Männer der Dinadan traten hervor und begrüßten Onari. Pai und Tli kletterten aus dem Boot. Wirligig zog ein paar Schleifen dicht neben den jungen Männern, die ihn und die Narni staunend betrachteten. Eldar dachte daran, wie ganz anders sich der kleine Wassergeist verhalten hatte, als er den Söhnen Gonds begegnet war, und etwas wie Neid erfüllte ihn, weil die Geschöpfe des Verbotenen Landes den Dunklen Leuten vertrauten und die Menschen aus Aran fürchteten.

Er stand stumm da, während Onari und die beiden Dinadan miteinander sprachen. Meist redete Onari. Sie wird ihnen erzählen, was wir erlebt haben, dachte Eldar, sie werden alles wissen wollen. Er machte sich darauf gefaßt, eine ganze Weile geduldig dem eigenartigen, melodischen Singsang der fremden Sprache zuhören zu müssen, ohne selber ein Wort zu verstehen, aber es dauerte nicht lange, bis Onari sich an ihn wandte.

„Schilien-Li“, sagte sie, „ich habe gute Nachrichten von meiner Familie. Keiner aus Aran hat den Garten der Dinadan und die Höhlen unter der Erde gefunden. Meine Freunde werden nun das Boot verstecken und dann zu meinem Volk gehen und berichten, was geschehen ist.“

„Werden deine Eltern damit einverstanden sein, daß wir nach Gondarit gehen?“

Sie sah ihn verwundert an. „Der Weiße Wolf hat es uns aufgetragen“, antwortete sie so selbstverständlich, als ließe diese Tatsache keine weiteren Fragen zu.

Die zwei Dinadan hoben das Boot auf und verschwanden unter den Bäumen. Auf dem Weg durch das Verbotene Land hatte Eldar sich oft vergeblich den Kopf zerbrochen, nach welchem Plan sie vorgehen sollten, sobald einmal der Fluß überschritten war, jetzt blieb ihnen keine andere Wahl, als den Söhnen Gonds zu folgen, die Thomas gefangengenommen hatten.

XIX.

Nach Gondarit

Thomas lag auf dem Rücken und schaute in das sternglitzernde Himmelsbecken. Am frühen Nachmittag hatte Momm mit seiner Schar die Rodungen erreicht, wo die mächtigen, gefällten Stämme wirr übereinanderlagen, hier und da schon geschält und gestapelt. Viele Stunden, bis zum Einbruch der Dunkelheit, waren die Söhne Gonds durch den von der Axt zerstörten Wald marschiert. Verkohlte Wurzelstrünke hatten den Pfad gesäumt. Auch jetzt, in der Nacht, war noch immer leichter Brandgeruch spürbar. Ein paarmal hatte Thomas aus der Nähe dumpfe Axtschläge gehört oder Rauch aufsteigen sehen. Zu Gesicht hatte er allerdings keinen der Arbeiter bekommen.

Momm schien es eilig zu haben; außer einer kurzen Rast zu Mittag hatte er nie anhalten lassen.

Thomas konnte nicht einschlafen, so müde er auch war. Er vermißte seine Freunde. Nicht einmal in der Unterwelt hatte er sich so verlassen gefühlt wie jetzt, denn da waren Onari und Eldar bei ihm gewesen. Den ganzen Tag hatte er auf ein Zeichen von ihnen gehofft, aber keines erhalten. Er kam sich ganz verloren vor. Mit niemandem hatte er reden können. Momm tat so, als wäre er nicht vorhanden, aber mit ihm wollte Thomas auch gar nicht sprechen. Mit den jungen Männern hätte er aber gern ab und zu ein Wort gewechselt; er hatte auch ein paarmal versucht sie anzureden, freilich immer erfolglos. Manchmal, wenn sie sicher waren, daß Momm es nicht merkte, richteten sie scheue und neugierige Blicke auf Thomas. Wenn er sie aber anlächelte – weil er sich sehnte, daß jemand freundlich zu ihm war –, schauten sie sofort weg.

Der Trupp hatte sich verstärkt; ein Stück vom Fluß entfernt waren sie auf eine zweite Schar gestoßen, die dort gewartet hatte. Die Lichtung, auf der sie nun lagerten – die Söhne Gonds in einem weiten Kreis, Thomas in der Mitte –, war schon gesäubert, nur einzelne verkohlte Strünke standen noch da. Die nächtlichen Wachtposten hoben sich schemenhaft aus dem Dunkel ab. Das eintönige Geräusch ihrer Schritte war zu hören, und hie und da das Knacken eines Astes unter ihren Sohlen.

Stille und Dunkelheit verstärkten das Gefühl des Verlassenseins. Der Himmel mit seinen feierlich flimmernden Sternen war sehr hoch und fern. Thomas wurde bewußt, wie klein und unbedeutend er selber war. Fast konnte er nicht mehr glauben, daß er im Traum den Weißen Wolf gesehen hatte und so getrost gewesen war, als könnte er niemals mehr im Leben verzagt sein. Wenn wenigstens Wirligig hier gewesen wäre!

Ein Käuzchen schrie.

Der halb spöttische, halb traurige Ruf riß Thomas in die Höhe. War es das langersehnte Zeichen, das ihm Onari gab? Die Dunklen Leute verständigten sich mit Tierrufen, dreimal hintereinander der gleiche Ruf hieß: Ich bin da! Wo bist du?

Thomas hielt den Atem an und lauschte so angestrengt, daß ihm die Ohren klangen.

Wieder rief das Käuzchen.

Das zweite Mal! Und schon viel näher!

Quiwitt! Quiwitt! rief es zum drittenmal.

Mit wildklopfendem Herzen stützte sich Thomas auf den Ellbogen hoch.

Ein kleiner, schwarzer Schatten löste sich aus der Dunkelheit, glitt über die Lichtung und verschwand mit unhörbaren Flügelschlägen in der Nacht.

Es war nicht Onari, die gerufen hatte, es war nur ein Käuzchen auf seiner nächtlichen Jagd.

Thomas sank zurück. Wäre er nicht inmitten einer Schar der Söhne Gonds gelegen, er hätte zu weinen angefangen. Er schloß die Augen, lag still und fühlte sich noch elender als zuvor.

Wie lange er so schlaflos dalag, wußte er nicht. Minuten wurden zu Stunden. Irgendwann spürte er, daß ihn jemand am Ärmel zupfte. Er öffnete die Augen. Lodo war zu ihm herangekrochen, er legte den Finger mit einer bittenden Gebärde an den Mund, richtete sich halb auf und spähte umher. Keiner der Schlafenden regte sich. Eine Weile starrte Lodo angespannt auf die Stelle, wo Momm am Rand des Kreises schlief; dann lauschte er auf das Geräusch der Schritte, das von den Wachtposten herkam.

Als er sich überzeugt zu haben schien, daß alle schliefen und daß ihn die Wachen nicht sehen konnten, schob er sich noch näher heran, bis sein Mund fast an Thomas' Ohr lag. „Du verrätst mich nicht", wisperte er, „nicht wahr, das tust du nicht?"

Er zitterte, als hätte er Fieber.

„Was willst du?" fragte Thomas leise.

„Kommst du wirklich aus der Welt Jenseits?"

„Ja!"

Einer der Männer in der nächsten Reihe drehte sich im Schlaf auf die andere Seite. Lodo erstarrte und drückte sich auf den Boden.

„Der ist nicht aufgewacht", flüsterte Thomas beruhigend.

Lodo brauchte trotzdem lange, bis er es wagte, weiter zu wispern:

„In Gondarit . . . wenn wir in Gondarit sind . . . dann bitte den Großen Gond, daß ich . . . daß ich . . ."

„Was soll ich bitten?"

„Daß ich ein Sohn Gonds bleiben darf!"

„Warum sollst du keiner bleiben dürfen?"

„Momm . . . hat es gesagt."

„Warum?"

„Weil ich . . . weil ich . . . du warst dabei!"

„Weil du das Schwert hast fallen lassen?"

„Ja! Und am Fluß . . .“

„Da hast du nur gesagt, daß du ein Licht gesehen hast.“

„Ich habe ohne Erlaubnis gesprochen! Ich habe Angst gehabt!“

Thomas dachte daran, wie oft er auf der Wanderung durch das Verbotene Land Angst gehabt hatte. Er dachte an die Angst in der Halle des Schwarzen Königs, im Innern der Erde, in der Kluft, an die Angst, als im Garten der Wassergeister die Schlammfontänen hochgestiegen waren. Und auch Onari und Eldar hatten Angst gehabt.

„Angst zu haben, ist ganz natürlich“, flüsterte er. „Jeder fürchtet sich irgendwann einmal.“

Lodo schüttelte den Kopf. „Ein Sohn Gonds darf sich nicht fürchten. Ein Sohn Gonds hat keine Angst!“ Er schaute Thomas mit einem verlorenen Blick an. Gerade vorhin hatte Thomas sich elend und verlassen gefühlt, aber da war jetzt einer, dem es womöglich noch schlechter ging. Thomas vergaß ein wenig den eigenen Kummer. Lodo tat ihm leid. Während des ganzen Marsches hatte Momm keine Gelegenheit vorübergehen lassen, ihn zu demütigen.

„An deiner Stelle wäre ich froh, wenn ich kein Sohn Gonds mehr sein müßte“, sagte er leise.

„Weißt du . . . was sie dann . . . mit mir tun?“

„Nein!“

„Sie schicken mich in die . . . Dunklen Kammern . . .“

„Wegen so einer Kleinigkeit?“

Lodo nickte nur. In diesem Augenblick hätte Thomas alles getan, ihm zu helfen.

„Ich werde den Großen Gond für dich bitten!“ versprach er.

Lodo faßte seine Hand, drückte das Gesicht darauf und kroch dann, unendlich vorsichtig, um an keinen der Schläfer anzustoßen, auf seinen Platz zurück.

Da habe ich was Schönes angestellt, dachte Thomas. Als ob der Große Gond sich darum kümmern würde, worum ich ihn bitte. Oder doch? Ich komme schließlich aus der Welt Jenseits wie der Meister.

Er fühlte sich zuversichtlicher, wurde ruhig und glitt endlich in den Schlaf hinüber.

Am Morgen, bevor sie aufbrachen, fing er einen verstohlenen, dankbaren Blick Lodos auf. Wie am Tag zuvor, trieb Momm seine Schar zur Eile an. Die Sonne war kaum aufgegangen, als sie schon weitermarschierten. Der gerodete Wald war hier vom Unterholz, von abgehackten Ästen, Zweigen und geschälter Rinde gesäubert. Nach einer Wegstunde stießen sie auf einen breiten, von Karren zerfurchten

Pfad, folgten ihm und erreichten bereits am frühen Vormittag die Straße, die durch die Ebene von Aran nach Gondarit führte.

Vor Thomas breitete sich ein weites, fruchtbares Land aus. Unter dem blauen, von der Sonne durchstrahlten Himmel erstreckten sich wogende Felder, auf denen das Korn schon dunkelgelb reifte. Da stand in schnurgeraden Reihen prachtvoll gewachsener Mais mit sattgrünen Blättern und prallen Kolben. Auf gemähten Wiesen duftete Heu. In umzäunten Weiden grasten Schafe und Kühe. Mit weißem Schotter bestreute Wege waren wie mit dem Lineal gezogen. Thomas mußte an die Felder und Wiesen rings um sein Dorf denken. Nur war hier in Aran alles ordentlicher und gepflegter. Daheim gab es Winkel und Plätze, wo Disteln und Unkraut wuchsen. Hier wucherte nirgends Unkraut, nicht einmal am Straßenrand.

Die Söhne Gonds stimmten ein Marschlied an. Vorne an der Spitze wurde eine Fahne entrollt. Der Takt des Liedes ging in die Beine, und ohne daß Thomas es merkte, begann er im Gleichschritt mitzumarschieren. Ein leichter Wind wehte, die Fahne flatterte, die blutrote Sonne bauschte sich auf.

Auf einem der Felder schnitten Männer und Frauen das reife Korn. Sie mähten in Reih und Glied und schwangen die Sensen im gleichen Rhythmus. Als sie das Marschlied der Söhne Gonds hörten, legten sie die Sensen wie auf Befehl nieder, kamen an die Straße gelaufen und hoben grüßend beide Arme. Dabei hielten sie den Blick auf die Fahne Arans gerichtet.

Thomas musterte die Männer und Frauen neugierig im Vorbeimarschieren. Alle waren gleich gekleidet, trugen braune Pluderhosen, die bis zu den Knöcheln reichten, und braune Hemden mit einer roten Sonne auf der Brust. Neben den Uniformen der Söhne Gonds wirkte diese Tracht ziemlich unansehnlich. Als bald darauf wieder eine Schar Arbeiter – diesmal waren sie dabei, ein abgeerntetes Feld zu pflügen – die Fahne grüßte, fand Thomas die Pluderhosen und Hemden aber doch recht kleidsam.

Die vor die Pflüge gespannten zotteligen, rotbraunen Aranochsen sahen gut genährt aus, die eisernen Pflugscharen blinkten bläulich, jedes der hölzernen Joche war spiegelblank poliert. Die Männer und Frauen lauschten dem Marschlied und kehrten dann, selber singend, an ihre Arbeit zurück.

Die gleiche Szene wiederholte sich noch ein paarmal. Thomas stellte etwas verwirrt fest, daß keine seiner Vorstellungen von diesem Land und seinen Bewohnern stimmte. Wo waren die Unglücklichen, die sich danach sehnten, frei zu sein? Waren hier nicht alle zufrieden und glücklich?

Die Straße führte an einem Dorf vorbei. Jedes Haus glich dem anderen, war aus rötlich gebrannten Lehmziegeln erbaut, mit Schindeln gedeckt und schmucklos bis auf eine gemalte rote Sonne über der Haustür. Vor dem Dorf befand sich ein viereckiger Rasenplatz mit einem Dach aus strohgeflochtenen Matten über einem luftigen Gerüst als Schutz gegen die Sonne. Alte Männer und Frauen saßen dort, alle eifrig mit irgendeiner Arbeit beschäftigt. Da wurden Lederflecke für Schuhe zurechtgeschnitten oder Nägel in Sohlen geschlagen, da wurde gewebt und gestrickt und Wolle gesponnen. Ein Stück abseits, noch unter dem Mattendach, hockten kleine Kinder im Kreis und sprachen im Chor nach, was ihnen ein größeres Mädchen vorsagte. Auch die Kinder und die alten Leute waren wie die Arbeiter auf den Feldern gekleidet, auch sie erhoben sich und grüßten die Sonnenfahne. Ein paar der Kleinen, die noch nicht gehen konnten, wurden von den größeren Kindern hochgehoben und winkten mit den Händchen.

Nicht lange danach lag wieder ein Dorf am Straßenrand, das dem ersten zum Verwechseln ähnlich schaute, und in dem Alte und Kinder in gleicher Weise beschäftigt waren und sich genau so benahmen wie die Bewohner des ersten Dorfes.

Mittag war längst vorüber, aber Momm erlaubte keine Rast. Die Söhne Gonds ließen sich die Müdigkeit nicht anmerken, weder beim Singen noch beim Marschieren. Am lautesten sang Lodo, und er machte die ganze Zeit ein so fröhliches und begeistertes Gesicht, daß Thomas, wenn er an das nächtliche Gespräch zurückdachte, sich nicht genug wundern konnte.

Thomas ging schon lange nicht mehr im Gleichschritt. Er hinkte. Die Sohlen seiner Schuhe waren auf der langen Wanderung dünn geworden, er spürte jeden Stein, und seine Fersen und Zehen hatten Blasen bekommen. Im Verbotenen Land war er manchmal erschöpfter gewesen als jetzt, aber dort hatten ihn immer seine Freunde aufgemuntert. Hier kümmerte sich keiner um ihn.

Es war sonderbar. Was für Thomas am Anfang so mustergültig ausgesehen hatte, bekam mit der Zeit gerade dadurch, daß es so vollkommen war, eine entgegengesetzte Wirkung. An der wilden Schönheit des Verbotenen Landes hatte Thomas sich nicht sattsehen können. Hier war alles eintönig. Wenn es doch wenigstens einen Flecken gegeben hätte, wo alles wachsen durfte, wie es wollte! Thomas dachte an die alte Scheune daheim im Dorf, in deren geheimnisvollem Halbdunkel man sich so herrliche Spiele ausdenken konnte. Wo konnte man hier spielen? Aber vermutlich gab es in diesem Land keine Jungen und Mädchen, die spielten; sogar die ganz Kleinen waren schon in einen genau vorbestimmten Tagesablauf eingespannt.

Die Begeisterung der Männer, Frauen und Kinder, die sofort herbeieilten, wenn sie das Marschlied vernahmen, kam Thomas nicht mehr echt vor. Wenn wenigstens ein paar die Fahne nicht gegrüßt hätten! Aber nein, hier benahm sich einer wie der andere. Und niemand schien sich zu wundern, daß ein fremder Junge in der Schar der Söhne Gonds mitging.

Der Marsch durch die weite Ebene von Aran wurde für Thomas endlos. Er konnte sich kaum noch weiterschleppen und hatte schließlich nur den einen Wunsch, sich in den Straßengraben zu legen und dort liegenzubleiben. Er merkte nicht, daß die Sonne sich allmählich neigte und die Schatten lang wurden. Er setzte Schritt für Schritt, halb wie im Fieber, nur damit beschäftigt, nicht hinzufallen und durchzuhalten.

Die Sonne ging unter. Die einsetzende Abendkühle brachte Thomas ein wenig zu sich, die Luft, die er atmete, war frischer und nicht mehr so drückend. Er hob den Kopf und sah in der Ferne die drei Hügel von Gondarit wie graue Schattenbilder aus der Ebene herausragen: der Stadthügel in der Mitte, gekrönt von der Neuen Burg, links davon der Hügel, auf dem der Uralte Tempel stand, auf der rechten Seite der Hügel mit dem Turm, der einem hochgereckten Zeigefinger glich. Am Horizont dahinter, verschwimmend in der Dämmerung, war eine Gebirgskette zu ahnen, das mußten die Berge sein, die das Land Aran nach Norden und Westen abschlossen.

Die Söhne Gonds sangen lauter, sie strafften sich und hielten die Köpfe hoch. Thomas fing sie beinahe zu hassen an, weil sie die Strapazen des langen Marsches nicht spürten oder es sich zumindest nicht anmerken ließen, wie müde sie sein mußten. Ihm kam das unmenschlich vor. Er hatte mehr und mehr das Gefühl, das einzig wirkliche Lebewesen unter lauter gut funktionierenden Maschinen zu sein.

Die Straße führte nicht mehr durch Korn- und Maisfelder, zu beiden Seiten lagen Gemüseäcker, die abwechselnd mit Bohnen, Kürbissen, Kartoffeln und anderen, Thomas unbekannten Gewächsen bebaut waren.

Ein paar Sterne leuchteten. Die ferne Bergkette versank im Dunkel. Der Himmel hatte eine violette Farbe. Die Straße lief geradewegs auf Gondarit zu, sie war, bis auf die Marschierenden, von Menschen verlassen, auch die Äcker lagen einsam da. Je näher Thomas der Stadt kam, desto besser verstand er, warum sie einst Drei-Hügel-Stadt geheißen hatte. Die Hügel waren nicht hoch, aber in der flachen Ebene, die sonst keine Erhebungen hatte, wurden sie zu einem auffallenden Merkmal in der Landschaft, sie glichen einander wie Drillinge und hatten dieselben runden Kuppen. Der uralte, jetzt verfemte Tempel, in dem die Menschen von Aran früher Lissien-Aroi verehrt hatten, erhob sich schwarz und mächtig auf der einen Kuppe. Kaum weniger eindrucksvoll war die hohe Mauer, die Stadt und Burg umschloß. Im flackernden Schein ihrer Fackeln konnte Thomas die hin- und herschreitenden schwarzen Gestalten der Wächter oben auf der Brüstung ausnehmen. Auch am Fuß des dritten Hügels, bis hinauf zum Turm, glomm rötliches Fackellicht.

Ein breiter, von Bäumen und Büschen freier Ring, auf dem das Gras kurzgeschnitten war, umgab die Stadtmauer. An der Stelle, wo die Äcker aufhörten, stand nur wenige Meter neben der Straße eine Hütte. Sie war kleiner als die Häuser in den Dörfern und nicht aus Ziegeln, sondern aus Holz gebaut, und wirkte verlassen und unbewohnt. Aus den Fenstern fiel kein Lichtschein. Als die Söhne Gonds sich der Hütte näherten, sah Thomas aber, daß die Tür offenstand und daß auf der Schwelle ein Mädchen oder eine junge Frau hockte – man hätte meinen können, sie sei eingeschlafen, wären nicht ihre Augen auf die Herankommenden gerichtet gewesen. Sie kam nicht an den Straßenrand, um die Fahne zu grüßen, wie es alle bisher getan hatten. Es mußte Nalika sein, die Ausgestoßene, die Tochter Nors.

Momm ließ anhalten, blieb breitbeinig stehen und schaute sie an. Nalika erwiderte den Blick, ohne sich zu rühren, die Hände im Schoß. Das Haar war nicht in Zöpfe geflochten wie bei den anderen Mädchen in Aran, sondern fiel lose auf Rücken und Brust und war von ungewöhnlich heller Farbe.

„Warum grüßt du nicht, Nalika, wenn die Sonnenfahne an dir vorbeigetragen wird?“ fragte Momm.

Nalika veränderte ihre Haltung nicht und antwortete mit leiser, ausdrucksloser Stimme: „Hauptmann Momm, ich sah dich kommen, bevor du mich sahst, und ich sagte mir, da kommt Hauptmann Momm, möge die Sonne Arans ihm reichlich geben, was er verdient. Ich habe das Licht für dich angerufen, Hauptmann Momm, ist das nicht mehr als ein Gruß?“

Die Söhne Gonds, die eben vorher noch so laut ihr Marschlied gesungen hatten, waren verstummt und drängten sich aneinander. Thomas meinte zu sehen, wie Momm sich unter dem Blick des Mädchens duckte.

„Nalika", stieß Momm hervor, „steh auf und tu das, was jeder tun muß!"

Sie erhob sich und schritt zu dem Fahnenträger hin. Im Gegensatz zu den Frauen auf den Feldern und in den Dörfern trug sie nur einen ärmellosen grauen Kittel, der ihr bis zu den Knien reichte, eher einem Sack als einem Kleidungsstück glich und die Magerkeit von Armen und Beinen betonte. Die Art aber, wie sie sich bewegte, dazu das geheimnisvolle Halbdunkel, das vom Lichterkranz der Fackeln oben auf der Mauer schwach erhellt war, verlieh ihr eine elfische Schönheit.

Der Fahnenträger umklammerte seine Fahnenstange. Nalika hob die Hände. Es war die gleiche Gebärde, die Thomas an diesem Tag schon so oft gesehen hatte, aber sie glich keinem Gruß, sondern einer beschwörenden Geste. Mit halbgeöffneten Lippen, den Blick auf die Fahne gerichtet, stimmte Nalika einen leisen Singsang an, aneinandergereihte Silben ohne Sinn, die ein Zauberspruch einer alten, längst vergessenen Sprache hätten sein können. Mitten in dem Singsang glitt Nalikas Blick von der Fahne weg und heftete sich auf Thomas. Ein Schauer lief ihm durch den Körper, und er begann zu verstehen, warum man sich in Aran zuflüsterte, sie besäße die geheimen Kräfte ihres toten Vaters, und warum Eldar gesagt hatte, sogar der Große Gond selber fürchte Nalika und wage nicht, sie zu töten.

Nalika verstummte und ließ die Arme sinken.

Momm wandte sich brüsk ab, gab das Zeichen zum Weitermarschieren und stapfte schwerfällig an die Spitze des Zuges. Die Söhne Gonds fielen in Gleichschritt, ohne ihr Lied wieder anzustimmen. Thomas warf einen Blick zurück. Nalika stand noch immer reglos an derselben Stelle wie zuvor.

Die aus wuchtigen Steinquadern erbaute Mauer der Stadt mit dem schwefelgelben Kranz der Fackeln ragte immer höher und gewaltiger auf. Das Große Tor, dessen dicke Holzbohlen mit Eisenplatten beschlagen waren, öffnete sich knarrend. Die Wächter hoben grüßend ihre Lanzen, Thomas beachteten sie nicht, obwohl er ihnen durch seine fremdartige Kleidung auffallen mußte, sie sahen über ihn hinweg, als wäre er nicht da.

Momm und seine Schar marschierten in die Stadt. Die Häuser waren ebenerdig, wie in den Dörfern aus Ziegeln erbaut und mit einer roten Sonne über der Tür geschmückt, nur waren sie weißgekalkt und hatten Ziegeldächer. Zwischen den Häusern befand sich jeweils ein schmaler Durchgang; die ganze Stadt schien überzogen zu sein von einem Netzwerk dieser Gäßchen. Die Straße selber, die vom Großen Tor bis zur Burg führte, war breit und schnurgerade. Hie und da zweigten Seitenstraßen ab. In regelmäßigen Abständen waren an den Häusermauern eiserne Laternen angebracht, in denen Öllampen brannten.

Die Straße war leer, die Türen waren geschlossen, die Fenster dunkel. Eine unnatürliche Ruhe herrschte. Nur die Schritte der Söhne Gonds hallten auf dem Steinpflaster, doppelt laut, weil alles so still war.

Als Thomas schon glaubte, nicht ein Mensch sei im Freien, sah er vor einem der Häuser, dicht neben dem Fenster, eine Gestalt in einem lang hinabfallenden Kuttenmantel stehen, der den Träger vom Kopf bis zu den Füßen verhüllte. Nur für die Augen waren Schlitze ausgeschnitten. Im Schein der Laterne, die an der Hausmauer brannte, glitzerte das Weiß der Augäpfel. Die Söhne Gonds marschierten weiter, ohne auf den Kuttenmann zu achten. Kurze Zeit danach erblickte Thomas in einem der Gäßchen einen zweiten Kuttenmann, und bald darauf huschte ein dritter lautlos an dem Zug vorbei. Schachtars Schatten waren in der Stadt unterwegs, und Thomas begriff, warum in den Häusern eine solche Totenstille herrschte.

Die Straße stieg stetig, aber kaum merklich an. Ungefähr in der Stadtmitte führte sie über einen großen viereckigen Platz, auf dem eine hölzerne Tribüne stand. Über den Dächern der Häuser sah Thomas die Neue Burg auf der Kuppe des Stadthügels vor sich. Fackeln brannten auf den Türmen und Zinnen und auf der mächtigen Burgmauer.

Als Momm mit seiner Schar vor dem Tor ankam, stießen je drei kräftige Männer die schweren, eisenbeschlagenen Flügel auf. Nachdem der Trupp den steingepflasterten Vorhof betreten hatte, wurde das Tor sofort wieder geschlossen. Die Söhne Gonds traten zur Seite. Thomas stand plötzlich ganz allein mitten im Hof. Er schaute zu Lodo hin, aber Lodo blickte starr geradeaus.

Momm winkte zwei der Söhne Gonds zu sich, sie nahmen Thomas in die Mitte und führten ihn über den Hof zu einer Pforte, die einer der Wächter inzwischen aufgeschlossen hatte. Im Schein einer Kienspanfackel, die in einem Mauerring brannte, erblickte Thomas eine schmale, steile Kellertreppe. Der Gedanke schoß ihm durch den

Kopf, er müsse sich weigern, da hinunterzugehen, er müsse laut hinausschreien, daß er aus der Welt Jenseits kam, damit die Bewohner der Burg es hörten, bevor es zu spät war, bevor er für immer irgendwo in einem dunklen Loch verschwand. Aber die Pforte hatte sich bereits hinter ihm geschlossen.

Einer der Söhne Gonds zog die Fackel aus dem Mauerring und leuchtete. Stufe um Stufe ging es hinab, bis die Treppe in einen langen Gang mündete. Rechts und links an den Wänden befanden sich Eisentüren. Vor einer dieser Türen blieben die Söhne Gonds stehen. Sie schoben den Riegel zurück, und Thomas mußte in eine kleine, dunkle Kammer eintreten. Die Wände bestanden aus glattbehauenen Steinen, es gab weder eine Bank noch einen Schemel zum Niedersetzen.

Die Tür fiel zu. Ein Schlüssel wurde umgedreht. Der Riegel wurde vorgeschoben. Thomas hörte, wie sich die Schritte der Söhne Gonds entfernten. Dann war es ganz still.

Ein Schluchzen stieg ihm in die Kehle. Er tastete sich in einen der Winkel und hockte sich auf den kalten Steinboden nieder. Er war ein Gefangener tief unten in der Burg, und seine Freunde wußten nicht, wo er war. Und wenn sie es auch wußten – wie konnten sie zu ihm kommen und ihn befreien?

Er legte den Kopf auf die Knie und weinte.

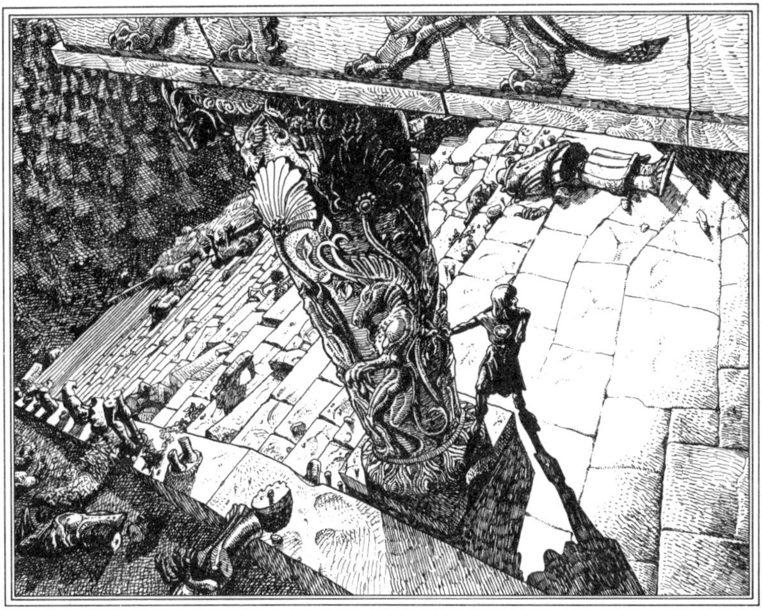

XX.

Der Lichterregen in der Nacht

Während Thomas verzweifelt in seinem finsteren Gefängnis hockte, hatten seine Gefährten längst die Ebene von Aran erreicht und folgten der Straße, die nach Gondarit führte. Onari und Eldar hatten zwar den Vorsprung Momms und seiner Männer nicht aufholen können, aber doch nur wenig Zeit verloren. Daß sie tagsüber der Spur hatten nachgehen können, verdankten sie nicht nur Onaris Erfahrung, sondern auch den beiden Narni und Wirligig, die sich als wertvolle Helfer erwiesen. Noch bevor Onari eine Gefahr wahrnehmen konnte, witterten Pai und Tli die Nähe anderer Menschen, und vor allem Wirligig zeigte es sofort an. Solange er sich ruhig verhielt, waren Onari und Eldar sicher, nicht unversehens einem Wachtposten in die Hände zu laufen. Sobald er aber grünliches Licht verströmte, wußten sie, daß jemand in der Nähe war und konnten rechtzeitig ausweichen oder sich verstecken.

Schon am frühen Nachmittag waren sie zur Ebene von Aran gekommen. Sie hatten die Straße gemieden und waren auf Schleichpfaden durch Felder gewandert, die noch nicht abgeerntet waren und wo Mais oder Korn hoch standen und ihnen Deckung boten. Als es dunkel geworden war, hatten sie sich auf die Straße gewagt.

Sie gingen schweigend dahin. Es war eine friedliche Sommernacht. Die fruchtbaren Felder erstreckten sich weithin nach allen Seiten. Der abendliche Wind hatte sich gelegt, jeder Kornhalm stand aufrecht und schien sich dem sternbesäten Himmel entgegenzurecken. Eldar hatte geglaubt, hier nicht mehr leben zu können, aber jetzt, da er zurückkam, erfaßte ihn Bitterkeit, daß er sich heimlich einschleichen mußte und in seinem eigenen Land ein Rechtloser geworden war, den jeder jagen und töten durfte.

Gegen Mitternacht sahen Onari und Eldar in der Ferne die Fakkeln von Gondarit aufglimmen, zuerst nur schwach, dann immer deutlicher. Pai und Tli, die Pfote in Pfote ihren Freunden vorangetrippelt waren, hielten sich enger an Onari. Wirligig rührte sich nicht mehr von Onaris Schulter weg.

Je näher sie der Stadt kamen, desto klarer wurde sich Eldar, wie schwer, ja fast unlösbar die Aufgabe war, die sie erwartete. Er hatte alle Möglichkeiten durchgedacht, immer neue Pläne gefaßt und sie wieder verworfen. Wie sollten sie in die Stadt hineinkommen? Jedes der Tore wurde von Wächtern kontrolliert. Und was nützte es, wenn es ihnen gelingen sollte, die Stadt zu betreten? Wer von den Bewohnern würde es wagen, sie aufzunehmen und zu verstecken?

Die Erntearbeit hatte schon begonnen. Vielleicht sollten sie sich in einem der Felder verbergen und sich in einem unbemerkten Augenblick in einem mit Heu oder Stroh vollbeladenen Wagen verkriechen? Wenn sie Glück hatten, war es ein Wagen, dessen Last für die Vorratskammern der Burg bestimmt war.

Aber selbst dann – wo konnten sie sich in der Burg verstecken? Es gab keinen Winkel, in dem man sie nicht entdecken würde.

Sollten sie zu Nalika gehen und sich ihr anvertrauen?

Nalika haßt den Großen Gond, dachte Eldar. Sie muß ihn hassen! Soll ich sie um Rat fragen?

Aber ich bin ein Sohn Gonds!

Wird sie mir glauben?

Und wie kann sie uns helfen? Sie ist eine Ausgestoßene!

Plötzlich war ihm, als sähe er im Dunkel einen Lichtschimmer, er meinte, den Weißen Wolf zu erblicken. In der nächsten Sekunde war alles vorbei, und er war nicht sicher, ob er tatsächlich den Lichtschimmer gesehen oder es sich nur eingebildet hatte, aber er wußte auf einmal, was er zu tun hatte.

Er würde Onari, die Narni und den Wassergeist in das Haus Lissien-Arois bringen. Wenn es einen Platz gab, wo sie in Sicherheit waren, dann war es der Uralte Tempel, den alle mieden, seitdem der Große Gond sich selber zur neuen Sonne Arans erklärt hatte. Dort konnten sie versteckt bleiben, während er am nächsten Morgen versuchen würde, sich in die Stadt einzuschleichen und auszukundschaften, was mit Thomas geschehen war. Er hatte zwar keine Ahnung, wie ihm das gelingen sollte, und ihm blieb nichts anderes übrig, als auf einen glücklichen Zufall zu hoffen. Es war ein verzweifelter Plan, aber zumindest brachte er dann nur sich selber in Gefahr und nicht auch seine Gefährten.

„Onari", sagte er, „erinnerst du dich noch, was ich euch vom uralten Haus Lissien-Arois erzählt habe?"

„Ja, Schilien-Li!"

„Keiner aus Aran betritt es. Ein besseres Versteck finden wir nicht. Bist du einverstanden, daß ich euch dorthin bringe, wenn wir nach Gondarit kommen?"

Sie nickte, und er war froh, daß sie nicht nach seinen weiteren Plänen fragte.

Eines der Dörfer lag vor ihnen. Sie umgingen es, erreichten wieder die Straße und wollten eben ihren Weg fortsetzen, als plötzlich von der fernen Stadt her leise, dumpfe Trommelschläge kamen. Die Nacht trug die Töne weit über die Ebene von Aran hin. Das Trommeln begann mit langsamen, feierlichen Wirbeln, die immer schneller wurden und sich zu einem rasenden Tempo steigerten.

Der Pelz der Narni sträubte sich. Wirligig sandte Lichtfunken aus.

„Eldar", flüsterte Onari, „was ist das?"

Sie erhielt keine Antwort. Eldar hatte sich zu Boden geworfen, hatte das Gesicht in den Armen vergraben und zitterte am ganzen Körper.

So plötzlich, wie das Trommeln eingesetzt hatte, verstummte es auch wieder. Lichtstrahlen schossen in den schwarzen Himmel, lösten sich in schimmernde Sterne auf, die springbrunnengleich niederregneten, während ununterbrochen neue Strahlen emporstiegen und in Funken zerbarsten, bis es war, als fiele ein Sternschnuppenregen vom Himmel herab.

Onari stand still da. In der Stadt Gondarit war der Meister dem Großen Gond erschienen. Das also hatten die Trommelschläge dem ganzen Land verkündet. Sie empfand keine Furcht. Wirligig war von ihrer Schulter aufgeflogen, schlug fröhliche Rädchen und leuchtete, als wollte er es dem Sterngeriesel nachtun. Auch die Narni zeigten keine Angst mehr, seit das Trommeln aufgehört hatte. Staunend sahen sie dem wunderbaren Regen zu.

Endlich verglühten die letzten Funken. Das Land versank wieder im Dunkel.

Onari beugte sich zu Eldar hinab und legte ihm die Hand auf die Schulter. „Es ist vorbei, Schilien-Li“, sagte sie.

Er hob das Gesicht. Seine Lippen bewegten sich, aber er brachte keinen Ton hervor.

„Schilien-Li!“ sagte Onari eindringlich.

Er starrte sie mit schreckgeweiteten Augen an. „Der Meister!“ stammelte er. „Der Meister . . . er ist dem Großen Gond erschienen!“

„Ich weiß es“, antwortete sie. „Ich habe den Lichterregen gesehen.“

„Verstehst du nicht, was das bedeutet? Der Meister ist das Allsehende Auge, er wird dem Großen Gond sagen, daß wir...daß wir . . .“

„Der Weiße Wolf hat uns aufgetragen, nach Gondarit zu gehen“, sagte Onari bestimmt. „Er wird uns beschützen. Komm, Schilien-Li, wir müssen weiter!“

Sie hatte ihre Hand noch immer auf seiner Schulter liegen, und auf eine seltsame Weise ging ihre Zuversicht auf ihn über, so daß er fähig war, aufzustehen und ihr zu folgen. Mit einer Art verzweifelten Mutes setzte er Schritt für Schritt auf der Straße, die ihn noch in dieser Nacht, bevor die Sterne verblaßten, nach Gondarit bringen würde. Er beruhigte sich aber langsam wieder, denn nichts geschah, was darauf hinwies, daß der Lichterregen mit ihm und Onari zusammenhing. Kein ferner Marschtritt war zu vernehmen. Allem Anschein nach blieben die Tore Gondarits geschlossen, und der Große Gond sandte seine Söhne nicht aus, um in der Ebene von Aran nach Eindringlingen zu suchen.

Als die Stadt so nahe war, daß Tempel und Turm deutliche Umrisse angenommen hatten, wagte Eldar nicht mehr, die Straße zu benützen. Sie schlichen in einem Kornfeld auf einem Rain zwischen den hochstehenden Halmen dahin. Wirligig war eingeschlafen. Er saß ruhig auf Onaris Schulter und verströmte kaum Licht, so daß sein Schimmern sie den Wächtern oben auf der Mauer nicht verraten konnte.

Hinter dem Kornfeld bot sich ein Bohnenacker zum Weitergehen an. Die dichtbelaubten Ranken gewährten noch besseren Schutz als die Kornähren. Jede einzelne Pflanze war an einer Stange hochgebunden, reife Schoten hingen in Büscheln herunter. Die Erde war aufgeworfelt, und die einzelnen Reihen standen so weit auseinander, daß es nicht schwierig war, in einer der Furchen gebückt dahinzuschleichen.

Das Bohnenfeld zog sich bis zum Fuß des Tempelhügels hin. Eldar und Onari kauerten sich nieder und spähten durch das Blätter- und Rankengewirr. Im Licht der Sterne erhob sich auf der Kuppe ein gewaltiger Steinbau, der sich stufenförmig nach oben verjüngte. Jede der Stufen trug einen mit verschlungenen Steinornamenten geschmückten Fries. Der Eingang befand sich unter einem Steindach, das von vier mächtigen Pfeilern getragen wurde. Auch die Pfeiler waren mit Ornamenten bedeckt, mit Ranken, Blüten, Fabeltieren und seltsamen Dämonengesichtern. Eine breite Steintreppe ging vom Fuß des Hügels bis zur Vorhalle hinauf. Einst hatte von dieser Treppe aus eine Straße nach Gondarit geführt, aber der Große Gond hatte sie umackern lassen, und Bohnenstauden wuchsen nun dort, wo früher die Bewohner der Stadt zu ihrem Heiligtum gezogen waren. Auch die Treppe war verfallen, und manche der geborstenen Stufen waren halb in den Boden eingesunken. Unkraut wucherte, und Büsche hatten Wurzeln geschlagen. Steinerne Statuen, die die Treppe als Wächter gesäumt hatten, waren umgestürzt und zerbrochen.

Drinnen im Tempel, so hatte Eldar erzählen hören, gab es ein Labyrinth von Räumen und Gängen und irgendwo verborgen die heilige Kammer, in der die Diener der Sonne Lissien-Aroi angerufen hatten.

Wie immer, wenn ein Heiligtum seine ursprüngliche Bedeutung verliert, bleibt doch ein Rest Ehrfurcht vorhanden, die sich aber allmählich ins Gegenteil verwandeln kann, bis die einst geweihte Stätte eine verrufene wird, die man meidet, als fürchte man den Zorn der entthronten Gottheit. Eldar empfand abergläubische Furcht, als er zu dem verlassenen Tempel hinaufstarrte, und zweifelte plötzlich, ob er seine Freunde wirklich dorthin bringen sollte. Obwohl er wußte, daß nur seine überreizte Phantasie es ihm vortäuschte, war ihm, als bewegte sich etwas hinter den Pfeilern. Er entschloß sich, zuerst allein in den Tempel einzudringen, bevor er Onari, die Narni und Wirligig hinführte.

„Wartet auf mich“, wisperte er. „Wenn alles in Ordnung ist, hole ich euch.“

Er schlüpfte durch die Ranken und huschte die halbverfallene Treppe hinauf. Dabei hielt er sich gebückt und nützte jede gestürzte Statue als Deckung aus. Mit wildklopfendem Herzen trat er in den schwarzen Schatten der Vorhalle. Hinter der mächtigen Tempelpforte lag nichts als Finsternis. Er mußte sich zwingen hindurchzuschreiten und tastete sich dann in völliger Dunkelheit weiter. Offenbar befand er sich in einem schmalen Gang; wenn er die Hände ausstreckte, berührte er zu beiden Seiten Steinmauern. Schon nach kurzer Zeit erweiterte sich der Gang. Oder war er in eine der Kammern gemündet? Eldar trat auf gut Glück ein paar Schritte vor und erschrak vor dem hallenden Geräusch, das seine Füße verursachten. Eine Weile stand er reglos und lauschte. Die Stille war so tief, daß er meinte, das Pulsieren seines eigenen Blutes vernehmen zu können.

Hier ist niemand, dachte er. Hier kann gar niemand sein. Ich hätte gleich mit Onari herkommen sollen. Sie hat die Feuersteine in ihrem Bündel. Wenn wir Licht haben, können wir uns weiter drinnen ein Versteck suchen.

Er wandte sich um und wollte sich zum Gang zurücktasten, als er hinter sich ein leichtes Rascheln vernahm, fast unhörbar und nur für seine überwachen Sinne wahrzunehmen. Er fuhr herum. Ein Lichtstrahl blitzte auf, fiel ihm voll ins Gesicht und blendete ihn. Mit einem unterdrückten Schrei wich er zurück und riß das Schwert aus der Scheide.

XXI.

Der Herr von Aran

In der Kammer hoch oben im Turm, unter der zinnengekrönten Spitze, saß der Herr des Landes Aran. Ein purpurfarbener Mantel aus schwerer Seide fiel bis zum Boden hinab. Ein Reifen aus gehämmertem Gold umschloß die Stirn. Die linke Hand ruhte auf der Armlehne des Stuhles, die rechte hielt den mit goldenen Sonnen bestickten Mantelsaum über der Brust zusammen. Geschnitzte Sonnenornamente verzierten das schwarzpolierte Holz des Stuhles. Die Kammer war schmucklos und bis auf den Stuhl leer. Eine Tür führte zur Treppe, an der Wand gegenüber befand sich eine zweite, kleinere Tür. Beide Türen waren geschlossen.

Neben einem kleinen, ins dicke Mauerwerk eingelassenen Fenster brannten Kienspanfackeln. Die knisternden Flammen warfen Licht und Schatten und ließen einmal da und einmal dort die goldenen Sonnen am Mantelsaum aufblitzen oder weckten Glanzlichter im Faltenwurf, sodaß der Mantel lebendiger wirkte als sein Träger. Die Ecken der Kammer konnten die Kienspäne nicht ausleuchten, der Raum lag halb im Dunkel.

Im Mauerwerk des Turmes ächzte es, irgendwo knackte es, ein Geräusch, wie es nachts in jedem alten Gemäuer zu hören ist, das aber, durch die Stille verstärkt, den Eindruck erwecken konnte, als kämen verstohlene Schritte die Turmtreppe herauf. Der Große Gond schrak zusammen, seine Hand löste sich vom Mantelsaum und fuhr nach dem Schwertknauf am Gürtel. Der Mantel fiel zurück, und auf der Brust wurde eine aus Goldfäden und Goldplättchen gestickte Sonne sichtbar.

Ein paar Herzschläge lang lauschte der Große Gond. Als alles still blieb, lehnte er sich wieder zurück und nahm dieselbe Haltung an wie zuvor.

Noch war es tiefe Nacht. Über den drei Hügeln und der Ebene von Gondarit wölbte sich der sternenübersäte Himmel. Am Fuß des Turmes schritten die Wächter auf und ab. Der Herr von Aran saß reglos in seinem Stuhl. Stunden strichen vorüber. Die Kienspanfakkeln brannten herab. Bevor die Sterne zu verblassen begannen, wurde unten im Turm ein Gong angeschlagen. Die dumpfen Töne waren bis in die Kammer zu vernehmen, schienen den Herrn von Aran aber nicht zu beunruhigen. Wenig später wurden Schritte auf der Treppe hörbar, Schritte, die sich näherten und vor der Tür aussetzten. Ein dreimaliges Pochen folgte. Eine Stimme rief: „Ich bin es, Herr, dein Diener Schachtar!"

Der Große Gond erhob sich, ging zur Tür, öffnete sie und nahm wieder auf seinem Stuhl Platz, ohne dem Besucher einen Blick zu schenken.

Der Mann, der in die Kammer trat, war ebenso kostbar gekleidet wie der Große Gond, nur hatte er statt Purpur und Gold kühlglitzerndes Silber und feierliches Schwarz gewählt. Silberborten säumten den Mantel, die kurze Tunika war aus Silberfäden gewebt. Das Panzerhemd aus geschmeidigen Kettengliedern reichte bis zu den Schenkeln, auf dem Kopf saß ein runder Helm, der die halbe Stirn bedeckte und reich ziseliert war.

Schachtar, der Herr der Schatten, kniete vor dem Stuhl nieder, berührte mit der Stirn den Boden und verharrte einen Augenblick in dieser Stellung. Als er sich aufrichtete, nahm er eine unterwürfige Haltung an, zu der sein Gesichtsausdruck nicht recht passen wollte. Es war ein durch nichts auffallendes Gesicht, das man in einer Menge kaum beachtet hätte, das jedoch bei genauerem Hinsehen Energie und Intelligenz verriet, gleichzeitig aber durch einen grausamen Zug abstieß.

„Ich bin gekommen, deine Befehle zu hören", sagte er.

Der Große Gond gab keine Antwort. Ein paar Perlen glühenden Harzes sprangen von dem einen Kienspan, fielen auf den Steinboden und verglühten.

„Deine Befehle, Herr!" wiederholte Schachtar.

Etwas regte sich hinter der Tür an der gegenüberliegenden Wand, ein leises Wimmern drang heraus. Schachtar blickte zu der Tür hin, mit einem kurzen, spöttischen Lächeln, das, so schnell es auch wieder von seinem Gesicht verschwand, dem Herrn von Aran doch nicht entging. Zwischen seinen Augenbrauen grub sich eine Falte ein.

„Anwar, der Bäcker, und seine Schwiegersöhne sind schuldig, eine Verschwörung geplant zu haben", sagte er. „Laß sie in die Dunklen Kammern des Todes bringen!"

„Ich habe dich vor ihnen gewarnt, Herr", antwortete Schachtar.

„Es ist des Meisters Wille, daß sie sterben sollen!"

„Dann wird es geschehen! Meine Schatten werden den Bäcker und seine Schwiegersöhne noch vor dem Morgen holen. Aber hat dir der Meister nicht noch einen Auftrag gegeben? Hat er dir nicht aufgetragen, Nalika in die Dunklen Kammern zu führen?"

„Wozu? Sie ist eine Ausgestoßene!"

„Sie haßt dich!"

„Haß tötet nicht, wenn er keine Macht hat."

„Hat ihr Haß wirklich keine Macht? Ich bin dein treuer Diener und mich beleidigt, was meine Schatten berichten. Um deinetwillen!"

Von Unterwürfigkeit war jetzt in Schachtars Haltung nichts mehr zu merken. „Meine Schatten erzählen mir", fuhr er fort, „und meine Schatten sind die Ohren von Gondarit, daß die Menschen sich heimlich zuflüstern, der Große Gond ließe Nalika nur deshalb am Leben, weil er den Fluch ihres Vaters fürchte."

Der Große Gond antwortete nicht sofort. Sein Blick heftete sich auf die schwarzverglühten Harzklümpchen auf dem Boden. Dann hob er sehr langsam den Kopf und schaute Schachtar voll ins Gesicht.

„Schachtar", sagte er leise, „auch der mächtigste Mann in meinem Reich bleibt dies nur so lange, als ich es will. Vergiß das nicht!"

Mit einer raschen Bewegung ließ sich Schachtar auf die Knie nieder. „Ich weiß es, Herr! Ist es aber nicht meine Pflicht, zuerst an dich und dann erst an mich zu denken? Ich bin in deiner Hand, erlaube mir trotzdem zu sprechen. Warum läßt du zu, daß Nalika vor den Mauern der Stadt wohnt?"

„Es ist auf deinen Rat geschehen, Schachtar!"

„Ja, Herr. Damals war sie ein Kind, jetzt ist sie erwachsen. Deine Söhne sehen sie, wenn sie an ihrer Hütte vorbeimarschieren. Und wer kann deine Söhne hindern, Nalika mit den Augen junger Männer anzusehen. Man sagt, Hauptmann Eonar könne seinen Blick nicht von ihr abwenden."

„Wenn das wahr ist, wird ein anderer meiner Söhne Hauptmann der Burgwache. Aber zuerst will ich Beweise haben."

Die Kienspanfackeln waren tief herabgebrannt und gaben nur noch schwaches Licht. In der Kammer war es fast ganz dunkel.

„Du kannst jetzt gehen, Schachtar", sagte der Große Gond.

Schachtar neigte den Kopf, blieb aber stehen. Der Große Gond machte eine ungeduldige Bewegung. „Geh!" befahl er. „Ich will allein sein!"

„Herr", antwortete Schachtar, „hast du mir nicht noch etwas zu sagen?"

„Nein!"

„Nein?" Schachtar hielt einen kurzen Augenblick inne, aber nicht so, als erwarte er eine Antwort, denn er setzte gleich darauf hinzu: „Hauptmann Momm kehrte gestern abend nach Gondarit zurück."

Der Große Gond beugte sich vor. „Das habe ich ihm nicht aufgetragen! Er sollte das unbekannte Land erforschen. Warum handelt er gegen meinen Befehl? Kann ich mich auf keinen meiner Hauptleute mehr verlassen?"

„Momm ist dir treu ergeben, Herr. Er hatte kaum den Fluß überschritten, als ihm ein Junge entgegenkam."

„Ein Junge? Welche Menschen wohnen dort?"

„Keine, soviel Hauptmann Momm feststellen konnte."

„Woher stammt der Junge? War er einer von den Dunklen Leuten?"

„Nein! Eines Flüchtlings wegen hätte Momm nicht gegen deinen Befehl gehandelt. Der Junge sagte, er käme aus der Welt Jenseits.

Er trug fremdartige Kleider, und seine Schuhe waren staubig, als hätte er einen weiten Weg hinter sich."

Der Große Gond saß jetzt sehr aufrecht. Sein Gesicht war bleich geworden. „Aus der Welt Jenseits?"

„Ja, Herr! Momm ist überzeugt, daß seine Männer glauben, der Junge spräche die Wahrheit. Sie glauben, der Meister habe dir heute nacht im Lichterregen das Kommen seines Boten angekündigt." Schachtar trat einen Schritt an den Stuhl heran und stand nun so nahe, daß seine Fußspitzen den goldbestickten Mantelsaum berührten. „Deine Söhne", fuhr er fort, „halten es für ein glückliches Zeichen. Auch ich, Herr, bin dieser Meinung. Die Menschen in Aran sind undankbar, sie fangen an zu vergessen, was du für sie getan hast. Wenn sie den Jungen aus dem geheimnisvollen Land, von dem der Nebel wich, als er kam, an deiner Seite erblicken, werden sie sagen: Wie sehr muß der Meister unseren Herrn lieben, daß er ihm einen Boten sandte! Wird da noch jemand zu zweifeln wagen? Werden da nicht alle Fragen verstummen? Der Meister hat dir einen Boten gesandt, Herr – und dieser Bote ist nur ein Junge!"

Schachtar hatte den letzten Satz mit einer eigenartigen Betonung gesprochen. „Es ist nur ein kleiner Junge", wiederholte er, als wollte er damit sagen: Wovor hast du Angst, Herr? Vor einem Kind? Kannst du nicht mit einem Kind tun, was du willst, und käme es auch von wo immer her?

Die beiden Männer sahen einander an. Ein langes Schweigen folgte. Als der Große Gond endlich zu sprechen anfing, wirkte er ruhig und gelassen. „Wenn die Sonne aufgegangen ist, Schachtar", befahl er, „dann schicke die Trommler aus. Gondarit wird den Boten des Meisters würdig empfangen."

Der Große Gond erhob sich. Schachtar trat an die Wand, nahm die Kienspanstümpfe aus dem Mauerring, leuchtete seinem Herrn aus der Kammer und versperrte die Tür. Dann ging er hinter dem Großen Gond die Wendeltreppe hinab. Vor der Pforte des Turmes hielten die Wächter zwei gesattelte Aranpferde bereit. Der Große Gond und Schachtar stiegen in die Sättel und ritten den Hügel hinunter – gefolgt von Fackelträgern – auf das Kleine Tor zu, das die Wächter bereits geöffnet hatten.

Die Höfe und Stallungen der Burg reichten beim Kleinen Tor bis an die Stadtmauer heran. Auf diese Weise konnte der Große Gond den Turm aufsuchen oder von dort in die Burg zurückkehren, ohne durch die Stadt zu reiten.

XXII.

Die Ausgestoßene

Einen Augenblick war Eldar wie geblendet, dann senkte sich der Lichtstrahl, so daß er ihm nicht mehr voll in die Augen fiel. Eldar konnte eine dunkle Gestalt vor sich ausnehmen und wollte im ersten Schreck mit dem Schwert zuschlagen, als er gewahr wurde, daß es kein Mann war, der vor ihm stand. Im Schein der Laterne sah er langes, blondes Haar und ahnte mehr, als daß er es deutlich hätte sehen können, wer es war, der sich gleich ihm nachts im Tempel aufhielt.

„Nalika!" flüsterte er.

Er zitterte am ganzen Körper. Wie sollte er ihr erklären, warum er hier war, mitten in der Nacht, an einem Ort, den auch tagsüber keiner betrat? Sollte er sich ihr anvertrauen? Aber er war nicht nur für sich selber verantwortlich, er mußte für Onari und seine Gefährten mitentscheiden. Jeder Fehler, den er machte, konnte ihr Leben gefährden. Nalika sagte kein Wort, hielt die Laterne auf ihn gerichtet und sah ihn an. Er mußte mit ihr reden, um Zeit zu gewinnen, bis er zu einem Entschluß kam.

„Warum bist du hier im Tempel, Nalika?"

„Dasselbe könnte ich dich fragen", antwortete sie. „Ich könnte dich fragen, warum einer, der in die Wälder geflohen ist, sich im Tempel versteckt hält."

„Woher weißt du, daß ich geflohen bin?"

„Die Mauern von Gondarit sind hoch, aber die Tochter Nors hört und sieht doch, was in der Stadt vor sich geht und was dort gesprochen wird."

Er starrte sie scheu an und dachte an alle Geschichten, die man sich in Aran über sie erzählte. War sie in den Tempel gekommen, heimlich in der Nacht, um den Geist ihres Vaters anzurufen?

„Ich bin eine Ausgestoßene", fuhr Nalika fort, „und der Große Gond erlaubt mir, am Leben zu bleiben, solange es ihm gefällt. Du aber hast etwas getan, worauf nach den Gesetzen Arans der Tod steht. Nicht nur für dich, sondern für jeden, der dich aufnimmt und nicht verrät."

„Du darfst mich nicht verraten!"

„Warum soll ich es nicht tun? In Aran verraten Töchter ihre Mütter und Söhne ihre Väter. Es ist noch nicht lange her, da hast du dich vor allen Bewohnern Gondarits von deinen Eltern losgesagt."

„Dazu hat man mich gezwungen!"

„Wirklich? Und im Land der Dinadan bist du dann geflohen? Und jetzt kommst du zurück? Bist du verrückt geworden? Oder hast du dich an den Großen Gond verkauft? Vielleicht heißt es nur, daß du geflohen bist, damit ich dir vertrauen soll. Ich – und vielleicht noch andere."

„Ich bin kein Sohn Gonds mehr, und in Gondarit weiß niemand, daß ich hier bin. Du mußt mir glauben, Nalika!"

„Muß ich das? In Aran glaubt keiner dem anderen mehr."

„Dann wird Aran nie frei werden!"

„Willst du, daß Aran frei wird?"

„Ja! Deshalb bin ich zurückgekommen!"

Sie sah ihn lange schweigend an. Endlich sagte sie: „Es sind viele Tage vergangen, seit du geflohen bist. Wo warst du?"

„Im Verbotenen Land jenseits des Flusses."
„Jetzt weiß ich, daß du lügst, Eldar! Niemand überschreitet den Fluß."
„Ich lüge nicht! Hast du nicht gehört, daß die Nebelwand verschwunden ist? Reden nicht alle in Gondarit davon?"
„Sie reden davon", antwortete sie zögernd. „Aber ob es auch wahr ist?"
„Es ist wahr! Als ich in das Land jenseits des Flusses kam, blühte keine Blume dort und kein Vogel sang, und es war alles wie tot. Jetzt lebt das Verbotene Land wieder, Nalika. Es gibt keine Nebelwand mehr."
Sie trat an ihn heran, hob die Laterne, leuchtete ihm ins Gesicht und betrachtete ihn forschend. Eine Weile standen sie einander stumm gegenüber. Dann sagte Nalika: „Schwöre, daß du die Wahrheit sagst!"
„Ich schwöre es!"
„Schwöre im Namen Lissien-Arois!"
„Im Namen Lissien-Arois, ich spreche die Wahrheit!"
„Gut! Erzähle, was geschehen ist!"
Er dachte an Onari, die im Bohnenacker auf ihn wartete. Wenn er zu lange ausblieb, würde sie beunruhigt sein. Und die Morgendämmerung war nicht mehr fern. Bevor die Sterne verblaßten, mußten auch Onari und die Narni und Wirligig im Tempel sein.
„Es ist eine zu lange Geschichte, Nalika", sagte er. „Wenn ich alles berichte, geht die Sonne auf, und ich bin noch immer nicht fertig. Ich war nicht allein in dem geheimnisvollen Land, ein Mädchen der Dunklen Leute und ein Junge aus der Welt Jenseits sind mit mir gegangen."
Er unterbrach sich. Hatte sich etwas im Dunkel bewegt? War da noch jemand? Die Laterne schwankte ein wenig. Nalikas Hand zitterte. Er beruhigte sich wieder – es war nur das huschende Licht gewesen, das ihn getäuscht hatte.
„Ein Junge aus der Welt Jenseits?" fragte Nalika.
„Ja."
„Hat ihn der Meister geschickt?"
„Nein. Das Mädchen aus den Wäldern hat ihn gerufen."
„Warum?"
„Weil es im Uralten Spruch der Dinadan heißt, daß ihr Volk gerettet wird, wenn drei Kinder aus drei Völkern über den Fluß ohne Wiederkehr gehen und das Land der Strahlenden Felsen suchen. Wir

haben es gefunden, und jeder von uns hatte einen Traum, in dem uns aufgetragen wurde, nach Gondarit zu gehen und den Menschen in Aran die verlorene Hoffnung wiederzugeben."

Etwas bewegte sich außerhalb des Lichtkreises! Diesmal war Eldar ganz sicher. „Wir sind nicht allein, Nalika!" stieß er hervor.

Statt einer Antwort schwenkte sie die Laterne dreimal über ihrem Kopf. Aus dem Dunkel lösten sich vermummte Gestalten. Eldar sah sich umringt von schwarzen Kuttenmännern, glaubte sich einen schrecklichen Augenblick lang von Nalika verraten und wich blindlings zurück. Sie legte ihm die Hand auf den Arm.

„Du brauchst keine Angst zu haben", sagte sie. „Meine Freunde tragen die Mäntel der Schatten, damit sie nachts unentdeckt durch die Gassen der Stadt gehen können."

Er spürte die Blicke aus den schmalen Augenschlitzen auf sich gerichtet.

„Wer sind sie, Nalika?"

„Es ist besser, wenn du ihre Namen nicht weißt."

„Wie kann ich euch vertrauen, wenn ihr mir nicht vertraut?"

„Wir vertrauen dir, Eldar! Du weißt jetzt, daß wir uns nachts hier treffen, wo mein Vater Lissien-Aroi gedient hat. Genügt dir das nicht?"

Er schaute auf die verhüllten Gesichter und fragte sich, wer sich hinter den schwarzen Kapuzen verbarg. Vielleicht war einer darunter, den er gut kannte? Vielleicht einer der Nachbarn? Aber keiner wagte es, sich ihm zu erkennen zu geben.

„Was geschah weiter, Eldar?" fragte Nalika. „Wo ist der Junge aus der Welt Jenseits?"

„Bevor wir den Fluß erreichten, nahmen ihn die Söhne Gonds gefangen. Sie haben ihn nach Gondarit gebracht."

„Gestern abend kam Momm mit einer Schar an meiner Hütte vorbei. Sie hatten einen fremden Jungen bei sich."

„Das muß er gewesen sein! Ich habe nicht gewußt, daß er Momm in die Hände fiel. Nalika, ihr müßt mir helfen, ihn zu befreien! Allein kann ich es nicht tun."

Sie schüttelte das Haar aus dem Gesicht. „Einer, der aus der Welt Jenseits kommt, hat in Gondarit weniger zu fürchten als du und ich und alle diese da."

Er wußte, daß sie recht hatte, trotzdem war er enttäuscht. Einen Augenblick lang hatte er gehofft, Nalika und die Vermummten würden Thomas noch in dieser Nacht aus der Burg holen.

„Ist das Mädchen aus den Wäldern auch hier, Eldar?"

„Sie wartet im Bohnenfeld. Wir hatten vor, uns im Tempel zu verstecken, aber ich wollte zuerst nachsehen, ob wir hier auch wirklich sicher sind."

„Führe mich zu ihr! Ich bringe euch in meine Hütte."

„In deine Hütte?"

„Ja. Dort seid ihr ebenso sicher wie hier. Weißt du nicht, daß alle mich fürchten – sogar Schachtars Schatten? Keiner aus Gondarit wagt sich in meine Hütte."

Sie wandte sich ab und trat zu den Vermummten. Eldar hörte, wie sie flüsternd miteinander sprachen, so leise, daß er kein Wort verstehen konnte. Dann verschwanden die dunklen Gestalten. Ein kaum wahrnehmbares Rascheln war zu vernehmen, ein leises Echo von heimlichen Schritten – und dann tiefe Stille.

„Wohin gehen sie, Nalika?" fragte Eldar.

„Sie gehen dorthin zurück, woher sie gekommen sind."

„Nach Gondarit? Aber alle Tore sind geschlossen!"

„Für uns gibt es keine verschlossenen Tore."

Sie huschte mit hochgehaltener Laterne in den Gang hinein, durch den Eldar gekommen war.

Die Wände aus mächtigen Steinquadern waren so hoch, daß die Laterne nicht bis oben leuchten konnte. Eldar kam sich winzig klein vor, wie ein Fremdling, der hier nichts zu suchen hatte, aber Nalika bewegte sich so sicher, als wäre sie schon oft dagewesen und als wäre es für sie selbstverständlich, hier zu sein.

Bevor sie aus dem Tempeltor in die Vorhalle hinaustraten, löschte Nalika die Laterne, zog ein dunkles Tuch hervor und band es über ihr Haar. Dann erst glitt sie ins Freie hinaus. Eldar stellte erleichtert fest, daß er im Tempel doch nicht zuviel Zeit verloren hatte. Die Sterne funkelten nicht mehr so kräftig, aber bis der Morgen dämmerte, würde es noch eine Weile dauern.

„Nalika", wisperte er, „in dem geheimnisvollen Land wohnen seltsame Geschöpfe. Drei von ihnen sind mit uns gegangen. Sie sind im Bohnenacker bei Onari, dem Mädchen aus den Wäldern."

Seine Augen hatten sich an die Dunkelheit gewöhnt, er konnte Nalikas Gesicht deutlich sehen, dieses Gesicht, das ihm, solange er sich erinnerte, Angst eingejagt hatte. Auch jetzt konnte er sich nicht ganz davon freimachen.

„Was für Geschöpfe sind mit euch gegangen?" fragte sie.

„Zwei Narni – das sind Tiermenschen – und ein Wassergeist."

„Und ihr habt den Jungen befreien wollen – ganz allein und ohne Hilfe?“

Er nickte. Sie sah ihn mit einem rätselhaften Blick an, den er sich nicht zu deuten wußte, fragte aber nicht weiter und huschte die Treppe hinunter. Er folgte ihr und dachte bei sich, daß sie schon oft hier im Finstern gegangen sein mußte, so geschickt wußte sie jeden geborstenen Quader und jede Steinfigur als Deckung zu nützen.

Am Fuß des Hügels hielt sie an und ließ ihn vorausgehen. Er bog die Bohnenstauden auseinander, schlüpfte hindurch und hielt sie vorsichtig für Nalika zur Seite, damit keine Ranke geknickt wurde.

Onari und die Narni kauerten in der Furche, genau an der Stelle, wo er sie zurückgelassen hatte. Das Rascheln der Blätter und Schoten mußte ihnen verraten haben, daß er kam, wenn sie nicht schon das leise Geräusch der Schritte auf der Treppe wahrgenommen hatten. Onari hatte sich erwartungsvoll halb aufgerichtet. Als sie sah, daß er nicht allein war, schaute sie ihn fragend an.

Er faßte ihre Hand. „Es ist Nalika“, flüsterte er beruhigend. „Ich habe sie oben im Tempel getroffen, sie und noch andere aus Gondarit. Deshalb hat es so lange gedauert. Wir haben Freunde gefunden und brauchen uns nicht im Tempel zu verstecken. Nalika bringt uns in ihre Hütte.“

Wirligig schlief friedlich. Auch die Narni zeigten keine Furcht.

„Du bist also das Mädchen aus den Wäldern, das den Jungen aus der Welt Jenseits gerufen hat“, fragte Nalika.

„Ja. Hast du ihn gesehen? Weißt du, wo er ist?“

„Er ist in der Burg.“

„Führst du uns zu ihm?“

„Du stellst Fragen, die ich nicht beantworten kann. Kommt jetzt!“

Sie schlichen gebückt durch die fast mannshohen Stauden. Die aufgeworfelte Erde war trocken und krümelig; Eldar hoffte, daß keine Spuren zurückblieben. Und wenn auch, dachte er, die Bohnenernte hat noch nicht begonnen, bis es so weit ist, betritt doch niemand den Acker.

Ein leichter Wind war aufgewacht und flüsterte in den lanzenförmigen Blättern. Ein paarmal schrak Eldar zusammen, weil ihm war, als bewegte sich außer ihnen noch jemand im Feld. Er versuchte nicht darauf zu achten und sagte sich, daß der Wind ihr Verbündeter war, weil sein Rascheln in den Stauden jedes Geräusch überdeckte, das sie selber machten. Und bei aller Vorsicht ließ sich nicht vermeiden, daß ab und zu eine Ranke schwankte – auch das mußte ein Beobachter auf der Mauer dem Wind zuschreiben.

Als sie den Rand des Bohnenackers erreicht hatten, hielt Nalika an. Durch die Stauden konnten sie den grauen Schatten der Hütte ausnehmen. Die Straße, die daran vorbeiführte, sahen sie nicht, aber weiter im Hintergrund ragten die dunklen Mauern mit den gelbglühenden Fackeln auf.

Nalika zog ihr Tuch noch tiefer ins Gesicht, gab ihnen mit einer Handbewegung zu verstehen, daß sie ihr folgen sollten, und lief gebückt auf die von der Stadtmauer abgewandte Seite der Hütte zu, drückte sich an die Wand und stieß ein kleines Fenster auf. Als die anderen ihr nachgehuscht waren, deutete sie ihnen wortlos an, durch das Fenster einzusteigen. Es war so nahe am Boden, daß die Narni ohne Mühe hineinklettern konnten.

In der Hütte war es dunkler als im Freien, kein Licht brannte, nur auf einer offenen Herdstelle gloste die Asche. Nalika schloß das Fenster, nahm ihr Tuch ab und hängte es davor, dann warf sie eine Handvoll Reisig auf den Herd. Flämmchen flackerten hoch.

Eldar sah sich neugierig um. Das hier also war die Hütte, die niemand betreten durfte und in der Nalika wohnte, immer allein und schon als Kind von allen gemieden. Der Boden bestand aus festgestampfter Erde, in einem Winkel war ein einfaches Lager hergerichtet, neben dem gemauerten Herd stand ein dreibeiniger Schemel. Einen Tisch, eine Truhe, Stühle oder was sonst in einem Wohnraum zu finden ist, gab es nicht. Die Decke aus ungehobelten Brettern war so niedrig, daß man gerade noch aufrecht stehen konnte, ohne daran zu stoßen.

Wirligig auf Onaris Schulter war aufgewacht, sein wasserhelles Geglitzer erfüllte den düsteren Raum.

„Was ist das für ein Wesen?“ fragte Nalika.

„Wirligig!“ antwortete Onari. „Er ist ein Dschinni.“

„Ein Dschinni?“

„Dschinni sind Wassergeister, sie leben im Verbotenen Land.“

„Und diese zwei da mit ihren Pelzgesichtern?“

„Das sind Narni. Sie heißen Pai und Tli.“

Die beiden blickten aus sanften Augen zu Nalika auf. Tli hatte mit der Pfote Onaris Rock gefaßt und hielt sich daran fest.

„Was für seltsame Geschöpfe“, murmelte Nalika. „Aber nicht weniger seltsam ist es, daß du, ein Mädchen aus den Wäldern, hierher nach Gondarit kommst. Wer hat dich unsere Sprache gelehrt?“

„Großvater Tatoka. Dein Vater hat dich einmal zu uns in die Wälder gebracht. Erinnerst du dich noch daran?"

„Darf eine wie ich Erinnerungen haben? Darf eine wie ich an eine Zeit denken, in der sie glücklich war? Nein, Onari aus den Wäldern, für mich gibt es keine Erinnerung. Solange der Große Gond lebt, ist für mich alles tot, was vorher war. Ich will nicht darüber reden. Eldar, der Morgen kommt, aber bis die Sonne aufgeht und die Tore von Gondarit sich öffnen, bleibt uns noch Zeit. Erzähle mir jetzt deine Geschichte und die deiner Gefährten."

Eldar hätte lieber zuerst Onari alles erklärt und ihr gesagt, was sich oben im Tempel zugetragen hatte, aber er wagte nicht, Nalika zu widersprechen. Sie kauerten sich alle auf den Boden, nur Nalika setzte sich auf den Kaminrand.

Eldar begann zu sprechen, leise und gedämpft, damit keiner, der zufällig draußen vorbeikam, seine Stimme hören konnte. Er fing mit jener Nacht an, als er sich das Leben hatte nehmen wollen, er erzählte vom Weißen Wolf, von Onari und Thomas, dem Jungen aus der Welt Jenseits, und dem Uralten Spruch der Dunklen Leute. Er berichtete, wie sie über den Fluß gefahren und durch das Verbotene Land gewandert waren. Am Anfang stockte er mehrmals und sprach nur zögernd, weil er immer wieder daran denken mußte, wie unwahrscheinlich sich alles anhörte für einen, der nicht dabeigewesen war. Allmählich aber verlor er die Scheu und sprach immer freier. Nalika hörte ihm schweigend zu, unterbrach ihn nicht und stellte keine Frage. Sie hatte die Hände um die Knie geschlungen und hielt den Kopf gesenkt. Nur als Eldar davon berichtete, wie Onari den Schwarzen König und seine Diener am See erlöst hatte, hob sie das Gesicht und schaute Onari einen kurzen Augenblick an. Dann saß sie wieder reglos, und erst, als er vom Land der Strahlenden Felsen erzählte, blickte sie erneut auf.

„Du willst Lissien-Aroi gesehen haben?" fragte sie.

„Im Traum, Nalika!"

Sie sah ihn prüfend an. „Erzähl weiter!" befahl sie. Er fühlte sich wieder so befangen wie am Anfang und war froh, als er ans Ende kam.

Es war sehr still in der Hütte.

„Das ist eine wunderbare Geschichte, Eldar", sagte Nalika nach einer langen Pause, „so wunderbar, daß niemand sie dir glauben würde, hättest du nicht die Geschöpfe aus dem unbekannten Land mitgebracht. Wir in Aran wissen nichts von einem Uralten Spruch, und wir kennen den Weißen Wolf nicht, das sind Geschichten der Dunklen Leute, aber wenn du die Wahrheit sprichst und das Traumgesicht richtig deutest, sind Lissien-Aroi und der Weiße Wolf ein und derselbe in anderer Gestalt. Ich dachte nicht, daß es eine gute Nachricht sei, als meine Freunde in den Tempel kamen und sagten, in der Burg flüstere man sich zu, ein Bote aus der Welt Jenseits sei gekommen. Was konnte es Gutes für uns bedeuten! Aber wenn der Junge auf unserer Seite steht – was vermögen wir da nicht alles!"

Sie sprang auf. „O Lissien-Aroi!" rief sie mit unterdrückter Stimme. „Wie oft habe ich zu dir gerufen, aber du bist stumm geblieben. Hast du durch diese Kinder zu uns gesprochen?" Sie hatte den Kopf zurückgeworfen und sah über die anderen hinweg, als könnte sie etwas erblicken, das nur für sie sichtbar war.

Durch die Fugen und Ritzen der Bretterwände sickerte graues Dämmerlicht. Nalika fuhr sich mit der Hand über die Stirn.

„Ihr seid müde", sagte sie. „Unter dem Dach ist Platz für euch. Es ist besser, wenn ihr euch tagsüber dort oben versteckt." Sie reckte sich hoch, nahm einen der Deckenbalken, der nur lose eingefügt war, herunter und lehnte ihn an die Wand.

Eldar blickte hinauf. Zwischen Dach und Hüttendecke war nicht viel Raum – stehen konnte man auf keinen Fall –, aber sobald der Balken wieder eingefügt war, verriet nichts, daß sich außer Nalika noch jemand in der Hütte aufhielt. Er wollte Pai schon hochheben, als Onari ihn am Ärmel faßte.

„Hast du unseren Schilien vergessen?" fragte sie. „Über soviel wurde geredet, nur nicht darüber, wie wir ihn befreien können. Wenn wir hier in der Hütte bleiben, wie kommen wir dann in die Stadt und in die Burg?"

Nalika sah sie an. „Sprichst du von dem Jungen aus der Welt Jenseits?"

„Ja! Mein Herz hat keine Ruhe, bis er nicht wieder bei uns ist."

„Ohne meine Hilfe könnt ihr nichts für ihn tun. Er ist nicht in Gefahr."

„Woher weißt du das? Er wartet auf uns. Wir sind gemeinsam in das Verbotene Land gegangen, und wir haben einander nie verlassen."

„Ich habe dir gesagt, daß er nicht in Gefahr ist. Warum denkst du nur an diesen Jungen, wenn es darum geht, dein und mein Volk zu befreien?"

„Weil ich es war, die ihn gerufen hat! Weil er mein Schilien, mein Bruder ist. Soll ich hier warten, während er ein Gefangener in der Burg ist? Soll ich hier warten, bis man ihn tötet?"

„Zu viele mußten sterben, Onari, ich habe keine Tränen mehr für die Toten. Und wenn ich mein Leben opfern muß oder das eines anderen – solange ich meinem Volk helfen kann, frage ich nicht danach."

„Auch ich will meinem Volk helfen. Aber darüber vergesse ich meinen Schilien nicht!"

Nalika wandte sich jäh an Eldar. „Und du? Denkst du so wie sie?"

Er zögerte. Er dachte daran, wie schwer, ja fast unmöglich es war, ohne Hilfe in die Burg zu kommen. Er dachte daran, was ihn und Onari erwartete, wenn man sie entdeckte. Wie Nalika glaubte er, daß einem, der aus der Welt Jenseits kam, in Gondarit kein Leid geschehen würde. Aber war er wirklich so sicher? Wußte er, was der Lichterregen in dieser Nacht bedeutete? Wenn der Meister dem Großen Gond verraten hatte, warum Thomas nach Gondarit gekommen war...?

„Ich werde das tun, was Onari tut", sagte er.

„Dann geht! Geht fort! Alle!" stieß Nalika hervor. „Morgen wird es ein paar Gefangene mehr in den Dunklen Kammern des Todes geben. So viele Jahre habe ich auf die Stunde gewartet, da der Große Gond für alles büßen muß, was er getan hat. Ich habe nur dafür gelebt. Wie hätte ich ertragen können, was ich habe ertragen müssen, wäre mir nicht diese eine Hoffnung geblieben? Und jene Menschen in Gondarit, die nicht vergessen haben, daß sie einmal frei waren – auch sie haben nur für diese Stunde gelebt. Jetzt werden wir sterben müssen, sie, ich, wir alle, nur weil wir so töricht waren, einem Jungen zu vertrauen, der eine seltsame Geschichte erzählte."

„Nalika, wir verraten dich nicht!"

Sie lachte wild auf, preßte die Hände an die Schläfen und kauerte sich auf den Kaminrand, das Gesicht unter dem Haar verborgen.

Die beiden Narni waren unruhig geworden, sie blickten bald auf Eldar und Onari, bald auf Nalika. Wenn sie auch nichts verstehen konnten, so schienen sie doch zu spüren, was vorging, sie faßten einander an den Pfoten, trippelten zum Kamin und zirpten. Pai zupfte Nalika am Kleid. Sie wandte ihnen langsam das Gesicht zu. Tli stieß einen zärtlichen Laut aus und legte mit derselben Gebärde, wie er es bei Onari immer tat, den Kopf an Nalikas Knie. Sie hob die Hand, als wollte sie ihm über den Pelz streichen, ließ sie aber wieder sinken.

„Bleibt hier“, sagte sie plötzlich ganz ruhig. „Allein und ohne Hilfe gelingt es euch nie, in die Burg zu kommen. Ich werde euch helfen. Nur nicht heute! Laßt mir Zeit! Ich muß mich erst mit meinen Vertrauten beraten. Aber ich verspreche euch, daß ich alles tun werde, um den Jungen zu beschützen. Vergeßt nicht, daß er für uns nicht weniger bedeutet als für euch. Ich habe Freunde in der Burg. Wenn ihm Gefahr droht, werden sie mir Nachricht geben. Dann werde ich in die Stadt gehen und auf allen Straßen und Plätzen verkünden, daß ein Bote aus der Welt Jenseits in der Burg ist und daß der Große Gond ihn töten will. Niemand wird mich daran hindern, keiner der Söhne Gonds und keiner der Schatten Schachtars, denn sie fürchten mich alle. Wenn aber euer Freund nicht in Gefahr ist, dann seid geduldig. Laßt mich bestimmen, wann der rechte Augenblick gekommen ist, ihn zu befreien.“ Sie schob Pai und Tli beiseite, stand auf und trat zu Onari.

„Bist du nun zufrieden, Mädchen aus den Wäldern?“

„Ja! Der Vater der Sterne wird dir danken. Du bist gut zu uns, Nalika.“

„Gut? Nein, das bin ich nicht. Ich weiß nicht mehr, was es heißt, gut zu sein. Geht jetzt schlafen, bevor ich bereue, was ich euch versprochen habe.“

Eldar hob die beiden Narni nach oben, reichte ihnen die Bündel, schwang sich selber hinauf, streckte die Arme hinunter und half Onari, durch den Spalt zu klettern. Der Raum zwischen Decke und Dach erlaubte ihnen, sich hinzuhocken, aber sie mußten aufpassen, nicht mit den Köpfen an die Holzschindeln anzustoßen. Nalika hatte den Balken von unten wieder eingefügt. Onari und Eldar streckten sich nebeneinander aus. Pai und Tli kuschelten sich zusammen und schliefen bald ein. Wirligig hatte sich einen Schlafplatz auf einem der Dachbalken gesucht; nur ein leichter Schimmer verriet, wo er saß.

Die Hütte war erfüllt von kaltem, grauem Morgenlicht. Eldar und Onari spähten durch eine Ritze zwischen den Balken hinunter. Nalika saß auf dem Schemel neben dem Herd, sie hatte den Kopf in die Arme gestützt und starrte in die verlöschende Glut.

Eldar legte den Arm um Onari, sie rückten noch näher aneinander, und er erzählte ihr flüsternd, was sich im Tempel zugetragen hatte, er erzählte ihr von den Vermummten, von denen er nicht wußte, wer sich in den Kutten verbarg; sie sprachen von Thomas, wann und wie es ihnen gelingen würde, ihn zu befreien. Dann lagen sie still nebeneinander, bis auch sie eingeschlafen waren.

XXIII.

Thomas in der Burg

Schritte auf dem Gang, die hallend näherkamen, weckten Thomas aus dem Schlaf. Er fuhr hoch und brauchte einen Augenblick, bis er ganz wach war und sich zurechtfand. Dunkel umgab ihn, aber in diesem fensterlosen Raum, in den kein Schimmer Tageslicht fiel, hatte er jedes Zeitgefühl verloren, er wußte nicht, wie lange er geschlafen hatte, ob es schon Morgen war oder noch mitten in der Nacht.

Alleinsein und Finsternis waren so schwer zu ertragen gewesen, daß Thomas aufatmete, als er die Schritte hörte. Er stand auf und starrte halb erwartungsvoll, halb ängstlich auf die Tür. Die Schritte hielten an, ein Schlüssel drehte sich im Schloß, der Riegel wurde zurückgeschoben. Die Tür öffnete sich, Fackelschein fiel in die Kammer. Ein junger Mann in der Kleidung der Hauptleute trat ein. Der Fackelträger war ein halbwüchsiger Bursche, der einen gelben Kittel und eine rote Hose trug, mit silbernen Bändern verziert und aus feinerem Stoff als die Kleidung der Dorfbewohner.

Der Hauptmann verneigte sich vor Thomas und sagte: „Mein Name ist Eonar. Der Große Gond schickt mich zu dir, damit ich dich in seinem Namen in Gondarit willkommen heiße."

Thomas hatte die Hoffnung, daß seine Herkunft aus der Welt Jenseits ihn schützen würde, längst aufgegeben. Er war auf diesen freundlichen Empfang überhaupt nicht vorbereitet, brachte kein Wort heraus und neigte nur grüßend den Kopf, wie es Eonar getan hatte. Eonar betrachtete ihn ernst und ruhig, aber mit kaum verhülltem Interesse. Die stumme Musterung machte Thomas verlegen, ihm wurde bewußt, wie verwahrlost seine Kleider nach der langen Wanderung waren und wie schäbig die staubbedeckten Schuhe. Noch dazu hatte er sich seit zwei Tagen nicht waschen können.

Nach Eldars Erzählungen war Eonar Hauptmann der Burgwache und bei allen Söhnen Gonds und den Bewohnern der Stadt beliebt. Thomas deutete es als gutes Zeichen, daß nicht Momm, sondern dieser junge Hauptmann gekommen war, ihn zu holen. Die Uniform der Hauptleute, die an Momm nicht zur Wirkung gekommen war, stand Eonar ausgezeichnet. Das Schwert am silberbestickten Gürtel hatte eine feinziselierte Scheide. Der rote Schultermantel machte Eonar noch größer, als er war.

„Komm mit mir, Junge aus der Welt Jenseits!" bat er.

Der Fackelträger, der Thomas die ganze Zeit angestarrt hatte, ging voran und leuchtete. Thomas schritt neben Eonar durch den langen Gang mit den vielen Türen – ob dahinter auch so finstere Kammern lagen, in denen Menschen eingeschlossen waren? Sie gingen nicht zurück zur Treppe, über die man in den Burghof kam, sondern in die andere Richtung und stiegen Stufen hinauf, die in Schneckenwindungen nach oben führten, ziemlich hoch hinauf, und in einem Arkadengang endeten. Der Bursche löschte die Fackel. Es war heller Tag. Sonnenlicht fiel in breiten Streifen durch die Arkaden. Eine Tür stand einladend offen.

Als sie über die Schwelle getreten waren, fand Thomas sich in einem prächtig eingerichteten Zimmer. In der Mitte stand ein reichgedeckter Tisch. Bunte Teppiche bedeckten den Boden, die Wände waren bis zur Decke getäfelt. Ein goldbestickter, scharlachroter Vorhang aus schwerem Stoff schloß eine Nische oder einen Erker ab.

Einige Burschen, die wie der Fackelträger gekleidet waren, standen bereit und betrachteten Thomas mit unverhohlener Neugier, aber auch mit einer gewissen Ehrfurcht. Einer der Burschen zog auf einen Wink Eonars den Vorhang zurück. Thomas erblickte eine Nische mit einem hölzernen Badezuber, in dem heißes Wasser dampfte. Daneben lagen auf einer Bank ausgebreitet Kleidungsstücke, die offensichtlich für ihn bestimmt waren: Unterwäsche aus feinem Leinen, Hemd und Hose aus gelber Seide, Schnabelschuhe aus rotem Leder und ein mit goldenen Sonnen bestickter roter Seidenmantel. Die Säume von Hemd, Hose und Mantel waren mit glitzernden Steinen besetzt, daß es nur so funkelte und blitzte.

„Das hat mein Herr noch heute nacht für dich vorbereiten lassen", erklärte Eonar.

Thomas wußte nicht, ob er wirklich munter war, oder ob er alles nur träumte und gleich in der finsteren Kammer auf dem harten Steinboden erwachen würde. Er ließ sich zur Nische führen, legte die staubigen Kleider ab und stieg in den Zuber. So lange hatte er nicht mehr gebadet! Es war herrlich, sich in dem warmen Wasser auszustrecken und darin herumzuplätschern. Als er endlich genug hatte und herausstieg, rieben ihn die Diener mit weichen Tüchern trocken. Er zog die Leinenwäsche an, das seidene Hemd und die seidene Hose. Einer der Diener stellte die roten Schuhe vor ihn hin, damit er hineinschlüpfen konnte, ein anderer nestelte ihm die Schnurbänder zu, wieder einer hängte ihm den Mantel um die Schultern und schloß die goldene Schließe, der nächste kämmte ihm das Haar und setzte ihm einen silbernen Stirnreifen auf.

Er ließ alles stumm über sich ergehen. Noch nie im Leben war er so bedient worden, und die Kleider waren prächtig wie die eines Prinzen. Auch der Tisch, an den er sich nun setzen mußte, war königlich gedeckt. Auf silbernen Platten lagen Bratenstücke, weißes, knuspriges Brot und kleine Kuchen mit verschiedenfarbigen Zuckerglasuren. In silbernen Körbchen waren Nüsse, Äpfel und andere Früchte. Einer der Burschen goß aus einer Glaskaraffe Wein in einen Becher.

„Nach dem weiten Weg wirst du hungrig sein", sagte Eonar.

„Ja, es war ein weiter Weg", antwortete Thomas, aber er dachte dabei nicht an seine eigene Welt, die er verlassen hatte, er dachte an die Wanderung durch das Verbotene Land. Er griff nach einer Weißbrotschnitte. So würzig und gut hatte ihm Brot noch nie geschmeckt. Er kostete den Braten, und dann konnte er nicht mehr aufhören zu essen. Es war, als müßte er die mageren Mahlzeiten vieler Tage mit einer einzigen Mahlzeit nachholen.

Schließlich brachte er nichts mehr hinunter, obwohl Körbchen und Platten noch nicht leer waren. Er nahm noch einen Schluck Wein und lehnte sich dann übersatt in den Sessel zurück. Warum hatte man ihn gestern abend wie einen Gefangenen in die finstere Kammer gesperrt, wenn man ihn heute morgen festlich bewirtete und ihm kostbare Kleider gab? Er hätte gern Eonar gefragt, wagte es jedoch nicht. Er sagte sich aber, daß er – zumindest im Augenblick – nicht in Gefahr war, und das ganze Abenteuer fing an, ihm Spaß zu bereiten.

Eonar war die ganze Zeit neben dem Tisch stehengeblieben, jetzt bat er Thomas, mit ihm zu kommen. Sie verließen den Raum, traten wieder in den Arkadengang hinaus und gingen über unzählige Treppen und durch unzählige Gänge weiter in die Burg hinein. In einem der Korridore hing ein großer Spiegel, und Thomas konnte nicht umhin, sich darin zu betrachten. Beinahe hätte er sich selber nicht erkannt, so vornehm wirkte er in seiner prächtigen Kleidung. Unwillkürlich hielt er sich aufrechter als sonst und schritt gemessener aus.

Auf dem Weg durch die Burg blieben sie nicht unbeachtet. Überall standen wie zufällig Söhne Gonds und kleine Gruppen von Dienern und Dienerinnen in rotgelben Kleidern. Wenn der Hauptmann und der fremde Junge vorbeigingen, verneigten sich alle, und Thomas fing so viele neugierige und ehrfurchtsvolle Blicke auf, daß er bald vor Verlegenheit nicht mehr wußte, wohin er schauen sollte.

Endlich gelangten sie zu einem breiten Treppenaufgang, der in einen großen Saal hinaufführte. Oben, an der offenen Flügeltür, hielten Söhne Gonds mit gekreuzten Lanzen Wache; als sie Eonar und Thomas erblickten, traten sie zurück und gaben den Weg frei. Eine Reihe hoher, mit steinernen, buntbemalten Ranken verzierter Fenster machte den Saal hell und freundlich. Sonnenfriese schmückten die Wände. Der Boden bestand aus geschliffenen Steinplatten.

Am Ende des Saales, vor einer dunklen Holztür, stand ein Mann in einem schwarzen, silberbestickten Mantel. Im ersten Augenblick dachte Thomas, dies müsse der Große Gond sein, bis ihm einfiel, daß nur einer in Aran einen solchen Mantel tragen durfte: Schachtar, der Herr der Schatten. Die Füße wurden Thomas plötzlich schwer. Der Weg durch den Saal schien endlos lang. Thomas fing an, die Fenster zu zählen, an denen sie vorbeikamen: eins, zwei, drei – ein viertes Fenster – noch eines und noch eines. Er wünschte sich, seine alten Kleider wieder zu tragen und weit fort zu sein, bei seinen Freunden.

Ja, er wäre sogar lieber wieder in der kalten finsteren Kammer gewesen, als diesem Mann gegenübertreten zu müssen. Aber das Wünschen half nichts, sie kamen ihm immer näher, und dann standen sie vor ihm.

„Du kannst gehen, Eonar!" befahl Schachtar.

Eonar verbeugte sich wortlos, wandte sich um und schritt durch den Saal zurück. Thomas war zumute wie jemandem, den ein Freund in Stich läßt.

„Der Herr von Aran erwartet dich", sagte Schachtar.

Als einziger in der Burg zeigte er keine Neugierde, sein Gesicht verriet nichts. Er öffnete die Tür, hieß Thomas eintreten und schloß sie hinter ihm, ohne selber hineinzugehen.

Thomas stand in einem nicht sehr großen, aber hohen Raum. In den roten und gelben Scheiben eines spitzgiebeligen Fensters brachen sich die Sonnenstrahlen, und unwirkliche Farbreflexe erfüllten den Raum, der nach dem lichtdurchfluteten Saal düster war. Eine kunstvoll geschnitzte Täfelung reichte bis zur Decke hinauf. An der Wand, Thomas gegenüber, saß auf einem erhöhten Thronsessel ein Mann in einem goldbestickten Mantel. Thomas wußte, daß er vor dem Großen Gond stand.

Es war sehr still, von draußen drang kein Geräusch herein. Der Mann auf dem Thron und der Junge sahen einander an. Zwischen ihnen, auf dem Boden, lag ein Streifen roter und gelber Lichtflecke.

„Sei willkommen in meiner Burg, Kind aus der Welt Jenseits", sagte der Große Gond. „Als heute nacht der Meister kam, verkündete er mir, daß du auf dem Weg zu uns bist."

Alles andere hätte Thomas eher erwartet als eine solche Begrüßung. Er glaubte, nicht recht gehört zu haben. Der Meister war dem Großen Gond erschienen und hatte ihm berichtet, daß wieder einer aus der Welt Jenseits gekommen war? Konnte das sein? Thomas war verwirrt und wußte nicht, wie er sich verhalten sollte. Er blickte in das Gesicht des Großen Gond. Es war ein hageres Gesicht, das in der eigenartigen Beleuchtung bleich wirkte. Von den schmalen Nasenflügeln abwärts führten tiefe Furchen. Die hohe Stirn wurde durch den Goldreifen betont. Am auffallendsten waren die düster brennenden Augen.

Da der Große Gond nicht weiter sprach, beschloß Thomas, vorläufig auch nichts zu sagen. Eine lange Weile sahen die beiden einander schweigend an.

Der Große Gond sah vor sich einen Jungen, der sich nicht viel von den Jungen aus Aran unterschied, nur war sein Haar braun und nicht blond. Ein paar Sommersprossen auf Backenknochen und Nasenrücken verstärkten den kindlichen Eindruck. Hatte die Nebelwand, die seit undenkbaren Zeiten über dem Fluß lag, sich gelichtet, als dieser Junge die Grenze überschritt, die das Land Aran von der fernen Welt Jenseits trennte? Was bedeutete sein Kommen? Warum zeigte er keine Furcht?

In der durch nichts gebrochenen Stille, in dem geheimnisvollen Halbdunkel verspürte der Große Gond eine Regung, die ihm unbekannt war. Eine flüchtige Erinnerung an jene Zeit stieg in ihm hoch, als er selber jung gewesen war und den Menschen noch hatte vertrauen dürfen. Denn jetzt kannte er nur noch Mißtrauen. Wenn seine Söhne in den Kampf zogen und bereit waren, für ihn zu sterben, fragte er sich, wer von ihnen nicht im Geheimen danach trachtete, ihm seine Macht zu rauben. Wenn er nachts aus dem Schlaf schreckte, weil die Schritte der Wache vor der Tür ihn geweckt hatten, glaubte er im Schatten, den ein Schrank warf, einen Mörder zu erblicken, der in sein Zimmer eingedrungen war.

All das mußte er ertragen um seiner Vision willen, seines Traumes von einer Welt, in der kein anderes Volk so stark und mächtig und reich sein sollte wie das von Aran. Aber die Toten, die wegen dieses Traumes hatten sterben müssen, rächten sich. Im ganzen Land Aran gab es niemanden, dem der Herr von Aran sich anvertrauen konnte, immer war es nur Schachtar, den er zu sich rufen lassen konnte.

Die Nacht im Turm war so lang gewesen. Die Stunden hatten nicht verstreichen wollen. Der Schlaf hatte ihn gemieden. Der Große Gond fühlte plötzlich seine Einsamkeit, zu der ihn seine Macht verurteilt hatte.

Er streckte die Hand aus. „Komm zu mir!“ sagte er.

Thomas trat näher.

„Setz dich!“ sagte der Große Gond.

Thomas nahm auf den Stufen des Thrones Platz.

Der Große Gond begann zu sprechen. Er fragte das Kind aus der Welt Jenseits, ob es wisse, daß es dem zu Füßen sitze, den der Meister von allen Menschen in Aran auserwählt habe, die Welt zu verändern. Er sprach von der Last dieser Aufgabe, von der Last seiner Berufung. Er sprach von der Einsamkeit großer Männer, die von den Freuden menschlicher Gemeinsamkeit ausgeschlossen sind, die keine Familie haben dürfen, keine Freunde. Er sagte, daß er gleich allen großen

Führern die ihm Anvertrauten zu ihrem Glück zwingen müßte, weil sie selber zu klein wären und erfüllt von ihren alltäglichen Sorgen. Er sprach von einer großen Zukunft, die alle Opfer rechtfertige.

Die ganze Zeit, während er sprach, blickte der Große Gond den Jungen zu seinen Füßen an. Thomas fiel es auf einmal schwer, daran zu glauben, daß dieser Mann, der so überzeugend redete, jener sein sollte, von dem er so viel Schreckliches gehört hatte.

„Aber die Dunklen Leute?" fragte er schüchtern. „Was haben sie dir getan? Sie wollen doch nur in ihren Wäldern leben, so wie es immer war."

„Warum fragst du nach den Dunklen Leuten? Haben sie die Wälder fruchtbar gemacht? Haben sie die Wildnis gerodet? Wozu leben sie? Was verliert diese Welt an ihnen?"

Der Große Gond sprang auf. Der kurze Augenblick der Schwäche war vorüber. Dieses Kind aus der fernen Welt Jenseits war nur ein Werkzeug, das er benützen würde, wie ihm Schachtar geraten hatte.

„Folge mir!" befahl er, stieg die Stufen des Throns hinunter und ging mit raschen Schritten auf die Tür zu. Als er den Streifen Licht querte, den das Fenster warf, fleckten die Farben der Glasscheiben seinen Mantel, und das Gold der Stickerei glühte auf.

Thomas mußte sich beeilen, wenn er nicht zurückbleiben wollte. Sie schritten durch den Saal, vorbei an den Wächtern, gingen die Treppe hinunter und dann eine andere wieder hinauf, wo Männer in Dienerkleidung sich tief verneigten. Weiter und weiter ging der Große Gond, ohne sich auch nur einmal umzusehen, ob der Junge ihm auch folgte, durch lange Korridore und immer wieder Treppen hinauf. In regelmäßigen Abständen kamen sie an Söhnen Gonds vorbei, die jedesmal grüßten, aber von ihrem Herrn nicht beachtet wurden.

Die letzte Treppe, die nicht aufhören wollte, führte auf eine von Zinnen umschlossene Plattform. Thomas sah, daß sie auf dem höchsten der Türme standen, die sich über die Dächer der Burg erhoben. Von hier aus bot sich nach allen Seiten hin ein weiter Ausblick über das Land.

Stadt und Ebene lagen im Licht der Vormittagssonne. In den schräg einfallenden Strahlen waren Straßen und Gäßchen dunkel, dafür leuchtete das Weiß der Häuser umso kräftiger. Der Turm auf dem dritten Hügel zeichnete sich fast greifbar gegen den milchblauen Himmel ab. Der Tempel warf schwarze Schatten und wurde dadurch noch größer und wuchtiger. Die Ebene von Aran glich einem aus Grün und Gelb und Braun gewebten Teppich: grün die Gemüseäcker und Weiden, gelb die Kornfelder und braun jene Äcker, die schon abgeerntet waren und auf denen Pflüge die Erde in Schollen aufgeworfen hatten. Eine blaue verschwimmende Linie in der Ferne – das mußten die Wälder der Dinadan sein, die noch nicht gerodet waren. Die schneebedeckten, fernen Gipfel des Gebirges am Ende der Welt säumten den Horizont nach Norden und Osten. Dort, wo der Fluß die Grenze bildete, flossen Dunst und Licht ineinander.

Die friedlichen Geräusche aus der Stadt unten waren wie das Rauschen einer Brandung. Das Holpern eines Karrens auf den Pflastersteinen war deutlich zu vernehmen, auch das rhythmische Hämmern aus den Schmiedewerkstätten. Auf einem der Kornfelder schwangen Schnitter ihre Sensen. Ochsen trotteten vor Pflügen die Ackerfurchen entlang. Durch den Blick von oben und auf winzige Größe verkleinert, wirkten Arbeiter und Tiere, auch die Söhne Gonds auf den Stadtmauern, wie Figuren auf einem Schachbrett.

Der Große Gond trat an die Brüstung. Der leichte Wind blähte seinen Mantel. Er streckte die Arme aus und wies mit einer weiten Geste auf das Land unter sich. „Komm her, Kind aus der Welt Jenseits!“ rief er. „Sieh dir an, wie Aran sich von Sonnenaufgang bis Sonnenuntergang erstreckt, und wie Feld neben Feld liegt und reiche Ernte trägt, und wie seine Bewohner alle gemeinsam arbeiten, damit jeder in diesem Land genug hat. Das ist mein Werk, ist die Erfüllung meines Traumes, den ich schon träumte, als ich so alt war wie du. Weißt du, wie sie früher lebten, die Menschen dieses Volkes? Jeder hatte nur sein kleines Feld, seinen kleinen Acker, seine paar Ziegen und Rinder. Wenn ein Sommer trocken war und zu wenig Regen fiel, verdorrten die Saaten, und alle hungerten. Sie suchten Erz in den Bergen, aber die Stollen, die sie gruben, waren nicht tief; sie schürften mühsam und brachten nur wenig zu Tage. Sieh dir an, was ich aus diesem Land und aus diesem Volk gemacht habe! Ich befahl ihnen, Wassergräben zu ziehen, damit auch zu Zeiten der Dürre das Korn hoch wächst. Ich befahl, tiefe Stollen zu graben, und nun geben uns die Berge ihre Schätze. Ich machte die jungen Männer zu Kriegern. Ich lehrte die Menschen, sich selber zu vergessen, denn die Gemeinschaft eines Volkes ist mehr als das Wohl eines einzelnen. Wie der Vater sein Kind führt, so führte ich sie. Es gab welche, die wollten nicht hören und nicht sehen, sie verschlossen Augen und Ohren vor meiner Botschaft. Mußte ich sie nicht bestrafen? Wer gegen mich kämpft, ist gegen Aran, denn ich bin nur der erste Diener dieses Volkes. Muß ich nicht hart sein um des Zieles willen? Du hast Mitleid mit den Dunklen Leuten aus den Wäldern? Dann höre, daß ich nur ihr Bestes will! Sie leben wie Tiere in Höhlen, sie wissen den Reichtum ihrer Wälder nicht zu nützen. Nein, ich will sie nicht vernichten. Aus der Wildnis ihrer Wälder will ich sie ans Licht führen. Wenn der Blitz vom Himmel herabfährt, bringt er Tod, aber er spendet auch das Feuer. Feuer verbrennt, was es erfaßt, und doch ist es die große Wohltäterin der Menschen, gibt Licht im Dunkel und Wärme in der Kälte. Ja, ich bin der Blitz, der auf die Erde gesandt wurde, ich bin das Feuer, das die Herzen entzündet!"

Hatte der Große Gond zuerst mit unterdrückter Stimme gesprochen, so war langsam und allmählich, Satz für Satz, seine Stimme immer mächtiger und hallender geworden, bis er die letzten Sätze hinausschrie. Seine Stimme riß Thomas mit, schlug ihn in ihren Bann, eine Kraft der Überzeugung ging von ihr aus, die ihn unfähig machte, sich dagegen zu wehren.

Er hatte keine Ahnung, daß es ihm erging wie so vielen anderen jungen Leuten in Aran. Wären seine Freunde hier gewesen, er hätte nicht mehr gewußt, ob er ihnen glauben sollte oder dem Großen Gond.

Der Große Gond legte Thomas beide Hände auf die Schultern. „Und du?" fragte er. „Du wurdest gesandt, um ein Stück meines Weges mitzugehen. Bist du bereit dazu?"

Thomas nickte. Er konnte nicht anders.

XXIV.

Der Triumphzug

Jedesmal, wenn der Meister im Lichterregen dem Herrn von Aran erschienen war, zogen am Morgen die Ausrufer durch die Stadt. Solange ihre dumpfen Trommelwirbel ertönten, ruhte jede Arbeit, die Bewohner Gondarits traten vor die Häuser, standen still und lauschten. Meist waren es Worte der Ermahnung, die die Ausrufer verkündeten, denn in den letzten Jahren war der Meister immer unzufriedener mit seinem Volk geworden. Stets gab es ein oder zwei oder mehr Familien, die mit verstörten, bleichen Gesichtern aus ihren Häusern kamen. Die Nachbarn vermieden es, sie anzuschauen, rückten von ihnen ab und hielten sich bewußt fern. Im Morgengrauen waren

Schachtars Schatten in die Häuser dieser Familien gekommen und hatten eines der Mitglieder oder mehrere fortgeführt. Jedermann hütete sich, Mitgefühl zu zeigen. Es hätte ja sein können, daß einer von Schachtars Schatten in der Nähe stand – und wer wollte schon in den Verdacht kommen, mit einem Feind des Volkes befreundet zu sein. Womöglich hätten dann Schachtars Männer noch am selben Tag die eigene Familie heimgesucht. Man beglückwünschte sich nur im stillen, daß man selber ungeschoren geblieben war.

In den ersten Jahren der Herrschaft des Großen Gond waren immer nur jene in den Kellern der Burg verschwunden, die den alten Zeiten nachtrauerten und nicht gehorchen wollten. Aber dann, allmählich, war der Meister unberechenbar geworden, und niemand war mehr sicher. Selbst treue Anhänger des Großen Gond wurden von Schachtars Männern verschleppt und angeklagt, sie hätten im Geheimen den Sturz des Großen Gond geplant und ihre Treue nur vorgetäuscht. Jene, die verschont blieben, verurteilten die Verräter und beteuerten sich gegenseitig, daß sie selber nichts zu fürchten hätten, da ihr Gewissen rein sei. Hörten sie aber in der Dunkelheit Schritte vor ihren Häusern, lauschten sie voll Angst und atmeten erst dann wieder frei, wenn niemand vor ihrer Tür stehenblieb und die Schritte verklangen.

Schon in den frühen Morgenstunden dieses Tages hatte sich in der Stadt das Gerücht verbreitet, die Wachen am Tor hätten einen fremden Jungen in Momms Schar gesehen, einen Jungen in Lumpen, der aber keiner der Dunklen Leute gewesen sei. In der Burg, so hieß es, flüstere man sich zu, er komme aus der Welt Jenseits. Die Bewohner der Stadt wollten jedoch nicht recht daran glauben. Gewiß war es irgendein armer Bursche aus den Dörfern gewesen, der sich etwas zuschulden hatte kommen lassen. Warum war aber ausgerechnet in dieser Nacht der Meister dem Großen Gond erschienen? Stimmte es wirklich, daß wieder einer aus der Welt Jenseits nach Aran gekommen war?

Und nun gingen die Ausrufer durch die Straßen, die Trommeln wurden geschlagen, und überall, bis in die kleinste Gasse, ertönten laute Rufe, die das große Ereignis verkündeten. Noch am selben Vormittag würde der Große Gond mit dem Jungen durch die Stadt reiten, damit alle den Gast aus der Welt Jenseits begrüßen könnten.

Zuerst standen die Bewohner von Gondarit stumm da, dann fingen sie gleichzeitig, als hätte ihnen jemand dazu den Befehl erteilt, zu jubeln an und brachen in freudige Schreie aus: „Heil unserem Meister! Heil dem Großen Gond! Er ist unsere Sonne!" Aber alle, die da jubelten, wußten nicht, was die Ankunft des Jungen für sie bedeutete, wußten nicht, ob nicht noch strengere Gesetze eingeführt werden sollten. Sie wußten nur das eine: Von ihnen wurde erwartet, daß sie Freude zeigten.

Sie liefen in die Häuser und holten ihre Festkleider hervor, gelbe Pluderhosen und rote Kittel. Mädchen und Frauen steckten sich Blumen ins Haar. Schon nach kurzer Zeit glich Gondarit einer Stadt, die sich anschickt, ein Freudenfest zu feiern, einer Stadt voll heiterer und glücklicher Menschen.

Das Tor der Burg öffnete sich. Die Burgwache marschierte heraus. Es waren Söhne Gonds, die man zu diesem Dienst auserwählt hatte, weil sie besonders groß und gut gewachsen waren. Die Wimpel mit den roten Sonnen flatterten. An der Spitze der Ehrenwache ritt Hauptmann Eonar.

Die Menschenmenge, die sich auf dem Platz vor der Burg versammelt hatte, wich zurück und machte eine breite Gasse für die Burgwache frei. Das Stimmengewirr verstummte, erwartungsvolle Stille folgte. Nur die Tritte der Stiefel auf dem Steinpflaster waren zu hören.

Dann ertönten aus der Burg feierliche Trommelwirbel. Im Tor erschien der Große Gond. Er saß auf einem der zottigen Pferde Arans, einem starkgebauten, weißen Hengst. An dem goldbeschlagenen Zaumzeug glitzerten Edelsteine. Die rote, reich bestickte Satteldecke hing fast bis zum Boden hinab. Mit der rechten Hand hielt der Große Gond die Zügel, die linke ruhte auf dem Sattelknopf. Das Pferd schnaubte und tänzelte, als wollte es jeden Augenblick im Galopp durchgehen, aber sein Reiter saß ruhig und aufrecht im Sattel. Der wallende Mantel, das unbewegte Gesicht verliehen dem Großen Gond etwas Statuenhaftes, er blickte über die Köpfe der Menschen hinweg, ohne einen aus der Menge anzusehen.

Neben dem Großen Gond, auf einem kleineren, weißzotteligen Aranpferd, ritt ein Junge. Sein Pferd war ebenfalls prächtig aufgezäumt, ein Sohn Gonds schritt daneben her und führte es am Zügel. Der Junge war kostbar gekleidet, ein roter Seidenmantel umhüllte ihn, und um die Stirn trug er einen silbernen Reifen.

Ein paar Herzschläge lang dauerte die gespannte Stille an, dann brachen jene, die dem Tor am nächsten standen, in Hochrufe aus, die sich in der nächsten Sekunde weiter fortpflanzten, bis ein vielstimmiges Jubelgeschrei heranbrandete. Hände reckten sich in die Höhe, ein Blütenregen fiel auf das Steinpflaster nieder.

Thomas, dem all dieser Jubel galt, schaute schüchtern um sich. Die schreiende Menge machte ihn verlegen, er saß ziemlich unsicher im Sattel und war froh, daß nicht er selber die Zügel halten mußte. Zu jeder anderen Zeit wäre er aufgeregt und glücklich gewesen, daß er reiten durfte, aber es macht keinen Spaß, zum erstenmal unter so vielen Blicken ein Pferd zu besteigen, wenn man vorher noch nie auf einem gesessen war. Er wünschte, Eonar ritte an seiner Seite, dann hätte er sich wohler gefühlt, aber Eonar führte die Burgwache an und befand sich ganz vorne an der Spitze des Zuges. Thomas hatte ihn seit dem Morgen nicht mehr zu Gesicht bekommen.

Thomas hielt sich mit beiden Händen am Sattelknopf fest und beneidete den Großen Gond, der so gelassen auf dem Pferd saß. Im ersten Augenblick, bis Blumen niederfielen und sich von überall her winkende Hände erhoben, hatte er nicht einmal unterscheiden können, ob das Geschrei freundlich oder feindlich gemeint war.

Der Große Gond neigte sich zu ihm herab. „Ganz Gondarit hat sich versammelt, dich zu feiern“, flüsterte er. „Zeige ihnen, daß du dich darüber freust. Grüße sie!“

Thomas hob verlegen die rechte Hand und winkte der Menge zu. Ihm wurde fast schwindlig von den vielen Augen, die ihn anstarrten. Unter dem Stirnreif perlte Schweiß hervor, aber er wagte nicht, ihn wegzuwischen.

Weiter ging es die leicht abfallende Straße hinab in die Stadt. Ganz allmählich wurde Thomas sich erst richtig bewußt, daß dieser Jubel wirklich ihm galt, daß diese lachenden, fröhlichen Menschen wirklich ihm zuwinkten. Seine Wangen röteten sich, es fiel ihm plötzlich ganz leicht, die Hand grüßend zu erheben. Er vergaß seine Unsicherheit, reckte sich im Sattel hoch auf, schaute mit glänzenden Augen um sich und ritt dahin wie in einem schönen Traum.

Er konnte sich an dem bunten, festlichen Bild nicht sattsehen. Die Kinder waren alle so hübsch in den gelben Höschen und roten Kitteln. Die Mädchen trugen das Haar offen und hatten Blumen darin stecken. Frauen lächelten ihm zu. Männer streckten ihm die Hände entgegen. Er wurde des Jubels nicht müde und wünschte, der Ritt durch die Stadt sollte nie zu Ende gehen.

Der festliche Zug kam am Haus des Bäckers Anwar vorbei.

Hätte Thomas genauer hingeschaut, so wäre ihm nicht entgangen, daß die Frau, die dort stand, wohl die eine Hand zum Gruß erhoben hatte, aber mit der anderen die rotverweinten Augen verbarg. Er sah nicht das kleine, verängstigte Mädchen, das sich an den Rock seiner Mutter klammerte und nicht begriff, warum die schwarzen Männer den Vater und den Bruder fortgeführt hatten und warum das Nachbarskind vor ihm davongelaufen war und nicht mehr mit ihm spielen wollte.

Eine rote Blüte fiel auf die weiße Mähne des Pferdes und blieb darin hängen. Thomas nahm sie, hielt sie hoch und winkte fröhlich. Die Sonne tauchte die Stadt in Licht. Fensterscheiben blinkten. Die weißgekalkten Wände der Häuser leuchteten. Auf dem Stadtplatz tanzten Mädchen in flatternden roten und gelben Kleidern. Um die Armgelenke hatten sie rote und gelbe Bänder geschlungen, an denen silberne Glöckchen baumelten. Jedesmal, wenn sich die Hände im anmutigen Rhythmus des Tanzes hoben und senkten, klingelten die Glöckchen. Die Tänzerinnen reihten sich in den Festzug ein, und das Geklingel der Glöckchen begleitete den Zug bis zum Stadttor.

Zu beiden Seiten des Tores standen Söhne Gonds, sie hatten die Schwerter gezogen und hielten sie grüßend hoch, so daß die funkelnden Klingen eine Triumphpforte bildeten.

Am Tor kam es zu einem kleinen Zwischenfall. Als Thomas und der Große Gond durch das Spalier der jungen Männer ritten, lief einer davon auf sie zu, faßte Thomas' Hand, küßte sie und zog sich schnell wieder zurück. Es war Lodo gewesen. Nur die ganz Nahestehenden hatten bemerkt, was vorgefallen war, trotzdem verbreitete sich schon in kurzer Zeit die Nachricht in der ganzen Stadt, daß die erste Handlung des Jungen aus der fernen Welt eine barmherzige gewesen war.

„Du siehst, daß ich deinen Wunsch erfüllt habe", sagte der Große Gond zu Thomas. „Der, für den du gesprochen hast, darf ein Sohn Gonds bleiben."

Thomas wurde rot vor Freude. Als sie am Morgen vom Turm herabgestiegen waren, hatte er sich an Lodo erinnert und dessen Bitte vorgetragen. Er hatte nur ein Wort sagen müssen, und Lodo war die Strafe erspart geblieben, die Momm ihm angedroht hatte. Jetzt würde es Momm bereuen, daß er so gemein zu Lodo gewesen war. Und noch mehr würde er es bereuen, daß er Thomas wie einen Gefangenen behandelt hatte. Sollte er sich an Momm rächen? Sollte er dem Großen Gond sagen, was er von diesem seiner Hauptleute hielt? Er beschloß, vorläufig großmütig zu sein und es nicht zu tun. Aber in Zukunft sollte Momm sich hüten!

Seine Freunde fielen Thomas ein. Wenn sie ihn doch sehen könnten in seinen prächtigen Kleidern! Wo mochten sie sein? Wo hielten sie sich versteckt? Er vermißte sie, tröstete sich aber mit dem Gedanken, daß sie jetzt nichts mehr zu befürchten hatten, weil er sie beschützen würde. Trotzdem konnte er sich nicht mehr so freuen wie zuvor.

Trommler auf den Stadtmauern verkündeten mit langgezogenen Wirbeln, daß der Große Gond und der Junge aus der Welt Jenseits durch das Tor ritten. Der Große Gond wollte dem Boten des Meisters das schöne Land Aran zeigen. Bevor der Festzug begonnen hatte, waren Schnitter auf die Felder geschickt worden. Schwere Aranochsen stapften unter dem Joch, während Pflüger mit der eisernen Pflugschar die Schollen aufwarfen und Furchen zogen.

Die jungen Männer der Burgwache hatten entlang der Straße ein Spalier gebildet. Eonar wartete auf seinem Pferd und reihte sich in den Zug ein, neben Schachtar, der hinter Thomas und dem Großen Gond ritt. Bevor der Zug die Äcker erreichte, mußte er an der Hütte der Ausgestoßenen vorbei. Wie am Abend stand Nalika auch jetzt vor der Tür; als einzige in ganz Gondarit trug sie kein festliches Gewand, sondern ihren grauen, knielangen Kittel. Sie stand stumm da, die Augen auf die Vorüberreitenden geheftet, ohne sich zu rühren. Nach dem allgemeinen Jubel fühlte Thomas sich betroffen, daß da jemand war, der ganz unbeteiligt zu sein schien. Er schaute wie gebannt auf sie hin. Jetzt mußte Nalika doch die Hände heben und ihm zuwinken. Nichts geschah. Der Große Gond ritt vorbei, als gäbe es Nalika nicht.

Rechts und links der Straße breiteten sich Äcker und Felder aus. Der Große Gond hob die Hand, und der Zug hielt an. Die Pflüger begannen zu singen. Die Schnitter fielen in das Lied ein und schwangen noch kraftvoller die Sensen. Selbst die Ochsen schienen zu spüren, daß es ein besonderer Augenblick war – vielleicht trieb sie der Gesang an. Sie senkten die mächtigen Nacken unter dem Joch und stampften schnaubend mit geblähten Nüstern vorwärts.

Es war ein eindrucksvolles Bild und ganz dazu angetan, den Wohlstand der Menschen von Aran zu beweisen. Thomas sah aber weder die Felder noch die Pflüger und Schnitter. Er sah noch immer die Ausgestoßene in ihrem grauen Kittel vor sich, ihr ausdrucksloses Gesicht. Alles, was seine Freunde ihm erzählt hatten, kam ihm wieder ins Bewußtsein. Die ganze Zeit war Schachtar hinter ihm geritten. Er hatte nicht darauf geachtet. Jetzt fielen ihm alle Grausamkeiten ein, die Eldar von Schachtar berichtet hatte. Thomas versuchte nicht daran zu denken. Er war doch so glücklich gewesen, als die Menschen in der Stadt ihn gefeiert hatten. Er stellte sich die lachenden Gesichter vor, aber es nützte nichts, das Bild Nalikas verdrängte alles andere. Und wenn er eben vorhin gewünscht hatte, seine Freunde sollten ihn sehen, wie er im Triumph auf weißem Pferd und prächtig gekleidet einherritt, so fragte er sich jetzt erschrocken, ob ihn Onari und Eldar nicht verachten und für einen Verräter halten würden, wenn sie ihn neben dem Großen Gond erblickten.

Ein Vogel flatterte neben der Straße auf, ein unscheinbarer Vogel mit grauem Federkleid, braunen Flügeln und weißen Flecken um den Schnabel, ganz ähnlich den Spatzen im Dorf, die im Sommer in den Gärten und auf den Feldern tschilpten und lärmten und im Winter scharenweise zu den Futterplätzen kamen. Thomas fühlte sich erleichtert, als er einen Vogel hier erblickte, der den heimatlichen Spatzen so gleich sah. Aber irgend etwas stimmte mit dem Vogel nicht. Er schlug matt mit den Flügeln, versuchte sich aufzuschwingen, torkelte und fiel zu Boden und blieb liegen, die Flügel gespreitet, die Federn unnatürlich aufgeplustert und kläglich piepsend.

Thomas wollte schon vom Pferd springen und den Vogel aufheben, als sich die Hand des Großen Gond auf seine Schulter legte und ihn festhielt. Und ihm fiel ein, daß in Aran Vögel als Körnerräuber vergiftet wurden.

Der Vogel sperrte den Schnabel auf. Dann fiel das Köpfchen zur Seite. Der Vogel war tot.

Der Große Gond wandte sein Pferd. Eonar übernahm wieder die Führung der Burgwache, die Söhne Gonds formierten sich in Zweierreihen und marschierten dem Zug voran in die Stadt zurück.

In den Straßen drängten sich noch immer die Bewohner von Gondarit. Keiner wagte fortzugehen, bevor nicht der Herr von Aran und der Gast aus der Welt des Meisters wieder in der Burg waren. Alle hielten sich bereit, um erneut Blumen zu werfen und in Hochrufe auszubrechen. Aber irgend etwas war anders als zuvor. Die Hochrufe setzten zögernder ein. Mädchen vergaßen, ihre Blumen zu werfen. Der Gast aus der Welt Jenseits saß still auf seinem Pferd, er schien nicht zu sehen, daß man ihm zuwinkte, plötzlich glich er einem verzagten, bedrückten Jungen. Als er vorhin durch die Straßen geritten war, hatte sein Gesicht vor Glück gestrahlt, und das hatte es den Menschen in Gondarit leichtgemacht, selber fröhlich zu sein. Der Junge in den schönen Kleidern auf dem weißen Pferd hatte ihre Herzen gerührt. Vielleicht, weil er trotz der seidenen Gewänder gar nicht so viel anders aussah wie die Jungen in Aran.

Zwischen den Brauen des Großen Gond sprang eine Falte auf. Er beugte sich zu Thomas hinab und flüsterte: „Jetzt ist nicht die Zeit zum Träumen! Erwidere ihre Grüße!"

Thomas schaute auf, er sah die düsteren Augen auf sich gerichtet, er spürte die Drohung, die in den geflüsterten Worten lag. Automatisch hob er die Hand und winkte. Er lächelte – freilich war es nur ein gezwungenes Lächeln. Die Bewohner von Gondarit sahen die finstere Miene ihres Herrn und fingen an, sich die Kehlen heiser zu schreien.

Das Gesicht des Großen Gond war wieder starr und unbewegt. Sein Volk tat, was es zu tun hatte, er hätte zufrieden sein können. Aber die Anteilnahme, die der Junge neben ihm weckte, war ihm nicht entgangen, eine Anteilnahme, die die Menschen ihm selbst schon lange nicht mehr entgegenbrachten. Sein Volk liebte ihn nicht mehr. Er suchte diese Liebe auch nicht. Und doch empfand er etwas wie Schmerz, als er die Blicke sah, die dem Jungen und nicht ihm galten.

Vor der Hütte stand noch immer Nalika, in der gleichen Haltung wie zuvor. Onari und Eldar hockten auf dem Bretterboden unter dem Dach. Durch die Ritzen zwischen den Schindeln spähend, hatten sie den festlichen Zug aus der Stadt beobachtet. Sie hatten Thomas gesehen, ihm aber nicht einmal das kleinste Zeichen geben dürfen, damit er wußte, wie nahe sie waren. Das war schwer zu ertragen gewesen. Zumindest hatten sie aber nun die Gewißheit, daß ihm keine Gefahr drohte.

Der Jubel aus der Stadt drang gedämpft bis zur Hütte herüber. Onari und Eldar fragten sich flüsternd, was das alles zu bedeuten hatte. Für Onari war es kaum zu verstehen, daß ihr Schilien in kostbaren Kleidern und mit einem silbernen Reifen im Haar an der Seite des Herrn von Aran ritt. Für Eldar, der wußte, welche Verehrung dem Meister entgegengebracht wurde, war es nicht so unbegreiflich. Ganz erklären konnte er es sich jedoch auch nicht. Was hatte der Große Gond vor? Wie konnten sie zu Thomas kommen, wie ihm Nachricht schicken, wie ihn befreien?

Sie hätten gern Nalika um Rat gefragt, ihre Scheu vor der Ausgestoßenen war aber so groß, daß sie es nicht wagten. Sie fühlten sich ganz verloren. Was im Verbotenen Land so selbstverständlich geschienen hatte – gegen den Großen Gond zu kämpfen und dem Land Aran und dem Land Din die Freiheit zu bringen –, war auf einmal zu einer unlösbaren Aufgabe geworden. Mit seiner glanzvollen Schau hatte der Große Gond ihnen gezeigt, wie mächtig er war und wie schwach sie selber waren. Und da war kein Weißer Wolf, der ihnen im Traum erschien und sagte, was zu tun sei. Eldar und Onari schauten unwillkürlich nach ihren Gefährten aus dem Verbotenen Land, um sich bei ihnen Mut zu holen. Die beiden Narni hockten friedlich in einem Winkel. Aber wo war Wirligig? Er saß nicht mehr auf seinem Dachbalken. Nirgendwo funkelte es, kein glitzerndes Tropfengesprühe tanzte.

Wirligig war fort.

XXV.

Hauptmann Eonar

Der Festzug war in die Burg zurückgekehrt und hatte sich aufgelöst. Die Männer der Burgwache, die zum Dienst eingeteilt waren, befanden sich wieder auf ihren Posten, die anderen waren in ihre Quartiere gegangen. Eonar kontrollierte die Wachen, aber während er es tat, waren seine Gedanken ganz woanders. Schließlich trat er auf die Burgmauer hinaus und blieb dort stehen.

Die Häuser und die Stadtmauern versperrten ihm den Blick auf die kleine Hütte am Rand des Bohnenackers, trotzdem sah er sie deutlich vor sich. Er sah Nalika in ihrem grauen Kittel. Er wünschte, bei ihr zu sein. Schon als Junge war er stundenlang am Tor gestanden und hatte sich gewünscht, zur Hütte hinzugehen und mit dem Mädchen zu reden, das dort als Ausgestoßene lebte und mit dem niemand sprach.

War es Mitleid, das ihn immer zu Nalika hingezogen hatte? Oder Bewunderung? Woher nahm sie die Kraft, dieses Leben zu ertragen, das sie leben mußte? Sie senkte nie den Blick, nicht einmal vor dem Großen Gond.

Auch heute war sie vor der Hütte gestanden, hatte die Augen nicht niedergeschlagen und hatte nicht gejubelt.

Sollte er zu ihr gehen?

Heute, an diesem Tag, an dem alles anders war als sonst?

Der Meister hatte ein Kind als Boten gesandt – war es nicht ein Zeichen, daß er seiner Strenge müde geworden war? Wie Feuer im dürren Gras sich rasch ausbreitet und Halm um Halm entzündet, hatte die Erregung in Gondarit um sich gegriffen. Auch Eonar fühlte sie.

Ich werde zu Nalika gehen, dachte er.

Aber wenn er zu ihr ging, wenn die Wache am Tor es Schachtar meldete – was geschah dann?

Jetzt war er in ganz Gondarit geachtet, war Hauptmann der Burgwache, kein anderer junger Mann hatte eine so angesehene Stellung wie er.

Sollte er das alles aufs Spiel setzen?

Nein, er würde nicht zu Nalika gehen.

Er hatte nicht den Mut dazu.

Er würde in die Burg gehen und noch einmal alle Wachen kontrollieren.

Eonar stieg von der Mauer herab. Als er unten im Hof angekommen war, ging er jedoch nicht in die Burg hinein, sondern trat durch das Tor und schritt langsam die Straße hinab.

Wirligig blieb verschwunden. Eldar hatte seine Scheu überwunden und Nalika leise zugerufen, daß der Wassergeist fort sei. Nalika war rund um die Hütte gegangen, sogar ein Stück in den Acker hinein, aber sie hatte Wirligig nicht gefunden. Jetzt saß sie unten am Herd.

„Er ist bestimmt zu unserem Schilien geflogen", flüsterte Onari.

Tli hatte seinen Kopf in ihren Schoß gelegt. Die Narni machten sich keine Sorgen: Wirligig hatte sie verlassen, um bei seinem Freund zu sein. Für ihn, der schnell wie ein Pfeil durch die Luft flog und durch die kleinste Ritze huschen konnte, gab es gewiß kein Hindernis. Niemand würde ihn aufhalten oder fangen können.

Ob er jetzt schon bei Thomas war?

Onari dachte an ihren Schilien. In den kostbaren Kleidern hatte er so fremd gewirkt. Und zum erstenmal in ihrem Leben hatte sie den Mann erblickt, der ihr Volk vernichten wollte. Das also war der Große Gond gewesen, dieser düsterblickende Mann. Früher hatte sie oft versucht, ihn sich vorzustellen, aber es war ihr nie gelungen, er war immer nur ein drohender Schatten gewesen – ohne Gesicht, wie die Diener des Schwarzen Königs.

Durch die Ritzen der Schindeln fielen die Strahlen der Mittagssonne. In dem engen Raum unterm Dach wurde es immer schwüler. Die Zeit wollte nicht vergehen. Es war ganz still. Nalika saß am Herdrand, ohne sich zu rühren, den Kopf gebeugt, das Gesicht unter dem Haar verborgen. Woran dachte sie, wenn sie Stunden um Stunden reglos verharrte?

Wenn sie wenigstens einmal aufgeblickt hätte! Wenn sie ein Zeichen gegeben hätte, daß sie sich daran erinnerte, wer unter ihrem Dach versteckt war! Aber genausogut hätten Onari und Eldar und die Narni nicht da sein können.

Mittag war längst vorüber. Die Stunden bis zum Abend würden sich endlos lang ziehen. Onari überlegte, ob sie nicht versuchen sollte zu schlafen, aber es war ihr unmöglich, die Augen zu schließen. Sie zwang sich, den Blick von der reglosen Gestalt unten abzuwenden und heftete ihn auf das Muster, das die Sonnenstrahlen auf dem Bretterboden bildeten, ein Netz feiner Linien, die rechteckig die Schindelform nachzeichneten.

Ein Geräusch von unten schreckte Onari und Eldar auf. Die Tür öffnete sich knarrend. In Eldars Körper spannte sich jeder Muskel an. Onari legte die Hand warnend auf Tlis Schnauze. Im Türrahmen zeichnete sich, dunkel gegen das Sonnenlicht, die Gestalt eines Mannes in der Kleidung der Söhne Gonds ab. Die Silberbeschläge auf den Schultern blitzten.

Einen schrecklichen Augenblick lang glaubten Eldar und Onari, sie seien verraten worden und eine Schar der Söhne Gonds käme, sie und Nalika gefangenzunehmen. Dann trat der Mann über die Schwelle, und sie sahen, daß er allein war. Er zögerte, machte einen Schritt vorwärts, schloß die Tür hinter sich und blieb wieder stehen.

Nalika saß so still wie zuvor. Man hätte meinen können, sie habe das Knarren der Tür nicht gehört.

„Nalika!“ sagte Eonar.

Sie hob langsam den Kopf und sah ihn an. „Was willst du?“ fragte sie. „Hat dich der Große Gond gesandt?“

„Nein.“

„Warum kommst du dann in meine Hütte? Hast du vergessen, daß niemand sie betreten darf? Hältst du so das Gesetz deines Herrn?“

Eonar antwortete nicht und schaute sie nur an.

„Geh!“ befahl sie. „Ich will dich hier nicht sehen. Man hat mir alles genommen, bis auf das eine Recht: Allein zu sein in meiner Hütte! Kannst du mir nicht einmal das lassen?“

„Es ist nicht gut, daß du immer allein bist.“

„Bin ich daran schuld?“

„Nein, du nicht! Wir hätten nicht zulassen dürfen, daß man dich ausstößt.“

„Haben die Menschen in diesem Land nicht noch viel Schlimmeres zugelassen?“

„Es war grausam, dich auszustoßen!“

„Das nennst du grausam? Ich bin dankbar dafür! Ich darf jeden Tag die Sonne sehen! Ich höre den Regen, wenn er auf mein Dach fällt, und nachts sehe ich die Sterne. Gibt es nicht andere, die gern mit mir tauschen würden? Jene solltest du bedauern, Hauptmann Eonar, nicht mich! Hast du mit ihnen kein Mitleid? Was haben uns die Dunklen Leute getan, daß wir sie jagen und töten? Was haben uns jene getan, die in den Dunklen Kammern gefoltert werden und sterben? Ich brauche dein Mitleid nicht, spare es dir für diese anderen auf.“

Durch die Ritze zwischen den Brettern sah Onari auf Nalikas Besucher hinab. Er stand unter ihr, sie hätte nur die Hand auszustrecken brauchen, um sein Gesicht zu berühren. Sie hatte ihn erkannt. Es war der junge Hauptmann, der die Burgwache angeführt hatte. Sie lauschte angespannt, kam sich aber dabei vor wie jemand, der ein Gespräch mitanhört, das nicht für ihn bestimmt ist.

Eonar antwortete nicht sofort. Als er zu sprechen begann, brachte er die Worte nur mühsam hervor. „Nalika, glaubst du, ich weiß das alles nicht? Glaubst du, ich wünschte nicht, daß es anders wäre? Ich schwöre dir, ich habe nie das gewollt, was der Meister uns befohlen hat.“

„Warum gehorchst du ihm dann?“

„Müssen wir ihm nicht gehorchen? Müssen wir nicht tun, was er will?“

„Das ist die beste aller Ausreden, Hauptmann Eonar! Der Meister ist verantwortlich, nicht wir selber. Wir tun nur, was er will. Wir möchten es nicht tun, aber was vermögen wir gegen einen, der im Lichterregen kommt. So einfach ist das! Alle Verbrechen können wir begehen – in seinem Namen! Ich sage dir, Eonar, es ist nicht der Meister, der uns schuldig macht, wir sind es, die schuldig werden. Erschiene mir der Meister – erschiene mir Lissien-Aroi selber! – und verlangte er von mir, ich müßte etwas tun, und mein Gewissen sagte mir, daß es böse ist, ich würde nicht gehorchen! Ist es der Meister, der grausam ist? Die alten Geschichten berichten, daß er ein gütiger Mann war. Kann er sich geändert haben, nur weil er zu den Sternen gegangen ist? Gelten da oben, wo er ist, andere Gesetze? Nein, die Menschen in Aran sind es, die den Meister grausam gemacht haben.“

Sie sprang auf.

„Du gehörst auch zu diesen Menschen, Hauptmann Eonar! Der Große Gond wäre nicht so mächtig, hätte er nicht Diener, wie du einer bist. Es ist ja soviel leichter, einem Befehl zu gehorchen, als der Stimme des eigenen Herzens zu folgen. Warum bist du zu mir gekommen, Hauptmann Eonar? Bleib in der Burg, wohin du gehörst.“

Noch nie war sie Eonar so schön erschienen. Er liebte sie. Er wußte, daß diese Liebe ihm zum Verderben werden würde, aber alles, was später geschehen würde, war in diesem Augenblick unwichtig. „Schick mich nicht fort!“ bat er. „Laß mich bei dir bleiben.“

„Ich hasse dich! Ich habe dich immer gehaßt, wenn du an meiner Hütte vorbeigekommen bist, in diesem Gewand da, das du trägst, mit deinen silbernen Spangen und der roten Sonne. Ich hasse dich!“

„Das ist nicht wahr, Nalika!“

Eonar trat ganz nahe an sie heran und streckte die Hände nach ihr aus. Sie stieß ihn mit einer heftigen Gebärde von sich und wich zurück, als wäre die bloße Vorstellung, von ihm berührt zu werden, unerträglich. „Du hast recht, Eonar“, rief sie, „ich hasse dich nicht. Das wäre zuviel Ehre, die ich dir antäte. Ich verachte dich. Und jetzt geh und berichte alles, was ich gesagt habe, deinem Herrn, dem Großen Gond. Nimm den Schatten Schachtars die Arbeit ab. Dazu taugst du! Dafür bist du tapfer genug!“

Eonar war totenblaß geworden. Ohne ein Wort zu erwidern,

wandte er sich um und verließ die Hütte. Die Tür blieb offen stehen. Nalika schloß sie, ging dann an den Kamin zurück und setzte sich neben die erkaltete Asche.

Eldar und Onari sahen einander an.

„Warum hat sie ihn nicht nach unserem Schilien gefragt?" wisperte Onari.

„Was hätte sie fragen können?" wisperte Eldar zurück. „Nur das, was wir schon wissen. Hätte sie zuviel gefragt, wäre Eonar bestimmt mißtrauisch geworden. Er hätte angefangen, darüber nachzudenken, was diese Fragen bedeuten. Und dann hätte er alles verraten können."

„Er sieht nicht aus wie einer, der andere verrät."

„Er könnte es aber unabsichtlich tun. Wäre es notwendig gewesen, ihn auszufragen, hätte Nalika es bestimmt getan. Du mußt ihr vertrauen, Onari! Wir haben sonst niemanden, der uns helfen kann."

Onari begann Tli zu streicheln, immer wieder fuhr sie mit der Hand über die weichen Pelzhaare. Dieses Mädchen, das sie aufgenommen hatte, war ihr so fremd. Warum hilft sie uns? dachte Onari. Was hat sie mit uns vor? Sie ist wie jemand, der Jahr um Jahr, ein Leben lang, an nichts anderes denkt als an das Unrecht, das ihm angetan wurde. Sie haßt den Großen Gond. Sie haßt diesen jungen Mann. Sie kann nur noch hassen.

Uns Dinadan, dachte Onari, hat der Große Gond die Wälder zerstört, die wir lieben, und er hat viele von uns getötet. Aber was er seinen eigenen Leuten angetan hat, ist schlimmer.

Eonar trat aus der Hütte. Auf den grünen Weiden muhten die Rinder. Unter dem hohen blauen Himmel dehnte sich die Ebene von Aran nach allen Seiten. Die Mauern der Stadt waren fast weiß im grellen Licht. Es hatte eine Zeit gegeben, da dieses Bild des Friedens und des Wohlstandes Eonar glücklich gemacht hatte. Damals hatte er an den Großen Gond geglaubt, an den Traum von einem fruchtbaren, blühenden Land, in dem Menschen lebten, die nicht für sich selber, sondern für das Wohl des ganzen Volkes arbeiteten. Ein kleines, nützliches Glied dieser großen Gemeinschaft zu sein, war ihm als das Höchste erschienen, wonach er streben konnte.

Jetzt aber, in diesem Augenblick, als er die Hütte der Ausgestoßenen verließ, konnte er seine Blindheit nicht mehr verstehen. Die reichen Felder und Weiden und die schöne Stadt täuschten nur darüber hinweg, was in Wirklichkeit aus Aran und aus seinen Bewohnern geworden war. Der Preis, den sie bezahlt hatten, war zu hoch.

Nalika hatte nichts als die Wahrheit gesprochen. Sie hatte recht, wenn sie ihn verachtete. Er selber hatte mitgeholfen, daß es so geworden war.

Er ging auf das Tor zu. Er dachte nicht mehr daran, welche Folgen es haben konnte, wenn jemand Schachtar meldete, daß er die Hütte der Ausgestoßenen aufgesucht hatte. Er sah, daß oben auf der Mauerbrüstung Momm stand. Es war ihm gleichgültig. Er ging durch das Tor und erwiderte die Grüße der Wächter nicht. Auf der Hauptstraße, die zur Burg führte, hatten sich die Menschen noch nicht verlaufen. Männer und Frauen in Arbeitskitteln kehrten das Pflaster und sammelten die verwelkten Blüten ein. Wo Eonar vorbeikam, verstummten die Gespräche, man machte ihm gewohnheitsmäßig Platz, aber niemand achtete sonderlich auf ihn. Jedermann war zu sehr mit den Ereignissen dieses Tages beschäftigt.

Eonar bog von der Hauptstraße in eine der Gassen ein und fand sich bald in einem Winkelwerk kleiner Häuser und Gäßchen, ging weiter und weiter, kam in dieselben Gassen, in denen er gerade vorher gewesen war, kam in neue Gassen, nahm nichts wahr und wußte nur, daß er nicht in die Burg zurückkehren konnte.

Halb verdeckt hinter der Brüstung, stand Momm oben auf der Mauer. Er hatte gesehen, wie Eonar die Stadt verließ und auf der Straße dahinging, um dann plötzlich in die Hütte einzutreten. Von diesem Augenblick an hatte Momm sich nicht von seinem Beobachterposten weggerührt.

Momm ließ die Hütte nicht aus den Augen, und während er sich vorstellte, was darin vorging, spürte er das seltsame Verlangen, das ihn immer dazu trieb, vor der Hütte stehenzubleiben und Nalika anzusprechen, obwohl er ihr damit nur Gelegenheit gab, ihm ihre Verachtung zu zeigen. Ein dumpfer Zorn stieg in ihm auf – ein Zorn, der Jahre zurückreichte bis in jene Zeit, als er inmitten gutgewachsener Altersgenossen ein häßlicher, plumper Junge gewesen war, den die Mädchen verspottet hatten.

Damals war er hilflos gewesen – jetzt nicht mehr. Er wußte, wie er es Nalika und Eonar vergelten konnte, daß sie das Gesetz des Großen Gond übertraten und einander verbotenerweise trafen. Dieser junge, hochmütige Bursche mit dem hübschen Gesicht, dem alles so mühelos zufiel und der, kaum erwachsen, schon Hauptmann geworden war, noch dazu Hauptmann der Burgwache, würde für die Stunde in Nalikas Hütte büßen müssen.

XXVI.

Die Flucht aus der Burg

In einem der oberen Stockwerke der Burg, in einer Kammer, von der aus man die Stadt und den Hügel mit dem Turm sehen konnte, saß Thomas am Fenster. Das Fenster war in die dicken Mauern eingelassen und hatte zu beiden Seiten eine kleine gemauerte Sitzbank. Ein Teppich aus buntgefärbter Schafwolle bedeckte den Boden. Auf einer gepolsterten Ruhebank lag der seidene Schultermantel; Thomas hatte ihn achtlos dorthin geworfen.

Eine Schüssel mit kirschenähnlichen Früchten – nur waren sie größer, kernlos und orangefarben – stand auf der Sitzbank Thomas gegenüber. Von Zeit zu Zeit steckte er sich eine der Früchte in den

Mund. Er hatte beim Mittagessen nur wenig hinuntergebracht, weil Schachtar neben ihm gesessen war, das hatte ihm den Appetit genommen. Er war froh gewesen, als man ihn nach dem Essen über eine verwirrende Anzahl von Treppen und durch endlose Gänge in diese Kammer geführt hatte, wo der Gast aus der Welt Jenseits sich ausruhen sollte.

Vom Fenster aus ging der Blick tief hinab. Unten lag ein kleiner, von einer Mauer umgebener Garten. Thomas sah einen alten Mann, der von Beet zu Beet ging und Blumen wässerte. Die bedächtigen Bewegungen des Alten und die friedliche Arbeit, die er ohne Hast verrichtete, beruhigten Thomas. Als der Alte auf ein Gartenhäuschen zuging und darin verschwand, tat es ihm fast leid.

Er steckte die letzte Frucht in den Mund und blickte über die Dächer hin. Am Morgen, als ihn der Große Gond auf den Turm geführt hatte, war ein warmer, goldener Glanz über der Stadt gelegen. Jetzt stand die Sonne hoch und leuchtete jeden Winkel aus, das Bild der Dächer und Häusermauern wirkte viel flacher, und der Himmel hatte weniger Tiefe. Ein leichter Hitzedunst war am Horizont aufgestiegen und verwischte den Blick in die Ferne.

Die Menschen in der Stadt hatten ihre Festtagskleidung abgelegt, alle trugen wieder braune Arbeitshosen und Kittel. Vom Kammerfenster aus wirkten sie klein und sehr weit weg. Thomas schaute wieder in den Garten hinab, er hoffte, der alte Mann würde aus dem Häuschen treten. Der Garten blieb aber verlassen.

Thomas stand auf, ging zur Ruhebank, kniete nieder und drückte das Gesicht in den seidenen Mantel. Er fühlte sich grenzenlos einsam und sehnte sich so sehr nach seinen Freunden, daß es wehtat.

Plötzlich hatte er das Gefühl, daß er nicht mehr allein in der Kammer war, er schrak zusammen und fuhr hoch. Er blickte zur Tür – sie war noch immer geschlossen. Dann hörte er ein silbernes Geklingel, etwas streifte feucht seine Wange, und vor Freude hätte er beinahe laut aufgeschrien.

Es war Wirligig.

Wirligig umtanzte ihn und nahm dabei die verschiedensten Formen an. Einmal glich er einem Rädchen aus Tropfen, das sich blitzschnell drehte, dann hätte man meinen können, er sei ein kleiner Springbrunnen. Selbst das Rieseln und Plätschern des Wassers war zu vernehmen. Im nächsten Augenblick aber war er zu einem feinen Schleier geworden, wie er über Wasserfällen schwebt. Schließlich ließ er sich auf der Ruhebank vor Thomas nieder.

Thomas nahm ihn behutsam in beide Hände. Er spürte das leise Beben wie von Schmetterlingsflügeln, das er so gut kannte.

„Wirligig!“ flüsterte er. „Wenn du nur reden könntest! Wo sind Onari und Eldar und die Narni? Haben sie dich geschickt? Sind sie in der Stadt?“

Das kleine Geschöpf reckte sich hoch und berührte seine Nase mit einem feuchten Wassergeisterkuß. Hernach kuschelte es sich in Thomas' Hände, leuchtete nur noch schwach und hielt sich ganz ruhig.

Eine Weile kniete Thomas da und war einfach froh, nicht mehr allein zu sein. Sehr lange währte dieser glückliche Zustand freilich nicht, ihm wurde wieder bewußt, daß er noch immer in der Burg des Großen Gond war und so wenig wie zuvor wußte, wo er seine Freunde wiederfinden konnte. Wenn sie Wirligig zu mir geschickt haben, dachte er, was wollen sie mir damit sagen? Soll er mich zu ihnen führen?

Wirligig begann wieder zu beben und verströmte Lichtfunken. Thomas hockte sich auf die Ruhebank und setzte ihn auf die Knie. Er lauschte. Vom Gang draußen drang kein Laut in die Kammer, alles war still. Plötzlich hielt Thomas es nicht mehr aus, hier untätig zu warten. Sollte er versuchen, aus der Burg zu fliehen? Vielleicht zeigte ihm Wirligig den Weg zu seinen Freunden. Wenn er sie jedoch am hellen Tage suchte – verriet er sie dann nicht? Sollte er warten, bis es Nacht wurde? Dann waren aber alle Tore der Burg geschlossen. Vielleicht brauchten Eldar und Onari seine Hilfe und hatten deshalb Wirligig gesandt.

Dieser Gedanke ließ ihm keine Ruhe. Er stand auf, hängte sich den Mantel um die Schultern und verbarg Wirligig unter den weichen Falten, ging auf Zehenspitzen zur Tür und zog sie leise auf. Draußen hielt einer der Söhne Gonds Wache, er senkte die Lanze und versperrte Thomas den Weg.

„Hast du Wünsche, Herr?“ fragte er. „Ich werde Schachtar rufen lassen, damit er sie dir erfüllt.“

Thomas schüttelte den Kopf, trat in die Kammer zurück, schloß die Tür und holte Wirligig hervor. „Ich hätte es mir denken können“, flüsterte er ihm zu. „Da stecken sie mich in seidene Kleider und machen ein Theater, aber einen Schritt allein darf ich nicht tun.“

Niedergeschlagen setzte er sich wieder auf die Ruhebank. Wirligig flatterte auf und streifte leicht seine Wange, ganz so, als wollte er ihn trösten.

Er spürt es, ob ich traurig oder froh bin, dachte Thomas, und im selben Augenblick kam ihm ein Einfall. Den Blick bittend auf Wirligig gerichtet, wünschte er sich, so fest er nur konnte, sein kleiner Freund sollte den Mann draußen ablenken und etwas tun, damit er den Posten vor der Tür verließ. Ein paar Sekunden würden genügen. Auf dem Weg in die Kammer war Thomas an einem Nebengang vorbeigekommen, der sich ganz in der Nähe befand. Dort konnte er sich solange verstecken, bis Wirligig den Wächter weit genug fortgelockt hatte und zu ihm zurückgeflogen kam. Er saß ganz still, ganz gesammelt, und meinte zu spüren, wie sich seine Gedanken auf den Wassergeist übertrugen. Wirligig hielt sich ruhig. Wie jemand, der aufmerksam lauscht, dachte Thomas.

Auf einmal flog Wirligig auf – Thomas war nicht darauf vorbereitet, daß es so schnell gehen würde – und glitt wie ein leuchtender Pfeil zur Tür hin. Dort blieb er einladend schweben.

Er hat mich verstanden! dachte Thomas glücklich. Er hat genau verstanden, was ich will.

In aller Eile schlüpfte er aus den Schuhen, knotete die Schnürbänder zusammen und hängte sie über den Arm. Es waren zwar weiche Lederschuhe, aber in Strümpfen konnte er sich bestimmt noch lautloser bewegen. Er schlich zur Tür und öffnete sie sehr langsam, Millimeter um Millimeter. Der Spalt war kaum fingerbreit, als Wirligig schon hinaussauste. Thomas zog die Tür vorsichtig wieder zu, preßte das Ohr daran und horchte angespannt. Das Kettenhemd des Wächters klirrte, als hätte er sich jäh umgewandt. Thomas vernahm – ein ganzes Stück entfernt – Wirligigs lachendes Geklingel. Vom Wächter her kam kein Laut. Wenn er vor der Tür stehenblieb? Sich nicht fortlocken ließ? Wieder lachte Wirligig. Thomas hörte schwere Schritte, die sich im Gang entfernten, und atmete auf.

Er öffnete die Tür und schlüpfte hinaus. Der Wächter stand mit dem Rücken zu ihm am Ende des Ganges und starrte auf ein flimmerndes Etwas oben an der Decke. Thomas huschte fort, glitt in den Seitengang hinein und drückte sich dort an die Wand. Alles kam nun darauf an, wie Wirligig sich verhielt. Hatte er begriffen, daß Thomas hier auf ihn wartete?

Die Schritte des Wächters entfernten sich weiter. Was geschah, wenn er Verstärkung herbeirief? Wenn Söhne Gonds die Burg abzusuchen begannen? Wäre es nicht besser, gleich fortzuschleichen, noch bevor Alarm geschlagen wurde? Aber das hieß, den kleinen Wassergeist im Stich zu lassen, und das wollte Thomas auf keinen Fall tun.

Die nächsten Sekunden verstrichen qualvoll langsam. Und dann, auf einmal, war Wirligig da! Er tanzte und schlug die lustigsten Kapriolen, als wollte er zeigen, wie köstlich er sich unterhalten hatte. Dabei gab er aber keinen Laut von sich.

Thomas streckte die Hand aus, und als Wirligig sich daraufgesetzt hatte, verbarg er ihn unter dem Mantel. Er huschte den Gang weiter, entdeckte eine kleine Treppe und begann hinunterzusteigen.

Da er keine Ahnung hatte, wo er sich in der Burg befand, suchte er seinen Weg auf gut Glück. Treppen und Gänge gab es in verwirrender Anzahl. Einmal mußte er eine Treppe wieder hinauflaufen, weil er unten vom Absatz her Stimmen hörte. Ein anderesmal rettete ihn nur eine Nische davor, entdeckt zu werden. Er konnte sich gerade noch rechtzeitig darin verstecken, bevor zwei Wächter auftauchten. Er hätte sie mit der Hand berühren können, so nahe gingen sie an ihm vorbei, und er glaubte, sie müßten das laute Klopfen seines Herzens hören. Aber sie warfen keinen Blick auf die Nische. Thomas wartete, bis sie um eine Ecke gebogen waren, und schlich weiter.

Als er beinahe daran zweifelte, ob er jemals aus der Burg herausfinden würde und schon ganz mutlos war, kam er zu einer kleinen Treppe, die steil nach unten führte. Die Mauern waren hier besonders dick und bestanden aus klobigen Steinquadern. Nachdem Thomas ein Stück hinuntergestiegen war, befand er sich in völliger Dunkelheit. Dem Mauerwerk entströmte ein dumpfer, feuchter Geruch, kein Fenster oder Lichtschacht ließ Luft herein. Thomas schlug den Mantel zurück und tastete sich in dem Schein, der von Wirligig ausging, die Stufen hinab.

Die Treppe endete in einem hohen, ebenfalls aus dicken Steinquadern erbauten Raum. Durch ein winziges, mit Eisenstäben vergittertes Fenster fielen bündelweise Sonnenstrahlen. In die Mauer eingelassen war eine mit Riegeln verschlossene Eisentür.

Thomas horchte. Von draußen war kein Laut zu hören. Wohin führte diese Tür? In einen der vielen Höfe? In einen der Gärten? Oder gar aus der Burg?

Er beschloß, es auf gut Glück zu versuchen, zog die Schuhe an und schob die Riegel zurück, so behutsam wie nur möglich. Trotzdem knirschte es leise. Mit vor Aufregung zitternden Händen öffnete er die Tür und spähte hinaus. Vor ihm lag der Garten, den er von der Kammer aus gesehen hatte. Der alte Mann stand nur wenige Schritte entfernt, er stützte sich auf eine Harke und hatte das Gesicht zur Tür gewandt. Der Blick des Jungen und des Alten trafen sich.

Thomas sah in nachdenkliche Augen, die ihn forschend betrachteten.

„Ich bin Ota, der Gärtner", sagte der alte Mann. „Bist du gekommen, meine Blumen anzusehen?"

Weißes Haar umrahmte sein runzliges Gesicht. Bekleidet war er wie alle Männer in Aran mit Hose und Kittel, nur trug er darüber noch eine braune Arbeitsschürze. Er lächelte Thomas an, dann bückte er sich und rupfte ein paar Grashalme aus. Thomas spürte, wie Wirligig sich unter seinem Mantel bewegte, wollte ihn beruhigend an sich drücken, aber er war schon herausgeschlüpft und flog auf den alten Mann zu.

Ota schaute auf. Im Sonnenlicht irisierte Wirligig in allen Regenbogenfarben, er zog Kreise und Schleifen und ließ sich dann auf einem Strauch dicht neben Ota nieder. Der alte Mann war ihm mit den Augen gefolgt und betrachtete ihn nun. „Gibt es viele solche Wunder in der Welt Jenseits?" fragte er.

„Wieso weißt du, wer ich bin?"

„Ich habe die Ausrufer gehört, und ich habe gesehen, wie du neben dem Großen Gond geritten bist."

Bienen summten. Ein ziegelfarbener Käfer entfaltete auf einer Blüte durchsichtige Flügel. Von irgendwoher aus der Burg kam das Wiehern eines Aranpferdes.

„Willst du nicht zu mir in den Garten kommen?" fragte Ota.

Thomas zögerte. Sollte er sich dem alten Mann anvertrauen? Ohne Hilfe würde er nie aus der Burg gelangen. Wirligig war freiwillig zu dem Alten geflogen, er fürchtete ihn nicht. Vielleicht besaßen Wassergeister einen Sinn, der den Menschen verlorengegangen war und der ihnen sagte, ob jemand freundlich oder feindlich gesinnt war. Hatte er sich nicht immer auf Wirligig verlassen können? War Wirligig zu Ota geflogen, um ihm zu zeigen, daß er keine Angst zu haben brauchte?

„Ich kann nicht zu dir in den Garten kommen", flüsterte Thomas dem alten Mann zu.

„Warum nicht?"

„Weil mich jemand aus einem der Fenster sehen könnte!"

„Und weshalb darf dich niemand sehen?"

„Weil ich heimlich fort bin! Ich möchte weg aus der Burg! Kannst du mir helfen?"

Ota antwortete nicht. Er richtete sich auf und strich sich in der bedächtigen Art alter Leute die Arbeitsschürze glatt und schien in den

Anblick eines Beetes vertieft. Thomas wartete. Außer dem Summen der Bienen und den fernen Geräuschen der Stadt war es ganz still.

„In diesen Kleidern kommst du nicht weit", sagte Ota endlich. „Jeder wird wissen, wer du bist."

Thomas schwieg betroffen. In der Aufregung der Flucht hatte er ganz vergessen, daß es ihm nichts nützte, aus der Burg zu kommen, wenn er in der Stadt sofort erkannt wurde. „Kannst du mir nicht andere Kleider geben?" flüsterte er.

Der Alte nickte nur und begann, verwelkte Blüten abzuschneiden. Dabei murmelte er: „Hier ist kein guter Platz. Für dich nicht und für niemanden. Ich werde dir helfen. Hab keine Angst, daß ich dich verrate. Ich bin ein alter Mann, aber du bist noch jung. Du sollst nicht hierbleiben, wenn es nicht dein Wille ist. Ich werde den Korb nehmen, der dort bei der Hütte steht, und gehen. Warte, bis ich fort bin. Dann schließ die Tür und komm in den Garten. Geh zu der Hütte, geh so langsam, als wolltest du dir die Blumen ansehen. Versteck dich in der Hütte. Ich komme bald wieder."

Er wartete keine Antwort ab, steckte die Schere ein, nahm die Harke, hob einen Korb auf, der vor der Gartenhütte stand, und verschwand in einem Laubengang.

Thomas trat ins Freie, zog die Tür hinter sich zu und schlenderte auf dem Kiesweg dahin, als sei er in den Anblick der Blüten versunken. Wirligig hatte auf seiner Schulter Platz genommen. Vor der Gartenhütte schaute Thomas schnell auf und ließ den Blick zurück zur Burg schweifen. Ihre Mauern ragten wuchtig auf. Bei keinem der Fenster war eine Bewegung wahrzunehmen.

Thomas huschte in die Hütte.

Sie war offensichtlich nur ein Abstellplatz für die Arbeitsgeräte der Gärtner. Schaufeln waren da, Harken in allen Größen, eiserne und hölzerne Rechen und aus Weidenruten geflochtene Körbe. Statt eines Fensters befand sich in der Vorderwand ein rundes Guckloch. Thomas lugte hinaus. Die ganze Burgfront, die er von hier aus sehen konnte, lag in vollem Sonnenschein. Er versuchte, das Fenster seiner Kammer festzustellen, war aber nicht einmal sicher, in welchem Stockwerk sie sich befand.

Er setzte sich auf die Bank aus ungehobelten Brettern, die an der Rückwand der Hütte stand. Wirligig ließ sich auf seinen Knien nieder. Die Zeit wollte nicht vergehen. Wo der Alte nur so lange blieb? Auf einmal kam es Thomas ganz unwahrscheinlich vor, daß jemand, den er gar nicht kannte, ihm helfen wollte und damit sich selber gefährdete. Wenn nun Ota weggegangen war, um ihn zu verraten?

Jedes Wispern eines Blattes draußen erschreckte Thomas. In seiner Vorstellung sah er, wie Schachtar mit seinen Männern in den Garten kam. Er glaubte, das Warten und die Ungewißheit nicht mehr auszuhalten und fragte sich schon, ob er nicht doch zurück in die Burg sollte, als er plötzlich von draußen Schritte hörte. Das Herz klopfte ihm wie toll. In seiner Angst merkte er nicht, daß Wirligig ganz ruhig blieb.

Im nächsten Augenblick öffnete sich die Tür, und Ota trat ein. Er trug noch immer den Korb in der Hand, stellte ihn vor Thomas nieder und holte eine braune Hose und einen braunen Kittel hervor, einen Arbeitsschurz, eine Mütze und einfache Lederschuhe.

„Darin wirst du aussehen wie jeder andere Junge in Gondarit", sagte er. „Du kannst alles über deine Kleider anziehen, nur den Mantel mußt du ablegen."

Thomas fühlte sich so erleichtert, daß er meinte, von nun an müßte alles gutgehen. Er schlüpfte in die Schuhe, die so groß waren, daß er sie über den roten Schnabelschuhen tragen konnte. Während er Hose und Kittel überzog, tanzte Wirligig in freundlichen Schleifen um den alten Mann. „Was für ein wunderliches Geschöpf bist du", murmelte Ota, stellte aber keine weiteren Fragen und schien es ganz selbstverständlich und ohne Neugierde hinzunehmen, daß Thomas sich heimlich aus der Burg schleichen wollte. Er nahm die Mütze, setzte sie Thomas auf und steckte ihm das braune Haar darunter. Dann rollte er den Seidenmantel zusammen und schob ihn unter den Brustlatz des Schurzes. „Nimm ihn mit", sagte er. „Es wäre nicht gut, wenn man ihn hier findet."

Thomas schaute den alten Mann dankbar an. „Warum hilfst du mir?" fragte er. „Hast du keine Angst, daß es dir schaden kann?"

Ota wies hinaus in den Garten. „Diese Sträucher dort", sagte er, „habe ich gepflanzt, da war mein Haar schon weiß. Jetzt blühen sie den zehnten Sommer. Wenn man so alt ist wie ich, fürchtet man die Mächtigen nicht mehr. Komm, ich zeige dir einen Weg aus der Burg. Es gibt eine Pforte in der Mauer, durch die Schachtars Schatten kommen, wenn es Nacht ist. Ich weiß, wie man sie öffnet."

Ein paar Minuten später trat Thomas durch eine kleine Pforte, die versteckt hinter Laubengängen in einem Winkel des Gartens lag. Die Tür schloß sich sofort hinter ihm, bevor er sich umdrehen konnte, um dem Alten noch einmal zu danken. Er blickte um sich. Die Häuser standen hier näher an die Mauer heran als vorne beim

Großen Tor, alle waren ebenerdig mit tief herabreichenden Dächern. Kein Mensch war zu sehen.

Thomas ging in eine der schmalen Gassen gegenüber der Pforte hinein. Wirligig hatte er unter dem Latz der Arbeitsschürze verborgen. Die Krempe der Mütze beschattete sein Gesicht. Während er dahinschritt, achtete er sorgsam darauf, ob sich nicht der kleine Dschinni unter der Schürze regte und ihm anzeigte, in welche Richtung er gehen mußte, um seine Freunde zu finden. Wirligig verhielt sich jedoch still, und Thomas beschloß, vorerst einmal in Richtung des Stadttores zu gehen.

Aus einem der Häuser, das offenstand, hörte er Hämmern. Er blickte durchs Fenster hinein. Ein Mann saß auf einem Schemel und klopfte Nägel in eine Schuhsohle. Aus dem nächsten Haus trat eine Frau und leerte einen Wassereimer aus. Ein alter Mann schob einen mit Gemüse beladenen Karren vor sich her. Zwei kleine Mädchen liefen Hand in Hand vorüber. Niemand achtete auf Thomas – ein Junge in Arbeitskleidung schien keine Aufmerksamkeit zu erregen. Thomas wurde zuversichtlich, und als die Gasse in eine andere mündete, die etwas breiter war, folgte er ihr, ohne zu zögern.

Viele der Handwerker arbeiteten auf der Straße vor den Haustüren, andere hatten die Fenster weit geöffnet. Thomas kam an einer Schmiede vorbei. Das Feuer in der Esse glühte rot, ein rußgeschwärzter Mann hämmerte mit rhythmischen Schlägen ein Stück Eisen zurecht. Aus dem nächsten Haus roch es nach frischgebackenem Brot.

Bald war Thomas im belebten Viertel der Stadt. Zum Großen Tor konnte es nicht mehr weit sein, er wagte aber nicht, nach dem Weg zu fragen. Wirligig verhielt sich noch immer ganz ruhig und gab kein Zeichen, das er irgendwie hätte deuten können.

Wieder eine Gasse. Thomas folgte ihr, obwohl er keine Ahnung hatte, wohin sie führte. Plötzlich machte sie einen leichten Knick, und bevor er sich versah, war er auf den Stadtplatz hinausgetreten. Hier waren noch die Spuren des Festzuges zu sehen. Blumen schmückten die Fenster, ein paar verwelkte Blüten lagen auf dem Steinpflaster. Der Platz war voller Menschen. Thomas wollte schon umkehren und wieder in die Gasse zurückgehen, als ihm der Gedanke kam, daß er unter der Menge weniger auffiel als in einem der ruhigeren Viertel. Und von hier aus wußte er auch den Weg zum Tor. Er brauchte nur die breite Hauptstraße entlangzugehen. Seine Freunde waren bestimmt nicht in der Stadt, wahrscheinlich hielten sie sich irgendwo draußen versteckt. War er erst einmal aus der Stadt, würde ihn Wirligig bestimmt zu Eldar und Onari führen.

Er hatte den Platz am oberen Ende betreten. Im Gegensatz zu dem fröhlichen Jubel am Vormittag war es eigentümlich still, fast bedrückend still. Kaum jemand schien zu sprechen. Thomas mischte sich unter die Menschen und ging mit gesenktem Kopf weiter, das Gesicht von der Krempe beschattet. Obwohl alle um ihn langsam dahinschritten – in dieselbe Richtung, der Mitte des Platzes zu –, hatte er seltsamerweise den Eindruck, als wollten sie so schnell wie möglich wieder fort von hier. Das verwirrte ihn, und er bereute, den Stadtplatz überhaupt betreten zu haben. Umkehren wollte er aber doch nicht, das wäre zu auffallend gewesen.

Er mußte ungefähr die Mitte des Platzes erreicht haben, als plötzlich die neben ihm Gehenden stehenblieben. Er schaute vorsichtig auf und sah sich gegenüber der Tribüne, auf der am Vormittag die blumengeschmückten Mädchen getanzt hatten. Jetzt standen darauf Männer und Frauen, darunter auch Jugendliche und sogar Kinder. Alle hatten die Köpfe geschoren, trugen lange, graue Kittel und waren mit den Händen an Eisenketten gefesselt, deren Enden jeweils von einem Sohn Gonds gehalten wurden. Die Gefangenen schauten über die Köpfe der Zuschauer hinweg, mit verlorenen Blicken, als würden sie nicht wahrnehmen oder nicht wahrnehmen wollen, was um sie vorging.

Ein Junge war unter ihnen, nicht älter als Thomas; er stand genau vor ihm auf der Tribüne neben einem kleinen Mädchen, das vielleicht zehn Jahre alt sein mochte, dessen Gesicht aber so verstört war, daß es unkindlich, ja alt wirkte. Thomas konnte den Blick nicht von den beiden abwenden. Er hatte das Gefühl, sein Hals sei zugeschnürt, er vergaß, daß er selber in Gefahr war, und merkte nicht, daß die um ihn Stehenden sich langsam wieder in Bewegung setzten, um weiterzugehen und den Nachfolgenden Platz zu machen.

Unruhe entstand, Köpfe drehten sich nach dem Jungen um, der sich nicht von der Stelle rührte und die anderen behinderte. Eine Frau stieß einen leisen, erschrockenen Ruf aus. Viel zu spät wurde Thomas sich bewußt, daß er Aufsehen erregte. Ein Flüstern, das sich rasch fortpflanzte, setzte ein. Thomas wollte den Kopf senken und sich unauffällig davonschleichen, aber es war zu spät. Man hatte ihn erkannt. Die Menge wich zurück, um ihn bildete sich ein freier Kreis, in dem er ganz allein stand. Jetzt erst sah er, daß neben der Tribüne Schachtar auf einem Aranpferd saß und ihn anstarrte.

Thomas riß die Kappe vom Kopf. Es hatte keinen Sinn, wenn er zu fliehen versuchte, er konnte sich nicht verstecken, und wenn er schon entdeckt worden war, wollte er sich zumindest offen dazu bekennen, wer er war. Im Augenblick hatte er nicht einmal Angst. Das Mitleid mit den Gefangenen und vor allem mit dem Jungen und dem kleinen Mädchen war so groß, daß für keine andere Regung Platz blieb.

Er trat einen Schritt vor und schaute den kahlgeschorenen Jungen auf der Tribüne an. „Was hast du getan, daß du da oben stehen mußt?“ rief er.

Der Junge antwortete so leise, daß es kaum mehr als ein Flüstern war, aber in der plötzlich eingetretenen Totenstille konnte man jedes Wort deutlich verstehen. „Mein Vater ist der Bäcker Anwar. Er wurde in die Dunklen Kammern des Todes gebracht. Man sagt, er habe gegen den Großen Gond, unseren Herrn, Verrat geplant.“

„Und du selber? Was hast du getan?“

„Ich bin der Sohn des Bäckers.“

„Und deshalb mußt du hier stehen, nur weil du der Sohn von irgendjemandem bist?“

Bevor der Junge antworten konnte, begann Schachtar zu sprechen. Er saß ruhig im Sattel, als wäre es nichts Besonderes, den Gast aus der Welt Jenseits in einfacher Kleidung auf dem Platz zu erblikken. Wenn er wütend gewesen war, merkte man ihm jetzt nichts mehr an. Die kalten Augen auf Thomas gerichtet, sagte er: „Der Sohn des Bäckers und die anderen stehen hier, damit alle in Gondarit sehen, was mit denen geschieht, die ihrem Herrn ungehorsam sind. So ist es Gesetz in unserem Land, und so will es unser Meister.“

„Nein! Das kann er nicht wollen!“ rief Thomas aus. „Das glaube ich nicht!“

Seine Stimme hallte über den Platz. Er hatte gar nicht gewußt, daß er so laut gerufen hatte, und bekam Angst vor seinem eigenen Mut. Wenn nun Schachtar ihn gefangennehmen ließ oder mit dem Schwert niederschlug? Nach allem, was Thomas in Aran erlebt hatte, war er sicher, daß kein Mensch es wagen würde, ihm zu Hilfe zu kommen. Er erwartete das Schlimmste, als er plötzlich merkte, daß Schachtar den Blick von ihm abgewandt hatte und daß irgendetwas in der Menge seine Aufmerksamkeit erregte. Thomas drehte sich um. Die auf dem Platz Versammelten waren unruhig geworden. Jemand drängte sich vor, dem man bereitwillig Platz machte. Ein Sohn Gonds? Nein, einer der Hauptleute!

Thomas wurde blaß. In der Burg hatte man seine Flucht bemerkt, man kam, ihn zu holen!

Der Kreis der Umstehenden teilte sich. Es war Eonar, der mit raschen Schritten auf Thomas zukam und sich neben ihn stellte.

Bei seinem ruhelosen Umherirren durch die Stadt hatte Eonar den Platz in jenem Augenblick betreten, als Thomas von Schachtar und der Menge erkannt worden war. Eonar hätte nicht einmal sagen können, wie er hierher gekommen war, er war einfach immer weitergegangen, von einer Gasse in die andere, vielleicht dutzendmal durch die gleiche, ohne darauf zu achten, daß ihm erstaunte Blicke folgten und daß er sich durch sein seltsames Verhalten verdächtig machte.

Er kam erst wieder zu sich, als er auf den Platz trat und den Jungen aus der Welt Jenseits vor der Tribüne stehen sah. Er hatte oft genug Gefangene zur Tribüne geführt und daneben Wache gehalten, so wie es Schachtar heute tat. Es war eine Pflicht gewesen, die ihm schwergefallen war, die er aber erfüllt hatte. Jetzt konnte er nicht mehr verstehen, warum er es je getan hatte.

Er schob die vor ihm Stehenden beiseite. In der dichten Menschenmenge bildete sich eine Gasse, um den Hauptmann der Burgwache durchzulassen. Eonar ging zur Tribüne und blieb neben dem Jungen aus der Welt Jenseits stehen.

„Nehmt den Gefangenen die Ketten ab!“ befahl er den Wachen.

Dieser Befehl kam so unerwartet, daß nicht einmal Schachtar sofort darauf reagierte. Die Söhne Gonds zögerten, ihre Augen wanderten von Eonar zu Schachtar hin.

„Nehmt ihnen die Ketten ab!“ rief Eonar.

Bevor sie es tun konnten, hob Schachtar die Hand. „Hauptmann Eonar irrt sich, wenn er glaubt, einen solchen Befehl geben zu können. Er sollte daran denken, was mit Verrätern in Aran geschieht!“

„Ich bin kein Verräter! Hast du nicht gehört, was der Bote des Meisters gesagt hat, Schachtar?“

Die Menge auf dem Platz verharrte in Schweigen, nicht ein Laut war zu hören. Thomas spürte, wie die Augen aller auf ihn gerichtet waren, er spürte, wie diese große Schar von Menschen gespannt darauf wartete, was er tun würde. Ein Gefühl der Hilflosigkeit überkam ihn. Während er dagegen ankämpfte, war ihm plötzlich, als sähe er den Weißen Wolf vor sich, ihm war, als durchlebte er von neuem den Traum im Land der Strahlenden Felsen. Seine Angst verflog.

„Eonar hat recht!“ rief er. „Ich komme aus der Welt des Meisters, und ich will, daß man die Gefangenen freiläßt – jetzt gleich!“

Schachtar drückte die Sporen in die Flanken seines zotteligen Pferdes, daß es sich aufbäumte, und trieb es auf Thomas zu.

Im selben Augenblick schlüpfte Wirligig aus seinem Versteck unter dem Schurzlatz und begann, um den Kopf des Jungen zu kreisen, so schnell, daß er mit dem Auge nicht auszunehmen war. Was die Menschen auf dem Stadtplatz, die Söhne Gonds, die Gefangenen, Schachtar und Eonar sahen, war ein blitzendes Gefunkel, ein Flimmern, ein Flirren. Wirligig stieg hoch, stieß wieder nieder, zog große und kleine Kreise und versprühte Licht wie nie zuvor. Nach der ersten Schrecksekunde war sogar Thomas wie gebannt. Wirligig übertraf sich selber, er mußte begriffen haben, worum es ging.

Das zottelige Pferd scheute vor dem Lichtgefunkel und schlug laut wiehernd mit den Vorderhufen aus. Schachtar hatte alle Mühe, nicht aus dem Sattel geworfen zu werden. Die auf dem Platz versammelten Menschen glaubten, ein Wunder zu sehen. Von ihrer Kindheit an waren ihnen Geschichten vom Meister erzählt worden, der vor langer Zeit im Lichterregen in ihr Land gekommen war und es im Lichterregen wieder verlassen hatte. Und hatten sie nicht diesen Lichterregen mit eigenen Augen immer wieder gesehen, wenn der Meister auf wunderbare Art dem Herrn von Aran erschien? Es gab viele auf dem Platz, die nachher schworen, ein Leuchten sei von dem Boten aus der Welt Jenseits ausgegangen, heller als die Sonne. Wieder andere glaubten, der Meister selber sei in Gestalt eines Kindes nach Gondarit gekommen.

Wirligig schlug einen besonders prächtigen Lichtsalto und klingelte vergnügt, bevor er unter dem Schurzlatz verschwand, ebenso schnell, wie er hervorgeschlüpft war.

Schachtar saß wie erstarrt auf seinem Pferd, das noch immer ängstlich schnaubte.

Niemand regte sich. Dann sprang Eonar auf die Tribüne und fing an, die Ketten von den Händen der Gefangenen zu lösen. Die Wachen beeilten sich, ihm dabei zu helfen. Schachtar hinderte sie nicht. Die kalte Furcht hielt ihn gepackt, weil das, was er selber so oft benützt hatte, um die Menschen zu beherrschen, sich gegen ihn gewandt zu haben schien. Er hätte dem Spuk ein Ende bereiten müssen, aber er fand nicht die Kraft, es zu tun.

Die Gefangenen stiegen von der Tribüne herunter. Sie drückten sich in ihren grauen Kitteln scheu unter die Menge, die ihnen stumm Platz machte. Familienmitglieder kamen herbei. Aber es gab keine laute Begrüßung. Ein Kind blickte verschreckt zu dem kahlgeschorenen Mann auf, der sein Vater war, aber der sich in den Monaten, seitdem er von zu Hause fort war, so verändert hatte, daß es ihn nicht erkannte. Als er es in die Arme nahm, fing es zu weinen an. Die Frau des Bäckers eilte auf ihren Sohn zu, schlang die Arme um ihn und zog ihn vom Platz fort, in eine kleine Gasse hinein, als könnte sie nicht schnell genug mit ihm verschwinden. Keiner der Befreiten hatte Thomas oder Eonar ein Zeichen der Dankbarkeit gezeigt, aber Thomas erwartete es auch nicht. Es war zu offensichtlich, daß sie gar nicht richtig begriffen, was geschehen war, und ihrer neuen Freiheit mißtrauten.

Die Menschenmenge verharrte noch immer schweigend auf dem Platz. In den langen Jahren der Unfreiheit hatten sie verlernt, ihren Gefühlsregungen Ausdruck zu geben. Hätte Thomas jedoch gewußt, welche Macht er in diesem Augenblick besaß, er hätte sie zum Kampf aufrufen können. Wäre er auf die Tribüne gesprungen und hätte er sie aufgefordert, Schachtar vom Pferd zu reißen – sie wären ihm alle gefolgt. Aber Thomas hatte keine Ahnung davon, und so blieb dieser Augenblick ungenützt.

Inzwischen hatte Schachtar Zeit gehabt, seine Furcht abzuschütteln. Die Lichterscheinung war vorbei, das Funkeln und Leuchten mochte eine Sinnestäuschung gewesen sein. Schachtar war jedoch zu klug, um die Menge jetzt, in dieser gefährlichen Situation, zu reizen. Er wußte, daß die Araner ihn haßten und sich gegen ihn wenden würden, wenn er einen Fehler machte. So ließ er Eonar gewähren und ließ die Gefangenen ohne ein Wort des Widerspruches gehen. Als sich der letzte vom Platz fortgestohlen hatte, befahl Schachtar den Wachen und Eonar, als sei nichts Außergewöhnliches geschehen, mit dem Jungen in die Burg zurückzukehren. Die auf dem Platz Versammelten forderte er auf, wieder an ihre Arbeit zu gehen.

Und Thomas meinte, ihm bliebe nichts anderes übrig, als zu gehorchen. Er war nicht einmal niedergeschlagen, weil seine Flucht mißglückt war. Mit Wirligigs Hilfe hatte er die Gefangenen befreit und sich gegen Schachtar durchgesetzt. Er fühlte sich getragen von der Sympathie der vielen Menschen, und ihm war feierlich zumute. Es war wie am Vormittag, als die ganze Stadt ihm zugejubelt hatte, nur noch viel schöner.

XXVII.

Eine nächtliche Unterredung

Der Tag ging zu Ende. Die scheidende Sonne überglänzte noch einmal die Felder und Wiesen und die Stadt, dann versank sie rasch hinter dem Horizont. Auf den Mauern flammten die Fackeln auf und umschlossen mit ihrem flackernden Ring die Stadt.

An anderen Tagen waren die Straßen um diese Zeit fast menschenleer. Wenn die Dämmerung hereinbrach, kamen die Schatten Schachtars, und wer noch nicht im Schutz seines Hauses war, eilte hastig dorthin und begann zu laufen, sobald von irgendwoher Schritte zu vernehmen waren. Viele in Aran waren in den Gefängnissen der Burg verschwunden, nur weil man sie verdächtigt hatte, im Schutz der Dunkelheit zu einem geheimen, aufrührerischen Treffen geschlichen zu sein.

An diesem Abend aber vergaßen die Menschen in Gondarit ihre Angst und konnten sich nicht entschließen, die Häuser aufzusuchen. Sie standen in kleinen und größeren Gruppen beisammen, was sie noch am Tag zuvor nicht gewagt hätten, und fragten einander flüsternd, ob auch alles wahr sei, was man sich berichtete. Ob es denn wirklich wahr sei, daß der Meister in der Gestalt des fremden Jungen gekommen sei und ob sich nun alles ändern würde?

Wer am Nachmittag auf dem Großen Platz gewesen war, mußte – zum wievielten Mal schon! – immer wieder alles erzählen. Und je öfter sie von der Lichterscheinung berichteten, desto strahlender kam sie ihnen in der Erinnerung vor. Das Leuchten habe sie geblendet! Sie hätten die Augen davor schließen müssen!

Die Menschen in Gondarit gingen nicht schlafen. Niemand war müde. Alle warteten. Worauf sie warteten, hätten sie nicht sagen können. Daß der Meister sich ihnen zeigte? Daß der Große Gond verkündete, die Zeit der Prüfung sei vorbei? Daß die vermißten Freunde, Bekannten und Verwandten aus den Gefängnissen kämen?

Allen fiel es auf, daß keiner der Schatten Schachtars in den Straßen zu erblicken war. Um diese Zeit schlichen sie doch sonst immer durch die Gassen. Was hatte das zu bedeuten? Würde es in Zukunft keine Schatten mehr geben?

Die Unruhe in der Stadt erfaßte auch die Söhne Gonds. An allen Toren der Stadt und der Burg waren die Wachen verstärkt worden, aber niemand wußte, warum das geschehen war, es hieß nur, Schachtar habe es angeordnet.

In einem Seitentrakt der Burg, in einer Kammer am Ende eines fensterlosen Ganges, empfing Schachtar seine Schatten. Verwinkelte Treppen führten vom Gang weg zu jener schmalen Treppe, die Thomas bei seiner Flucht benutzt hatte. Der alte Gärtner hatte den Garten längst verlassen, denn nachts durfte er ihn nicht betreten. Vor der Pforte in der Mauer stand ein Schatten und hielt Wache. Auf ein bestimmtes Klopfzeichen öffnete er die Pforte, und wieder glitt eine der dunklen Gestalten herein.

An diesem Abend hatten die Schatten erst knapp vor der Burg ihre Kutten angezogen – auf Schachtars Befehl waren sie unverkleidet durch die Stadt gestreift. Die aus dünnem, schwarzem Tuch genähten Kutten ließen sich zu einem kleinen Päckchen zusammenrollen, fanden in jeder Rocktasche Platz und konnten in einem versteckten Winkel rasch übergeworfen werden.

Kein Bewohner der Burg durfte nachts jene Treppen und Gänge aufsuchen, die von den Schatten benützt wurden, wenn sie zu Schachtars Kammer gingen. Die Schatten kannten einander nicht, nur Schachtar und der Große Gond wußten, wer zu ihnen gehörte. Jeder konnte ein Schatten sein, der Nachbar, der beste Freund, der eigene Bruder. Nichts diente Schachtar besser als die Tatsache, daß in Aran jeder jedem mißtraute.

Ein Schatten nach dem anderen pochte an die Pforte, wurde eingelassen, stieg die Treppen hinauf, ging durch den langen Gang, trat in die Kammer, berichtete und huschte wieder aus der Burg.

Schachtar hörte seine Schatten schweigend an. Nachdem ihm der letzte zugewispert hatte, was in Gondarit vor sich ging, verließ auch er seine Kammer. Er schritt durch den düsteren Gang, wählte dann aber einen anderen Weg als seine Schatten, über einsame Treppen und durch Gänge, die nur hie und da von der Fackel eines Wächters erhellt wurden, der seinen Rundgang machte.

Schachtar erreichte den Haupttrakt der Burg. Vor dem Eingang des Großen Saales hielten wie üblich zwei Söhne Gonds Wache, sie hoben die gekreuzten Lanzen, um Schachtar durchzulassen, und senkten sie sofort wieder. Der hohe, weite Raum war in das Licht unzähliger steinerner Ampeln getaucht, die mit ihrem Schein die Sonnen auf den Friesen zu einem geheimnisvollen Leben erweckten. Für jeden, der den Saal nachts zum erstenmal betreten hätte, wäre es ein eindrucksvolles Bild gewesen, aber Schachtar verschwendete keinen Blick darauf. Er erreichte das Ende des Saals, pochte an die Tür, öffnete sie und trat ein.

Im Gegensatz zum Saal war die Kammer des Großen Gond nur spärlich von zwei Ampeln seitlich des Thronsessels erleuchtet. Die bunten Scheiben des Fensters wirkten schwarz. Der Große Gond saß auf dem Thronsessel und schien seine Ungeduld kaum noch beherrschen zu können.

„Du hast mich lange warten lassen“, begrüßte er Schachtar, bevor dieser die Tür hinter sich geschlossen hatte.

„Ich kam sofort, nachdem der letzte meiner Männer mir Bericht erstattete“, antwortete Schachtar, zog die Tür zu und trat vor den Thron hin.

„Hast du herausgefunden, wer dem Jungen half, aus der Burg zu kommen?"

„Nein. Niemand weiß etwas – oder niemand verrät etwas."

„Und der Junge selber?"

„Ich habe nicht versucht, ihn zum Reden zu bringen."

„Warum?"

„Weil jetzt nicht die Zeit dafür ist", antwortete Schachtar ruhig. „Weil es im Augenblick Wichtigeres gibt."

„Ich will es aber wissen!"

„Der Junge schweigt, Herr. Und es wäre mehr als unvernünftig, die Mittel anzuwenden, die, wie wir wissen, jeden zum Sprechen bringen. Das Volk von Aran könnte es erfahren und nicht verstehen. Hast du vergessen, daß du selber es warst, der ihn als Boten des Meisters feiern ließ?"

„Das geschah auf deinen Rat, Schachtar!"

„Ja, Herr!"

Schachtar stand in der demütigen Haltung vor dem Thron, die er immer in der Gegenwart des Großen Gond einnahm, trotzdem wirkte er viel selbstsicherer als sein Herr. Der Große Gond war unnatürlich bleich. Seine Lippen zuckten, die Hände bewegten sich fahrig und zerknüllten den kostbaren Stoff seines Mantels. „Du hast mich schlecht beraten, Schachtar! Wer hätte nach einem Jungen gefragt, den einer der Hauptleute nach Gondarit bringt? Er hätte in die Dunklen Kammern gehen können, und niemand hätte von ihm gewußt."

„Ohne diesen Zwischenfall am Nachmittag, Herr, hätten wir erreicht, was wir wollten. Es ist bedauerlich, daß es ihm gelang, unbemerkt aus der Burg zu entkommen. Aber wir werden seinen Helfer – oder seine Helfer – finden. Später!"

Der Große Gond saß jetzt ganz still. „Und wenn ihm niemand geholfen hat?" murmelte er. „Wenn es keine Mauern gibt, die ihn halten? Was war das für ein Licht . . . dort auf dem Platz? Hast du es auch gesehen?"

„Ich habe etwas gesehen, das man eine Lichterscheinung nennen könnte", erwiderte Schachtar langsam. „Aber bei grellem Sonnenlicht täuschen sich die Augen oft."

„Und wenn es keine Täuschung war?"

„Ein Grund mehr, rechtzeitig damit Schluß zu machen. Wir haben die Menschen in Aran gelehrt, fest an den Meister zu glauben. Und an seine Macht! Was würde geschehen, wenn sie nun glauben, er wäre zu ihnen gekommen? Noch haben sie keine Gewißheit, sie hoffen, und sie warten. Meine Schatten sind durch die Stadt gegangen, und alle haben mir das Gleiche berichtet. Noch fürchtet dich dein Volk, Herr – und gehorcht dir. Aber das Volk ist wankelmütig, es ist stets bereit, seine Liebe neu zu verschenken und die alte zu vergessen."

Eine jähe Bewegung des Großen Gond ließ die Ampel neben seinem Thron schwanken. Die Flamme begann zu flackern. Schatten tanzten auf der Täfelung und verzerrten das verschnörkelte Schnitzwerk der sich ineinanderwindenden Ranken, Blätter, Blumen und Fabelwesen zu grotesken Gebilden. Der Große Gond hatte sich halb aufgerichtet und starrte auf die Täfelung, er schien Schachtars Gegenwart vergessen zu haben. Schachtar stand reglos, ohne ein Wort zu sagen. Er war diese plötzlichen Anfälle seines Herrn gewöhnt und wartete mit einem kaum wahrnehmbaren, verächtlichen Lächeln, bis alles wieder vorüber war.

Die Ampel schwang langsam aus, pendelte nur noch ganz schwach und hing dann wieder ruhig.

Der Große Gond sah in der Täfelung Gesichter. Es waren die Gesichter von Frauen und Männern und Kindern, die er in die Dunklen Kammern des Todes geschickt hatte. Manche der Gesichter waren verschwommen und undeutlich, andere trugen die Züge von Menschen, die er gut gekannt hatte, von Freunden, die ihn einmal geliebt hatten. Er bedeckte die Augen mit den Händen, aber die Schemen verschwanden nicht. Warum verfolgten sie ihn? Er hatte nur das Beste für sein Volk gewollt! Er hatte aus Aran einen blühenden Garten gemacht!

Aus der Schar der Schemen löste sich die Gestalt eines alten Mannes in einem wallenden, weißen Gewand, kam auf ihn zu, klagte ihn an, nannte ihn schuldig, verfluchte ihn.

Der Große Gond nahm die Hände von den Augen und zwang sich, auf die Täfelung zu blicken. Es war nur geschnitztes Rankenwerk und Fabelwesen. Das flackernde Licht der Ampel hatte ihn etwas sehen lassen, das es in Wirklichkeit nicht gab.

Nor, der Diener Lissien-Arois, hatte sich geirrt – damals! Er hatte dem Falschen geflucht. Der Große Gond war nicht schuldig. Es war Schachtars Schuld.

Schachtar war es, durch den alles so gekommen war. Schachtar war es, der ihm zu den Dunklen Kammern des Todes geraten hatte. Es war Schachtar, der ihm die Liebe der Araner genommen hatte.

Der Große Gond sprang auf, riß das Schwert aus der Scheide

und setzte die Spitze auf Schachtars Brust. Blinde Wut schüttelte ihn, er war kaum imstande, mit den bebenden Fingern den Knauf zu halten.

Schachtar machte keine Abwehrbewegung. „Was hast du, Herr?“ fragte er. „Warum bedrohst du mich, deinen Diener, der dir treu ergeben ist?“ Er zog den Mantel zurück und entblößte die Brust. „Wenn du mich töten willst, dann tue es, Herr! Stoß zu! Aber vergiß nicht, daß die Menschen in Aran zu dieser Stunde den Aufruhr gegen dich in ihren Herzen tragen. Wenn sie sich gegen dich erheben, wer wird dich vor ihnen schützen?“

„Meine Söhne werden es tun!“

„Kannst du dich auf sie verlassen? Denk an Eonar! Im ganzen Land Aran sind es nur meine Schatten, denen du vertrauen kannst. Aber was werden sie tun, wenn sie erfahren, daß ich tot bin und daß mein Herr es war, der mich ermordet hat? Und hast du das Geheimnis des Turmes vergessen? Wo ist jemand, mit dem du es teilen könntest und der dir hilft wie ich?“

Die Schwertspitze senkte sich langsam. Der Große Gond setzte sich. Er legte das Schwert über die Knie. Plötzlich fühlte er sich sehr müde.

„Was für einen Rat gibst du mir, Schachtar?“ fragte er.

„Heute nacht wird dir der Meister erscheinen und dir auftragen, seinen kleinen Boten wie einen Sohn zu halten.“

„Bist du verrückt?“

„Du hast mich nicht aussprechen lassen, Herr. Der Junge wird den nächsten Morgen nicht mehr erleben.“

Der Große Gond heftete die Augen auf das Schwert. Ihn fröstelte, als dränge die Kühle der Nacht durch das dicke Mauerwerk. „Er wird sterben?“

„Ja. Heute nacht.“

Der Große Gond hob den Blick und sah Schachtar an. „Dann wirst du es sein, der ihn tötet!“

„Herr, das wäre nicht klug. Wir müssen einen Schuldigen haben, den wir bestrafen können. Wenn der Meister dich wieder verlassen hat, werde ich einen deiner Hauptleute zu mir rufen und ihm sagen, es sei der Wunsch des Meisters, daß der Junge aus der Welt Jenseits in dieser Nacht stirbt.“

„Wer wird einen solchen Befehl verstehen?“

„Wer versteht die Wünsche des Meisters? Hat man ihm nicht auch bisher gehorcht?“

„Dann trage es Momm auf! Er ist mir ergeben und wird keine Fragen stellen."

„Um Momm wäre es schade, Herr. Ich weiß einen, mit dem uns besser gedient ist. Hauptmann Eonar!"

„Eonar? Hast du vergessen, was er heute nachmittag getan hat?"

„Gerade deshalb muß er es tun! Er hat dein Gesetz übertreten. Ich lasse ihn zwischen den Dunklen Kammern des Todes und diesem Auftrag wählen. Und wer liebt nicht das eigene Leben mehr als das eines anderen? Er wird gehorchen. Wenn er es getan hat, werde ich ihn im gerechten Zorn über seine Tat mit dem Schwert erschlagen. Am Morgen wird Aran erfahren, daß Hauptmann Eonar und Nalika die Anführer einer Gruppe von Verschwörern waren. Eonar tötete den Boten aus der Welt Jenseits und wollte auch dich ermorden. Meine Männer werden ohne Schwierigkeiten noch ein paar Mitschuldige finden."

Der Große Gond schaute starr geradeaus. Der Schatten der Ampeln lag auf seinem Gesicht. Die Flammen brannten ruhig, mit einem bläulichen Kern, der in einer gelbglühenden Spitze auslief. „Nicht Nalika!" sagte der Große Gond. „Wähle dir aus, wen du willst – nur sie nicht!"

„Warum? Sollen die Menschen in Aran für alle Zeiten sagen dürfen, der Große Gond fürchte den Fluch eines alten Mannes? Das ist eine Geschichte, die dazu taugt, Kinder zu erschrecken, aber nicht dich, Herr. Solange Nalika lebt, wird dein Volk sich daran erinnern, daß der Diener Lissien-Arois dich verflucht hat. Wenn Nalika tot ist, werden sie es vergessen."

In der einen Ampel neigte sich der Docht, die Flamme zuckte auf, sank dann in sich zusammen und erlosch. Im Raum war es merklich dunkler geworden.

„Verbrenne Nalikas Hütte, Schachtar!" befahl der Große Gond.

Sein Vertrauter lächelte. „Morgen früh wird dich nichts mehr an sie erinnern, Herr. Wir werden die Erde umgraben lassen, und Gras wird dort wachsen, wo ihre Hütte stand. Kann ich jetzt gehen und deinen Söhnen befehlen, dich zum Turm zu begleiten?"

Der Große Gond nickte.

Schachtar verneigte sich, wandte sich um und verließ den Raum. Der Herr von Aran blieb reglos sitzen, das Schwert über den Knien.

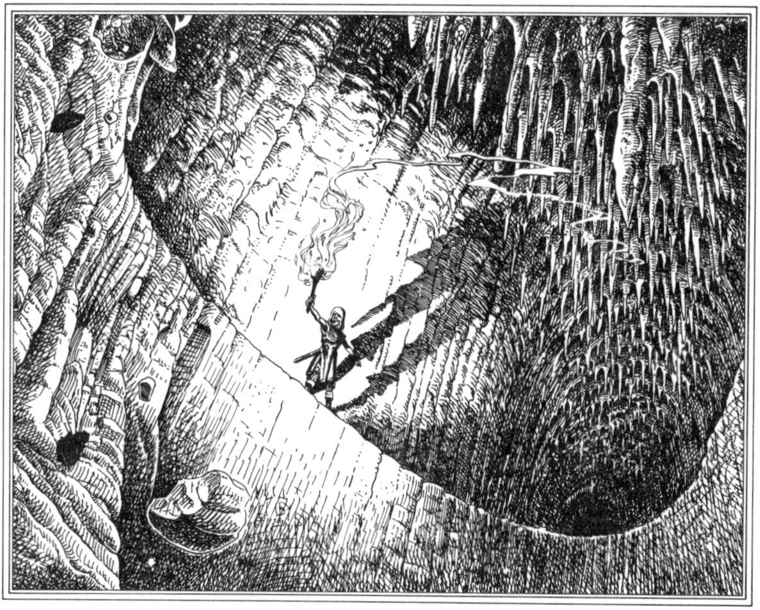

XXVIII.

Trommeln in der Nacht

In der Stunde vor Mitternacht kündigten feierliche Trommelschläge von den Zinnen der Burg herab das Kommen des Meisters an. Die Schläge hallten doppelt laut in der nächtlichen Stille, hallten über die Felder und Wiesen bis in die Dörfer, wo sie die Menschen aus ihren Häusern trieben. In Gondarit wurde niemand aus dem Schlaf geschreckt, alle Bewohner standen noch in den Straßen und Gassen herum. Das Wirbeln und Dröhnen der Trommeln, das ihnen sonst Angst und Schrecken eingejagt hatte, empfanden sie in dieser Nacht befreiend, es erlöste sie von der unerträglich gewordenen Spannung. Jetzt endlich würden sie Gewißheit haben. In einer Mischung aus

Furcht und freudiger Erwartung starrten sie zum Turm hin, der sich wie ein dunkler Riesenfinger in die Höhe reckte. Selbst ganz kleine Kinder, die noch nicht verstanden, was all das bedeutete, schienen zu spüren, daß etwas Außergewöhnliches vor sich ging, sie klammerten sich an ihre Väter oder Mütter, die sie in den Armen trugen, und schauten mit großen Augen um sich.

Es war eine jener schönen Nächte, in denen kein Wölkchen und kein Dunst die Leuchtkraft der Sterne mindert. Fackelschein säumte den Fuß des Turmhügels. Helle Trommelwirbel und dumpf dröhnende Schläge wechselten einander ab.

Nalika löste den Querbalken aus dem Gefüge der Holzdecke. „Kommt!" befahl sie.

Das Feuer im Herd war verglost, Onari und Eldar konnten Nalika nur als dunklen Schatten ausnehmen. In der Dämmerung hatte sie die Hütte verlassen, um ihre Freunde zu treffen, und war lange Zeit fortgeblieben. Onari hatte ihre Ungeduld kaum noch beherrschen können. Dann war Nalika zurückgekommen und hatte versprochen, Thomas in dieser Nacht zu befreien. Wie das geschehen sollte, hatte sie nicht verraten. Sie hatte aber erzählt, was auf dem Stadtplatz vorgefallen war. Die Lichterscheinung, darüber waren sich Eldar und Onari einig, konnte nur Wirligig gewesen sein.

Sie ließen sich auf den Fußboden der Hütte hinab. Die Narni kletterten nach.

„Wohin gehen wir, Nalika?" fragte Eldar.

„Zum Tempel!"

„Jetzt?" Eldar konnte nicht verhindern, daß seine Stimme zitterte. Das Trommeln war einen Augenblick verstummt, setzte aber schon wieder verstärkt ein. „Der Meister kommt, Nalika! Sollten wir nicht warten?"

„Willst du warten, bis es zu spät ist? Ganz Gondarit blickt zum Turm. Auch die Wächter auf den Mauern. Niemand wird uns sehen."

Nalika öffnete das Fenster. Als alle hinausgestiegen waren, folgte sie als letzte nach. Der Bohnenacker lag schwarz unter dem sternbeglänzten Himmel. Die Trommelschläge dröhnten, zitterten nach und verhallten. Eldar wußte, daß Nalika recht hatte, daß kein Augenblick günstiger war als dieser, um unbemerkt aus der Hütte zu kommen, trotzdem atmete er auf, als sie in das Bohnenfeld hineinhuschten und die hohen Stauden sie verbargen. Was hatte Nalika vor? Auf welch geheimen Wegen würden sie in die Stadt und in die Burg gelangen? Die Bohnenranken schwankten, wenn einer daran streifte. Und immer das Trommeln! Ein Schlag nach dem anderen, in rhythmischen, gleichbleibenden Abständen, von helleren Wirbeln unterbrochen.

Jeder Nerv in Eldars Körper spannte sich an. Onari hielt sich so eng wie möglich an ihn. Die beiden Narni drehten fortwährend aufgeregt die Köpfe, sogen die Witterung ein und hatten die Schwänze steil aufgestellt. Nur Nalika war ganz ruhig.

Endlich hatten sie den Fuß des Hügels erreicht. Im ungewissen Licht der Sterne schienen die steinernen Wächter an der Treppe zum Leben erwacht zu sein. Eldar war es, als regten sie sich, als blickten sie ihn an. Die Trommelschläge wurden schneller, steigerten sich zu rasenden Wirbeln. Hoch über dem Turm zerbarst eine grelle Lichtkugel in weißglühende Funken. Eine zweite Kugel fächerte sich in farbige Strahlen auf.

Nalika, Eldar, Onari und die Narni rannten die Treppe hinauf. Während sie dahinhasteten und nicht mehr daran dachten, dabei Deckung zu suchen, zerbarst über dem Turm Lichtkugel um Lichtkugel. Wie Sternschnuppen fielen Funken nieder. Leuchtende Lichtbahnen woben ein strahlendes Netz auf den schwarzen Himmel. Es regnete Sterne.

Eldar war fast besinnungslos vor Angst, er hatte später nie sagen können, wie es ihm gelang, die letzten Stufen der Treppe hinter sich zu bringen und in den Tempel hineinzuflüchten. Als er wieder zu sich kam, fand er sich in völliger Dunkelheit und Stille, er fühlte die Gegenwart seiner Freunde – sehen konnte er sie nicht – und hörte Nalika sagen: „Geht mir nach!“

Sie hatte kein Licht angezündet. Eldar tappte hinter ihr drein, vom Geräusch ihrer Schritte geleitet, aber die Angst, die er ausgestanden und von der er sich noch immer nicht erholt hatte, machte ihn hilflos. Bestimmt hätte er Nalika verloren oder sich dutzendemale den Kopf an einer der Mauern angestoßen, hätte ihn nicht Onari an der Hand genommen und geführt. Sie und die Narni konnten im Dunkel besser sehen und besaßen Sinne, die ihm verlorengegangen waren.

Im Inneren des Tempels mußte eine verwirrende Anzahl von Kammern und Gängen sein. Einmal hallten ihre Schritte, als gingen sie durch einen großen, hohen Raum, gleich danach rückten die Mauern zu beiden Seiten dicht heran. Dann hatte Eldar das Gefühl, durch eine Pforte zu treten. Fackellicht flammte auf.

In einer viereckigen, hohen Kammer standen entlang der Wände in schwarze Kutten gekleidete Gestalten. Die Fackeln reichten nicht aus, den ganzen Raum zu erhellen, die Decke oben verschwand im Finstern. Aus Stein gehauene seltsame Wesen, halb Pflanzen, halb Tiere, blickten von Wandfriesen herab.

Gleichzeitig, wie auf einen Befehl, nahmen die vermummten Gestalten ihre Kutten ab. Es waren Männer und Frauen aus Gondarit. Eldar kannte sie alle. Nalar, der Nachbar, war da, ein untersetzter, gutmütiger Mann, mit dessen Kindern er immer gespielt hatte, bis seine Eltern in die Dunklen Kammern des Todes geholt worden waren. Von da an hatte ihn die Nachbarsfamilie gemieden. Eldar dachte daran, wie verzweifelt er gewesen war; er sah sie an, die ihn trösten und ihm beistehen hätten können. In diesem Augenblick kam es ihm als das größte aller Verbrechen des Großen Gond vor, daß er die Menschen in Aran dazu gebracht hatte, einander zu fürchten und zu mißtrauen.

Einer der Männer – er hatte kurzes, schon angegrautes, krauses Haar – löste sich aus der Schar und trat vor Eldar hin. Es war Ahatar, der Heiler der Krankheiten, ein in ganz Gondarit angesehener Mann, von dem Eldar immer geglaubt hatte, er sei ein Anhänger des Großen Gond. Er wäre nie auf den Gedanken gekommen, ihn unter Nalikas Freunden zu finden. Sein Staunen mußte ihm vom Gesicht abzulesen sein, denn Ahatar sagte:

„Ja, ich bin es, Eldar. Ich habe die Menschen in Gondarit geheilt, wenn sie krank waren, aber die schlimmste Krankheit habe ich zu spät erkannt. Heute nacht werden wir Aran von der großen Krankheit heilen. Unsere Freunde in der Stadt sind bereit. Sobald der Junge aus der Welt Jenseits bei uns ist, geben wir das Zeichen zum Aufstand."

„Aber Thomas ist in der Burg!" rief Eldar.

„Wir holen ihn heraus!"

„Aus der Burg? Wie kommen wir zu ihm?"

„Hast du vergessen, daß es Männer gibt, die überall Zutritt haben? Deren Gesichter niemand kennt? Die niemand anzureden oder aufzuhalten wagt?"

„Schachtars Schatten!" flüsterte Eldar.

„Heute werden wir Schachtars Schatten sein und den Jungen aus der Burg führen. Wir wissen, in welcher Kammer er schläft."

„Und der Meister, Ahatar? Wenn er wirklich alles weiß und uns verrät?"

Ahatar schaute Eldar mit einem eigenartigen gespannten Ausdruck an.

„Die Lichterscheinung", murmelte er. „Alle, die es gesehen haben, sagen, ein Leuchten sei von dem Jungen ausgegangen."

Und Eldar verstand blitzschnell – er brauchte gar keine Erklärung –, was in Ahatar vorging. Wenn die Menschen in Gondarit eine Nacht, nur diese eine Nacht, daran glauben würden, Thomas sei der Meister! Dann würde uns alles gelingen, dachte Eldar. Dann gäbe es niemanden, der uns nicht folgen würde. Einen Augenblick kam er in Versuchung, selber daran zu glauben oder es sich zumindest einzureden. Dann hätte er weniger Angst gehabt. Aber er wußte, daß Thomas nicht der Meister war, nicht einmal sein Bote.

„Das Licht, das war Wirligig!" erklärte er.

„Wirligig?" fragte Ahatar zögernd. „Du meinst, was so geleuchtet und gefunkelt hat, war dieses seltsame Geschöpf aus dem Land jenseits des Flusses?"

Eldar nickte.

Nalika hatte schweigend zugehört, jetzt trat sie ungeduldig einen Schritt vor und rief: „Warum wollt ihr, daß der Junge der Meister ist? Wer ist das überhaupt – der Meister? Er hat lange vor unserer Zeit Aran verlassen. Warum fürchtet ihr ihn? Habt keine Angst! Vielleicht werden wir alle heute nacht sterben müssen. Aber wenn wir sterben, werden die Menschen in Aran wissen, daß wir bereit waren, für die Freiheit zu kämpfen, und andere werden den Mut finden, das fortzusetzen, was wir angefangen haben!"

Durch die kleine Schar der Männer und Frauen lief eine leichte Bewegung. Nalar, Eldars Nachbar, räusperte sich.

„Wir wünschten, wir könnten so sein wie du, Nalika", sagte er. „Aber das Wünschen hilft nichts – wir haben Angst. Nur ist es so weit gekommen in Aran, daß wir lieber sterben möchten, als so weiterleben wie jetzt. Wenn man vom Feuer eingeschlossen ist, muß man hindurch, sonst kommt man darin um. So steht es mit uns. Ein wenig leichter ist uns aber, seitdem die da" – er wies auf Onari und die Narni – „bei uns sind und der Junge aus der Welt Jenseits, mag er nun sein, wer er will. Ich hätte mir nie träumen lassen, daß es so etwas gibt wie die zwei Pelzigen und den kleinen Dschinni! Nalika, du hast uns immer Mut gemacht, aber erst, als du uns von den drei Kindern und von ihren Gefährten erzählt hast, die nach Aran zogen, um gegen den

Großen Gond zu kämpfen, haben wir gewußt, daß auch wir kämpfen müssen. – Eldar, ich muß dich um Verzeihung bitten. Du hättest uns gebraucht, aber wir haben nicht gewagt, dir beizustehen. Und ich bitte auch das Mädchen aus den Wäldern um Verzeihung, obwohl wir nie wieder gutmachen können, was wir den Dunklen Leuten angetan haben. Kannst du uns verzeihen, Onari?"

Onari hatte die Hände auf den Köpfen der Narni liegen, die arglos umherschauten und keine Scheu vor den fremden Menschen zeigten. „Ohne meinen Schilien-Li hätte ich das Land der Strahlenden Felsen nicht gefunden", antwortete sie. „Auch wir Dinadan brauchten einen aus Aran."

„Dann wollen wir jetzt gehen und alle gemeinsam dafür kämpfen, daß Aran frei wird und daß kein Sohn Gonds mehr die Wälder der Dinadan betritt!"

Einer der Männer reichte Nalika seine Fackel. Sie verließen die Kammer durch eine zweite Pforte, die der ersten gegenüber lag, und kamen zu einer Treppe, die steil abwärts führte. Nalar, der vor Eldar und Onari und den Narni ging, wandte sich immer wieder um und lächelte ihnen zu. Eine eigenartige Heiterkeit schien alle erfaßt zu haben, als gingen sie nicht einem ungewissen Schicksal, vielleicht dem Tod entgegen, sondern einem gemeinsamen Fest. Wenn wir Zeit hätten, dachte Eldar, wenn wir hier im Tempel bleiben könnten, dann würden sie sich rund um die Narni setzen, ihnen das Fell kraulen und fröhlich sein. Seltsam!

Die Treppe endete in einem kellerartigen Raum. In der Mitte stand ein mächtiger, tischartiger Block. Seine steinerne Platte war mit einem eingemeißelten Sonnensymbol geschmückt, einem großen Kreis, den ein Strahlenkranz umrahmte.

Als sich alle um den Block versammelt hatten, stemmte Ahatar die Hände auf den Strahlenkranz. Mit einem leisen Ächzen begann sich das Sonnensymbol auf der einen Seite zu senken, während die andere hochstieg. Eine dunkle Öffnung wurde sichtbar. Eldar und Onari erblickten Stufen, die unter dem Block, der hohl war, in die Tiefe hinabgingen.

„Wir sind im untersten Raum des Tempels", erklärte Ahatar, „und das hier ist der Sonnentisch. Seine Platte scheint aus einem Stück gehauen zu sein, so kunstvoll ist das Sonnensymbol eingefügt, in Wirklichkeit läßt es sich um eine in den Tisch eingelassene Eisenstange drehen. Was ihr seht, ist der Anfang eines Stollens, der bis in die verfallenen Keller der Alten Burg führt."

„Wer hat den Stollen gebaut?" fragte Eldar atemlos.

„Wir wissen es nicht, so wenig wie wir wissen, wer diesen Tempel und die Alte Burg gebaut hat. Vielleicht war der Stollen ein Fluchtweg aus dem Tempel in die Burg. Nur die Diener Lissien-Arois kannten das Geheimnis des Sonnentisches. Bevor Nalikas Vater starb, hat er es ihr anvertraut, und von ihr haben wir es erfahren. Unseren Berechnungen nach mußte mein Haus über dem Stollen stehen. Nacht für Nacht, ein ganzes Jahr lang, haben wir vom Keller aus einen Gang gegraben, jede Nacht nur ein winziges Stück, um uns nicht zu verraten, bis wir die Verbindung hergestellt hatten. So fanden wir einen Weg, uns geheim im Tempel treffen zu können. In den alten, halbverschütteten Gewölben unter der Erde entdeckten wir auch einen Zugang in die Neue Burg für jene Stunde, die nun gekommen ist."

„Und was geschieht, wenn wir Thomas aus der Burg geholt haben?" fragte Eldar.

„Warte, bis wir im Stollen sind. Dann sage ich es euch."

Ahatar trat vom Tisch zurück. Nalika stieg in die dunkle Öffnung ein und verschwand darin. Gleich darauf fiel von unten Licht auf die Stufen, sie hatte den Stollen erreicht und hielt die Fackel hoch, um den Nachfolgenden zu leuchten. Als sich alle im Stollen befanden, drückte Ahatar das Sonnensymbol hoch; mit einem leisen Knirschen kehrte es in die ursprüngliche Lage zurück und fügte sich wieder in die Platte ein.

Der Stollen war nicht sehr hoch, aber breit genug, daß man zu zweit oder sogar zu dritt bequem nebeneinander gehen konnte. Wände und Decke waren aus Stein. Die Luft war dumpf. Das Licht der Fackeln ließ gespenstische Schatten an Wänden und Decke entlanghuschen. Ahatar ging neben Eldar und Onari und erklärte ihnen, wie der Aufstand geplant war.

Alle, die zum Kreis von Nalikas Freunden gehörten, hatten sich schon lange darauf vorbereitet. In den Häusern der Aufständischen waren Waffen versteckt, Hämmer, Äxte und Sicheln. Einer der Schmiede in der Stadt, genannt der Rote Kon (weil er rotes Haar hatte, was selten in Aran war), hatte heimlich Schwerter angefertigt. Frauen hatten während vieler Nächte schwarze Kutten gewebt, wie Schachtars Schatten sie trugen. Wenn sich Nalikas Freunde nachts trafen – immer nur wenige, damit es nicht auffiel –, konnten sie sich nur in dieser Verkleidung aus den Häusern wagen. Die Kutten kamen ihnen jetzt zugute. Nalika, Eldar und Ahatar waren auserwählt worden, als Schatten verkleidet Thomas aus der Burg zu holen. Eldar sollte mitkommen, damit Thomas ihnen vertraute. Ahatar würde die Führung übernehmen, weil er als Heiler der Krankheiten oft in der Burg gewesen war und alle Gänge und Treppen kannte.

In der ganzen Stadt hatten sich die Aufständischen schon in kleinen Gruppen zusammengeschlossen. Sobald Thomas befreit war, sollte das Zeichen zum Kampf gegeben werden. Ahatar war überzeugt, daß sich ihnen noch viele andere Bewohner der Stadt anschließen würden. In der Zwischenzeit sollten Nalar und seine Schar unten im Stollen warten, bis sie Nachricht erhielten, daß Gondarit sich gegen den Großen Gond erhoben hatte. Dann sollten sie in die Burg eindringen.

Eldar hörte schweigend zu. Es klang alles so einfach, was Ahatar sagte. Das wird geschehen – und dann das – und dann das. Aber würde wirklich alles so planmäßig ablaufen? Wie viele in der Stadt würden sich ihnen anschließen? Wer in Gondarit war dem Großen Gond noch treu ergeben und wer nicht? Und was war mit Schachtar und seinen Schatten? Wie würden sich die Söhne Gonds verhalten? Was nützten ein paar Schwerter, Äxte und Hämmer gegen diese schwerbewaffneten und im Kampf geschulten Männer? Würden sich auch Söhne Gonds dem Aufstand anschließen – zumindest so viele, daß ein Kampf nicht aussichtslos war?

Es war kalt hier unter der Erde. Plötzlich bedrückten Eldar die Enge und die dumpfe Luft, die das Atmen erschwerte. Die Wände glitzerten feucht im Fackellicht. Tropfen fielen von der Decke. Waren sie schon unter der Stadt? Führte der Stollen an einem Brunnen vorbei?

Pai und Tli gingen wie immer Pfote in Pfote. Sie, die in Höhlen gelebt hatten, schienen sich unter der Erde wohl zu fühlen. Die Schwänze hatten sie auf den Rücken gelegt, die buschigen Enden waren geringelt, ein Zeichen, daß die beiden nichts beunruhigte.

„Und was ist mit Pai und Tli? Und mit Onari?" fragte Eldar. „Wo bleiben sie, während wir kämpfen?"

Ahatar schaute auf die vor ihm gehenden Narni und sagte, mehr zu sich selber als zu Eldar: „Ja, es ist wunderbar, daß solche Geschöpfe zu uns gekommen sind. Es macht uns Mut! Mir auch! Aber", fuhr er lauter fort, „das heißt nicht, daß sie unseretwegen in Gefahr kommen sollen. In den Kellern der Alten Burg sind sie in Sicherheit, bis alles vorbei ist. Wenn keiner von uns kommt und sie holt, dann wissen sie, daß wir vergeblich gekämpft haben. Sie können in den Tempel zurückgehen und fliehen – in die Wälder oder in das Land jenseits des Flusses."

Onari, die bis jetzt geschwiegen hatte, schüttelte den Kopf. „Ich fliehe nicht ohne meinen Schilien!"

Nalika wandte sich um. „Ihr könntet uns helfen, du und die Narni, aber wir haben nicht das Recht, euch darum zu bitten."

„Wir sind nach Aran gegangen, um gegen den Großen Gond zu kämpfen. Sag mir, was wir tun können."

„Wenn wir den Jungen aus der Welt Jenseits befreit haben, wird ein Bote zu Nalar kommen und es ihm melden. Der Bote kann dich und die Narni hinauf in die Stadt zu uns führen."

„Da bringen wir sie doch nur unnötig in Gefahr!" widersprach Eldar.

„Nein, nicht unnötig!"

Nalika blieb stehen. In der Stollenmauer war eine schmale Öffnung ausgebrochen. Im Gegensatz zu der uralten Steinverkleidung des Stollens schien der Durchbruch neu zu sein, er war auch mit Ziegeln ausgekleidet, wie sie in Aran hergestellt wurden.

„Du hast den Jungen aus seiner Welt gerufen, Mädchen aus den Wäldern", sagte Nalika. „Seitdem du zu uns gekommen bist, ist alles anders als zuvor. Der Hauptmann der Burgwache hat den Gefangenen die Ketten abgenommen. Die Menschen in Aran hoffen wieder. Wenn sie dich und die Geschöpfe aus dem unbekannten Land an unserer Seite sehen, werden sie daran glauben, daß das Unmögliche möglich sein kann. Onari aus den Wäldern, willst du mit den Narni zu uns kommen und bei uns sein, wenn wir die Menschen in Gondarit aufrufen, für die Freiheit zu kämpfen?"

„Ja, das will ich!"

Aus dem Dunkel des Nebenstollens löste sich eine Gestalt und trat in den Lichtschein der Fackeln. Es war ein magerer Junge mit einem wirren, roten Haarschopf, der ihm fast bis über die Augen fiel. Eldar erkannte ihn, es war Konla, der Sohn des Schmiedes. Konla konnte seine Aufregung kaum verbergen und schaute starr auf Nalika.

„Sind alle bereit?" fragte sie.

Der Junge wollte antworten, brachte aber keinen Laut heraus, er grub die Zähne in die zitternde Unterlippe und nickte nur.

„O Konla", sagte Nalika, „du darfst jetzt keine Angst haben!"

„Ich hab keine Angst", stammelte der Junge.

„Ich weiß, wie dir zumute ist. Uns allen geht es so, dir und mir und Ahatar und deinem Vater. Und doch müssen wir ruhig bleiben, ganz ruhig, als wäre diese Nacht wie jede andere Nacht. Wir brauchen dich, Konla. Vergiß das nicht! Wenn du und ich und wir alle schon lange tot sind, werden dein Enkel und dein Urenkel und das Volk von Aran noch an dich denken. Sie werden sagen: Konla, der Sohn des Roten Kon, war einer der Boten in jener Nacht, als Aran frei wurde, er war eines der Kinder, die nicht wie Kinder gehandelt haben, sondern wie Männer. In den Liedern Arans wirst du nie vergessen werden."

Ihre Stimme hatte sich verändert. Noch nie hatte Eldar sie in einem solchen Ton reden hören; wäre sie nicht vor ihm gestanden, er hätte gemeint, es müsse jemand anderer sein, der da sprach. Er verstand auf einmal, warum die Bewohner Gondarits ihr folgten und zu ihr gekommen waren, um sich Mut und Zuversicht zu holen.

Jetzt erst bemerkte Konla Onari und die Narni. Er stieß einen leisen, erstaunten Laut aus.

„Ja, Konla", sagte Nalika, „sie sind nach Aran gekommen, wie ich es euch erzählt habe. Geh nun zu den anderen und berichte ihnen, was du gesehen hast."

Konla nickte und war im nächsten Augenblick in den Seitengang zurückgehuscht. Nalika hob die Fackel und führte ihre Schar weiter. Schon nach kurzer Zeit erweiterte sich der Stollen und mündete in ein unterirdisches Gewölbe. Von bröckligen, brüchigen Mauerresten durchzogen, dehnte es sich nach allen Seiten hin aus. Wie groß es war, konnte Eldar nicht feststellen, weil das Fackellicht nur einen kleinen Teil erhellte. Es waren die verfallenen Keller der Alten Burg. Die Luft roch modrig. Das Mauerwerk war feucht und von einer schwarzen, glitschigen Schicht überzogen. Hie und da glänzten winzige Wasserlachen, die sich in Vertiefungen angesammelt hatten.

Nalika und die anderen mußten den Weg sehr gut kennen. Ohne auch nur einmal zu zögern oder innezuhalten, huschten sie in dem Winkelwerk noch stehengebliebener Mauern und Pfeiler dahin. Dann schien der Weg plötzlich durch einen schwarzen Abgrund versperrt. Zumindest glaubte es Eldar im ersten Augenblick, bis er im Licht der Fackeln ein schmales Band erblickte, das an einer Mauer neben dem Abgrund weiterführte. Diese Stelle konnten sie nur vorsichtig, einer hinter dem anderen, überwinden. Während Eldar sich langsam vorwärtstastete und an der Mauer – auch sie war feucht – Halt suchte, hatte er das Gefühl, das verwitterte Band könnte jederzeit unter seinen Füßen abbrechen und in die Tiefe stürzen. Bei einem der Nachfolgenden löste sich tatsächlich ein Brocken und kollerte hinunter. Ein leises Aufklatschen war zu hören. Eldar nahm an, daß sich hier die Brunnenanlage der Alten Burg befunden hatte, die wahrscheinlich mit dem tiefen Brunnen der Neuen Burg in Verbindung stand.

Er war froh, als alle glücklich hinübergekommen waren und weitergingen. Bald darauf kamen sie in einen Keller, der zur Hälfte eingebrochen und mit Schutt angefüllt war, sich aber sonst in einem besseren Zustand befand als das übrige Gewölbe. Hier war es, wo sie sich trennen mußten. In einer der gut erhaltenen Mauern befand sich der Durchschlupf in die Keller der Neuen Burg.

Der Stollen hatte Nalika und ihren Freunden zuerst nur dazu gedient, daß sie einander treffen konnten. In mühsamer und zeitraubender Arbeit hatten sie den Gang zu Ahatars Haus gegraben; die Ziegel, die sie brauchten, hatten sie einzeln herbeigeschafft, unter Gemüse und anderen Nahrungsmitteln oder für den Haushalt nötigen Geräten versteckt. Durch den Stollen in die Burg eindringen zu können, war am Anfang nur ein Wunschtraum gewesen, weil die alten Gewölbe keine Verbindung mit den Kellern der Neuen Burg zu haben schienen. Nalikas Freunde hatten unzählige Berechnungen angestellt und sich ebenso oft geirrt. Sie hatten das Mauerwerk abgeklopft, nach Hohlräumen gesucht und waren in den halbeingestürzten Teilen umhergekrochen, bis sie hier in diesem Gewölbe hinter einer der Mauern eine zweite Mauer entdeckten, die nicht so alt war. Nachdem sie vorsichtig ein paar Steine herausgebrochen hatten, sahen sie, daß dahinter jener Keller der Neuen Burg lag, in dem der gegorene Traubensaft in riesigen Fässern aufbewahrt wurde. Es war einer der glücklichen Zufälle, auf die sie in ihrem Kampf gegen die Übermacht des Großen Gond vertrauen mußten. Der Kellermeister gehörte zu ihrer Gruppe. Mit seiner Hilfe hatten sie die herausgelösten Steine wieder eingefügt, so lose, daß sie leicht wieder entfernt werden konnten. Während Ahatar und seine Schar in dieser Nacht in den Tempel gegangen waren, hatte einer der Verschwörer inzwischen den Durchschlupf freigemacht.

Nalar reichte Eldar eine schwarze Kutte. Eldar schlüpfte hinein, küßte die Narni auf die Schnauzen und umarmte Onari. „Der Weiße Wolf wird dich und meinen Schilien beschützen!" flüsterte sie ihm zu. Dann stieg er hinter Ahatar und Nalika, die ebenfalls Kutten angezogen hatten, in den Weinkeller ein.

Faß reihte sich an Faß. Die Luft roch säuerlich, aber nicht unangenehm. Hinter dem großen Faß, das den Durchschlupf verbarg, stand eine kleine Laterne mit einem Blendschlitz bereit. Nalika zündete die Kerze darin an, löschte die Fackel und reichte Ahatar die Laterne. In ihrem kleinen Lichtstrahl suchten sie sich den Weg durch die anschließenden Gewölbe und über Steintreppen, die manchmal steil und hoch waren und manchmal nur aus ein paar Stufen bestanden. Seitdem sie in die Keller der Neuen Burg eingestiegen waren, hatten sie kein Wort mehr miteinander gesprochen, sie huschten so leise wie möglich dahin und versuchten, kein Geräusch zu verursachen. Eldar fühlte sich wie im Fieber, einmal war ihm kalt, gleich danach wieder heiß, und unter dem schwarzen Mantel brach ihm am ganzen Körper der Schweiß aus.

Die Keller schienen ihm ein Labyrinth aus großen und kleinen Gewölben und unzähligen Treppen zu sein. Als sie endlich das unterste Stockwerk betraten, atmete er auf. Ahatar verschloß den Schlitz der Laterne und verbarg sie unter der Kutte. Von nun an genügte ihnen das Licht der Kienspäne in den Mauerringen.

Immer wieder kamen sie an Wachen vorbei. Jedesmal fürchtete Eldar, erkannt zu werden. Trotz der schwarzen Kutten, die ihn und Ahatar und Nalika vom Kopf bis zu den Füßen verhüllten, glaubte er, die Söhne Gonds müßten merken, wer da an ihnen vorüberschritt. Aber keine Wache hielt sie an oder richtete eine Frage an sie – Schachtars Schatten waren die einzigen Menschen in Aran, die ungehindert jederzeit und überall Zutritt hatten –, und sie erreichten ohne Zwischenfall das Stockwerk, in dem sich die Kammer befand, in der Thomas schlief.

Der Gang lag verlassen da, nur schwach erhellt von einem Kienspan. Von einer plötzlichen Unruhe erfüllt, schritten sie schneller aus. Warum stand keine Wache vor der Kammer? Was hatte es zu bedeuten, daß niemand hier war? Die Stille machte ihnen Angst, sie konnten sich nicht erklären, weshalb kein Sohn Gonds zu sehen war.

Vor der Kammer hielten sie an und lauschten. Von drinnen war kein Laut zu vernehmen. Ahatar drückte die Klinke nieder. Die Tür war unversperrt. Eldar trat als erster ein. Er schlug die Kapuze zurück – Thomas sollte wissen, wer zu ihm kam, und nicht erschrecken.

„Thomas!“ rief Eldar leise.

Er erhielt keine Antwort.

In der Kammer war es dunkel, das Fenster zeichnete sich als graues Viereck von der Wand ab.

„Thomas!“ flüsterte Eldar.

Ahatar hatte die Laterne hervorgezogen und den Schlitz geöffnet. Der dünne Lichtstrahl fiel auf das Bett. Die Decke war zerdrückt und hing halb herunter; man konnte sehen, daß dort jemand gelegen und in aller Eile aufgesprungen war.

Eldar glaubte, sein Herzschlag setze aus. Wo war Thomas? Was war mit ihm geschehen? Waren sie zu spät gekommen? Was sollten sie jetzt tun? Wie konnten sie ihn finden in dieser riesigen, nachtdunklen Burg, in der ihnen der Tod drohte, wenn sie entdeckt wurden, und in der es so viele Feinde gab und nur so wenige Freunde.

XXIX.

Das Geheimnis des Turmes

Seit Schachtar ihn wieder in die Burg zurückgebracht hatte, war Thomas in seiner Kammer eingeschlossen. Diesmal wirklich als Gefangener, denn Schachtar wollte anscheinend einen zweiten Fluchtversuch unmöglich machen. Thomas fragte sich, was die Wächter wohl dachten, als an der Kammer des gefeierten Ehrengastes von draußen der Riegel vorgeschoben wurde. Aber in einem Land, in dem die Menschen nur das zu tun wagten, was ihnen befohlen wurde, hatten sie sicher auch das Denken verlernt.

Thomas hatte die Arbeitskleider ablegen müssen, die ihm der Gärtner geschenkt hatte (Wirligig war zum Glück rechtzeitig unter das Seidenhemd geschlüpft), und eine ganze Weile hatte Schachtar auf ihn eingeredet und wissen wollen, wie er aus der Burg gekommen war und wer ihm dieses Gewand gegeben hatte. Thomas hatte darauf nicht geantwortet, und Schachtar war endlich wieder gegangen. Kaum hatte sich die Tür hinter ihm geschlossen, war Wirligig hervorgekommen und hatte mit Räderschlagen und Tropfengefunkel und Wassergeisterküssen gezeigt, wie sehr er sich freute, daß dieser Mann endlich fort war.

Dann waren Wirligig und Thomas lange allein geblieben. Nur gegen Abend waren ein paar Diener gekommen, hatten Essen gebracht, hatten Thomas scheu angesehen und waren wieder gegangen.

Nach dem Essen setzte Thomas sich aufs Bett. Wirligig ließ sich auf seinen Knien nieder und strahlte ein sanftes Leuchten aus wie immer, wenn er glücklich und zufrieden war. Vom Gang her waren das leise Rasseln der Kettenhemden und die gedämpften Schritte der Wächter zu hören, die vor der Kammertür auf und ab gingen. Die Gegenwart des kleinen Dschinni tröstete Thomas ein wenig. Das Hochgefühl vom Nachmittag hatte noch eine Zeitlang angedauert, auf jeden Fall so lange, als Schachtar bei ihm gewesen war; es hatte ihm den Mut gegeben, auf alle Fragen zu schweigen. Aber die Stunden verstrichen, und Thomas wurde sich immer klarer darüber, daß er ein Gefangener war. Alleinsein und Ungewißheit ließen das Hochgefühl langsam schwinden, bis nichts mehr davon zurückblieb.

Die Sonne ging unter. Thomas sah durchs Fenster ihren Widerschein am Himmel, einen rosa Hauch, der sich bald verflüchtigte. Es begann zu dämmern. Ein schimmernder Kreis umgab Wirligig. Thomas lehnte sich in die Kissen zurück und schloß die Augen. Er nickte ein und fiel in einen unruhigen Schlaf, in dem er träumte, er sei im Verbotenen Land, dort, wo die roten Felsen aus der weiten Sandebene ragten. Er sah den Schwarzen König auf sich zukommen. Plötzlich verwandelte sich der Schwarze König in den Großen Gond, wuchs ins Riesenhafte und beugte sich drohend über ihn.

Thomas kämpfte gegen den Traum an. Er zwang sich, die Augen zu öffnen, und das Schreckbild verschwand. In der Kammer war es finster geworden, im Fenster blinkten ein paar Sterne. Wirligig schlummerte und glühte nur noch wie ein Kerzendocht vor dem Erlöschen. Vorsichtig, um ihn nicht zu wecken, nahm Thomas ihn von den Knien und legte ihn neben sich aufs Kissen. Dann zog er die Beine hoch, deckte sich zu und streckte sich aus. Er war nun sehr müde und schlief auch gleich wieder ein, diesmal tief und fest und ohne bösen Traum.

Das Dröhnen der Trommeln weckte ihn. Er fuhr erschrocken hoch, noch ganz schlaftrunken, warf die Decke zurück und sprang aus dem Bett. Auch Wirligig war erwacht. Er suchte auf Thomas' Schulter Zuflucht und verströmte grüne Lichtfäden.

„Das sind nur Trommeln", erklärte Thomas, nachdem er sich zurechtgefunden hatte und richtig wach war. „Ich möchte wissen, warum die mitten in der Nacht trommeln – und so laut noch dazu!"

Die Kammer war erfüllt von dem dumpfen Dröhnen; wahrscheinlich standen ein paar Trommler auf den Zinnen über dem Fenster. Wirligig wurde immer erregter, er sandte elektrische Stöße aus, sein grünes Licht erhellte die Kammer. Auch Thomas konnte sich der Wirkung der hallenden, rhythmischen Schläge nicht entziehen, das Herz klopfte ihm rascher. Ganz plötzlich fiel ihm ein, was das Trommeln in der Nacht bedeutete.

Kam der Meister wirklich zum Großen Gond?

„Ich glaub's nicht!" murmelte Thomas vor sich hin. „Ich glaub's nicht!"

Das Trommeln steigerte sich zu rasenden Wirbeln. Dann setzte es aus – die plötzliche Stille war unheimlich. Im nächsten Augenblick zuckte im Fensterrahmen ein Lichtschein auf wie von einem Wetterleuchten. Gleich danach noch einmal.

War das der Lichterregen?

Thomas lief zum Fenster, schwang sich auf den kleinen Erker und schaute hinaus. Von hier aus ging der Blick weit über die Mauern der Burg und die Dächer der Stadt bis zum Turm hin. Der Himmel darüber war mit glitzernden Sternen übersät, die aufleuchteten und erloschen. Leuchtrakete um Leuchtrakete stieg von der Turmspitze auf und zerbarst. In der Stille hörte man deutlich das Zischen der Raketen und das leichte Knallen, mit dem sie platzten.

„Sei ruhig, Wirligig", sagte Thomas zu dem kleinen Wassergeist auf seiner Schulter. „Das ist bloß ein Feuerwerk!"

Oder – war es der angebliche Lichterregen? War alles nur ein Schwindel?

Thomas setzte sich auf das steinerne Erkerbänkchen. Durch das Fenster strömte laue Nachtluft. Wirligig bebte leise, schien sich aber nicht mehr zu fürchten, denn der Lichtschein, der jetzt von ihm ausging, war hell, fast weißlich, wurde immer stärker und verdichtete sich zu einem intensiv leuchtenden Kreis.

Rakete um Rakete stieg hoch. Einem glitzernden Wasserfall gleich rieselten Funken nieder. Manche Raketen drehten sich wie Kreisel und schleuderten Blitze. Andere öffneten sich wie Riesenblüten und malten Lichtfächer ins Dunkel. Das Trommeln hatte wieder eingesetzt, aber nicht mehr laut, es waren nur leise, verhaltene Schläge, die das Schauspiel stimmungsvoll begleiteten.

Als es still wurde und keine Leuchtraketen mehr hochstiegen, schien der Himmel nach all dem Lichtergefunkel schwärzer als sonst. Der Turm war zu einem dunklen Schatten geworden. Nur ganz oben war ein kleines Fenster erleuchtet.

Thomas begann zu frösteln. Er warf einen letzten Blick auf den Turm, schloß das Fenster, stieg vom Erker herunter und setzte sich aufs Bett. Alle Schläfrigkeit war vergangen, er war hellwach. Hatte er die Erklärung für den geheimnisvollen Lichterregen gefunden? So ganz konnte er nicht daran glauben. Vielleicht war es doch nur ein Feuerwerk gewesen.

Er stützte die Arme auf die Knie und hielt die Hände mit den Innenflächen nach oben, damit Wirligig bequem darauf sitzen konnte. Mit dem Erlöschen der letzten Rakete hatte auch Wirligig sein kräftiges Leuchten eingestellt. Thomas sehnte sich nach seinen Freunden. Er redete sich ein, daß sie nicht mehr fern sein konnten und daß sie bestimmt einen Weg finden würden, ihn zu holen. Aber während er versuchte, daran zu glauben, wußte er nur zu gut, daß zwischen ihnen der Große Gond mit all seinen Söhnen und all seiner Macht stand. Er beugte sich über Wirligig und bekam einen Kuß auf die Nase. Dann kuschelte sich Wirligig in Thomas' Hände, sein Schimmern wurde schwächer und schwächer – er war eingeschlafen.

Thomas saß ganz ruhig, um ihn nicht zu wecken. Irgendwann wurde es still draußen im Gang. Waren die Wachen fort?

Er wollte schon aufstehen und sich vergewissern, ob die Tür noch immer zugesperrt war, als er – ganz deutlich – Schritte hörte, die sich näherten und dann vor der Kammer anhielten. Der Riegel wurde zurückgeschoben.

Thomas legte Wirligig blitzschnell neben sich und deckte ihn mit dem Mantelzipfel zu.

Im nächsten Augenblick ging die Tür auf und Eonar trat ein.

Thomas hatte sich so verlassen gefühlt, daß ihm jeder Besucher – außer Schachtar und dem Großen Gond – recht gewesen wäre. Daß es Eonar war, der zu ihm kam, hätte er aber nicht zu hoffen gewagt.

Er lächelte ihn an.

„Ich bin froh, daß du da bist", sagte er.

Eonar gab keine Antwort. Er zog die Tür mit einem Ruck hinter sich zu und trat einen Schritt vor. Sein Gesicht war erschreckend blaß, die Augen hatten einen eigenartigen Glanz und waren starr auf Thomas gerichtet. Mit einer langsamen Bewegung zog er das Schwert aus der Scheide.

Und Thomas begriff plötzlich, daß Eonar gekommen war, ihn zu töten. Daß die Wachen nicht mehr draußen standen, weil man sie deshalb fortgeschickt hatte. Er sollte sterben, jetzt, mitten in der Nacht, wenn niemand ihm helfen konnte.

Er wollte schreien, aber die Stimme versagte ihm, er brachte keinen Laut hervor. Er wollte aufspringen und flüchten, aber er konnte sich nicht rühren.

Eonar stand ganz still. Dann warf er das Schwert von sich, es schlug mit einem harten, metallischen Klang auf den Boden.

„Ich bin kein Mörder!" sagte er.

Sie sahen einander an, und langsam, fast gleichzeitig, nahmen ihre Gesichter wieder ein wenig Farbe an. „Hättest du mich umbringen sollen?" flüsterte Thomas.

Eonar nickte.

„Warum?"

„Warum! In diesem Land fragt niemand danach, warum man etwas tut. Uns wird befohlen, und wir gehorchen." Er trat nahe an Thomas heran und sagte mit leiser eindringlicher Stimme: „Schachtar rief mich zu sich. Er sagte, es sei der Wille des Meisters, daß du sterben mußt. Ich habe zu lange dem Meister gehorcht. Zum erstenmal in meinem Leben weiß ich, was Freiheit ist – der Stimme in sich selber folgen, die einem sagt, was gut und was böse ist, und danach zu handeln. Ich weiß nicht, ob ich den Morgen erleben werde, und trotzdem bin ich glücklich. Hör mir gut zu! Wir haben nicht viel Zeit. Wenn ich nicht zu Schachtar zurückkehre und melde, daß ich den Befehl ausgeführt habe, wird er seine Schatten schicken. Bevor das geschieht, müssen wir die Burg verlassen haben. Hast du die Hütte gesehen, die vor dem Tor der Stadt steht? Dort lebt Nalika, die Ausgestoßene. Wenn wir getrennt werden, wenn mir etwas zustößt, dann versuche, zu ihr zu kommen. Sie wird dir helfen."

„Du willst mit mir fliehen?"

„Ich habe mich dazu entschlossen. Heute nachmittag hast du uns ein wenig Hoffnung gegeben." Eonar stockte und schaute Thomas fragend an. „Kommst du wirklich aus der Welt Jenseits?"

„Ja."

„Hat dich der Meister gesandt?"

„Nein."

„Aber der Große Gond sagt es!"

„Es stimmt nicht! Ich habe keine Ahnung, warum er es behauptet."

„Weil gestern Nacht der Meister kam und deine Ankunft verkündete", antwortete Eonar. „Auch heute nacht kam der Meister wieder."

„Heute nacht?"

„Hast du das Trommeln nicht gehört? Hast du den Lichterregen nicht gesehen?"

Thomas starrte Eonar an. Er hatte also recht gehabt! So einfach war das Rätsel des Lichterregens zu erklären!

„Der Lichterregen?" rief er. „Das war nur ein Feuerwerk, Eonar! Ein ganz gewöhnliches Feuerwerk und nie im Leben etwas Übernatürliches! Wißt ihr denn in Aran wirklich nicht, was das ist? Bei uns in der Welt Jenseits kennt das jedes Kind. So einen Sternenregen kann ich auch machen! Ich brauche bloß auf den Turm zu steigen und ein paar Leuchtraketen abzuschießen. Der Große Gond schwindelt euch was vor. Vielleicht ist er draufgekommen, wie man Schwarzpulver macht. Dann ist alles ganz einfach."

„Schwarzpulver?"

„Das erklär ich dir später! In meiner Welt kann jeder solche Raketen herstellen, der etwas davon versteht. Es gibt keinen Lichterregen, Eonar, und daher erscheint auch der Meister dem Großen Gond nicht. Begreifst du das immer noch nicht?"

Eonar schaute Thomas an, aber so, als sähe er ihn nicht. „Es ist nicht wahr", flüsterte er, „es kann nicht wahr sein . . ." Er schien vergessen zu haben, daß ihnen nur so wenig Zeit für die Flucht blieb, er sprach wie zu sich selber und so leise, daß er kaum zu verstehen war. Dann wandte er sich ab und trat ans Fenster. Er blickte zum Turm hinüber, der schwarz aufragte. „Diese Wunderdinge", sagte er, jetzt klar verständlich, „kann nur einer in Aran erforscht haben. Nicht der Große Gond! Ein anderer!"

„Wer?" fragte Thomas.

„Einer, der ein ganzes Leben lang über die Geheimnisse des Meisters nachdachte – Narnar, der Lehrer."

„Aber der ist doch tot?"

„Ja." Eonar trat vom Fenster zurück, hob das Schwert auf und steckte es in die Scheide. Sein Gesicht hatte sich verändert, es drückte nicht mehr Zweifel und Ratlosigkeit aus, sondern war ruhig und gefaßt. „Ich werde in den Turm gehen!" erklärte er. „Wenn es so ist, wie du sagst, dann haben die Menschen in Aran ein Recht darauf, zu wissen, daß man sie belogen hat. Alle! Wenn du bei mir bist, werden die Wachen mich nicht hindern, den Turm zu betreten. Aber du mußt selber entscheiden, ob du fliehen oder mir helfen willst. Vielleicht führe ich dich und mich in den Tod."

Thomas brauchte nicht lange zu überlegen. „Ich gehe mit dir", sagte er. Jetzt wußte er, warum es notwendig gewesen war, daß er aus seiner Welt in diese gekommen war. Nur er konnte den Menschen hier beweisen, daß der Lichterregen ein Feuerwerk war und daß der Meister nicht dem Großen Gond erschien. Nur jemand aus der Welt Jenseits konnte das tun. Das war seine Aufgabe.

Als Thomas den Mantel vom Bett nahm, wurde Wirligig sichtbar. Er schimmerte, ein paar Lichtfäden flossen von ihm weg. Eonars Anwesenheit beunruhigte ihn nicht, er wirkte eher neugierig. Bei Eonar war es umgekehrt, er fuhr zurück und starrte Wirligig fassungslos an.

„Was hast du denn?" fragte Thomas. „Ihr Leute aus Aran fürchtet euch wirklich vor allem! Das ist nur Wirligig! Er ist ein Dschinni aus dem Verbotenen Land, ein Wassergeist, und er hat mich hierherbegleitet. Er tut keinem was."

„Das also war es heute nachmittag!" antwortete Eonar nach einer kurzen Pause. „Ich wußte nicht, ob meine Augen mich täuschten, oder ob ich glauben sollte, daß du selbst der Meister bist."

„Ich bin nicht der Meister!" versicherte Thomas. „Was ihr gesehen habt, war Wirligig. Wenn er will, kann er eine ganze Menge Licht versprühen."

Thomas warf sich den Mantel über und wollte eben Wirligig darunter verstecken, als ihn Eonar davon abhielt.

„Setz ihn dir auf die Schulter!" bat er. „Niemand wird dann wagen, dich anzurühren oder dich aufzuhalten. Das ist eine Nacht der Wunder! Ich verstehe so vieles nicht, aber wir haben keine Zeit mehr, daß du es mir erklärst. Komm jetzt!"

Sie traten in den dunklen Gang hinaus, der verlassen vor ihnen lag. Die Wache war auf Schachtars Befehl abgezogen worden. „Leuchte, Wirligig, leuchte!" flüsterte Thomas und wünschte ganz fest, der kleine Wassergeist möge ihn verstehen und begreifen, worum es ging. Wirligig begriff – und leuchtete mit aller Kraft. Lichtströme flossen von ihm aus, und Eonar und Thomas brauchten auf ihrem Weg durch die nachtfinstere Burg keine Fackel.

Schon nach kurzer Zeit wußte Thomas nicht mehr, wo sie sich befanden. Immer wieder kamen sie an Wächtern vorbei, aber keiner hielt sie an oder fragte sie, was sie hier zu suchen hatten. Die Lüge des Großen Gond begann sich gegen ihren Erfinder zu wenden. Denn in der Nacht, da er mehr als je zuvor auf die Treue seiner Söhne angewiesen war, wisperten diese in der ganzen Burg einander zu, sie hätten den leuchtenden Jungen wieder gesehen, und einer fragte den anderen, ob er wirklich nur ein Bote oder nicht doch der Meister selber sei, und ob nun eine neue Zeit begänne.

Eonar stellte keine Fragen, als Thomas in einem der einsamen Gänge ihm flüsternd erzählte, was im Verbotenen Land geschehen war. Nachher sprachen sie auf dem ganzen Weg bis zum Kleinen Tor kein Wort mehr miteinander. Ein feierlicher Mut erfüllte sie, aber sie wußten auch, wie schwer ihre Aufgabe war.

Sie verließen den Haupttrakt der Burg und gingen über den Hof, zu dessen beiden Seiten die Stallungen lagen. Als sie zum Kleinen Tor kamen, öffneten die Wächter die schweren Flügel, ohne daß Eonar es befehlen mußte.

Fackelträger standen neben dem Pfad, der zum Turm hinaufführte. Der Eingang zum Turm wurde von Söhnen Gonds bewacht. Es war windstill. Der Sternenhimmel spannte sich in seiner Pracht über die drei Hügel von Gondarit. Das kleine Fenster oben im Turm glich einem starren, unheimlichen Auge.

Wenn nur Wirligig nicht müde wurde und sein Licht abdunkelte. Thomas konzentrierte sich ganz fest auf ihn. Leuchte, Wirligig! Leuchte! wünschte er sich, bis er meinte, mit jedem Nerv seines Körpers diese Botschaft weiterzugeben. Und Wirligig spürte es, schien alle Kraft zu sammeln und strahlte heller als zuvor.

Die Söhne Gonds vor dem Turm sahen den Jungen aus der Welt Jenseits in einem leuchtenden Kreis auf sich zuschreiten. Im Dunkel der Nacht mußte ihnen scheinen, daß er kein Mensch war, sondern ein Bote aus einer anderen Welt. Sie konnten den Anblick des Lichtes nicht ertragen, sie senkten die Augen und traten zur Seite. Jeden anderen, der es gewagt hätte, die Tür des Turmes zu öffnen, hätten sie auf der Stelle getötet, wie es ihnen befohlen war, aber keiner zog das Schwert, als Eonar und der Junge in den Turm gingen.

Die dicken Mauern verstärkten das leise Klicken, mit dem sich die Tür hinter Eonar und Thomas schloß. Sie fanden sich in einem kreisrunden Raum, fensterlos und aus klobigen Steinen erbaut. In Wirligigs Licht erblickten sie gegenüber der Eingangstür die ersten Stufen einer Wendeltreppe; sie war so schmal, daß sie hintereinander gehen mußten. Wirligigs Leuchten war schwächer geworden – vielleicht war er erschöpft von der Anstrengung und mußte sich erst wieder erholen –, aber sein Licht reichte aus, daß Thomas und Eonar immer die nächsten Stufen ausnehmen konnten. Vor ihnen und hinter ihnen war pechschwarze Finsternis, und trotz der engen, sich spiralförmig windenden Treppe hatten sie das Gefühl, sich in einem endlosen Raum zu bewegen. Wirligig wurde unruhig, er fing zu vibrieren an und sandte schwache, elektrische Stöße aus.

Die Treppe wollte nicht aufhören, Stufe folgte auf Stufe, und kein Fenster gewährte einen Anhaltspunkt, wie hoch oben sie schon waren. Das Atmen fiel Thomas plötzlich schwer. Das Geräusch ihrer eigenen Schritte jagte ihm Angst ein.

Als er schon glaubte, es würde ewig so weitergehen, endete die Treppe in einem winzigen Vorraum. Wirligigs Licht, nun fast erloschen, fiel auf eine eiserne Tür. Leuchte, Wirligig! dachte Thomas, aber in seiner Aufregung vermochte er diesem Wunsch keinen Nachdruck zu geben, und Wirligig reagierte kaum darauf.

Eonar öffnete die Tür. Sie traten in ein hohes, geräumiges Gewölbe ein, das bis auf einen schweren, geschnitzten Holzsessel in der Mitte leer war. Neben einem kleinen, in die dicken Mauern eingelassenen Fenster brannten zwei Kienspanfackeln in eisernen Ringen. Es mußte das Fenster sein, das von der Burg und von der Stadt aus zu sehen war.

Rötlicher Lichtschein, wie von einem flackernden Herdfeuer, fiel aus einer etwas kleineren Tür in der gegenüberliegenden Wand des Gewölbes. Eonar und Thomas vernahmen ein Wimmern, und gleich danach hörten sie die Stimme des Großen Gond: „Bist du schon hier, Schachtar? Ich habe dich nicht so bald erwartet."

Das Wimmern aus dem Nebenraum wurde lauter und ging in ein langgezogenes Seufzen über. Eine dünne, greisenhafte Stimme begann zu klagen: „Ich habe getan, was du befohlen hast. Ich habe getan, was du befohlen hast. Die Truhen sind voll . . ."

Eonar querte das Gewölbe mit ein paar Schritten und blieb vor der offenen Tür stehen. Thomas folgte ihm – auf Zehenspitzen, als müßte er seine Gegenwart geheimhalten – und lugte an ihm vorbei in eine niedrige Kammer. Der rötliche Lichtschein kam von einem Feuer, das in einer Schmiedeesse brannte. Die Kammer sah aus wie eine Alchemistenküche oder wie ein altmodisches Laboratorium. Bauchige Flaschen waren mit verschiedenfarbigen Pulvern und Flüssigkeiten angefüllt. Auf Holzregalen gab es große und kleine Tiegel und Dosen, krumme Glasphiolen, Reibschalen und Mörser. Zwei schwere Holztruhen nahmen eine ganze Seitenwand ein. Der Große Gond stand mit dem Rücken zur Tür über ein Bett gebeugt, auf dem ein alter, in ein weißes Laken gehüllter Mann kauerte.

Das alles konnte Thomas freilich nur mit einem kurzen Blick wahrnehmen, denn in der nächsten Sekunde wandte der Große Gond sich um. Er tat es mit einer Gebärde, die darauf schließen ließ, daß er erwartete, Schachtar im Türrahmen zu sehen und keinesfalls ungebetene Gäste. Als er Eonar und Thomas erblickte, wurde sein Gesicht fahl. Ein Glas, das er in der Hand gehalten hatte, fiel zu Boden und zerschellte.

Wieder wimmerte der Alte. Er streckte die dürren Arme aus, das Laken rutschte ihm von den Schultern und enthüllte einen erschrekkend mageren Oberkörper. Filziges Haar stand in Strähnen um den Kopf, ein ebenso wirrer, weißer Bart reichte ihm bis auf die Brust hinab. Der Blick, den er auf Eonar und Thomas gerichtet hatte, war leer und ausdruckslos.

Ein paar Herzschläge lang war es totenstill. Der Herr von Aran und sein Hauptmann sahen einander an, stumm, als hätten sie die Fähigkeit zur Sprache verloren. Es war Eonar, der das Schweigen brach.

„Das also ist das Geheimnis des Turmes! Darum durften wir ihn nie betreten! Narnar ist nicht tot. Er hat das Geheimnis des Lichterregens entdeckt – deshalb hältst du ihn hier gefangen! Nicht der Meister war es, der mir auftrug, den Jungen aus der Welt Jenseits zu töten. Du und Schachtar waren es, weil ihr Angst hattet, er könnte euch verraten. Noch heute nacht, Herr, werden alle Menschen in Gondarit erfahren, wie sehr du uns betrogen hast."

Der Große Gond richtete sich auf. Hatte er eben wie ein gebrochener, müder Mann gewirkt, so glich er nun in Haltung und Gebärde wieder dem großen Führer seines Volkes, und seine Stimme hatte den vollen Klang, wie damals oben auf der höchsten Burgzinne, als er Thomas die Stadt und das Land gezeigt hatte. „Du irrst dich, Eonar!" rief er. „Die Menschen in Aran werden nie davon erfahren. Nur Lebende können Geheimnisse ausplaudern!"

Mit einer so raschen Bewegung, daß Thomas unfähig war, darauf zu reagieren, riß der Große Gond das Schwert aus der Scheide und holte zum Stoß aus. In derselben Sekunde war Eonar von der Tür zurückgewichen, hatte Thomas mit sich gerissen, zur Seite geschleudert und sein eigenes Schwert gezogen, gerade noch rechtzeitig, um einen wuchtigen Schlag des Großen Gond zu parieren.

Stahl klirrte auf Stahl.

Thomas raffte sich auf und drückte sich an die Mauer. Der düstere Schein der Fackeln, die tanzenden, roten Lichter und die huschenden Schatten verliehen den Kämpfern etwas Unwirkliches. Wie nach genauen Regeln abgestimmt, bewegten sie sich vor und zurück, drangen aufeinander ein und lösten sich wieder. Sie kämpften stumm. In das Rasseln der Kettenhemden, in das Zischen der Klingen und in den dumpfen Prall der Schläge mischte sich das Wimmern des alten Mannes, der in seiner Kammer wieder zu klagen begonnen hatte. Der schwere Sessel stürzte um, aber wer ihn umgestoßen hatte, ob der Große Gond oder Eonar, hätte Thomas nicht sagen können.

Er starrte die Kämpfenden wie gelähmt an und merkte nicht, daß von Wirligig grünliches Licht ausströmte. Der Große Gond war im Vorteil, er überragte Eonar um Kopfeslänge und war auch viel kräftiger gebaut. Eonar wußte seine körperliche Unterlegenheit mit Gewandtheit und Schnelligkeit auszugleichen, dennoch wurde es bald offensichtlich, daß er in Bedrängnis kam. Einen Augenblick umlauerten sich die beiden, nichts war zu hören als ihre keuchenden Atemzüge und das Wimmern des Greises. Der Große Gond machte einen Ausfall, kam Thomas gefährlich nahe, aber schon hatte Eonar ihn wieder in die andere Ecke des Gewölbes getrieben. Thomas wurde sich bewußt, daß Eonar die ganze Zeit versuchte, den Großen Gond von ihm abzuhalten. Diese Erkenntnis und die Todesangst gaben Thomas einen Mut, der aus tieferen Quellen kam als das, was man als Tapferkeit bezeichnet.

Als Eonar das Schwert aus der Hand geschlagen wurde, als es durch die Luft wirbelte und genau vor Thomas auf den Boden klirrte, riß er es an sich. Mit beiden Händen den Griff umklammernd, warf er sich vor Eonar, um ihn vor dem tödlichen Stoß zu bewahren, zu dem der Große Gond ausholte.

Im selben Augenblick wich der Große Gond zurück. Vor seinem Gesicht flirrte und flimmerte es, ein sich rasend drehender Lichtkreisel schwirrte, der Funke um Funke versprühte. Wirligig hatte begriffen, daß sein Freund in Gefahr war. Das Schwert fiel dem Großen Gond aus den Händen, er hob die Arme und hielt sie schützend vor das Gesicht. Wirligig kreiselte noch einmal um sich selber, gab ein leises Geklingel von sich, als sei er mit seiner Wirkung zufrieden, flog dann zu Thomas, setzte sich ihm auf die Schulter und leuchtete so hell wie auf dem Weg zum Turm.

Der Große Gond ließ die Arme sinken. Das Gewölbe war mit Licht erfüllt. Er hatte den Hauptmann töten wollen, der es gewagt hatte, seinem Befehl nicht zu gehorchen und der in den Turm eingedrungen war, um ihm sein Geheimnis zu entreißen. Und nach dem Verräter hätte der Junge sterben sollen, damit er endlich von ihm befreit war. Aber es war nicht mehr der Junge, den er vor sich stehen sah. Er sah eine leuchtende Gestalt, als sei das, was er so oft seinem Volk vorgetäuscht hatte, Wirklichkeit geworden. Er sah schattenhafte Gestalten. Aus allen Winkeln des Gewölbes drangen sie auf ihn ein.

Der Große Gond schrie auf. Er stürzte aus dem Gewölbe und flüchtete die Treppe hinab. Die Schemengestalten verfolgten ihn.

Er erreichte den Fuß des Turmes, floh ins Freie, verbarg das Gesicht unter dem Mantel und rannte schreiend an den bestürzten Wächtern und Fackelträgern vorbei. Männer in schwarzen Kutten traten eben durch das Tor. Er sah sie nicht. Er mußte in die Burg. Er mußte in sein Thronzimmer. Dort war es ihm immer möglich gewesen, die Geister zu bannen. Dort würden sie von ihm ablassen.

Das Geräusch der fliehenden Schritte verhallte auf der Treppe. Thomas hielt Eonar mit ausgestreckten Händen das Schwert hin. „Du hättest ihn töten können“, sagte er.

Eonar nahm das Schwert und ließ es mit einer langsamen Bewegung in die Scheide gleiten. „Ich hätte ihn töten können“, antwortete er stockend. „Aber ich bin nicht hergekommen, um ihn zu richten. Das muß das Volk von Aran tun.“

„Ein Glück, daß wir Wirligig haben!“ rief Thomas. Der kleine Wassergeist lachte silbrig, zog ein paar zierliche Schleifen, gab Eonar einen Nasenstüber und nahm dann wieder auf Thomas' Schulter Platz. „Er weiß immer genau, was er tun muß! Ist das nicht wunderbar?“

Eonar nickte und sah dabei Thomas an, als hielte er nicht nur Wirligig, sondern noch vieles andere für ein Wunder.

„Was tun wir jetzt?“ fragte Thomas.

„Den Bewohnern von Gondarit beweisen, daß der Große Gond sie betrogen hat.“

„Ist der alte Mann wirklich Narnar?"

„Ja! Ich fange an, alles zu verstehen. Narnar hat das Geheimnis des Lichterregens entdeckt, deshalb mußten wir glauben, daß er tot sei. Und deshalb durften wir den Turm nicht betreten. Aber jetzt werden alle in Aran die Wahrheit erfahren. Wir werden ihnen die sprühenden Lichtstäbe zeigen. Bestimmt sind sie in der Kammer!"

Der alte Mann saß in der gleichen Haltung wie zuvor auf seinem Lager. Auf dem mageren Oberkörper war jede Rippe zu sehen, die Haut war bleich wie bei einem Schwerkranken oder wie bei jemandem, der nie ans Tageslicht kommt. Der Blick aus den tief eingesunkenen Augen war noch immer leer und wie erloschen.

Als sie an seinem Bett standen, begann er seinen klagenden Singsang: „Ich habe getan, was du befohlen hast . . . Ich habe getan, was du befohlen hast . . ."

Eonar beugte sich über ihn. „Ja, Narnar, du hast es getan, und jetzt ist ein Ende damit, und du sollst wieder unter deinen Freunden leben."

Der alte Mann schien Eonars Worte nicht zu verstehen, er schien auch nicht zu begreifen, daß jemand anderer vor ihm stand als der Große Gond. Er wiederholte einen der Sätze, die sein verwirrter Verstand noch zu formen vermochte: „Die Truhen sind voll . . ."

Thomas zupfte Eonar am Ärmel und wies auf die Holztruhen an der Wand. „Ob die Leuchtraketen dort drin sind? Er würde sonst nicht immer davon reden!"

Sie wandten sich mitleidig von dem alten Mann ab, traten zu den Truhen, klappten die schweren Holzdeckel hoch und schauten hinein. Jede Truhe war bis an den Rand mit Raketen gefüllt. In der einen befanden sich Feuerwerkskörper in wunderlichen Formen, wie sie Thomas noch nie gesehen hatte. Vielleicht waren es solche, die sich Narnar selbst ausgedacht hatte. Die zweite Truhe war voll mit einfachen Raketen, die Thomas von den Neujahrsnächten her kannte. Einer der Nachbarn daheim im Dorf hatte ihm einmal erlaubt, beim Anzünden dabeizusein. Narnars Raketen waren ganz gleich gebaut, sie bestanden aus einer zylinderförmigen schwarzen Papphülse mit einer spitzen Kappe, saßen auf einem langen Holzstab und hatten eine Zündschnur. Thomas nahm an, daß Narnar vielleicht Aufzeichnungen oder sogar ein paar zurückgelassene Raketen hier in der Experimentierstube des Meisters gefunden hatte.

„Sind das die sprühenden Lichtstäbe?" fragte Eonar.

Thomas nickte.

„Weißt du, was man tun muß, damit Licht vom Himmel regnet?“

„Ja.“

„Dann nehmen wir so viele mit, wie du im Mantel tragen kannst.“

Thomas schlang sich den Mantelzipfel wie eine Tasche um den Arm. Als Eonar eine Handvoll Raketen aus der Truhe nehmen wollte, fiel ihnen auf, daß der Alte mit dem Singsang aufgehört hatte und ganz still war. Er schaute starr auf die Tür, in der Haltung eines Menschen, der ängstlich lauscht. So überzeugend war diese Gebärde, daß auch Eonar und Thomas zur Tür hinblickten und ebenfalls lauschten. Sie hörten nichts und meinten schon, Narnar müsse sich getäuscht haben oder sein entrückter Geist nähme etwas wahr, das nur in seiner Einbildung bestand, aber im nächsten Augenblick wußten sie, daß er sich nicht geirrt hatte und daß sie nicht mehr allein im Turm waren.

Von der Treppe her kam das Geräusch von Schritten.

Eonar zog das Schwert. „Bitte deinen kleinen Freund, daß er leuchtet!“ flüsterte er Thomas zu. „Aber halt' dich hinter mir! Wenn ich kämpfen muß, dann flieh in die Kammer zurück!“

Sie traten in das Gewölbe hinaus. Die eiserne Tür zur Treppe stand nach der Flucht des Großen Gond noch immer offen. Die Schritte waren nun deutlicher zu hören, aber wie viele Menschen die Treppe heraufstiegen, konnte Eonar nicht wahrnehmen. Er stellte sich, das Schwert griffbereit in der Hand, vor Thomas. Wirligig hatte wieder zu leuchten begonnen, aber Eonar wagte nicht zu hoffen, daß sein Licht sie schützen würde. Die da die Treppe heraufkamen, konnten nur Schachtar und seine Schatten sein – denn wer sonst in Gondarit hatte den Mut, den Turm zu betreten? In diesem Augenblick, in dem er sich verloren glaubte, dachte Eonar nicht einmal so sehr an sich selber wie an den Jungen, den er hatte retten wollen, und an den alten Mann, der so lange im Turm gefangen war. Wenn es zu einem Kampf kam, konnte er einen oder zwei Angreifer töten, aber dann würden sie ihn überwältigt haben. Er dachte an Nalika, und er wünschte sich, daß sie erfahren sollte, wofür er gekämpft hatte und wofür er gestorben war.

Die Schritte hallten nun ganz laut. Im Türrahmen tauchten schwarze Kuttenmänner auf.

Die Geister der Ermordeten ließen nicht vom Großen Gond ab, sie verfolgten ihn in die Burg und glitten neben ihm her, als er durch die langen Korridore rannte. Manchmal glaubte er, im Schein einer Fakkel die vertrauten Gestalten seiner Söhne zu erblicken, wenn er sich ihnen aber näherte, verwandelten sie sich und wurden zu Schemen. Er hetzte weiter. Neben ihm, vor ihm, hinter ihm, in den Gängen und auf den Treppen, liefen und huschten die Geister der Ermordeten. Er erreichte den Großen Saal. Auch hier drängten sie sich, sie griffen nach ihm, wollten ihn festhalten. Schreiend stieß er sie von sich, taumelte vorwärts, riß die Tür zu seinem Thronzimmer auf – sie hinter sich zu schließen, hatte er kaum noch die Kraft – und sank dann erschöpft auf den Stufen seines Throns nieder.

Es war ganz still. Er hörte das Huschen nicht mehr. Er hob den Kopf, schaute verstört um sich. Er war allein in seinem Thronzimmer. Die Ampeln brannten ruhig. Er sah keine Gesichter mehr, keine Schemen.

War er verrückt geworden, wie er es in den einsamen, langen Nächten so oft befürchtet hatte? Oben im Turm hatte er geglaubt, der Junge aus der Welt Jenseits stünde vor ihm, er hatte gemeint, mit Eonar zu kämpfen. Er hatte geglaubt, den Meister zu erblicken. Das alles hatte ihm aber nur seine überhitzte Phantasie vorgegaukelt. Der Junge und Eonar waren nicht in den Turm gekommen. Der Junge lebte nicht mehr. Eonar mußte ihn längst getötet haben. Und bald würde auch Eonar nicht mehr leben, er würde Schachtar melden, daß der Befehl ausgeführt war, und dann würde Schachtar auch ihn töten.

Der Große Gond fühlte sich wie befreit. Sein Herz schlug wieder ruhig. Nein, er war nicht verrückt. Er konnte jetzt ganz klar denken. Er hatte nur zu lange gewacht, zu lange den Schlaf ferngehalten.

Schlafen!

Tief und fest schlafen!

Am Morgen würde er aufwachen und von dem Jungen und von Eonar erlöst sein.

Der Große Gond schloß die Augen.

Überall in der Burg standen verstörte Wachen: am Kleinen Tor, in den Korridoren, auf den Treppen, im Saal. Noch nie zuvor waren die Söhne Gonds so verwirrt und ratlos gewesen wie in dieser Nacht. Durch die langen Jahre strenger Disziplin, in denen alles von oben angeordnet worden war, hatten sie verlernt, Verantwortung zu übernehmen und selbständig zu handeln. Sie warteten auf Befehle, aber niemand war da, der sie ihnen gab. Eonar, der Hauptmann der Burgwache, hatte den Jungen aus der Welt Jenseits, den Boten des Meisters (oder vielleicht gar den Meister selber!), in den Turm geführt. Der Große Gond war schreiend geflohen, war wie ein Wahnsinniger durch die Burg gerannt. Schatten Schachtars hatten den Turm betreten. Nach den wunderbaren Ereignissen des vergangenen Tages war nichts mehr wie sonst! Was war geschehen, daß der Große Gond vor seinen eigenen Söhnen die Flucht ergriff?

Im Seitentrakt der Burg, am Ende des dunklen Ganges, saß Schachtar in der Kammer, in der er seine Schatten zu empfangen pflegte. Niemand meldete ihm die erstaunlichen Vorfälle, nicht einmal die Schatten wagten es, denn er hatte befohlen, daß keiner ihn stören dürfe.

In dem fensterlosen Raum, in den nie ein Sonnenstrahl dringen konnte, herrschte Sommer und Winter fast die gleiche Kälte. Ein Feuer brannte im offenen Kamin, hatte aber nicht die Kraft, die Luft zu erwärmen. Schachtar wartete. Das Schwert lag griffbereit neben ihm. Er wartete auf Eonar.

Kälte kroch aus den dicken Steinmauern. Schachtar spürte sie nicht. Mochten alle anderen frieren, die seinen geheimen Raum betraten! Die Verachtung, die er für sie fühlte, war kälter. Wenn sie Angst um ihr Leben hatten, taten sie alles, was er von ihnen verlangte. Im Dunkel dieser Nacht war Eonar hingegangen, einen wehrlosen Jungen zu ermorden.

Stoß zu, Hauptmann Eonar, du glaubst, damit dein eigenes erbärmliches Leben zu retten. Aber gerade für diese Tat werde ich dich töten. Ich werde dein Richter sein.

Mit einem leisen Knacken zerbarst eines der brennenden Scheite und fiel in sich zusammen. Funken stoben auf und verglühten. Sollte Eonar nicht schon zurück sein? Wie lange brauchte man von diesem Teil der Burg zu der Kammer des Jungen? Schachtar richtete sich lauschend auf, ließ sich aber dann wieder in seinen Stuhl zurücksinken. Es war zu früh. Er mußte noch warten.

Er nahm das Schwert und legte es sich quer über die Knie. Die Klinge blinkte bläulich. Es würde nicht mehr lang dauern, bis sie sich rot färbte. Aber Blut brauchte man bloß wegzuwischen, dann war die Klinge wieder blank. Ebenso schnell konnte man die Erinnerung an Tote aus dem Gedächtnis wischen – wenn man stark war! Schwächlingen gelang es nicht, sie wurden von der Erinnerung an ihre Taten gequält und glaubten, die Geister der Toten zu sehen.

Den Blick starr auf die Klinge gerichtet, sagte sich Schachtar, daß er seinen Herrn mehr als alle anderen verachtete. Er zog den Mantel fester um sich, konnte an nichts anderes mehr denken und verfiel in ein dumpfes Brüten.

XXX.

Der Aufstand

Die Kuttenmänner hatten kaum das Turmgewölbe betreten, als Wirligig aufflog und sich wie ein sprühendes Lichträdchen zu drehen begann.

„Thomas!" rief einer der Schatten und warf seinen Mantel ab.

Im nächsten Augenblick liefen die beiden Freunde aufeinander zu, und während sie sich umarmten, schlug Wirligig über ihren Köpfen vor Freude einen Purzelbaum.

Auch die beiden anderen schwarzen Gestalten warfen die Kutten ab. Eonar meinte zu träumen. Hatte er nicht eben an Nalika gedacht und sich gewünscht, sie sollte wissen, wofür er sein Leben hingab?

Glaubte er deshalb in einem der Schatten s i e zu erblicken? Waren es wirklich Ahatar und Eldar, die mit ihr gekommen waren? Es konnte nicht Nalika sein, die jetzt auf ihn zutrat – er mußte zuschlagen, sich wehren!

Aber dann hörte er Nalika reden, anders als sonst, nicht verächtlich und abweisend, sondern so, wie er sich immer gesehnt hatte, daß sie zu ihm sprechen sollte. Sie sagte: „Heute nacht werden die Menschen in Aran um ihre Freiheit kämpfen. Wirst du auf unserer Seite sein, Eonar?"

Und er antwortete: „Ja, Nalika!"

Sie hätten einander so viel zu erzählen gehabt, aber sie wußten, wie kostbar jede einzelne Minute war, die verstrich. Daher beschränkten sie sich auf das Notwendigste. Thomas und Eonar erfuhren von dem schon lang geplanten Aufstand und von dem geheimen Gang, in dem Onari und die Narni warteten. Sie erfuhren, daß Ahatar, Eldar und Nalika als Schatten verkleidet sich in die Burg eingeschlichen hatten, um Thomas zu befreien. Da er nicht in der Kammer gewesen war, hatten sie ihn in der Burg zu suchen begonnen und erfahren, daß er mit Eonar in den Turm gegangen war. Niemand hatte die vermeintlichen Schatten aufgehalten, weil alle Söhne Gonds wegen der seltsamen Lichterscheinung in größter Verwirrung waren. Der Große Gond selber war wie von Sinnen aus dem Turm in die Burg geflohen.

Dann berichteten Thomas und Eonar in wenigen Worten ihre Geschichte. Als sie geendet hatten, herrschte einen Augenblick Schweigen. Was sie gesagt hatten, war so unglaublich, daß ihre Zuhörer es nicht sofort erfassen konnten.

„Narnar lebt?" fragte Ahatar endlich.

Eonar wies auf die Kammertür. „Er ist dort drinnen."

Sie gingen in die Kammer. Der alte Mann hatte die ganze Zeit keinen Laut von sich gegeben. Ahatar trat an sein Lager und legte ihm die Hand auf die magere Schulter. „Narnar!" sagte er.

Der alte Mann schaute ihn mit seinem leeren Blick an.

„Narnar", wiederholte Ahatar. „Ich bin es, dein Schüler Ahatar, der um dich getrauert hat, als man sagte, du wärst gestorben. Erkennst du mich nicht?"

Als Antwort begann Narnar wieder seinen klagenden Singsang: „Ich habe getan, was du befohlen hast. Die Truhen sind voll . . ."

„Er weiß nicht, wer du bist, Ahatar", erklärte ihm Eonar. „Lissien-Aroi war barmherzig, er nahm seinen Geist zu sich."

Ahatar schaute sich in der düsteren Kammer um. Seine Stimme klang tiefbewegt, als er sagte: „So viele Jahre hast du hier leben müssen, Narnar, und keiner deiner Freunde hat es gewußt. Aber jetzt ist die Zeit deines Leidens vorbei. – Kind aus der Welt Jenseits, kannst du wirklich mit den sprühenden Lichtstäben den Lichterregen des Meisters machen?"

„Ja", antwortete Thomas.

„Dann wurde niemals zuvor ein Volk grausamer betrogen!"

Ahatar legte dem alten Mann das Laken um die Schultern und faßte ihn sanft am Arm. Der Alte ließ sich wie ein gehorsames Kind aus der Kammer führen.

Eldar und Thomas rafften so viele Leuchtraketen zusammen, wie sie tragen konnten. Nalika nahm eine der Fackeln aus dem Mauerring, dann verließen alle das Turmgewölbe und begannen den Abstieg. Das Gefühl, schon viel zu viel Zeit verloren zu haben, trieb sie zur Eile, aber sie mußten auf Narnar Rücksicht nehmen, der sich nur mühsam von Stufe zu Stufe tastete. Er hielt sich an Ahatars Hand fest, ohne zu begreifen, was vorging.

Die dicken Mauern des Turmes schlossen sie ein und verstärkten das Geräusch ihrer Schritte. Thomas und Eldar gingen dicht hintereinander. Die angespannte Erwartung und die Ungewißheit der nächsten Stunden machte sie schweigsam. Es kam Thomas seltsam vor, daß plötzlich so viel von ihm abhing. Er war glücklich, daß die anderen ihn brauchten und daß er mithelfen durfte, Aran und das Land Din zu befreien. Und während er Stufe um Stufe hinunterstieg und die Totenstille in dem dicken Gemäuer nur von den dumpfen Schritten unterbrochen wurde, freute er sich darauf, Onari und die Narni wiederzusehen, und nahm sich vor, seine Aufgabe so gut wie möglich zu erfüllen.

Als sie das Ende der Treppe erreicht hatten, zog Eonar das Schwert und ging seinen Gefährten voran aus dem Turm. Im ersten Augenblick glaubten sie, der Hügel sei von allen Wächtern verlassen und menschenleer, dann aber sahen sie, seitlich an der Mauer und dicht daran gedrängt, die verängstigten Söhne Gonds stehen. Einer der Söhne stieß, als er sie erblickte, einen lauten Schrei aus, warf die Lanze fort und flüchtete den Hügel hinunter, in die dunkle Ebene von Aran hinein. Die anderen standen reglos vor Entsetzen.

Wie hätten sie begreifen können, was sie sahen. Waren nicht drei von Schachtars Schatten in den Turm gegangen, aber die herauskamen, waren keine Schatten, sondern Ahatar, Nalika und Eldar, einer ihrer Kameraden, von dem es hieß, er sei in die Wälder geflohen und dort umgekommen. Und neben Ahatar stand ein alter Mann, bekleidet mit einem weißen Laken, und dieser alte Mann war Narnar, der Lehrer, der vor so vielen Jahren gestorben war. Wie zuvor umstrahlte den Jungen aus der Welt Jenseits ein helles Licht. (Denn Wirligig hatte mit aller Macht zu leuchten und zu funkeln begonnen.)

„Laß jetzt Sterne vom Himmel regnen!" flüsterte Nalika.

Thomas trat ein paar Schritte vor und steckte eine Reihe Raketen mit den Holzstäbchen in die Erde. Nalika reichte ihm die Fackel. Mit zitternden Händen brachte er eine Zündschnur nach der anderen zum Glimmen, trat zurück, stellte sich neben Eldar und wartete mit wildklopfendem Herzen ab, was geschehen würde.

Es zischte. Es knallte. Die Raketen stiegen steil in die Höhe, zogen leuchtende Spuren ins Dunkel und zerbarsten hoch über dem Turm in glitzernde Sterne.

Die Söhne Gonds schlugen die Hände vor die Gesichter und warfen sich zu Boden. Mit Narnar aber ging eine seltsame Wandlung vor sich, zum erstenmal war sein Blick nicht leer und ausdruckslos. Vielleicht hatten die aufsteigenden Raketen und die funkelnden Lichter eine Erinnerung in ihm geweckt an jene Zeit, als er noch kein Gefangener im Turm gewesen war, sondern Narnar, der Lehrer, der die Geheimnisse des Meisters zu erforschen suchte. Den Kopf erhoben, schaute er staunend zum Himmel empor. Die hagere Gestalt mit dem weißen, langen Haar und Bart wirkte plötzlich ehrfurchtsgebietend, und Thomas konnte sich auf einmal vorstellen, daß dieser arme, verrückte Alte einst der weise Lehrer von Aran gewesen war.

Als der letzte Funke erlosch, schien die Dunkelheit tiefer als zuvor. Ahatar, Eonar und Eldar standen stumm da. Sie konnten es kaum erfassen, was sie eben mit eigenen Augen gesehen hatten: daß der Lichterregen nichts Übernatürliches war, sondern nur eine Kunst, die der Meister aus seiner Welt mitgebracht und die Narnar wiederentdeckt hatte.

Der Anführer der Wache blickte scheu auf. „Hauptmann Eonar", flüsterte er, „der Lichterregen! Ist der Meister zu uns gekommen? Hat er Narnar aus seinem Reich zu uns geführt?"

Nalika schwang die Fackel über ihrem Kopf; die Flamme loderte bei dieser jähen Bewegung hell auf. Wirligig betrachtete es als Aufforderung, lichtsprühende Kreise zu ziehen.

„Steht auf, ihr Männer!“ rief Nalika. „Worauf wartet ihr noch? Seht ihr nicht den Jungen aus der Welt Jenseits? Habt ihr nicht begriffen, warum er zu uns gekommen ist? Gondarit soll heute nacht alle seine Tore öffnen! Steht auf! Geht in die Stadt und geht in die Burg! Sagt allen, Nalika, die Tochter des Dieners Lissien-Arois, hat gesprochen: Dies ist die Stunde, da Aran wieder frei wird!“

Ihre Stimme klang weithin durch die Nacht, bis zu den Mauern der Stadt und der Burg. Die Männer der Turmwache rafften sich auf, machten zögernd ein paar Schritte, dann fingen sie zu laufen an, liefen den Hügel hinunter, auf die Burg und auf die Stadt zu.

Gondarit und die Burg öffneten die Tore. Die Söhne des Großen Gond schoben die schweren Querbalken zurück, und die mächtigen Torflügel schwangen knarrend auf. Alle, die an den Toren oder auf den Mauern Wache hielten, hatten den Lichterregen gesehen. Und nun riefen ihnen die Kameraden vom Turm zu, der Meister sei ihnen in Gestalt des Jungen aus der Welt Jenseits erschienen. Narnar sei bei ihm gewesen, der tote Lehrer. Und Nalika, die Tochter Nors, habe gesagt, dies sei die Stunde der Freiheit.

Die Botschaft, der Meister sei gekommen, verbreitete sich in der Stadt, von Haus zu Haus, von Gasse zu Gasse. Auch die Aufständischen hörten sie. Konla lief hinunter in den geheimen Gang.

Als Thomas und seine Gefährten zum Stadttor kamen, erwartete sie dort bereits eine große Menschenmenge.

In der Dunkelheit des halbverfallenen Kellergewölbes warteten Nalar und seine Gruppe geduldig auf das Kommen Konlas. Sie hatten sich, so gut es ging, auf den Boden gelagert. Die beiden Narni hockten zwischen Onari und Nalar. Kälte und Feuchtigkeit strömte vom alten Mauerwerk aus, ließ sie fröstelnd und wärmesuchend näher aneinanderrücken. Irgendwo tropfte Wasser von den Wänden, ein leises, eintöniges Geräusch, das durch die Stille verstärkt wurde. Nalar streichelte die Narni.

„Wie gut das ist, so etwas Warmes und Lebendiges unter den Händen zu spüren“, sagte er. „Wenn man bei uns durch die Wiesen geht, da könnte man weinen, weil nirgendwo ein Vogel singt und kein Tierchen im Gras raschelt.“

Er kraulte Pai am Kopf. „Ich kann's noch immer nicht recht glauben, Onari, daß ihr gekommen seid, uns zu helfen. Es ist so, als könnten wir jetzt sicher sein, daß uns alles vergeben wird, all das Böse, das in Aran geschehen ist. Du wirst dich fragen, wie wir es soweit kommen haben lassen. Am Anfang, da meinten wir, es sei gut, und wenn der Große Gond geredet hat, ist uns das Herz aufgegangen. Und dann, als meine Frau und ich merkten, daß doch nicht alles gut war, dachten wir, es würde von selber vorübergehen, wir müßten still sein und warten, so wie man sich bei Regen unterstellt, bis die Sonne wieder scheint. Als der Große Gond die jungen Männer aufrief, die Wälder zu erobern, damit Aran groß und mächtig werde, hat sich unser Ältester gleich gemeldet. Er ist mit den Söhnen Gonds in die Wälder gezogen, und eines Tages haben sie ihn tot heimgebracht. Meine Frau und ich glaubten, vor Kummer und Schmerz zu sterben, aber es nützte nichts, daß wir um ihn weinten, wir konnten ihn nicht wieder lebendig machen. Da haben wir endlich begriffen, daß man nicht warten darf, bis das Böse von selber verschwindet, wir haben begriffen, daß wir etwas tun müssen dagegen."

Tränen liefen über Nalars Gesicht, er wischte sie mit dem Handrücken fort und schaute dabei Onari an, als müßte er sich entschuldigen, daß er um seinen ältesten Sohn weinte. Tli zirpte und kuschelte sich enger an ihn. Onari streckte ihre Hand aus, Nalar nahm sie und hielt sie fest.

Im selben Augenblick hörten sie aus den weitläufigen Gewölben eilige Schritte. Im Dunkel tauchte der Schein einer Fackel auf. Konla kam atemlos angerannt. Nalars Gruppe umringte ihn.

„Ist es soweit?" fragte Nalar.

Konla nickte. Im tanzenden Licht seiner Fackel, die er nicht stillhalten konnte, war sein Gesicht ganz weiß.

Nalar atmete tief ein. „Haben sie den Jungen befreit, Konla?"

„Ja! Es hat Lichter geregnet, und Nalika hat befohlen, daß alle Tore geöffnet werden und – oh – alle behaupten, Narnar ist aus dem Reich der Sterne zurückgekommen und ist bei dem Jungen. Mein Vater sagt, ihr müßt gleich in die Burg. Er versteht nicht, was geschehen ist, aber das ist nicht wichtig! Ich versteh's auch nicht! Verstehst du es, Nalar?"

„Nein! Aber ich frage auch nicht danach! Das ist eine Nacht der Wunder!" antwortete Nalar feierlich. „Kommt, Freunde, jetzt ist die Zeit zu kämpfen! Konla, gib gut acht auf Onari und die Narni!" Er beugte sich nieder, küßte Pai und Tli auf die Schnauze, er küßte auch Onari, dann wandte er sich wortlos ab und zwängte sich durch das Loch in der Mauer. Seine Leute folgten ihm, einer nach dem andern.

Onari, die Narni und Konla waren allein in dem alten Gewölbe. Konla trat dicht an Onari heran. „Du kennst ihn doch, den Jungen", fragte er eindringlich, „du mußt wissen, wer er ist. Ist er der Meister?"

„Nein, Konla, das ist er nicht."

Er zuckte enttäuscht die Achseln. „Nicht? Aber es hat Lichter geregnet!" Konla trat plötzlich vor Aufregung von einem Fuß auf den anderen. „Sie sind bestimmt schon in der Stadt und warten auf euch! Ich bring euch hinauf!"

Offenbar kannte er sich in den halbverfallenen Gewölben gut aus; er ging so schnell, daß Onari und die Narni Mühe hatten, nicht hinter ihm zurückzubleiben. Vor dem gemauerten Band, das an dem Abgrund entlangführte, hielt er kurz an und befahl: „Paßt gut auf!"

Er hob die Fackel, damit sie besser sehen konnten, und begann vorsichtig vorauszugehen, Schritt für Schritt. Schon auf dem Herweg hatte Onari ein Gefühl der Angst nicht verhindern können, aber da hatten wenigstens ein paar Fackeln gebrannt. Jetzt, im Licht einer einzigen Fackel schien der Abgrund neben dem schmalen Mauerband noch tiefer und unheimlicher zu sein.

Sie hatten etwa die Mitte erreicht, als Konla plötzlich aufschrie. Das Mauerband gab unter seinen Füßen nach. Er konnte sich gerade noch zurückwerfen und mit beiden Händen an einen kleinen Mauervorsprung anklammern, bevor Steine und Mörtel in die Tiefe polterten. Die Fackel, die seinen Händen entfallen war, verschwand auflodernd im Abgrund. Sie hörten, wie die Steine unten auf das Wasser klatschten, hörten das zischende Erlöschen der Fackel. Ein paar kleinere Steinbrocken und Sand rieselten nach, dann war es still.

Starr vor Entsetzen standen sie, haltsuchend an die Mauer gedrückt, in gänzlicher Dunkelheit da.

„Kannst du nicht weiter, Konla?" flüsterte Onari.

„N-n-nein!" Seine Zähne schlugen aufeinander. „Da muß ein ganzes Stück abgebrochen sein! Wir müssen umkehren."

Vorsichtig tasteten sie sich mit Händen und Füßen zurück, ständig in Angst, auszurutschen und in den Abgrund zu stürzen. Pai und Tli dagegen schienen keine Furcht zu haben, sie waren das Dunkel unter der Erde gewöhnt und zirpten beruhigend, um ihren Gefährten Mut zu machen.

Als sie endlich das Mauerband hinter sich hatten und wieder auf sicherem Boden standen, atmeten Onari und Konla auf. Tli rieb tröstend seinen Kopf an Onaris Hand.

„Was tun wir jetzt, Konla?“ fragte Onari. „Gibt es einen anderen Weg in die Stadt?“

„Nein!“ Er dachte einen Augenblick nach und pfiff dann leise vor sich hin.

„Weißt du was“, sagte er, „ich führe euch in die Burg! Wenn wir einmal oben in den Ställen sind, dann können wir uns bestimmt heimlich zum Kleinen Tor schleichen. Irgendwie werden wir dort schon hinauskommen! Und dann brauchen wir bloß in die Stadt zu rennen! Oder willst du hier unten bleiben und warten, bis alles vorüber ist?“

„Nein!“

„Hätt' mich auch gewundert! Nicht dabei zu sein! Das wär' nicht auszudenken!“

„Aber es ist so finster, und wir haben keine Fackel“, wandte Onari ein. „Wie findest du dich zurecht?“

Konla hielt sein Gesicht ganz nahe an ihres und wisperte: „Hör mal, ich verrate dir etwas, das du niemandem sagen darfst! Kannst du den Mund halten?“

„Ja.“

„Ich kenn' mich da unten und in den Kellern der Burg aus wie in meiner eigenen Tasche. Und weißt du warum? Nachts hab ich mich oft hier heruntergeschlichen und alles ausgekundschaftet. Mein Vater und meine Mutter und Ahatar haben nichts davon gewußt – natürlich. Sie hätten mir das nie erlaubt. Aber ich dachte, man kann nicht wissen, ob ich es nicht brauchen werde an dem großen Tag! Heute eben. Ich hab's nicht erwarten können! Deshalb! Aber gefährlich war es. Darum darfst du es auch nicht weitersagen. Alle würden sonst meinen, ich sei verrückt und hätte sie in Gefahr gebracht. Verstehst du?“

„Ja.“

„Ich geh jetzt langsam voraus. Ihr müßt euch dicht an mich halten. Und du brauchst keine Angst zu haben. Wenn jemand kommt, dann weiß ich eine Menge Schlupfwinkel zum Verstecken. Mich hat nie jemand erwischt!“

Konla hatte nicht zu viel versprochen, er war wirklich ein guter Führer. Nach einiger Zeit gewöhnten sich Onaris Augen an die Dunkelheit, sie konnte auch instinktiv die Richtung fühlen und Hindernisse ausnehmen. Sie schlüpften durch das Mauerloch in die Keller der Neuen Burg und tasteten sich an den Fässern vorbei. Dann ging es immer wieder Treppen und Stufen hinauf und durch Kellergewölbe, vorbei an Vorratskrügen, deren Vielzahl und Größe Onari verwundert hätte, wäre es nicht so dunkel gewesen und hätte sie alles sehen können, was in den Kellern gelagert war.

Ob es nun ein glücklicher Zufall war, daß ihnen kein Wächter begegnete oder ob alle Wächter ihre Posten verlassen hatten – jedenfalls erreichten Konla, Onari und die Narni ungehindert eine Treppe, die aus den Kellern in einen Schuppen der Burg führte. Konla klappte eine Falltür hoch, stieg hinaus und wartete, bis Onari und die Narni oben waren. Dann schloß er die Falltür wieder. Im Schuppen waren Heu- und Strohballen gelagert.

„Versteckt euch im Heu", flüsterte Konla. „Ich schau nach, ob der Weg zum Tor frei ist. Wenn wir dort nicht rauskommen, fällt mir bestimmt was anderes ein. Ich bin gleich wieder zurück."

Er huschte fort. Onari und die Narni kletterten auf die Bündel, versanken im würzigen Heu, gruben sich eine Mulde und warteten.

In der Stadt Gondarit gab es kaum ein Haus, das nicht von seinen Bewohnern verlassen worden war. Mehr und mehr Menschen strömten zum Tor. Viele Frauen trugen ihre Säuglinge in den Armen. Jeder wollte bei diesem großen Augenblick dabeisein. Sie sahen den leuchtenden Jungen durchs Tor schreiten und dahinter, an der Hand Ahatars, den totgeglaubten weisen Lehrer Narnar. Irgendwo rief einer: „Sei gegrüßt, Meister! Sei gegrüßt, Narnar!" Andere fielen ein, der Ruf pflanzte sich fort, bis es aus Hunderten Kehlen wie ein einziger Jubelschrei klang: „Sei gegrüßt, Meister! Sei gegrüßt, Narnar!"

Thomas und seine Gefährten gingen in die Stadt hinein. Vor ihnen teilte sich die dichte Menge, um sich hinter ihnen wieder zu schließen. Verstand Narnar, daß die Menschen seinen Namen riefen, daß sie ihn willkommen hießen? Er hielt sich an Ahatar fest und ging neben ihm her, ohne auch nur einmal um sich zu schauen.

Auf dem Großen Platz hatten sich so viele Menschen versammelt, daß sich kaum noch eine schmale Gasse bahnen ließ. Wer nur konnte, war auf die Tribüne geklettert, um von dort oben einen Blick von dem leuchtenden Jungen und dem so wunderbar zum Leben erweckten Narnar zu erhaschen.

Nalika blieb vor der Tribüne stehen. „Freunde", rief sie, „wir haben eine Botschaft für Gondarit. Macht uns Platz, damit wir sie verkünden können."

Ihre Stimme ging im lauten Jubelgeschrei unter, aber die oben auf der Tribüne hatten sie doch verstanden und begannen herunterzuklettern, was ein großes Gedränge verursachte. Thomas, Nalika und Narnar wurden förmlich von Dutzenden von Händen hochgehoben. Als die Menge Thomas auf der Tribüne erblickte, schwollen die Rufe an: „Meister! Meister!"

Er stieß Nalika an. „Du mußt ihnen sagen, daß ich nicht der Meister bin!" Ob sie ihn gehört hatte, wußte er nicht. Ehrfurchtsvolle Gesichter waren zu ihm emporgerichtet, seinen Augen bot sich ein erregendes Bild: die riesige Menschenmenge unter dem schwarzen Nachthimmel, überragt von der mächtigen Silhouette der Mauern mit ihrem rotgelben Fackelkranz. Weder ihm noch Nalika fiel es auf, daß Eldar nicht mehr vor der Tribüne stand. Er war, nachdem er Ahatar zugeflüstert hatte, er müsse sich um Onari kümmern, die doch mit Konla schon hier sein sollte, unbemerkt in die Menge geschlüpft, drängte sich durch und rannte, als der Platz hinter ihm lag, durch die verlassenen Gassen zu Ahatars Haus.

Nalika hob die Fackel. „Ihr Menschen von Gondarit! Hört auf mich! Hört, was ich, die Tochter des Dieners Lissien-Arois, euch zu sagen habe!"

Die Jubelrufe verstummten und erwartungsvolle Stille trat ein.

„Freunde", rief Nalika, „warum glaubt ihr, der Meister sei zu euch gekommen? Warum glaubt ihr, Narnar, der Lehrer, sei von den Toten auferstanden? Ich sage euch, der da neben mir steht, ist nicht der Meister! Und Narnar kommt nicht aus dem Reich der Toten! Er war ein Gefangener des Großen Gond."

Durch die Menge lief es wie ein Stöhnen. Ahatar schwang sich auf die Tribüne und packte Nalika am Ärmel. „Laß sie daran glauben!" stieß er hervor. „Nur diese eine Nacht laß sie daran glauben!"

„Sollen auch wir sie betrügen?" antwortete sie. „Das kannst du nicht wollen, Ahatar!"

Sie wandte sich wieder der Menge zu.

„Ihr Menschen von Gondarit", rief sie, „das ist die Nacht, die euch die Freiheit bringt. Die Zeit des Schreckens ist vorbei. Aber unsere Freiheit wollen wir nicht mit einer neuen Lüge erkaufen. Lange genug wurdet ihr betrogen, jetzt sollt ihr die Wahrheit erfahren. Der Meister ist nie dem Großen Gond erschienen!"

Eine Frau in der ersten Reihe begann zu weinen. Tränen liefen ihr über die Wangen; sie weinte, ohne einen Laut von sich zu geben.

„Ja, Nona, weine!" rief Nalika. „Es war nicht der Meister, der deinen Mann und deine Söhne in die Dunklen Kammern des Todes schickte. Es war der Wille eines machtgierigen Mannes, der dich und uns alle täuschte. Nicht der Meister hat den Großen Gond erwählt, um über uns zu herrschen. Der Große Gond hat sich selbst erwählt, und weil wir schwach und verführbar waren, ließen wir es zu."

Die Menge stand wie erstarrt. Dann war von weiter hinten eine brüchige Greisenstimme zu vernehmen: „Nalika, was du sagst, ist ungeheuerlich! Solange wir glaubten, es sei der Meister, der unsere Leiden wollte, durften wir hoffen, daß alles doch einen Sinn hatte, auch wenn er uns verborgen blieb. Aber wenn wir deinen Worten glauben, Nalika, machst du unser Leid noch größer, denn es war sinnlos. Warum sagst du, der Meister sei nie dem Großen Gond erschienen? In den alten Geschichten unseres Volkes heißt es, daß der Meister im Lichterregen nach Aran kam. Und diesen Lichterregen haben wir in unserer Zeit wieder gesehen – heute nacht und unzählige Male davor. Und sehen wir nicht neben dir einen stehen, von dem ein heller Schein ausgeht? Wenn er nicht der Meister ist oder sein Bote – wer ist er dann?"

Aller Augen waren auf Thomas gerichtet.

„Es ist gut, daß du diese Frage stellst, Großvater Daran", antwortete Nalika. „Der Junge mit dem Licht ist nicht der Meister und auch nicht sein Bote. Aber wie der Meister einst, so kommt auch er aus der Welt Jenseits. Ein Mädchen von den Dunklen Leuten rief ihn zu uns. Gemeinsam mit Eldar, der einer der unseren ist, gingen sie in das Verbotene Land, das tot war, und brachten es zum Blühen. Dann zogen sie nach Gondarit, damit auch Aran von seinem bösen Zauber befreit werde. Das Licht, das ihr seht, das da strahlt und funkelt, ist zwar ein Wunder, aber ein anderes, als ihr meint. Es ist eines der wunderbaren Geschöpfe aus dem erlösten Land. Es begleitete den Jungen nach Aran, um bei ihm zu sein, wenn er seine Aufgabe erfüllt. Denn dazu ist er nach Aran gekommen: uns die Augen zu öffnen und uns die Wahrheit zu sagen. Der Große Gond hat uns betrogen! Der Meister ist ihm nicht im Lichterregen erschienen! Du, Großvater Daran, du, Nona – wir alle könnten Sterne regnen lassen. Da, seht her!"

Sie nahm Thomas eine der Leuchtraketen ab, hielt sie hoch und rief: „Dieser Stab, den ich in meiner Hand halte, läßt Licht regnen, wenn ich ihn mit der Fackel entzünde. Narnar hat das Geheimnis entdeckt, als er die Weisheit des Meisters zu ergründen suchte. Habt ihr euch nie gefragt, warum keiner von uns den Turm betreten durfte? Ihr Menschen von Gondarit, wir fanden Narnar oben im Turm in einer Kammer, die kein Fenster hatte. Alle diese langen Jahre der Gefangenschaft wußte Narnar nicht, ob es Tag oder Nacht war, und nie konnte er den Großen Gond zufriedenstellen, so viele Lichtstäbe er auch für ihn machte. Schaut nun alle her! Ich lasse Sterne vom Himmel regnen! So einfach ist das!"

Nalika hielt die Rakete mit ausgestreckter Hand von sich und brachte mit der Fackel die Zündschnur zum Glimmen. Die Rakete stieg zischend hoch, zog eine leuchtende Spur ins Dunkel und zerbarst in einen Schwarm glitzernder Funken. Wirligig schlug vor Begeisterung ein Lichtrad. Durch die Menschen auf dem Platz ging ein tiefes Atemholen.

Nalika reckte sich hoch und schwang die Fackel. „Freunde!" rief sie. „Kommt! Folgt mir und dem Jungen aus der Welt Jenseits! Kämpft mit uns gegen den falschen Herrn in seiner Burg! Tod dem Großen Gond! Freiheit für Aran!"

Ihre Stimme hallte unter dem großen, weiten Nachthimmel. Als Nalika schwieg, war es, als käme ein Echo zurück. Da und dort antwortete ihr einer aus der Menge. Wie eine Welle die nächste unaufhaltsam auslöst, pflanzten sich die Rufe fort, bis die ganze Stadt davon erfüllt schien: „Tod dem Großen Gond! Freiheit für Aran!"

Nalika und Ahatar sprangen von der Tribüne. Thomas wurde hochgehoben, zwei Männer setzten ihn auf ihre Schultern und trugen ihn der Menge voran. Hinter ihm schritten Nalika, Eonar und Ahatar, der Narnar an der Hand führte. Aus allen Gassen und Gäßchen strömten Menschen dazu und schlossen sich an. Alle jene, die zögerten, wurden mitgerissen. Manche Anhänger des Herrn von Aran flohen in ihre Häuser und versteckten sich, manche aber schrien mit, aus Angst vor der aufgebrachten Menge oder weil sie es plötzlich selbstverständlich fanden, sich gegen ihren Herrn zu wenden.

Überall tauchten bewaffnete Männer und Frauen aus Ahatars Gruppe auf und mischten sich ins dichte Gedränge. Waffen wurden verteilt: Schwerter, Lanzen, Messer, Schmiedehämmer, Sensen. Wer leer ausging, packte einen Stein, einen Ziegel oder was sonst immer sich als Waffe verwenden ließ.

Wirligig hielt es nicht mehr auf Thomas' Schulter aus. Er stieg hoch, tanzte klingelnd und schlug Wassergeisterpurzelbäume. Die Araner meinten, einen funkelnden Stern zu sehen, der ihnen vorausflog.

Von jenseits der Burg, dort, wo die Schuppen standen, flackerte Feuerschein auf.

XXXI.

Der Kampf um die Burg

Niemand konnte nachher sagen, wie das Feuer in den Schuppen der Burg ausgebrochen war. Manche waren überzeugt, einer von Schachtars Schatten habe den Brand gelegt, als er sah, daß alles verloren war, andere wieder meinten, es müsse einer der Aufständischen gewesen sein. Die meisten jedoch glaubten, der Brand sei ganz unabsichtlich entstanden; irgendjemand habe in der allgemeinen Verwirrung eine Laterne umgestoßen und es nicht oder erst dann bemerkt, als es schon zu spät war und das Feuer die Heu- und Strohballen bereits ergriffen hatte.

Oben auf dem Heustoß, in der weichen, würzig duftenden

Mulde, kauerten Onari und die Narni und warteten auf Konla. Als die Narni plötzlich unruhig wurden und schnuppernd die Luft einsogen, glaubte Onari zuerst, Konla käme zurück, und hob lauschend den Kopf. Auch die Narni hatten sich aufgerichtet; ihre Ohrbüschel zuckten, die Schwänze standen steil in die Höhe. Mit allen Anzeichen des Schreckens begann Pai laut zu zirpen.

Onari wollte ihm schon warnend die Hand auf die Schnauze legen, als sie erfaßte, was die Narni in Furcht versetzte. Brandgeruch stieg ihr in die Nase, sie hörte das unheilvolle Knistern sich rasch ausbreitender Flammen. Im Schuppen glomm fahler Lichtschein auf. Die Narni wimmerten.

Onari packte sie, alles andere vergessend und nur von dem einen Gedanken erfüllt, so schnell wie möglich die Falltür zu erreichen und in die Keller zu fliehen. Sie zog die Narni mit sich. Das weiche Heu gab unter ihr nach, sie hatte das Gefühl, immer tiefer hineinzusinken. Flammen leckten empor. Ein Heubündel rutschte unter Onari weg – sie verlor den Halt. Es gelang ihr noch, die Narni an sich zu pressen, dann schlitterte sie hinunter, gerade noch rechtzeitig, bevor der Heustoß mit einem explosionsartigem Knall in Flammen aufging. Funken stoben. Ein brennendes Bündel fiel auf die Klapptür.

Einen schrecklichen Augenblick lang glaubte Onari, alles sei verloren und sie und die Narni müßten im Feuer umkommen. Der Rauch biß sie in die Augen und machte sie fast blind. Die Hitze nahm ihr den Atem. Sie flüchtete an die Mauer, die den Schuppen von der Burg abgrenzte, sah im grellen Lichtschein eine kleine Pforte und taumelte, die Pfoten der Narni umklammernd, halb besinnungslos vor Angst hindurch.

Sie fanden sich in einem hohen, breiten Gang. Die Steinmauern der Burg hielten dem Feuer stand. Durch die Pforte zog Rauch herein, aber der Qualm war nicht mehr so dick. Onari und die Narni atmeten auf, als ein neuer Schreck folgte. Sie hörten aufgeregte Stimmen, hörten vom Ende des Ganges her das Geräusch sich rasch nähernder Schritte, sahen gerade rechtzeitig, bevor sie entdeckt wurden, hinter einem Mauerbogen die ersten Stufen einer gewundenen Treppe und flüchteten hinauf.

Eine Nische bot sich als Versteck an. Onari zog die Narni hinein. Was sollte sie jetzt tun? Wo war Konla? Was war mit ihm geschehen? Sollte sie mit den Narni hier bleiben oder ein anderes, besseres Versteck suchen? Während sie noch überlegte, wurde sie gewahr, daß jemand hinter ihnen die Treppe heraufkam. Ob es jemand war, der ebenfalls vor dem Feuer flüchtete oder jemand, der sie gesehen hatte und nun verfolgte, war gleichgültig. Wer immer es war, er durfte sie und die Narni nicht finden.

Sie flohen weiter. Die Narni gaben keinen Laut von sich, sie huschten auf allen Vieren so schnell hinauf, daß Onari kaum nachkonnte. Die Windungen der Treppe machten sie schwindlig, sie fühlte sich wie in einer Falle gefangen.

Dann, ganz plötzlich, endeten die Stufen in einen von Fackeln in Mauerringen düster erleuchteten Gang. Nur wenige Schritte von der Treppe entfernt, lag eine schwarze Kutte am Boden. Onari wußte nicht, daß ihn ein paar Minuten zuvor einer der Schatten weggeworfen hatte, der erste von Schachtars Männern, den der Mut verlassen hatte. Sie hob die Kutte auf. Mit solchen schwarzen Mänteln hatten sich ihre Freunde verkleidet, damit sie ohne Gefahr in die Burg gehen konnten. Onari warf sich die Kutte über, die Narni schlüpften darunter und schmiegten sich an sie.

Den Dienst am Großen Burgtor versah in dieser Nacht Hauptmann Momm. Es wäre Eonars Aufgabe gewesen, aber Schachtar persönlich hatte Momm das Kommando übertragen. Momm war glücklich darüber. Er hatte Schachtar nicht umsonst von Eonars Besuch in der Hütte der Ausgestoßenen unterrichtet. Der Gedanke, welches Schicksal seinen Rivalen erwartete, erfüllte ihn mit Befriedigung.

Dieses angenehme Gefühl wurde jedoch von der Unruhe überschattet, die auch Momm ergriffen hatte. Er fing an zu bedauern, daß er den Jungen nach Aran gebracht hatte, seither war die Ordnung gestört, die so fest und sicher geschienen hatte. Aber der Große Gond selber hatte den Jungen in allen Ehren aufgenommen. Und alles, was der Große Gond tat und was er befahl, mußte so sein und war gut so. Momm wäre es nie eingefallen, an seinem Herrn zu zweifeln, ebensogut hätte er daran zweifeln können, daß Sonne und Mond und Sterne einander am Himmel in einem ewig wiederkehrenden Rhythmus folgten.

Er stieg auf die Burgmauer hinauf. Unter ihm lag die Stadt. Die Gassen und Plätze waren noch immer voller Menschen. Das war ungewohnt und sonst streng verboten. Momm blickte zum Turm, auf das kleine Auge des erleuchteten Fensters. Dort oben wachte der Große Gond über sein Volk.

Während Momm hinaufschaute – geborgen in dem sicheren Gefühl, daß alles, mochte es auch unverständlich sein, vom Willen seines Herrn gelenkt wurde –, stiegen plötzlich Lichtstrahlen auf. Noch nie zuvor war der Meister dem Großen Gond zweimal in einer Nacht erschienen. Funken rieselten auf den Turm. Es regnete Licht! Wieso schlugen die Trommeln nicht?

Die Wächter am Tor warfen sich zu Boden. Momm war ratlos. Auf diese unerwartete Situation hatte ihn kein Befehl, keine Weisung vorbereitet. Seine Männer schienen völlig kopflos geworden zu sein; Lodo wimmerte wie ein kleines Kind. Zu jeder anderen Zeit hätte ihn Momm dafür gedemütigt!

Momm stieg von der Mauer, befahl seinen Leuten aufzustehen und schickte einen Boten zu Schachtar. Während er auf die Rückkehr wartete, wurde die Spannung fast unerträglich. Aus der Stadt kamen Schreie, undeutlich, nicht klar zu hören. Momm wollte schon auf die Mauer steigen, um sich einen Überblick zu verschaffen, als endlich ein Sohn Gonds aus der Burg in den Hof gerannt kam. Momm atmete auf und sah dann bestürzt, daß es nicht sein Bote war, sondern einer der Wächter vom Turm.

Der Mann war so verstört, daß er kein Wort herausbrachte. Erst als Momm ihn an der Schulter rüttelte und anschrie, schien er wieder zur Besinnung zu kommen.

„Der Meister!" stammelte er. „Hauptmann Momm . . . der Meister! Wir haben ihn gesehen! Ein großes Licht war um ihn . . . er hat befohlen, alle Tore zu öffnen . . . die Tore der Stadt und der Burg . . ."

Wie zur Bestätigung der irren Worte des Wächters setzte in der Stadt plötzlich Jubelgeschrei ein.

Wer in Aran hätte es gewagt, dem Meister nicht zu gehorchen!

Auch Momm wagte es nicht.

Er gab den Befehl, das Tor zu öffnen.

Die Riegel wurden zurückgeschoben. Die schweren Torflügel schwangen knarrend auf.

Und doch, als Momm in dem weitoffenen Tor stand, kam es ihm wie Wahnsinn vor, was er befohlen hatte. Wo blieb sein Bote? Wo waren Schachtar und der Große Gond? Warum ließen sie ihn allein mit einer Verantwortung, die er nicht tragen konnte.

In der Stadt war es still geworden. Rief da jemand etwas?

Hoch oben am Himmel zerplatzte eine leuchtende Kugel in rieselnde Sterne. Wieder brandete Geschrei zur Burg herauf.

Es gab keinen Zweifel mehr, der Meister war nach Gondarit gekommen. Momm trat mechanisch zurück, um den Platz im Tor freizumachen. Im selben Augenblick vernahm er hinter sich einen Aufschrei: „Hauptmann Momm!"

Sein Bote war zurückgekommen. Schon bevor Momm hörte, was ihm dieser zu melden hatte, wußte er, daß es nichts Gutes bedeuten konnte. Der Mann war totenblaß. Er berichtete, Schachtar sei in seiner Kammer. Niemand dürfe zu ihm. Die Wächter hätten ihn, den Boten, nicht vorgelassen. Der Große Gond aber sei aus dem Turm geflohen, habe sich in seinem Thronzimmer eingeschlossen, und keiner wage es, zu ihm zu gehen.

Die Schreie aus der Stadt schwollen an, kamen näher, wurden lauter, waren nun deutlich zu verstehen. Es mußte eine riesige Menschenmenge sein, die da schrie: „Tod dem Großen Gond! Freiheit für Aran!"

Und Momm begriff, was alles bedeutete, das in dieser Nacht geschehen war. Das Gefühl kommenden Unheils hatte ihn nicht getäuscht. Die Menschen in Gondarit hatten sich gegen ihren Herrn erhoben.

„Schließt das Tor!" brüllte er.

Seine Männer rührten sich nicht. Das waren nicht mehr seine Untergebenen, die jedem Befehl willig gehorchten. Ihre Gesichter verrieten Furcht, aber nicht Furcht vor ihm, wie es sein sollte, sondern Furcht vor einer größeren Macht als seiner.

„Schließt das Tor!" brüllte Momm ein zweitesmal.

Sein Blick fiel auf Lodo, der kalkweiß und mit schlotternden Gliedern dastand. Rasende Wut erfaßte Momm. Er riß das Schwert aus der Scheide und stieß es Lodo in die Brust. Lodo fiel lautlos zu Boden. Er war sofort tot.

In derselben Sekunde wußte Momm, daß er einen Fehler begangen hatte. Er bereute den sinnlosen Mord nicht, es war nur das falsche Mittel. Gestern noch hätte er seine Männer dadurch zum widerstandslosen Gehorsam gebracht. Jetzt nicht mehr.

Sie wichen vor ihm zurück. Sie hoben nicht die Waffen gegen ihn, zu viele Jahre hatten sie seine Grausamkeiten geduldet und selber ausgeführt. Sie warfen ihre Schwerter und Lanzen weg, wandten sich um und flohen aus der Burg, verschwanden in Gassen oder Gäßchen und suchten, jeder für sich oder in kleinen Gruppen zu zweit oder zu dritt, nach einem Versteck, in dem sie sich verkriechen konnten.

Momm fühlte einen dumpfen Schmerz, denn es war sein geliebter Herr, gegen den sich ganz Gondarit gewandt hatte. Tränen sprangen ihm in die Augen. Er stieß Lodos Körper mit dem Fuß beiseite und wollte das Tor schließen, vergeblich freilich, denn die Flügel waren so schwer, daß es mehrerer Männer bedurfte, sie zu bewegen. Während er sich noch abmühte, sah er eine Schar in flatternden Kutten auf die Burg zuflüchten. Einem der Kuttenträger war die Kapuze heruntergerissen, der schwarze Stoff hing in Fetzen herab. Momm sah es mit neuem Entsetzen. Solange der Große Gond in Aran herrschte, hatte noch keiner der Schatten sein Gesicht preisgegeben.

Die Schatten rannten um ihr Leben, stürzten keuchend an Momm vorbei. Er wollte sie aufhalten, aber sie waren schon in den Hof und in die Burg hineingeflohen.

Ein unheimlicher roter Schein breitete sich über den Mauern und Türmen aus. Die Burg brannte.

Und drinnen in der Burg saß der Große Gond einsam in seinem Thronzimmer, von allen im Stich gelassen, die für ihn kämpfen sollten. Momm mußte zu ihm. Er mußte seinen Herrn retten.

Nur wenige Augenblicke, nachdem Momm fort war, drangen Nalar und seine Schar in den Hof. Sie fanden das Burgtor offen. Niemand war da, der es verteidigt hätte.

Während Onari mit den beiden Narni durch den langen Gang flüchtete, überkam sie plötzlich jener seltsame Zustand zwischen Traum und Wachsein wie damals im Wald der Wassergeister, als sie ihre schlafenden Freunde verlassen hatte, um ans Ufer des Sees zu gehen, wo der Schwarze König sie erwartete. Wie damals fühlte sie keine Angst. Sie ging so sicher dahin, als würde sie geführt. Sie kam an den Fuß einer breiten Treppe, stieg mit den Narni hinauf und ging mit ihnen durch eine weitoffene Flügeltür in einen großen Saal hinein, durchquerte ihn, lautlos in ihren weichen Lederschuhen, schritt auf eine Tür zu, öffnete sie und trat ein, begleitet von den Narni, die unter dem weiten Mantel verborgen dahintrippelten.

Der Raum, in dem sie sich nun befanden, war von zwei Ampeln schwach erleuchtet. Ein prächtig geschnitzter Thronsessel stand da, und auf seinen Stufen lag ein Mann in einem roten, mit goldenen Sonnen bestickten Mantel und schlief.

Im selben Augenblick, als Onari und die Narni durch die Tür traten, erwachte der Große Gond. Er richtete sich auf und sah im

Licht der Ampeln eine dunkle Gestalt. Vor ihm stand einer von Schachtars Schatten.

Was wollte der Schatten jetzt mitten in der Nacht von ihm? Warum hatten ihn die Wachen unangemeldet eintreten lassen?

„Hat dich Schachtar zu mir geschickt?" fragte der Große Gond.

Aus den Schlitzen der schwarzen Kapuze sah er ein Augenpaar auf sich gerichtet. Warum antwortete der Mann nicht?

Mit einer langsamen Bewegung streifte der Schatten die schwarze Kutte ab. Der Große Gond blickte in ein dunkles Gesicht, das von schwarzem Haar umrahmt war. Er sprang auf, taumelte zurück. Er war verrückt. Es gab keinen Zweifel mehr daran. Einer der Schatten war zu ihm gekommen und hatte sich vor seinen Augen in die Gestalt eines Mädchens aus den Wäldern verwandelt, das ein steinernes Messer in der Hand hielt. Und neben dem Mädchen standen pelzige Geschöpfe – Tiere, die Menschen glichen. Die schrecklichen Schemen würden nie verschwinden. Er würde sie immer sehen. Das war der Wahnsinn, vor dem er sich gefürchtet hatte.

Der Große Gond floh aus seinem Thronzimmer hinaus in den Saal. Er schrie nach seinen Wachen. Er schrie nach Fackeln. Nach Licht!

Der Saal war leer.

Der Herr von Aran war allein.

Seine Wachen hatten ihn verlassen.

Durch die Fenster des Saales fiel roter Schein, als stünde der Himmel in Flammen. Aus weiter Ferne klang es wie Wasserrauschen. Ja, das war der Wahnsinn. Er war wahnsinnig geworden, und bald würden es alle Menschen in Aran erfahren. Er glaubte Schritte zu hören, aber auch das war gewiß nur eine Täuschung.

In der großen Flügeltür tauchte Hauptmann Momm auf.

Der Große Gond stand ganz still. Er zwang sich mit letzter Willenskraft dazu und wartete darauf, in welches Bild des Wahnsinns sich sein Hauptmann verwandeln würde.

Momm stürzte auf ihn zu, warf sich vor ihm auf die Knie, stammelte Worte, die der Große Gond nicht aufnahm. Er beugte sich hinab und berührte mit der Hand die Schulter des Mannes, der vor ihm kniete. „Bist du es, Momm?" fragte er.

Momm hob das fahle Gesicht zu seinem Herrn empor. „Ja, ich bin es! Momm, dein Diener!"

„Dann ist es gut", antwortete der Große Gond. „Geh jetzt mit mir in mein Zimmer und bleib bei mir, bis der Morgen kommt."

Momm stöhnte. „Herr, hast du mich nicht verstanden? Der Meister ist erschienen! Er führt dein Volk gegen dich! Deine Söhne fliehen! Herr – was sollen wir tun?"

Was sagte Momm? Sein Volk hatte sich gegen ihn erhoben? Seine Söhne flohen? Einen Augenblick war es, als erwachten in dem Großen Gond wieder die Kraft und der Wille, durch die er ein ganzes Volk dazu gebracht hatte, sich ihm zu unterwerfen. Er würde die Trommeln schlagen lassen. Er würde seine Söhne zu sich rufen. Wenn sie seine Stimme hörten, würden sie kommen und für ihn kämpfen.

Aber hatte Momm nicht auch gesagt, der Meister führe das Volk an? Die Erscheinung im Turm war also Wirklichkeit gewesen. Was für einen Sinn hatte es da noch zu kämpfen? Und wozu auch?

Ein Gedanke kam dem Großen Gond, und dieser Gedanke war tröstlich. Er würde fliehen. Er würde die Burg verlassen. Er würde Gondarit verlassen. Weit weg von Aran würde er endlich Ruhe finden. Jede Nacht einen langen erquickenden Schlaf, den keine schrecklichen Träume störten.

„Momm", fragte der Große Gond, „bist du mir treu geblieben?"

„Ja, Herr!"

„Dann komm mit mir! Wir werden unsere Pferde satteln und fortreiten."

Momm stand auf. Er sagte nichts, er stellte keine Fragen. In dieser bittersten aller Stunden, in der die Ordnung einstürzte, die ihm so selbstverständlich erschienen war, verspürte er eine Art Glück, weil er es sein durfte, an den sein Herr sich wandte, als nur noch Flucht übrigblieb; weil er es war, der seinem Herrn dienen durfte, als alle anderen ihn verließen.

Gemeinsam eilten sie die Treppe hinunter. Nirgendwo war ein Diener oder ein Sohn Gonds zu erblicken. Niemand kam, sich dem Herrn von Aran anzuschließen, für den doch immer Dutzende bereit gestanden waren, um seinem kleinsten Wink zu gehorchen.

Auf den Weg zu den Ställen kamen Momm und der Große Gond durch einen der offenen Arkadengänge. Das Feuer hatte sich ausgebreitet. Rotflackerndes Licht erhellte die Dunkelheit. Von der Stadt her klang das Geschrei der Menge.

Der Große Gond schien es nicht zu hören, er zog den Mantel fester um sich, als sei ihm kalt, und eilte weiter. Momm aber hätte alles dafür gegeben, die Schreie zum Verstummen bringen zu können.

Sie erreichten den Hof vor dem Kleinen Tor, wo die Ställe der

Aranpferde waren. Das Feuer hatte auf diesen Teil der Burg noch nicht übergegriffen, aber dicke Rauchschwaden zogen darüber, und ein beißender Brandgeruch lag in der Luft. Die Pferde wieherten, schlugen aus, zerrten in Todesangst an ihren Ketten und trommelten mit den Hufen gegen die hölzernen Verschläge.

Momm rief nach den Knechten. Niemand antwortete, alle waren geflohen. Während der Große Gond teilnahmslos im Hof stand, weder das Feuer noch die verstörten Pferde wahrzunehmen schien, mühte Momm sich ab, das weiße zottelige Pferd seines Herrn loszubinden, aus dem Verschlag zu führen und zu satteln.

In der geheimen Kammer im abseits gelegenen Trakt der Burg, wo die dicken Mauern jeden Laut von außen abhielten und es so totenstill war, als gäbe es keinen Brand und keinen Aufruhr, schreckte Schachtar aus seinem dumpfen Brüten hoch. Die Klinge auf seinen Knien glänzte nicht mehr. Das Feuer im Kamin war herabgebrannt. Im ersten Augenblick konnte Schachtar es nicht fassen, daß er schon so lange hier saß!

Wo blieb Eonar? Wieso kam er nicht? Er hätte längst da sein müssen. Was hielt ihn davon ab zurückzukehren? Hatte er nicht den Mut gefunden, den Jungen zu töten? Hatte er gewagt, nicht zu gehorchen? Ein ungläubiges Staunen erfüllte Schachtar, als ihm klar wurde, daß dies die einzig mögliche Erklärung für Eonars Fortbleiben war. Das Staunen ging in Wut über. Er packte das Schwert und sprang auf. Dann würde eben er es sein, der den Jungen tötete!

Er riß die Tür auf. Als er aus der Kammer trat, tauchten am Ende des langen Ganges, wo die Wächter standen, schwarze Gestalten auf. Laute Rufe hallten durch den Gang: „Schachtar! Schachtar!" Die Wächter kreuzten die Lanzen, wollten den Weg versperren, wurden beiseitegestoßen und niedergeschlagen. Die schwarzen Kuttenmänner, allen voran ein Schatten in zerrissenem flatterndem Mantel, stürzten auf Schachtar zu. Der Mann ohne Kapuze fiel vor ihm auf die Knie. Schachtar blickte in das von Entsetzen verzerrte Gesicht Donors, eines seiner treuesten Schatten. „Herr! Herr!" stammelte Donor. „Sie haben alle Tore geöffnet! Der Meister ist erschienen! Die Ausgestoßene und Hauptmann Eonar führen ihn in die Burg! Narnar ist von den Toten auferstanden! Ganz Gondarit folgt ihnen! Sie wollten uns töten, Herr!"

Als Schachtar von dem Aufstand erfuhr, war er nicht einmal sonderlich erregt. Ein ungeordneter Haufen schlecht bewaffneter Aufständischer hatte wenig Aussicht, gegen die kampferfahrenen Söhne Gonds zu bestehen. An das Kommen des Meisters glaubte er nicht, er hielt diese Nachricht für eine Ausgeburt der Angst. Irgendwie mußte es Eonar gelungen sein, Narnar aus dem Turm und in die Stadt zu führen. Er befahl seinen Schatten, Alarm zu geben und wollte nicht glauben, daß es dazu zu spät war. Von einem Fenster aus – Schachtar hatte den abgelegenen Trakt mit seinen wenigen Getreuen sofort verlassen – mußte er sich dann überzeugen, daß der Aufruhr in der ganzen Stadt tobte und daß die Burg brannte. Die Burgbesatzung war geflohen oder hatte sich in Schlupfwinkeln verkrochen. Viele waren zu den Aufständischen übergelaufen. Aus allen Teilen der Burg kamen seine Schatten zu ihm geflüchtet. Er erfuhr, daß die Aufständischen bereits in die Burg eingedrungen waren und kaum jemand Widerstand leistete. Einer der verstörten Schatten stammelte, er habe den Großen Gond und Momm auf der Flucht zu den Ställen gesehen.

Von diesem Augenblick an wußte Schachtar, daß auch ihm und seinen Schatten nur die Flucht übrigblieb. Aber er gab noch nicht alles verloren. Er würde mit seinen Männern in die Wälder fliehen, zu den Söhnen Gonds, die dort ihre Lager aufgeschlagen hatten. Er würde eine Truppe um sich sammeln, die groß genug war, Gondarit und die Burg zurückzuerobern und alle Aufrührer zu töten. Dazu brauchte er den Großen Gond. Nur ihm würden die Söhne folgen. Er mußte den Großen Gond daran hindern, allein zu fliehen.

Die Schatten hatten sich um Schachtar geschart. Ein paar von ihnen fehlten. Er wußte nicht, ob sie den Aufständischen in die Hände gefallen waren oder ob sie ihre Mäntel abgeworfen hatten, um damit ihr Leben zu retten. Alles hatte sich gegen ihn verschworen, aber er empfand keine Furcht, nur Wut und Haß.

„Kommt!" schrie er seinen Männern zu. „Folgt mir! Ich verspreche, daß ich euch zurückführen werde und daß jeder, der jetzt zu mir steht, dann einer der Großen in Aran sein wird!"

Sie folgten ihm. Es war ihm gleichgültig, ob sie es taten, weil sie seinem Versprechen glaubten oder weil ihnen keine andere Wahl blieb. Er war entschlossen, sich den Weg zu den Ställen freizukämpfen, stieß aber auf keine Aufständischen. Der Trakt, durch den er seine Schatten führte, war wie ausgestorben. Diener, Mägde, Söhne Gonds – alle waren längst geflohen. Das Feuer war inzwischen von den Schuppen auf die Rinderställe übergesprungen.

Daß nicht alle Tiere jämmerlich verbrannten, war ein Verdienst des alten Gärtners Ota, der ein paar der verängstigten Knechte und Mägde um sich gesammelt hatte und mit ihrer Hilfe die angstvoll muhenden Rinder aus den Ställen getrieben hatte.

Hätten die Aufständischen zur gleichen Zeit, als sie die Burg durch das Große Tor stürmten, auch das Kleine Tor besetzt, wäre eine Flucht unmöglich gewesen. Später konnten es sich weder Eonar noch die anderen Anführer erklären, warum sie das unterlassen hatten. Von der Erregung und Begeisterung der Menge mitgerissen, war keiner von ihnen mehr imstande, einen klaren Kopf zu bewahren.

Schachtar und seine Schatten kamen in den Hof vor dem Kleinen Tor, als es Momm eben gelungen war, das Pferd seines Herrn und sein eigenes zu satteln und aus dem Stall zu führen. Er hielt den Steigbügel des weißen Pferdes. Der Große Gond schwang sich in den Sattel.

Im selben Augenblick packte Schachtar den Zügel. „Du wirst nicht ohne uns fliehen, Herr!“ rief er.

Der Große Gond antwortete nicht. Er saß ruhig im Sattel und schaute starr geradeaus. Über die dunkel aufragenden Mauern der Burg geisterte der Widerschein der Flammen. „Wir werden gemeinsam fliehen“, fuhr Schachtar fort, „du und ich und meine Schatten – oder keiner von uns verläßt die Burg!“

In das Prasseln des Feuers mengten sich die Schreie aus der Stadt. Momm ließ den Blick nicht von seinem Herrn. Eine einzige, kleine Bewegung des Großen Gond – und Momm hätte das Schwert gezogen und Schachtar niedergeschlagen. Aber der Große Gond rührte sich nicht.

Die Schatten hatten die wiehernden, wild um sich schlagenden Pferde aus den Ställen gezerrt. Nur einigen der Schatten gelang es, die Sättel festzuschnallen; die anderen schwangen sich auf die bloßen Rücken der Tiere. Donor hatte Schachtars Reittier gesattelt, ein kräftiges, braunzotteliges Pferd, das in vielen Kämpfen erprobt war und sich ruhiger verhielt als die anderen Tiere.

Jetzt erst ließ Schachtar den Zügel des weißen Pferdes los. Er sprang auf sein eigenes Pferd und preschte aus der Burg. Mitten unter seinen Schatten, von diesen mitgerissen, ritten der Große Gond und Momm.

Vom Großen Tor der Stadt her stürmte eine Schar Aufständischer. Sie kamen zu spät. Schachtar und seine Schar galoppierten an ihnen vorbei, der Straße zu, und verschwanden im Dunkel.

Nachdem Eldar Ahatars Haus erreicht hatte, fand er dort die kleine Gruppe von Männern, die Onari zu Ahatar geleiten sollte, und erfuhr, daß Konla nicht aus dem Stollen zurückgekehrt war. Ohne lange zu überlegen, stieg Eldar mit ihnen in den geheimen Gang hinunter. Sie kamen zu dem Abgrund, sahen, daß ein Stück des Mauerbandes abgebrochen war, und wußten nun, warum Konla die Narni und Onari nicht in die Stadt hinaufgeführt hatte. Bestimmt warteten sie irgendwo in den Gewölben, weil ihnen der Rückweg versperrt war.

Sie hoben die Fackeln und riefen: „Konla! Onari!"

Ihre Stimmen schienen von oben und unten und allen Seiten gleichzeitig zu kommen. Im Licht der Fackeln sah Eldar – was Onari und Konla im Dunkel nicht hatten sehen können – daß an der abgebrochenen Stelle da und dort noch ein Stückchen Mauerwerk vorstand, das den Füßen Halt gewähren würde.

Vorsichtig, sich langsam vorwärtstastend, gelang es Eldar und den anderen, den Abgrund zu überqueren. Wieder begannen sie zu rufen – niemand gab Antwort. Eldars Begleiter verloren die Hoffnung und wollten umkehren, aber er bestand darauf, daß sie in den verfallenen Gewölben weitersuchten. Er selber stieg durch das Mauerloch in die Keller der Neuen Burg ein. Warum er das tat, hätte er weder sich noch jemand anderem erklären können. Später, wenn er darüber nachdachte, meinte er, er habe ganz einfach gespürt, daß Onari irgendwo in der Burg sei. Vielleicht suchte er aber nur deshalb weiter, weil er sonst hätte glauben müssen, daß Onari und die Narni tot unten im Abgrund lagen, den das Fackellicht nicht ausloten konnte.

Oben in der Burg entdeckte er Konla, schluchzend in einem Winkel kauernd, und erfuhr von ihm, was geschehen war und daß Onari und die Narni sich im Schuppen versteckt hatten, der in Flammen stand. Konla war zu spät vom Kleinen Tor zurückgekommen.

Auch jetzt wollte Eldar nicht daran glauben, daß der Weiße Wolf Onari nach Gondarit geschickt hatte, nur damit sie hier sterben mußte. Er war sicher, daß die Narni den Brand rechtzeitig gewittert hatten. Die Wendeltreppe fiel ihm ein, die hinauf in die Burg führte. Er beruhigte den verzweifelten Konla, und sie setzten die Suche zu zweit fort. Der an die Schuppen anschließende Teil der Burg brannte bereits und war von dickem Qualm erfüllt; es erwies sich als unmöglich, die Wendeltreppe zu erreichen. Irgendwie fanden aber Eldar und Konla durch einen anderen Trakt zu dem Gang hinauf, in den die

Wendeltreppe mündete. Ein paarmal begegneten ihnen hilflos umherirrende Diener, die sofort die Flucht ergriffen.

Als Eldar und Konla in den langen Gang kamen und nach Onari riefen, vernahmen sie aus dem Stockwerk unter ihnen bereits die Stimmen der Aufständischen. Von der Wendeltreppe her zog Rauch. Während die Jungen weiterliefen, immerfort Onaris Namen rufend, war es Eldar plötzlich, als hörte er eine Antwort. Sie hatten den Fuß der großen Treppe erreicht und rannten hinauf.

Der Saal war vom Schein der Flammen grell erleuchtet. Am anderen Ende, vor der Tür des Thronzimmers, standen Onari und die Narni. Sie standen seltsam still da, ohne sich zu regen, als wären sie in tiefen Schlaf versunken.

Bis jetzt hatte Eldar sich tapfer gehalten, nun brach er in Tränen aus. Er lief auf Onari zu. Sie streckte ihm langsam die Hand entgegen, in der sie ihr Steinmesser hielt.

„Er war da", sagte sie. „Er war da, und ich konnte ihn nicht töten."

Eldar schlang die Arme um sie und weinte wie ein kleines Kind. „Denk nicht mehr daran, Onari! Es ist alles gut geworden! Es ist alles, alles gut!"

XXXII.

Ein neuer Morgen in Gondarit

Die Burg fiel nach kurzem Kampf in die Hände der Aufständischen – nur einige Söhne Gonds hatten Widerstand geleistet. Eonar, Nalika und eine Schar Männer, unter denen sich auch Nalar befand, hatten sich Pferde beschafft und sofort die Verfolgung des Großen Gond und Schachtars aufgenommen. Unter Ahatars Führung versuchten die Bewohner von Gondarit das Feuer zu löschen, aber es hatte bereits zu viele Teile der Burg ergriffen; sie mußten sich darauf beschränken, Menschen und Tiere zu retten und die Dächer der nahestehenden Häuser mit Wasser zu bespritzen, damit das Feuer nicht auf die Stadt übersprang.

Als der Morgen graute, glich die Burg einer brennenden Riesenfackel. Nach einigen Stunden fand das Feuer keine Nahrung mehr und sackte in sich zusammen. Die Trümmer glühten, schwelten und rauchten. Niemand kümmerte sich darum. Mochte die Burg, die der Große Gond erbaut hatte, bis auf die Grundmauern abbrennen! Die Herrschaft des Großen Gond war vorbei, und je weniger an ihn erinnerte, desto besser.

Überall in der Stadt begrüßten Familien ihre Angehörigen, die aus den Dunklen Kammern des Todes befreit worden waren. Manche der Gefangenen schienen es kaum zu begreifen, daß sie frei waren, und klammerten sich weinend an ihre Angehörigen. Andere waren so geschwächt oder krank, daß sie in ihre Häuser getragen werden mußten. Es gab aber auch Familien, die vergeblich unter den Befreiten Mann oder Sohn, Tochter oder Mutter oder einen Freund suchten, und die stumm danebenstanden, wenn andere sich umarmten.

Die Bewohner von Gondarit hatten die im Kampf um die Freiheit Gefallenen auf den Großen Platz getragen und dort aufgebahrt, inmitten von Blumen, die sie aus den Gärten gebracht hatten. Als Thomas vor Lodos Bahre stand, dachte er, wie sehr sich Lodo darüber gefreut hätte, wüßte er, daß er, der von den anderen immer nur herumgestoßen worden war, nun von allen Menschen als Held gefeiert wurde.

Die Sonne stieg an einem wolkenlosen, blauen Himmel empor. Die Bewohner Gondarits fanden, noch nie sei ein Morgen so schön, so frisch, so – neu gewesen! Sie hielten es in der Stadt nicht mehr aus, sie mußten hinaus ins Freie. Männer, Frauen und Kinder zogen durch die Tore auf die Wiesen vor den Mauern. Dort lagerten sie. Feuer wurden angezündet, ganze Ochsen am Spieß gebraten. Jedermann brachte, was er zu Hause an Essen und Getränken fand, und verteilte es.

Nach und nach kamen auch die Bewohner der Dörfer. Ahatar hatte vor dem Aufstand Boten ausgesandt, und schon während der Nachtstunden waren kleinere Gruppen in Gondarit eingetroffen, die am Freiheitskampf teilnehmen wollten. Die Ängstlichen oder Unschlüssigen unter den Dorfbewohnern aber hatten sich, als sie das Feuer aus der Ferne sahen, in den Feldern versteckt und wagten sich nur allmählich hervor. Jede neuangekommene Schar wurde freudig begrüßt.

Rings um die Stadtmauern saßen überall lachende, singende, fröhliche Menschen. Wo immer Onari, Thomas, Eldar und die Narni hinkamen, waren sie der Mittelpunkt. Immer wieder mußten sie zu erzählen beginnen. Ihre Zuhörer saßen im Kreis um sie, horchten staunend und meinten, eine Geschichte zu hören, die sich in einer ganz anderen Zeit und in einer ganz anderen Welt zugetragen hatte. Sie konnten sich nicht sattsehen an dem Mädchen aus den Wäldern, das den Jungen aus der Welt Jenseits herbeigerufen hatte, und sie dachten nicht mehr daran, daß sie die Menschen aus den Wäldern wegen der dunklen Hautfarbe und der dunklen Haare verachtet hatten. Es gab nicht wenige Mädchen, die insgeheim beschlossen, ihr Haar schwarz zu färben und das Gesicht mit Nußöl einzureiben, damit sie auch so hübsch würden wie Onari.

Die Araner wurden nicht müde, die Geschöpfe aus dem Verbotenen Land zu bewundern. Noch nie zuvor waren die beiden Narni so sehr liebkost und gestreichelt worden. Pai gefiel das von allem Anfang an, Tli war zuerst so verwirrt, daß er immer wieder zu Onari flüchtete und sein Gesicht in den Falten ihres Kittels versteckte, bis auch er alle Scheu verlor.

Für Wirligig war es ein großer Tag. Er war stets von einer Schar Kinder umgeben, die schreiend und lachend und in die Hände klatschend ihn zu immer prachtvolleren Wassergeistspielen aufforderten. Zwischendurch kam er zu Thomas geflogen und setzte sich ihm, in allen Regenbogenfarben schimmernd, auf die Schulter.

Auch Ota, der Gärtner, wurde gefeiert. Thomas mußte ihn aber lange überreden, bis er bereit war, sich auf einen Ehrenplatz an Ahatars Feuer zu setzen.

Und Narnar, der totgeglaubte Lehrer? Das helle Tageslicht und die vielen Menschen erschreckten und verwirrten ihn. Er wich nicht von Ahatars Seite und murmelte in einem fort: „Ich habe getan, was du mir aufgetragen hast. Die Truhen sind voll."

Nach und nach beruhigte er sich. Vor allem waren es die kleineren Kinder, die dazu beitrugen. Sie spielten unbekümmert neben ihm; er hörte ihrem Geplapper zu und vergaß, seine zwei Sätze aufzusagen.

Es wurde Abend. Die Sonne war untergegangen, aber noch glühte der Himmel rot und ein mildes Licht lag über der Ebene von Aran. Nach der langen Nacht und dem langen Tag waren die Menschen müde geworden, aber sie suchten ihre Häuser nicht auf, sie lagerten in kleineren oder größeren Gruppen neben den Feuern auf der Wiese.

Onari, Eldar und Thomas saßen bei Ahatar und Ota. Narnar, der Lehrer, schlief. Auch Pai und Tli waren eingeschlummert, sie lagen zusammengerollt nebeneinander, die Köpfe gegenseitig im Pelz vergraben, so daß man nicht genau sagen konnte, welches Bein und welcher Schwanz zu wem gehörte. Wirligig hatte sich auf Thomas' Knien niedergelassen und leuchtete nur ganz schwach. In der rußgeschwärzten Burgruine mochte noch hie und da unter den Trümmern ein Brandherd glosen. Einzelne Rauchfahnen stiegen hoch, hoben sich gegen den roten Himmel ab und lösten sich dann in dünne Schleier auf.

Ein paar Burschen und Mädchen an einem der nahen Feuer summten ein Lied. Eine Panflöte begleitete die Melodie. Weiter weg, schon gegen den Tempelhügel zu, zupfte jemand ein Saiteninstrument, das Thomas an eine Laute erinnerte. Thomas konnte nicht mehr glauben, daß es erst gestern gewesen war, als der Große Gond ihn unter dem Jubel der Menschen durch Gondarit geführt hatte. Er konnte nicht glauben, daß es dieselbe Stadt, daß es dieselben Menschen waren. Das Tor stand weit offen, ohne Wächter. Die Söhne Gonds hatten ihre Kettenhemden und die Waffen abgelegt, und es war nicht mehr zu unterscheiden, wer von den jungen Männern einer von ihnen gewesen war.

Ein Gedanke kam Thomas, der ihn beunruhigte.

„Ahatar", fragte er, „sind wirklich alle Schatten geflohen? Onari hat in der Burg eine schwarze Kutte gefunden! Die muß doch einer der Schatten fortgeworfen haben. Wenn er nicht der einzige war? Dann sind noch immer Schatten unter uns!"

Ahatar nickte. „Das könnte sein! Vielleicht wollte einer – oder mehrere – nicht mit Schachtar fliehen. Wir wissen es nicht, denn keiner von uns kennt ihre Gesichter und ihre Namen."

„Ihr müßt eben herausfinden, wer sie sind!"

„Soll es wieder so sein, wie es war? Soll wieder einer den anderen verdächtigen? Soll wieder der Nachbar den Nachbarn fürchten? Sollen Freunde einander wieder nicht vertrauen dürfen? Das ist zu lange in Aran geschehen, und es darf nie mehr so sein. Da ist es besser, ein Schuldiger entgeht der gerechten Strafe. Wenn einer der Schatten unter uns zurückblieb, ist es jetzt an ihm zu beweisen, daß er sich ändern kann. Wir werden nicht strafen und richten, aber wir werden wachsam sein. Hab keine Angst, Kind aus der Welt Jenseits! Wir lassen nicht zu, daß einer das Böse der Vergangenheit in unsere Zukunft hinüberträgt."

Die ersten Sterne glänzten am Himmel. Der Lautenspieler oben auf dem Hügel schien endlich die Melodie gefunden zu haben, die er suchte. Er schritt herunter, schritt zwischen den Lagernden hindurch, spielte auf seiner Laute und sang dazu ein Lied. Es war ein Lied von den drei Kindern aus drei Völkern, die Aran die Freiheit und den Frieden gebracht hatten. Da und dort begann einer mitzusummen.

Als der Sänger die letzte Strophe gesungen hatte, wurde es still. Die Feuer sanken in sich zusammen. Die Nacht kam. Himmel und Erde flossen in samtener Schwärze ineinander und gaben Thomas das Gefühl einer Unendlichkeit, in deren Mittelpunkt er ruhte und die alles miteinschloß: die Dunklen Leute in ihren Wäldern, die Menschen in Aran, die Geschöpfe des Verbotenen Landes, den Schwarzen König und seine Diener (obwohl er ihr Sternbild hier in Aran nicht mehr am Himmel finden konnte), Nalika und Eonar und deren Gefährten, die irgendwo durch die Nacht ritten. Thomas wünschte, sie sollten bald zurückkehren.

Wirligig war eingeschlafen. Thomas streckte sich neben Eldar und Onari aus. Die Augen fielen ihm zu.

Als auch Onari und Eldar und Ota eingeschlafen waren, erhob sich Ahatar. Er zündete eine Fackel an und schritt durch die Reihen der Schlafenden. Von den Feiernden fast unbeachtet, hatten schon vom frühen Morgen an Männer und Frauen aus Ahatars Gruppe rund um die Stadt abwechselnd Wache gehalten. Zwar hatte Ahatar Boten in die Wälder zu den Söhnen Gonds gesandt, aber solange Eonar und Nalika nicht zurückgekehrt waren, konnte niemand sicher sein, ob alle Söhne Gonds sich dem Aufstand angeschlossen hatten.

Mit der Fackel in der Hand ging Ahatar von Wachtposten zu Wachtposten. Keiner hatte etwas von Bedeutung zu melden. Die letzten Nachzügler aus den Dörfern waren am Abend eingetroffen, von Nalika und Eonar fehlte noch jede Nachricht. Ahatar ging wieder zurück auf die Wiese, schritt langsam an den fast erloschenen Feuern vorbei. Manchmal regte sich einer der Schlafenden, dann hielt Ahatar die Fackel zur Seite, damit ihr Lichtschein den Schläfer nicht weckte. Er setzte sich, schaute auf die schlafenden Kinder und auf ihre wunderbaren Weggefährten und lauschte den friedlichen Atemzügen.

Er löschte die Fackel. „Lissien-Aroi, Licht von Aran", murmelte er, „schütze Eonar und Nalika und alle, die bei ihnen sind."

XXXIII.

Der Tod des Großen Gond

Noch bevor die Nacht des Aufstandes zu Ende gegangen war, hatten die Flüchtenden das erste der Dörfer erreicht. Sie fanden die Häuser verlassen. Alles wies darauf hin, daß die Bewohner in großer Eile davongelaufen waren. Die Türen standen offen, in den Betten hatten Menschen geschlafen, in den steingemauerten Herden gloste noch die Asche.

Schachtar hatte gehofft, schon hier seine kleine Schar vergrößern zu können. Aber die Männer des Dorfes waren geflohen. Bleich vor Zorn galoppierte Schachtar an der Spitze seiner Männer weiter.

Sie ritten durch das nächste Dorf, das übernächste, kamen in die letzte Siedlung vor den Wäldern – nirgendwo war ein Mensch zu erblicken. Kühe waren aus einer umzäunten Weide ausgebrochen und trotteten muhend zwischen den Häusern umher. Eine Schar Aranziegen stob meckernd davon, aufgeschreckt vom Hufschlag der Pferde.

Schachtars Pferd stolperte. Schaum flockte von den Nüstern, das zottelige Fell war schweißnaß. Wie lange würde es noch durchhalten? Er durfte es nicht schonen. In der Ebene von Aran, die einen so weiten Blick erlaubte, sah Schachtar jedesmal, wenn er zurückschaute, in der Ferne einen dunklen Punkt auf der Straße und einen Staubschleier. Er wagte nicht, sich den Verfolgern zu stellen. Seine Schatten waren nicht mehr die Männer von einst, die eine ganze Stadt und ein ganzes Land in Angst gehalten hatten; sie waren nur noch ein Haufen zitternder Flüchtlinge. Der Große Gond hatte seit der Flucht aus der Burg kein Wort gesprochen, er saß unbeteiligt auf seinem Pferd, als ginge es ihn nichts an, daß sich sein Volk gegen ihn erhoben hatte.

Bevor die Verfolger näher kamen, mußte Schachtar die Wälder und das Lager der Söhne Gonds erreicht haben, die dort unter Hauptmann Lan die Grenze bewachten. Er würde ihnen befehlen, die Verfolger anzugreifen und zu vernichten. Dann würde er alle Söhne Gonds in den Wäldern sammeln und mit ihnen nach Gondarit zurückmarschieren. Und wenn er die Aufständischen besiegt hatte, würde er der Herr von Aran sein. Der Große Gond durfte den Kampf um die Stadt nicht überleben. Ein Stoß mit der Lanze oder ein rascher Hieb mit dem Schwert in einem unbeachteten Augenblick des Kampfes – niemand würde nachher wissen, wer das getan hatte.

Schachtar trieb sein Pferd an. Es hob den Kopf und fiel gehorsam in Trab. Das Beispiel des braunzotteligen Pferdes spornte die anderen Tiere an.

Die Flüchtenden erreichten das Ende der Ebene von Aran. Die Rodung, auf der sie die ersten Wachtposten der Söhne Gonds zu finden glaubten, lag so verlassen wie die Dörfer da. Als der Pfad in den Wald hineinführte, erschreckte sie der dumpfe Hufschlag der eigenen Pferde. Unter den hohen Bäumen schien die Dämmerung hereinzubrechen, obwohl es Tag war.

Schachtars Männern war, als sei der Wald auf eine unheimliche Art lebendig. Bewegte sich nicht Laub, obwohl kein Windhauch zu spüren war? Huschte da nicht etwas durchs Unterholz? Sahen Augen aus dem Dickicht sie an?

Noch einmal trieben die Flüchtenden ihre Pferde an. Sie wollten das Lager erreichen, nicht nur um Hilfe zu finden, sondern auch, um den unbekannten Schrecken zu entkommen, die ihnen ihre Einbildung vortäuschte. Momm hätte ihnen sagen können, daß es keine Einbildung war, was sie fürchteten. Schachtar und die Schatten hatten nie in den Wäldern gekämpft, aber Momm, der so oft für seinen Herrn gegen die Dunklen Leute gezogen war, wußte, was das Zittern des Laubes bedeutete und die Schritte, die nur zu spüren, aber nicht zu hören waren. Seit die Flüchtlinge den Wald betreten hatten, wurden sie von Spähern der Dunklen Leute begleitet. Momm hielt sich enger an den Großen Gond, um ihn, wenn es sein mußte, mit dem eigenen Körper zu schützen. Er fürchtete zwar keinen Angriff, denn er war sicher, daß es sich nur um Späher handelte. Daß aber Späher der Dunklen Leute sich so nahe an ein Lager der Söhne Gonds wagten, erfüllte ihn mit Sorge.

So nahm er es auch als fast selbstverständlich hin und war nicht einmal betroffen, als sie zum Lager kamen und sahen, daß Lan mit seiner Truppe nicht mehr hier war. Auch im Lager konnte man die Zeichen eines überstürzten Aufbruchs sehen. Eine bedrückende Stille herrschte. Die gelbe Fahne mit der roten Sonne Arans flatterte nicht mehr über dem Lager, sie war heruntergerissen worden und lag zerfetzt am Boden.

Momm faßte den Zügel des weißzotteligen Pferdes. Einen kurzen Augenblick hatte er überlegt, ob er sich mit seinem Herrn nach Norden wenden sollte, in die Wälder, wo noch andere Söhne Gonds waren. Alle konnten doch nicht von ihrem Herrn abgefallen sein! Hätte Momm nur ein paar seiner im Kampf mit den Dunklen Leuten erprobten Männer bei sich gehabt, er hätte versucht, sich nach Norden durchzuschlagen. Aber nicht mit Schachtar und den Schatten!

Noch griffen die Dunklen Leute nicht an. Vielleicht, weil sie zu wenige waren. Aber wie lange würde es dauern, bis sie Verstärkung erhielten und der erste Pfeil aus dem Dickicht flog? In den Wäldern konnte Momm seinen Herrn nicht schützen; er mußte versuchen, offenes Land zu erreichen, wo weder Unterholz noch verschlungenes Laubgewirr den Dunklen Leuten Deckung bot. Es gab nur einen Ausweg – das Land jenseits des Flusses.

Momm beugte sich über die Köpfe der erschöpften Pferde, klopfte ihnen auf die Flanken, flüsterte ihnen aufmunternde Worte zu und wandte sich, beide Zügel in der Hand, nach Süden, dem Fluß zu.

Die Schatten schauten auf Schachtar, warteten auf einen Befehl. Schachtars Gesicht hatte sich verzerrt.

Der Große Gond und Momm waren zwischen den Bäumen verschwunden. Ein Geräusch aus dem Unterholz versetzte die Schatten plötzlich in panische Angst. Zweige knackten. Laub raschelte. Sie glaubten, es seien ihre Verfolger oder Dunkle Leute, schlugen auf ihre Pferde ein, preschten Momm und dem Großen Gond nach und rissen in ihrer wilden Flucht auch Schachtar mit.

Aus dem Unterholz kam eines der zurückgelassenen Pferde aus dem Lager hervor, trottete zum Tor und begann dort zu grasen.

Als die Flüchtlinge den düsteren Wäldern entronnen waren und mit ihren Pferden den Fluß durchschwommen hatten, sahen sie vor sich blühende Wiesen, blühende Bäume und Büsche. Im ersten Augenblick erfaßte sie ein Gefühl der Erleichterung. Bald kamen jedoch wieder alle Ängste zurück. Sie wußten nicht, wie nahe ihre Verfolger schon waren. Sie trieben ihre Pferde an, bis diese fast zusammenbrachen, und gönnten sich kaum eine Rast.

Je weiter sie in das Verbotene Land kamen, desto unheimlicher wurde es ihnen, sie konnten Einsamkeit und Stille der menschenleeren Ebene kaum noch ertragen, sie erinnerten sich daran, daß der leuchtende Junge aus diesem Land gekommen war. Nachts, als sie erschöpft ein paar Stunden Ruhe zu finden hofften, schreckten sie immer wieder aus dem Schlaf. Der Hunger quälte sie. Grassamen und Wurzeln, die sie kauten, sättigten nicht.

Ein paar der Pferde hatten zu lahmen begonnen und mußten zurückgelassen werden. Als eines zusammenbrach und sein Reiter es auch durch Schläge nicht mehr auf die Beine brachte, hasteten seine Kameraden weiter, ohne sich darum zu kümmern, ob er ihnen nachkam oder nicht. Jene Schatten, die zu Fuß gehen mußten, blickten voll Haß auf die anderen, deren Pferde durchhielten. Bei den kurzen Rastpausen wagte keiner, der noch ein Pferd besaß, zu schlafen, aus Angst, einer der weniger Glücklichen würde sich mit seinem Tier davonstehlen.

Auf den Großen Gond und Schachtar achteten sie nicht mehr. Der Große Gond ritt teilnahmslos dahin. Er stieg vom Pferd, wenn Momm es anhielt und ihm herunterhalf, er saß immer in der gleichen Haltung da, mit einem Blick, der ins Leere ging. Wenn Momm ihm Wasser brachte, trank er es, aber er nahm die Fürsorge seines Hauptmannes so gleichgültig hin wie die Strapazen der Flucht. Sein weißzotteliges Tier hielt besser durch als die Pferde der Schatten. Momm ging zu Fuß und führte es am Zügel; sein eigenes Pferd war lahm geworden, er hatte es zurücklassen müssen.

Es war eine verzweifelte, vom Hunger geschwächte Schar, die in den frühen Morgenstunden zur Großen Schlucht kam. Im Gegensatz zu der blühenden Ebene wirkte der ungeheure Erdspalt gewaltig und drohend in seiner urweltlichen Schroffheit. Ohne Momm und Schachtar, die nach kurzem Zögern die Suche nach einem Abstieg begannen, hätten die Schatten hier aufgegeben, wären davongestürzt, jeder in eine andere Richtung, und hätten sich blindlings zerstreut.

Die Flüchtlinge trotteten am Rand des Erdspalts dahin und kamen zu der Seitenschlucht, die auch die Kinder gefunden hatten. Momm leitete das Pferd seines Herrn am Zügel, er suchte zwischen den Steinblöcken jene Stellen, wo die Hufe den besten Halt fanden, und achtete darauf, daß es nicht stolperte.

Während des Abstieges mußten die Schatten wieder ein paar völlig entkräftete Pferde zurücklassen. Auch sie selber konnten kaum noch weiter. Taumelnd und stolpernd erreichten sie die erste Felsterrasse und ließen sich dort zu Boden fallen.

Momm half seinem Herrn vom Pferd, wie er es bei jeder Rast getan hatte. Der Große Gond setzte sich. Bei der letzten Quelle vor der Schlucht hatte Momm seinen Helm mit Wasser gefüllt. „Du mußt durstig sein, Herr", sagte er. „Willst du nicht trinken?"

Der Große Gond regte sich nicht. Sein Gesicht war eingefallen. Staub hatte das Gold seines Mantels matt werden lassen.

Über Momms Gesicht liefen Tränen.

„Herr", rief er, „siehst du nicht, daß ich bei dir bin? Ich, dein Hauptmann Momm!"

Der Große Gond hob den Kopf. Einen Augenblick war es, als lauschte er auf etwas in weiter Ferne. Er schaute um sich, auf die Felsklippen, auf die Kegel, schaute über den Abgrund der Schlucht hinüber zu dem jenseitigen, im Dunst verschwommenen Rand. Staunen drückte sich auf seinem Gesicht aus.

„Wo bin ich?" fragte er. „Wie bin ich hierhergekommen?"

„Weißt du es nicht, Herr?" stammelte Momm. „Du hast mir befohlen, aus Gondarit zu fliehen. Dein Volk hat sich gegen dich erhoben. Sie wollten dich töten. Aber ich habe dich nicht verlassen. Ich werde immer bei dir bleiben."

Momm begann zu schluchzen. Die Schatten horchten auf, wandten die Gesichter ihrem früheren Herrn zu. Als sie seine Stimme hörten, regte sich etwas von jener Ehrfurcht, die sie einst für ihn empfunden hatten. Einer nach dem anderen richtete sich auf, sie fanden es auf einmal ungehörig, in der Gegenwart des Herrn von Aran auf dem Boden zu kauern.

Der Große Gond erhob sich. Er schaute auf die Schatten. Sie konnten seinem Blick nicht standhalten und senkten die Augen. Nur Schachtar saß, allem Anschein nach unbeteiligt, auf dem Steinblock, auf dem er sich niedergelassen hatte.

Der Große Gond streckte die Arme gegen Schachtar aus. „Verflucht seist du!" rief er mit tiefer, hallender Stimme, die von den Felswänden zurückgeworfen und verstärkt wurde. „Verflucht seist du, Schachtar, denn du warst es, der mir die Liebe meines Volkes genommen hat. Geh fort! Ich will dich nicht mehr sehen. Es ist kein Platz für dich und mich, wo immer wir sind."

Schachtar sprang auf, trat an den Großen Gond heran. „Du hast recht", antwortete er, „es ist kein Platz für dich und mich, wo immer wir sind! Einer ist zuviel!"

Mit einer Bewegung, die so rasch erfolgte, daß Momm sie nicht hindern konnte, zog Schachtar das Schwert und stieß es dem Großen Gond in die Brust.

Während die Schatten wie erstarrt waren und sich vor Entsetzen nicht rührten, hörten sie Momm tief aufstöhnen. Sie sahen, wie er sich auf Schachtar stürzte und wie Schachtar ein zweitesmal zustieß.

Die Schatten rannten schreiend über die Felsstufe davon, rannten den Hang hinab, fielen nieder, rafften sich wieder auf und flohen in die Schlucht hinunter.

Oben, am Rand der Schlucht, blitzten Rüstungen im Sonnenlicht.

Schachtar packte sein Pferd am Zügel; es bäumte sich auf, schlug mit den Hufen nach ihm. Er ließ es stehen und rannte den schreienden Schatten nach.

Er konnte sie nicht einholen. Sie flohen nicht mehr vor ihren Verfolgern, sie flohen vor dem Mann, der den Herrn von Aran ermordet hatte. Unter ihren Füßen lösten sich Steine. Sie stürzten, fanden die Kraft, wieder hochzukommen, und rannten Felsstufe um Felsstufe tiefer hinunter in die Schlucht.

Unten am Grund, den die Sonne nicht mehr mit ihrem Licht erreichte, erblickten sie einen düsteren Bau aus schwarzem Stein. Sprünge liefen durch die Mauern, manche der Quadern waren halb geborsten. Ein Tor stand offen.

Die Schatten flüchteten hinein und drängten sich, einer den

anderen zurückstoßend, durch die dunkle Pforte, die ins Innere der Erde hinunterführte.

Nur wenig später trat Schachtar durch das Tor in die Halle. Ein leichtes Beben unter seinen Füßen erschreckte ihn. Die Sprünge in den Quadern schienen breiter zu werden. Es knirschte, als bräche eine gewaltige Eisdecke. Ein Gefühl des Schwindels erfaßte ihn, er schaute hoch und sah über sich die Mauern wanken.

Am ersten Tag war der Abstand zwischen Flüchtlingen und Verfolgern immer größer geworden. Bevor Eonar und seine Schar das erste Dorf erreichten, stießen sie auf Hauptmann Lan aus dem Waldlager. Lan hatte sich schon seit langem den Verschwörern angeschlossen und war sofort nach Gondarit aufgebrochen, als er die Nachricht von dem geplanten Aufstand erhielt. Die Hälfte seiner Truppe hatte sich geweigert mitzukommen und war nach Norden geflohen; es waren die Vorsichtigen, die darauf warten wollten, wer siegreich blieb. Die anderen Söhne Gonds waren ihrem Hauptmann gefolgt. Als sie in der Dunkelheit den Hufschlag der Flüchtenden vernahmen, waren sie von der Straße in das angrenzende Feld ausgewichen und hatten dort Deckung genommen. Die Furcht der Söhne Gonds vor ihrem Herrn war noch immer so groß, daß Lan sie nicht dazu bringen konnte, den Großen Gond auf seiner Flucht zu stellen. Erst Nalika gelang es, den Männern die Angst zu nehmen und sie zu überreden, sich Eonar anzuschließen.

Sobald Eonar merkte, daß es unmöglich war, Schachtar und den Großen Gond noch in der Ebene von Aran einzuholen, daß sie aber im Waldlager weder Hilfe noch Verstärkung finden würden, ließ er das Tempo mäßigen und trieb die erschöpften Pferde nicht mehr an. In einem der Dörfer versorgte er seine Schar mit ausreichendem Proviant. Ein paarmal wurde er auch aufgehalten, weil verängstigte Dorfbewohner aus ihren Verstecken hervorkamen, um zu erfahren, was geschehen war.

Eonars Schar kam daher erst ins Waldlager, als die Flüchtlinge bereits den Fluß erreicht hatten. Von dem Augenblick an, als kein Zweifel mehr darüber bestand, daß der Große Gond und Schachtar statt nach Norden in das Verbotene Land geflohen waren, hatte Eonar die Gewißheit, daß er sie früher oder später einholen würde.

Der Ritt in das Verbotene Land gestaltete sich für Eonars Schar ganz anders als für die Flüchtlinge. Eonar schonte die Kräfte von Menschen und Pferden. Wenn sie nach einer Rastpause oder dem nächtlichen Lager weiterritten, waren alle frisch und ausgeruht. Auf diese Weise kamen sie schneller voran als die Flüchtlinge, und an den Spuren sahen sie, daß der Abstand sich stetig verringerte.

Das unbekannte Land versetzte sie nicht in Furcht und Schrekken. Während sie dahinritten, dachten sie an die drei Kinder und an deren wunderbare Geschichte. In Aran war Sommer, aber hier herrschte Frühling, ein Frühling, wie sie keinen zuvor erlebt hatten. Noch nie hatten sie an Bächen gesessen, deren Wasser so klar war. Das Gras war weicher, frischer und grüner als in Aran. Zwischen der Blütenpracht der Büsche standen sattgrüne Schirmföhren und boten Schatten an. Jeder Vogelruf wurde in der friedlichen Stille zu Musik.

Je weiter sich Eonar und seine Gefährten vom Fluß entfernten, desto mehr verfielen sie dem Zauber des Landes, und endlich war ihnen kaum noch bewußt, warum sie hierhergezogen waren. Wenn sie es sich in Erinnerung riefen, kam es ihnen immer unwahrscheinlicher vor, daß sie auf einer tödlichen Jagd waren.

Obwohl sie wußten, daß sie auf die Schlucht stoßen würden, kam es für sie überraschend, als sie unter locker stehenden Schirmföhren hervorritten und der gewaltige Erdspalt sich plötzlich vor ihnen auftat. Die Erzählung der Kinder hatte sie zwar vorbereitet, aber das, was sie sahen, überstieg jede Vorstellung; die ungeheure Tiefe und Breite der Schlucht und ihre Schönheit hatten sie sich nicht ausmalen können.

Die Flüchtlinge mußten jetzt ganz nahe sein, das von Füßen und Hufen niedergetretene Gras hatte sich noch nicht aufgerichtet. Nalar, Lan und ihre Männer hielten die Schwerter griffbereit und ritten schweigend hinter Eonar und Nalika der Spur nach, die entlang der Schlucht führte.

An der Stelle, wo die Seitenschlucht begann, gewährte ihnen eine vorspringende Felsplatte freie Sicht nach unten, und so wurden sie Zeugen, wie Schachtar den Großen Gond und Momm tötete.

Nalika hatte sich im Sattel aufgerichtet. Bevor die anderen erfaßten, was geschehen war, hatte sie ihr Pferd herumgerissen und war in die Seitenschlucht hinuntergejagt. Ihre Gefährten, allen voran Eonar, folgten ihr, konnten sie aber nicht einholen. Als ihr Pferd im losen Geröll stolperte, schwang sie sich aus dem Sattel; sie lief weiter, sprang von Stein zu Stein. Ihr Haar flatterte.

Auf der Felsterrasse blieb sie vor den beiden Toten stehen.

Momms Leiche lag über dem Körper seines Herrn. Nalika blickte auf den Großen Gond nieder. Sie wollte ihren Haß wachrufen, aber es gelang ihr nicht. Sie dachte an die Nächte und Tage, da sie nur für diesen Haß gelebt hatte, an die langen Jahre, in denen nur der Wunsch nach Rache sie nicht hatte verzweifeln lassen. Das war vorbei. Sie konnte diese Gefühle nicht mehr wecken. Der da vor ihr lag, war tot, und was sie gehaßt hatte, war mit ihm gestorben.

Ihre Begleiter waren herangekommen. Sie wandte sich um. Hinter ihr stand Eonar.

Er nahm sie in die Arme und hielt sie fest.

Sie legte den Kopf an seine Schulter. „Jetzt ist Aran wirklich frei geworden", sagte sie. „Jetzt dürfen wir heimkehren."

Nalar räusperte sich. „Noch nicht, Nalika! Sollen Schachtar und die Schatten sich im Verbotenen Land herumtreiben dürfen? Was würden Onari und der Junge aus der Welt Jenseits sagen, wenn wir das zulassen?"

„Du hast recht, Nalar", antwortete sie. „Ich habe nur einen kurzen Augenblick vergessen, daß es Schachtar noch gibt."

Nalikas Pferd war nachgekommen. Sie wollte es eben am Zügel fassen, als es durch irgend etwas erschreckt wurde. Es zog die Luft schnaubend durch die Nüstern, warf den Kopf zurück und wieherte. Auch die anderen Pferde benahmen sich sonderbar, sie stampften mit den Hufen, bäumten sich auf und zitterten am ganzen Körper.

Aus den Tiefen der Schlucht kam ein dumpfes Grollen. Die Steinterrasse bebte. Fels knirschte auf Fels. Einer der Kegel wankte. Steine lösten sich vom Rand der Schlucht und polterten herab. Die Pferde rissen sich los und stoben in panikartiger Flucht in die Seitenschlucht zurück. Eonar packte Nalika an der Hand, er schrie etwas, aber das Donnern einer niederstürzenden Felswand schluckte seine Stimme. Die Männer brauchten keinen Befehl, sie rannten um ihr Leben.

Daß es ihnen gelang, durch die Seitenschlucht hinauf zu fliehen, kam ihnen allen später wie ein Wunder vor. Sie hatten das Gefühl, die ganze Schlucht stürze hinter ihnen ein. Ihre Ohren waren taub vom Grollen, Donnern und Krachen. Das Geröll unter ihren Füßen schien lebendig geworden zu sein. Steine prasselten wie Geschosse.

Als sie endlich oben anlangten, wurde es plötzlich still. Es grollte noch, wie das ferne Echo eines Donners. Sie schauten um sich. Hier war alles wie zuvor. Die Pferde hatten sich unter den Schirmföhren zerstreut, aber schon wieder beruhigt. Ein Stück entfernt standen die

Pferde der Schatten. Das weißzottelige Pferd des Großen Gond hatte zu grasen begonnen.

„Lissien-Aroi sei Dank", stieß Nalar hervor. „Das war knapp! So etwas möchte ich nicht noch einmal erleben!"

Ein paar der Männer waren von fallenden Steinbrocken getroffen worden, aber keiner war ernstlich verletzt. Nachdem alle wieder zu Atem gekommen waren, wagten sie sich an den Rand der Schlucht vor. Eine Steinlawine hatte den Großen Gond und Momm begraben. Manche der Felsklippen waren verschwunden, dafür waren an anderen Stellen neue entstanden. Die Sonne war inzwischen höher gestiegen, erfüllte die Schlucht mit Licht und brachte das Gestein zum Leuchten. In der Ferne wurden die Kegel und Pyramiden, die Nadeln und Spitzen zu einander überschneidenden Silhouetten.

Über dem Grund der Schlucht lag ein Staubschleier, der sich allmählich wie Rauch auflöste. Die letzte Felsstufe schien eingestürzt zu sein. Etwas glitzerte zwischen den Blöcken, aber was das war, konnte man von oben nicht erkennen.

Da keine Gefahr mehr zu bestehen schien, beschlossen Nalika und Eonar, in die Schlucht hinunterzureiten. Auf der siebten und nunmehr letzten Felsterrasse hielten sie an. Die Halle des Schwarzen Königs war verschwunden. Den Grund der Schlucht bedeckten gewaltige Steinblöcke. Wasser sprudelte. Unzählige Quellen waren aufgebrochen.

Nalika und Eonar standen Hand in Hand und sahen zu, wie die Quellen sich vereinigten, wie das Wasser höher stieg, wie es zu einem kleinen Fluß wurde, der sich gluckernd und schäumend seinen Weg durch das Steingewirr bahnte. Sie lauschten den Stimmen des Wassers und dachten an den langen Weg, den die Kinder durch die Tiefen der Unterwelt gegangen waren, und an den Fluß, der sich aus ewiger Finsternis nun den Weg nach oben suchte.

Und irgendwo unter diesen Steinmassen war das Grab Schachtars und der Schatten.

Nalika und Eonar kehrten um und ritten zurück, die Steinterrassen hinauf. Als sie an dem Streifen toter Sträucher vor der überhängenden Felswand vorbeikamen, unter der die Kinder sich vor den Grauen Reitern versteckt hatten, meinten sie, einen Anflug von Grün zu sehen.

Die Schlucht hatte zu leben angefangen.

Bevor sie den Heimweg antraten, versuchten Nalar und seine Männer das weißzottelige Pferd des Großen Gond einzufangen, aber es ließ niemanden an sich heran und galoppierte schließlich in die Ebene hinaus, gefolgt von den Pferden der Schatten.

Später, so erzählte man sich, wurde das weißzottelige Pferd der Stammhengst einer Herde freier wilder Pferde, die das Verbotene Land durchstreiften und wegen ihrer Schönheit und Schnelligkeit berühmt waren.

Eonars Schar ritt heimzu. Und wie auf dem Herweg verfielen Nalika und die Männer dem Zauber dieses Landes, und sie dachten immer weniger an den Großen Gond und an Schachtar.

Sie kamen zum Fluß und schwammen mit ihren Pferden ans jenseitige Ufer. An der Stelle, wo sie landeten, stand dichtes Buschwerk. Auch weiter drinnen war der Wald mit Unterholz verstrüppt. Sie kamen nur langsam vorwärts. Von dem Augenblick an, da ihre Pferde das Ufer erklettert hatten, war es Eonar, als folgten seiner Schar lautlose Schritte, immer wieder glaubte er, eine Bewegung im Unterholz wahrzunehmen. Hauptmann Lan und seine Männer waren ebenfalls unruhig geworden und warfen einander besorgte Blicke zu.

„Nalika", flüsterte Eonar, „ich bin sicher, daß uns Dunkle Leute folgen. Was sollen wir tun, wenn sie angreifen?"

Sie zügelte sofort ihr Pferd, gab das Zeichen zum Anhalten und befahl: „Steigt alle ab und legt die Waffen nieder! Ich werde mit den Dunklen Leuten reden."

Eonar zögerte. Die Dunklen Leute wußten nicht, was in Gondarit geschehen war. Noch gab es keinen Frieden zwischen den beiden Völkern. Durfte er seine Schar schutzlos einem Gegner ausliefern, dessen Pfeile mit tödlicher Sicherheit trafen?

Nalika war schon vom Pferd gesprungen und war ein paar Schritte auf das Unterholz zugegangen.

Eonar stieg ab, zog das Schwert aus der Scheide und legte es ins Moos nieder. Die Männer folgten, einer nach dem anderen seinem Beispiel, die einstigen Söhne Gonds allerdings nur widerstrebend. Als letzter stieg Hauptmann Lan vom Pferd, er ließ das Buschwerk nicht aus den Augen, bereit, jederzeit nach dem Schwert zu greifen, das er abgelegt hatte.

Nalika hob beide Arme mit den Handflächen nach außen. Ihr Vater hatte sie einst die Sprache der Dunklen Leute gelehrt, sie versuchte, sich die Worte in Erinnerung zu rufen; mehrmals stockte sie, aber langsam gewann sie Sicherheit und fand die Worte, die sie suchte.

„Ihr Männer vom Volk der Dinadan“, rief sie, „hört, was die Tochter Nors, der so oft zu euch in die Wälder kam, zu sagen hat. Der Große Gond ist tot. Aran ist frei. Es war ein Mädchen aus eurem Volk, das nach Gondarit kam und uns den Mut zu kämpfen gab. Männer aus dem Land Din – seht meine Hände! Ich trage keine Waffe! Auch meine Freunde legten ihre Schwerter nieder. Niemals mehr wird einer aus Aran mit der Waffe in der Hand die Wälder betreten. Es soll Friede sein zwischen dem Land Aran und dem Land Din. Wir können euch nicht bitten, alles zu vergessen, was der Große Gond euch angetan hat. Wir können euch nur bitten, uns zu verzeihen um der drei Kinder aus den drei Völkern willen, die in das Verbotene Land zogen, den Weißen Wolf zu suchen – Onari aus den Wäldern, Eldar aus Aran und der Junge aus der Welt Jenseits.“

Nalika schwieg.

In der Stille hörte Eonar das schnelle Atmen seiner Männer.

Dann teilten sich die Büsche. Schatai trat hervor. Er ging auf Nalika zu. Als er vor ihr stand, legte er Bogen und Pfeile neben Eonars Schwert ins Moos.

XXXIV.

Die Heimkehr

Thomas, Onari und Eldar saßen am Rand der Schlucht, an jener Stelle, wo sie auf der großen Wanderung nachts gelagert hatten. Nur war es nicht mehr so einsam wie damals. In größeren und kleineren Gruppen saßen Dunkle Leute und Bewohner von Aran beisammen. Manche standen am Rand der Schlucht und konnten sich nicht sattsehen. Andere betreuten die Pferde, sammelten Brennholz oder schlenderten unter den Schirmföhren dahin. Überall spielten und lachten Kinder. Tli kauerte neben Onari. Pai strolchte irgendwo herum. Wirligig schlug einmal da und einmal dort funkelnde Purzelbäume.

Es war einige Wochen nach dem Tod des Großen Gond und der

ersten friedlichen Begegnung zwischen den Dunklen Leuten und den Aranern am Ufer des Flusses. Die langen Jahre der gegenseitigen Furcht, des Mißtrauens und Hasses hatten freilich nicht von einem Tag auf den anderen überwunden werden können. Je öfter sich aber Araner und Dinadan trafen, desto selbstverständlicher wurde es ihnen, beisammen zu sein. Am leichtesten war es den Kindern gefallen. Nachdem die erste Scheu überwunden war, spielten sie unbekümmert miteinander, schlossen Freundschaften, stritten sich gelegentlich und versöhnten sich ebenso rasch wieder.

Als Großvater Tatoka erfahren hatte, daß sein Freund noch lebte, war er nach Gondarit gewandert. Auch ihn hatte Narnar zuerst nicht erkannt, aber langsam, ganz allmählich, hatte die Gegenwart Tatokas Erinnerungen in Narnar geweckt. Die Bewohner Gondarits sagten, sie hätten es dem alten Mann aus den Wäldern zu verdanken, daß jetzt Narnars Geist nicht mehr verdunkelt war.

Am meisten beeindruckt von den Dunklen Leuten war Konla. Er bewunderte sie. Ihr Leben war geheimnisvoll und wild – und so viel freier als sein eigenes! Er lernte eifrig die Sprache der Dinadan und hatte Thomas anvertraut, daß er, sobald er alt genug wäre, aus Aran fortgehen würde, um bei den Dunklen Leuten zu leben.

Jetzt übte er eben Pfeilschießen – inmitten einer Schar dunkelhäutiger Jungen.

Die Dinadan hatten beschlossen, ihre Wälder zu verlassen und in jenes Land zu ziehen, das einst, wie die Uralte Geschichte erzählte, ihre Heimat gewesen war. Von nun an sollte der Fluß die Grenze zwischen den beiden Völkern sein. Die Wälder aber, die noch nicht gerodet waren, sollten für ewige Zeiten das Land der Vierbeiner und der Geflügelten sein, deren Rechte die Araner ebenso zu achten versprochen hatten wie die Rechte ihrer Nachbarn im Verbotenen Land, das nun Land Din genannt werden sollte. Eldar und eine Gruppe Burschen und Mädchen aus Aran hatten beschlossen, mit den Dinadan zu ziehen und ein Jahr mit ihnen zu leben, bevor sie dann wieder nach Aran zurückkehrten. Nalika, Eonar, Ahatar, Nalar und viele andere aus Aran hatten die Dunklen Leute bis zur Schlucht begleitet. Hier wollten alle noch einmal gemeinsam lagern, um dann voneinander Abschied zu nehmen.

Thomas schaute über die Schlucht. Tief unten, wo einst die Halle des Schwarzen Königs gestanden war, blinkte der Fluß. Von oben sah er aus wie ein schmales, dunkelgrünes Band. Die Schlucht hatte sich verändert. Auch sie blühte nun. Buschwerk auf den Steinterrassen hatte sich in weiße oder gelbe Blütchen gehüllt. Polsterpflanzen malten Farbflecke aufs Gestein. Am schönsten aber waren die Blumen, die am Rand der Schlucht, dicht bei den steilabfallenden Wänden wuchsen. Auf dünnen, nickenden Stengeln saßen rote Glöckchen. Andere Blumen glichen Malerpinseln, die in orangeleuchtende Farbe getaucht worden waren.

Vögel, die Schwalben hätten sein können – nur waren sie kleiner und ganz weiß bis auf metallgrüne Flügel –, hatten in den Felswänden Nester gebaut und strichen pfeilschnell die Wände entlang. Raben – diesmal wirkliche Raben – kreisten über der Schlucht.

Die Kinder saßen schweigend, jedes mit seinen Gedanken beschäftigt. Die Schlucht weckte so viele Erinnerungen. Thomas dachte an den Schwarzen König; seit sie den Fluß überschritten hatten, sahen sie wieder sein Sternbild. Er dachte an das Land der Narni und der Wassergeister – – – an das Land der Strahlenden Felsen – – – und bekam plötzlich Sehnsucht nach dem Weißen Wolf, aber auch nach etwas anderem, er wußte nur nicht wonach. Er verstand das nicht. Er war doch so glücklich. Alle Wünsche waren erfüllt worden.

Auch Aran hatte sich verändert, so wie hier die Schlucht. Thomas hatte mitgeholfen, als die Bewohner von Gondarit begannen, die Trümmer der Burg abzutragen. Niemand wollte sie mehr aufbauen. Inmitten der Stadt sollte der Platz mit Gras und Bäumen bepflanzt werden, ein Versammlungshaus sollte dort stehen, in dem alle Araner zusammenkamen, wenn etwas zu beraten war. Seltsamerweise aber schienen es die kleinen und alltäglichen Dinge zu sein, die die Menschen in Aran an der neugewonnenen Freiheit am meisten genossen. Daß sie selber bestimmen konnten, wann sie zur Arbeit aufbrachen und wer mit wem gemeinsam arbeitete. Daß sie nicht mehr die gleiche Kleidung tragen mußten. Vor allem konnten sie nie genug davon bekommen, an lauen Abenden vor den Häusern zu sitzen und zu plaudern oder durch die Straßen zu schlendern und sich auf dem Großen Platz zu treffen – ohne Angst vor den Schatten.

Thomas' Gedanken wanderten. Er sah sich, wie er mit seinen Freunden durch die fruchtbaren Felder in der Ebene von Aran wanderte. Keine Fangnetze waren mehr ausgehängt. Kein Gift wurde mehr gestreut. Als der erste Schwarm Aranspatzen sich auf einem abgeernteten Kornfeld niederließ, hörten die Schnitter zu arbeiten auf und schauten, auf ihre Sensen gestützt, den Vögeln zu, wie sie eifrig Körner pickten.

Das Wiedersehen mit Onaris Familie – – – die Stunden im Garten der Dinadan. Sie waren zu dritt dort gesessen, er und Onari und Eldar – – –

Thomas schrak hoch. Wirligig war auf seine Schulter geflogen und bebte und flirrte. Thomas spürte das zarte Vibrieren wie von Schmetterlingsflügeln an seiner Wange.

Ihm war, als riefe jemand seinen Namen.

Er schaute um sich. Ganz in der Nähe saßen Schatai, Mahluta und Onaris Großeltern. Mahluta lächelte Thomas zu.

Wieder war ihm, als hörte er seinen Namen rufen.

Lichtströme flossen von Wirligig aus.

„Was hast du, Schilien?" fragte Onari.

„Jemand ruft nach mir", antwortete er. „Hört ihr es nicht?"

Sie schüttelte den Kopf.

Er konnte das nicht verstehen. Wie aus sehr weiter Ferne, aber ganz deutlich, hörte er es rufen.

Thomas stand zögernd auf. Er trat einen Schritt von seinen Freunden weg, auf die Schirmföhren und Büsche zu.

Onari sah ihn mit einem seltsamen Ausdruck in den Augen an.

„Nanischkaá", sagte sie leise, „auch ich habe dich einmal gerufen – aus deiner Welt – und du hast meine Stimme gehört."

Er verstand, was sie meinte, und erschrak. Er wollte sie nicht verlassen. Er wollte bei ihr bleiben, bei ihr und Eldar und den Narni und Wirligig und den anderen Freunden. Trotzdem machte er den nächsten Schritt auf die Schirmföhren zu.

Die Sonne hatte sich gegen den Horizont gesenkt. Der Himmel leuchtete wie flüssiges Gold.

Wirligig begann Thomas immer aufgeregter zu umkreisen und sprühte einen Regen von Funken und Licht. Dann verließ er Thomas und flog pfeilschnell zu Onari und Eldar, die plötzlich sehr weit weg waren. Thomas konnte kaum noch ihre Gestalten ausnehmen, er sah sie wie durch einen Nebel.

Er streckte die Arme nach ihnen aus. „Wirligig!" rief er. „Eldar! Onari!"

Die Rufe verhallten seltsam, ganz so, als stünde er unter mächtigen Bäumen, deren Kronen seine Stimme schluckten. Er blickte um sich. Die Schlucht war verschwunden, er sah seine Freunde nicht mehr. Er stand unter riesigen, sonderbar knorrigen Bäumen, von deren verkrüppelten Ästen graue Flechten wie zerlumpte Spitzen herabhingen. Statt dem goldenen Licht der untergehenden Sonne umgab ihn graues Zwielicht. Er stand im Wald der Schlafenden Bäume.

Als Thomas den dritten Schritt machte, war es seinen Freunden, als lösten sich seine Umrisse auf. Sie sahen ihn nur noch verschwommen. Eldar sprang auf und wollte ihm nachlaufen, aber Onari legte ihm die Hand auf den Arm. „Du darfst ihn nicht zurückhalten", sagte sie leise. „Er ist aus seiner Welt zu uns gekommen, und nun geht er wieder zurück."

Ein Kreis leuchtender Funken umgab Thomas' vergehende Gestalt, dann flog Wirligig zu Eldar und Onari. Sie hörten Thomas rufen: „Wirligig! Eldar! Onari!" und sie sahen, wie er die Arme nach ihnen ausstreckte.

Pai kam angelaufen und stellte sich neben Tli, der sich an Onari drückte. Entlang der Schlucht war es plötzlich ganz still geworden. Die Reisigsammler legten ihre Bündel zu Boden. Konla und die Jungen hatten ihr Spiel unterbrochen. Schatai, Mahluta und die Großeltern standen schweigend neben dem Feuer.

Der Junge, der so geheimnisvoll in die Welt der Dinadan und der Araner gekommen war, hatte seine Freunde verlassen und war ebenso geheimnisvoll wieder in seine eigene Welt zurückgegangen. Und obwohl alle wußten, daß es Wirligig war, der Funke um Funke versprühte, meinten sie, den Lichterregen zu sehen, in dem einst der Meister erschienen war. Nalika und Eonar standen Hand in Hand, wie in der Schlucht unten, als der Fluß zu sprudeln begonnen hatte.

„Leb wohl, Nanischkaá!" rief Onari. „Wir werden dich nie vergessen!"

Er hörte ihre Stimme. Er hörte sie so deutlich, als stünde Onari neben ihm. Er spürte einen Schmerz, wie er ihn noch nie gekannt hatte – es war der Schmerz des Abschiednehmens, wenn man weiß, daß es kein Wiedersehen gibt.

Thomas wandte sich um, und eine Weile stapfte er blind vor Tränen in den Schlafenden Wald hinein. Aber der Schmerz löste sich unmerklich auf. Thomas wußte, daß er heimkehren mußte und daß seine Freunde verstanden, warum er nicht bei ihnen bleiben konnte. Auch er würde sie nie vergessen.

Eine der Flechten streifte seine Wange. Als er zum erstenmal den Wald der Schlafenden Bäume betreten hatte, war der Weiße Wolf ihm ein unsichtbarer Führer gewesen. Jetzt fand er den Weg allein ohne Hilfe.

Er kam zu dem Bach, schöpfte das klare Wasser und trank. In der anderen Welt, in der er hatte sein dürfen, war nun alles gut geworden, und er dachte, wie schön es war, daß er dabei hatte mithelfen dürfen.

Er sprang auf und ging weiter. So wie damals auf dem Herweg die Erinnerung an seine Eltern und an die Schwestern immer undeutlicher und blasser geworden war, so wurde nun die Erinnerung an die Welt, die er verlassen hatte, unwirklich wie ein Traum. Er fing an, sich auf daheim zu freuen. Er freute sich auf Barbara und Christa. Er konnte es kaum noch erwarten, wieder bei den Eltern zu sein.

Sonnenlicht fiel durch die Bäume. Er war im Fichtenwäldchen hinter dem Dorf, das er so gut kannte.

Er trat unter den Bäumen hervor. Vor ihm lag die Wiese. Vom Straßenrand her kam würziger Heugeruch. Die Luft schmeckte nach Sommer und Hitze, nach Hahnenfuß und Schierlingskraut. Kein Halm regte sich in der mittäglichen Stille.

Ein Schmetterling schaukelte vorüber, leicht wie eine Feder.

Jenseits der Wiese, vor dem Garten, standen Vater und Mutter, Barbara und Christa. Sie hatten ihn vermißt. Sie hatten ihn gesucht. Sie riefen nach ihm.

Thomas fing zu laufen an.